365 PAROLE DELLA VITA

365

PAROLE DELLA VITA

Riflessioni per ogni giorno dell'anno

A CURA DI
SUOR EMANUELA MARIA DELLA TRINITÀ

ELLEDICI

A cura di Suor Emanuela Maria della Trinità,
Monastero «Arca Pacis» - Moncalieri TO

Consulenza editoriale di Marino Gobbin

• Per esigenze editoriali e le finalità particolari del volume i testi possono aver subito dei tagli imposti dai limiti della pagina. Per altri fini da quelli del volume si verifichi il testo sull'originale.
• Editore ed Autore mentre ringraziano le editrici per la gentile concessione dell'inserimento dei brani, sono a disposizione per gli aventi diritto che non si sono potuti contattare, nonché per eventuali – e non voluti – omissioni e/o errori.

www.elledici.org

E-mail: mail@elledici.org

ISBN 978-88-01-04476-8

Ridare gusto alla parola e alla vita

Parole della vita, perché la vita è fatta di parole e le parole servono a spiegare la vita. Vita intesa non tanto come tempo che passa nello scorrere di eventi, di avvenimenti, di impegni... ma come frammento di storia in cui una persona nasce, cresce, matura, si esprime, lavora, ama, soffre, muore...

Parole della vita, che un cristiano dovrebbe sempre confrontare e misurare con la Parola di Vita, affinché ogni parola umana vi ritrovi senso e pienezza...

Parole della vita, per invitare a soffermarci su termini corrosi dalla banalità e dall'uso, e riscoprire un senso sotteso e non scontato. Per lasciarci cogliere dallo stupore e invitarci ad approfondire le briciole di verità che essi racchiudono, e che si nascondono a chi pensa e vive contagiato dalla superficialità frettolosa della modernità...

Parole della vita che richiamano al silenzio e che rimandano all'interiorità da cui hanno origine prima di essere pronunciate, e dove ritornano dopo essere ascoltate... Silenzio che si fa grembo per la parola che nasce e per quella che ci raggiunge, dove si arricchisce del nostro pensare, vivere, amare... per poi essere ridetta piena di ciò che le profondità del cuore cercano di esprimere.

Parole della vita, per tentare di ridonare significato e senso ad un susseguirsi di lettere che possono divenire suono senza senso... Perché le parole della nostra vita (pensate, sussurrate, desiderate, ascoltate, meditate, comunicate, condivise...) ritrovino il loro spessore. E la gioia di essere dette e vissute nell'accogliere l'esperienza e la saggezza che racchiudono, mentre scandiscono il vivere di ogni giorno.

* * *

Queste brevi *riflessioni per ogni giorno dell'anno*, vorrebbero ridonare il gusto delle parole che risuonano nella vita dell'uomo di oggi.

E far nascere nel cuore il desiderio che ognuna di esse diventi espressione sempre più consapevole di ciò che significa.

Sono parole spiegate nel loro senso letterale, intercalate talvolta da racconti dove un singolo termine rimanda a un «oltre» figurato, che lo trascende o del quale può essere simbolo...

Il tutto è ritmato da brevi frasi sulla vita che, seminate qua e là, come un leggero filo uniscono le singole parole alla trama sottesa dell'esistenza, affinché il comunicare possa divenire veicolo di sapienza, di senso e di gioia.

Suor Emanuela Maria della Trinità

Gennaio

«Felice chi è fedele al Signore
e vive secondo la sua volontà» (Sal 128,1)

Pace - Fede - Liturgia

PACE

Colpiscono giusto le nuove generazioni quando ci giudicano come uomini che credono poco alla pace, anche se ne provano un grande desiderio. Infatti noi dentro le nostre coscienze la riteniamo un sogno irraggiungibile. Ci rendono pessimisti – al riguardo – gli ultimi cinquanta anni di storia, per non parlare del passato.

Quanti conflitti abbiamo visti nel mondo! (...) Quante paci solennemente stipulate sono state infrante! Così ci siamo abituati a considerare la guerra come un male inevitabile. Quando si parla di disarmo, sorridiamo increduli. Non vogliamo apparire bambini ingannati da un miraggio! (...) Siamo arrivati ad una non confortante conclusione: in effetti non siamo costruttori della pace, ma tutt'al più nemici della guerra, della violenza. (...)

Non si tratta di essere vili, ma di seminare elementi di pace, di distensione civile, di serenità familiare, di amicizia fra uomini e popoli, di dialogo fra le classi, i partiti, i sindacati, le chiese, le razze. La strada della pace, se ha i suoi massimi responsabili nei reggitori dei popoli, può trovare in noi preziosi collaboratori, se diventiamo capaci di far maturare – in una sempre più ampia opinione pubblica – il desiderio di una civile e pacifica convivenza. La palestra per questa maturazione è la vita quotidiana. In essa si verificano, sia pure in dimensione ridotta, le stesse tensioni, gli scontri dolorosi di passioni, di interessi, di mentalità, di partiti, di affetti. Ne nascono odio e incomprensione. Esiste infatti fra cittadini una conflittualità permanente, che ben conosciamo, radice di molti drammi.

Il compito di disarmare i cuori e di aprirli a migliori relazioni con gli altri, nel rispetto della giustizia; ecco un contributo concreto che ci è richiesto per la costruzione di una possibile pace futura! Isolare psicologicamente i violenti, rimuovere le cause di giusti dissensi, difendere – anche in minoranza – i diritti dei deboli e degli oppressi: ecco una serie di impegni che il cristiano deve assumere come suoi. Non possiamo rimanere spettatori inerti, o spaventati dell'isolamento in cui siamo chiamati a lavorare.

LUCIANO TAVAZZA in *Due generazioni a confronto*, Elledici 1981, pp. 41-43

AMEN!

La breve parola ebraica «Amen!» (così è! così sia!) condensa l'atteggiamento del cristiano: una fiducia sicura e serena in Dio Padre, Figlio e Spirito Santo; un atteggiamento di verità e di pace con cui dare senso e dignità alla propria esistenza.

«Amen» vuol dire: dico di sì all'amore di Dio Padre, che mi ha donato la vita; dico di sì a Gesù Cristo, il Figlio di Dio che mi ha donato la salvezza; dico di sì allo Spirito di verità e di amore, che mi trasforma e mi guida verso la risurrezione. Dico di sì con le mie parole e con tutta la mia vita!

Dire di sì all'amore di Dio, Padre, Figlio e Spirito, che ci raggiunge nella Chiesa e ci apre alla speranza eterna, è scegliere per la nostra vita il progetto che Dio da sempre ha sognato per ciascuno di noi. È accettare di vivere nell'amore, come figli di Dio, corrispondendo con tutte le nostre forze all'amore sconfinato «dal quale veniamo, per il quale esistiamo, verso il quale siamo in cammino».

A noi tocca ora rendere testimonianza coraggiosa e fedele all'amore di Dio, anche a prezzo della vita, se necessario, come hanno fatto molti martiri cristiani.

Essi non hanno mai disprezzato la vita. Ma con la loro morte ci hanno rivelato che il fondamento e la verità della nostra esistenza non sono le cose che vediamo e tocchiamo, ma Dio Padre Figlio e Spirito.

In una società pluralista, e a volte scettica, siamo chiamati a essere testimoni che professano con la parola e con la vita il Credo degli Apostoli.

FRANCO ARDUSSO in *Che cosa significa dire «Credo»*, Elledici 1996, p. 32

La vita
è il progetto di Dio con noi.
Dietrich Bonhoeffer

Tempo

La nostra esistenza è vissuta nel quotidiano, sequenza interminabile di gesti, pensieri, incontri, scelte che si susseguono nel divenire dei giorni. Primavera, estate, autunno, inverno. Ieri, oggi, domani...

È un continuo correre che ti logora dentro. Nascita, infanzia, fanciullezza, giovinezza, età matura, vecchiaia: la tua vita tessuta nel tempo. Gli antichi pensavano che il tempo fosse un dio (Kronos), rappresentato come un personaggio che divora i figli che partorisce.

Anche noi abbiamo la sensazione di essere immersi nel tempo e di esserne in un certo qual modo mangiati. Il tempo sembra il luogo del nostro progressivo disfacimento. Fino alla morte.

Ordinariamente non pensiamo a ciò, tutti protesi nel sognare e progettare il nostro avvenire. Ma quando qualche persona cara o un amico o amica viene a mancare, abbiamo proprio l'impressione di essere inseriti in una corsa che porta inevitabilmente verso la morte.

Vorremmo reagire, deviare il cammino, ipotizzare una soluzione che non sia la morte.

Ci accorgiamo che siamo fatti per la vita.

La vogliamo piena, ricca di presenze, incontri.

Nel tempo che abbiamo vorremmo fare tante cose. Vorremmo che non finisse mai. (...)

Noi non ci rassegniamo ad essere prigionieri del tempo. Sentiamo, dentro, che il nostro cuore è troppo grande per essere bloccato in una sequenza rigida di ieri, oggi e domani. I nostri sentimenti sono un abbraccio contemporaneo e sintetico di passato, presente e futuro.

La fede ci dice che il nostro Dio supera il tempo, è l'Eterno.

Siamo da Lui creati, nel tempo, come scintilla di eternità.

Guido Novella in *Il tempo dell'uomo nel presente di Dio*, Elledici 2000, pp. 7-8

GIORNATA

Le nostre giornate. Altalenare perenne di cose da fare, speranze, sogni, incomprensioni, amicizia e abbandono.

Segreto desiderio di vivere il tempo, non subirlo. Abitarlo, non essere stranieri, spaesati nel tempo che viviamo.

Vogliamo scoprire il modo per sentirlo come ambiente amico, nel quale viviamo e ci costruiamo.

Per coglierne il messaggio è necessario l'atteggiamento di contemplazione. Abbracciare, con pazienza, la nostra vita, leggerla con uno sguardo d'amore e vederla dentro il tempo di Dio. Il tempo diviene culla che ospita la vita, che ritrova significato e futuro.

Per Dio, c'è sempre tempo per costruire e ricostruire incessantemente il suo progetto d'amore per l'uomo. (...)

L'Eterno è entrato nel tempo, ha dato avvio alla storia, ha giocato con la nostra durata.

Si è compromesso con la nostra precarietà, con il nostro limite, con la fragilità delle nostre avventure.

Nella storia è celato un desiderio di infinito, la nostalgia di qualcosa di eterno.

Dio ha scelto da sempre il tempo perché fosse l'alveo del nostro scorrere, la cornice del nostro agire. Lui, «che rimane in eterno» (Sal 117,2), ha obbedito al tempo, dispiegando la sua creazione sui ritmi della nostra fatica e sulla pace del nostro riposo, rivelando il suo amore per l'uomo. Dio ha benedetto il tempo: con la sua feconda parola ha creato le cose e l'uomo. Gli ha comunicato la sua potenza di generazione (Gn 1,28).

Dio, l'Eterno, fuori del tempo, in Gesù è diventato tempo. E allora possiamo vivere con la speranza che non tutto finisce nel tempo.

Esso è ormai vinto.

Con la risurrezione di Gesù il tempo sfocia nell'eternità di gioia e vita, in pienezza.

GUIDO NOVELLA in *Il tempo dell'uomo nel presente di Dio*,
Elledici 2000, pp. 10-11

SERENITÀ

La vita cristiana non è tutta asprezza e lotta. Si è tentati di vedere soltanto la strada accidentata, dimenticando i tratti facili e comodi che fanno parte anch'essi del cammino cristiano. Certe volte tocchiamo con mano che la vita è bella. Dio ci sembra proprio vicino, gli amici sono simpatici, la famiglia ci dà soddisfazioni, le circostanze della vita sono piacevoli. Sappiamo molto bene che queste tappe fortunate del nostro viaggio non dureranno per sempre, ma ringraziamo egualmente Dio e le godiamo quando ci sono regalate. Siamo convinti che possono rafforzarci l'anima e il corpo, in vista di quello che ci aspetta. (...)

La pace e la serenità non sono unicamente il risultato di situazioni fortunate e di buona salute fisica e mentale. Molti di noi conoscono dei cristiani alle prese con circostanze difficili o con sofferenze croniche, i quali però vivono in un'atmosfera di pace e serenità che non deriva certo dalla loro situazione.

È chiaro che molto dipende dalla diversità di temperamento personale ma, quali che siano le nostre inclinazioni naturali, abbiamo tutti bisogno di sforzarci di «entrare nel riposo di Dio».

Dobbiamo portare la pace e la sicurezza della presenza di Dio e delle sue promesse nella nostra vita piena di nervosismo e di tensioni. È una serenità di spirito che nasce dallo stare con Dio, sforzandoci di trasformare la paura in fede. Per la maggior parte di noi si tratta di abituarci a sostituire all'ansietà la fede in Dio. Può sembrare un atteggiamento irresponsabile dimenticare le nostre preoccupazioni. Non dovremmo sentirci in colpa? Eppure, Gesù ci ha insegnato ad avere fiducia assoluta in Dio nostro Padre.

Non è soltanto nostra la responsabilità di riuscire a vivere da veri cristiani grazie ai nostri sforzi. Possiamo delegarne un po' a Dio, che opera già in noi con il suo Spirito. Se glielo chiediamo, ci darà l'aiuto di cui abbiamo bisogno. Dio non vuol vederci nervosi e turbati. Al contrario, vuol farci gustare fin d'ora la gioia e il riposo che godremo pienamente e per sempre al termine del nostro viaggio.

MARY BATCHELOR in *Viaggio dello Spirito*, Elledici 1999, pp. 128.130-131

EPIFANIA

Epifania. Se traducete questa parola, scrivete o dite manifestazione. Ma, come nel doppiaggio dei film, la traduzione non vale l'originale.

Iniziamo con «manifestazione». Scusate la familiarità, ma è proprio una strana manifestazione: nessuna sfilata, nessun cartello pubblicitario, nessuna rivendicazione. Colui che manifesta – o si manifesta – è muto come il bambino (*infans*, colui che non parla). Un Verbo senza parola. È un bebè che vagisce, e attorno a lui una coppia piuttosto silenziosa.

Quelli che manifestano sono piuttosto gli altri, quelli che vengono quasi come in processione. Quali altri? Esseri quasi mitici, magi usciti direttamente dalle visioni di Isaia. Essi realizzano – in modo assai modesto d'altronde – quella immensa ascesa a Gerusalemme, al monte di Sion, metropoli del mondo, con cammelli e le ricchezze di Oriente, descritta da Isaia. Un immenso movimento centripeto che fa convergere tutti i Popoli verso la Gerusalemme Nuova, presso il Re dei Giudei.

Ma attenzione: «il Re dei Giudei» ricorda una certa scritta su una certa croce là sul Golgota. Incredibile aggancio, eppure legittimo. Dalla Nascita alla Croce ci sarà la manifestazione (l'epifania) continua e permanente di Colui che è riconosciuto e celebrato come Salvatore dell'universo.

Molto più tardi, nel secolo XX, la liturgia ha inventato la festa di Cristo Re.

Ma la vera festa di Cristo Re è questa epifania, questa manifestazione del mistero di Dio che pianta la sua tenda tra gli uomini. Sappiamo che vi lascerà la vita. Ma poiché la dona, egli fa di noi altrettanti re. Ci fa partecipare alla sua regale presenza che trasfigura il Mondo.

Ogni uomo, anche il più povero, il più disprezzato nell'universo è di razza regale.

Si sta preparando un Regno, in cui non ci sarà né greco né giudeo, né uomo né donna, né schiavo né libero.

Tutti fratelli: ecco una manifestazione che nessun potere sarà mai capace di impedire.

HENRI DENIS in *100 parole per dire la fede*, Elledici 1997, pp. 46-47

VANGELO

È da duemila anni che tutte le domeniche risuona il Vangelo di Gesù. Vangelo! Che bella parola! Essa associa insieme il Bene, ciò che è buono, e il Messaggio come annuncio: la Buona Notizia.

Parola strana, oggi diremmo magica, in ogni caso affascinante, a motivo del suo contenuto. Perché il Vangelo rievoca sia il lato più divino (per quelli che vedono in Gesù la manifestazione del Figlio stesso di Dio) sia il lato più umano (per quelli – e sono forse gli stessi – che trovano in questo piccolo libro ciò che può colmare o ravvivare le aspirazioni e le attese dell'umanità).

Trovo molto bello che il messaggio cristiano possa evidenziare allo stesso tempo l'aspetto più dottrinale e dogmatico, perché il Vangelo non nasconde il Dio che annuncia, e l'aspetto umano, più cordiale, più ambizioso per le nostre culture, i nostri popoli, le nostre società.

Quando dite «Vangelo», potete pensare a questa parola decisiva: «Chi vede me, vede il Padre». Ma quando ricorrete al Vangelo, potete anche sentire esortazioni inesauribili: «Amate i vostri nemici, fate del bene a quelli che vi perseguitano. Beati quelli che soffrono per la Giustizia...».

Misteriosa tensione, nelle Chiese, tra coloro che si consacrano all'adorazione di Gesù e altri che difendono gli oppressi. Come non ricordare al riguardo il coraggio delle Chiese battiste negli Stati Uniti per difendere la causa dei Neri, e nell'ex Unione Sovietica (penso ai paesi Baltici) per resistere al regime marxista?

In realtà, il Vangelo non appartiene a nessuno. O piuttosto, è dato a tutti, cristiani e non cristiani, credenti e non credenti. Non è questo il primo, il più radicale di tutti gli ecumenismi?

Allora come mai è capitato che in nome del Vangelo ci siano state tante divisioni e siano stati condannati al rogo tanti eretici? Ci sembra di sentire una voce che si rivolge con tenerezza anche a noi discepoli infedeli: «Padre, perdona loro, non sanno quello che fanno» (Lc 23,34).

HENRI DENIS in *100 parole per dire la fede*, Elledici 1997, pp. 54-55

Parabole

Gesù parlava loro in parabole. Perché questa parola «parabole»? Perché non dire le cose direttamente in faccia? Perché la parabola, che dice il messaggio in modo indiretto, di striscio, per mezzo di una storia?

Ebbene, voglio darvi una risposta. Predico da più di quarant'anni e ho sempre sentito la difficoltà di predicare su un tema, su una massima, su un dogma o un articolo del Credo. Mentre il predicare su una parabola è una cosa inesauribile.

Sono quasi duemila anni che si legge quella del Figlio prodigo, del Buon Samaritano, degli Operai inviati nella vigna, del Seminatore o dei Talenti... E sono duemila anni che si trova sempre qualcosa da dire, da scoprire con un senso di freschezza.

Si è persino pensato che il messaggio essenziale di Gesù fosse nelle parabole. Sopprimetele, non c'è più il Vangelo, non c'è più il lieto messaggio. Esse fanno risplendere l'animo di Gesù, la luce del suo messaggio.

Certamente, sarà sempre necessario imparare e ricevere le verità come quelle del Credo per articolarle e assimilarle.

Ma bisogna anche entrare nella dinamica delle parabole. Esse sono come una strada che si snoda sotto gli occhi. E quando si arriva alla fine della storia, non siamo più gli stessi.

Nelle parabole, Gesù ci conduce sulla sua strada. Egli è capace di cambiare il nostro cuore, la nostra vita, di svelare il profondo del nostro essere.

Provate a camminare con il figlio prodigo. Vivete con lui un istante nella sua miseria. Anche voi, rivedete la vostra vita. Non sentirete il desiderio di rialzarvi? E non vi sentirete disarmati, stupiti, confusi, quando cadrete nelle braccia del Padre?

Se Gesù parla in parabole, non è forse perché la sua Parola dev'essere ricevuta con tutto il nostro essere, con tutta la nostra intelligenza, con tutto il nostro cuore?

Henri Denis in *100 parole per dire la fede*, Elledici 1997, p. 10

Miracolo

«Miracolo!», così si grida. O anche: «Fu un vero miracolo che un simile incidente non abbia fatto vittime!». Questi modi di parlare ci dimostrano che il *miracolo* si è in qualche modo secolarizzato, sotto la forma di uno straordinario concorso di circostanze, un colpo di fortuna venuto più o meno dal cielo.

Il miracolo nel Vangelo è molto diverso. È un segno più che un prodigio: un segno che Dio ci fa per mezzo del suo Inviato per dirci che il Regno è vicino e che ci vuole la fede per entrarvi. «Va'! La tua fede ti ha salvato». Così dice Gesù al malato che ha guarito.

Con san Giovanni, ciò è ancor più chiaro. Con lui, per mezzo di ogni miracolo, penetriamo nell'universo sacramentale, cioè in quel mondo dei segni in cui Dio offre molto di più che una felicità umana o una guarigione. Dio offre la condivisione della propria vita. Con san Giovanni voi vedete l'acqua della fontana, e dite che il battesimo non è lontano (si pensi al paralitico o al cieco-nato); se vedete il pane moltiplicarsi, dite che si è vicini all'Eucaristia e al discorso sul Pane della Vita.

A Cana, in particolare, avviene qualcosa di profondamente misterioso. Tutte quelle giare di pietra riempite con vino generoso, fino all'orlo (centinaia di litri!). Ditemi, di quali nozze si tratta? Di quale vino?

Cana è l'anticipazione delle nozze di Dio con l'umanità, in Gesù. Quelle nozze si compiranno quando Gesù dirà sulla Croce: «Tutto è compiuto». In quel momento Gesù potrà dire a Maria che questa volta la sua Ora è veramente venuta.

Allora scorreranno sul mondo degli uomini i flutti di vita, simboleggiati dall'acqua e dal sangue uscito dal costato di Cristo. Chi ha sete venga a me e beva.

Oggi vi annuncio che si celebra la trasformazione dell'acqua in vino, la trasformazione dell'umanità antica nell'umanità nuova. Bevete a questo calice. È il calice della Nuova ed Eterna Alleanza.

Henri Denis in *100 parole per dire la fede*, Elledici 1997, pp. 47-48

LIEVITO

Care piccole parabole, siete quelle che ci piacete di più per la vostra modestia e pertinenza. Tre o quatto righe, e tutto è detto. Voi ci proponete ancora, dopo duemila anni, le immagini del Regno di Dio. È il caso della parabola del lievito (Mt 13,33). (...)

Soppesiamo meglio il paragone. Se lo si capisce bene, il Regno di Dio non è lontano dal mondo. In questa parabola, nessun disprezzo del mondo, nessun anatema nei riguardi di una Creazione decaduta, inabissata e corrotta dal peccato. No, il mondo, rappresentato dalle tre misure di farina, può essere salvato, ma a condizione che la farina venga impastata con il lievito del Regno. Il Regno esige sempre un contributo attivo degli uomini.

Ma su come questo avvenga è bene mantenere una certa discrezione, o anche un'ignoranza. Inutile torturarsi per dissociare il lievito dalla pasta, o per scoprire la molla nascosta di questa forza che fa lievitare l'universo. Nessuna indagine ce lo dirà... È il segreto di Dio, una questione di speranza.

C'è ancora un paragone molto usato nelle nostre omelie. Ci è stato detto e ripetuto – non senza qualche intenzione proselitista – che i cristiani sono il lievito nella pasta del mondo. Forse è un credersi troppo in fretta dalla parte del Regno, a meno che non sia un modo per distinguersi dal famoso lievito dei farisei, quella falsa dottrina denunciata in Matteo 16,11.

Ma, dopo tutto, ammettiamo che i cristiani siano il lievito. Allora vi vedete una duplice esigenza. Esigenza di discrezione innanzitutto: non si tratta di voler fare una nazione cattolica o un partito cristiano. Perché il lievito nascosto non deve vedersi se vuol essere efficace. Se ne conoscono solo gli effetti. L'altra esigenza vicina è quella dell'immersione nel mondo, perché se il lievito resta in disparte, come farà la pasta a lievitare?

Decisamente, bisogna che Dio ami tanto questo mondo per donargli il lievito di suo Figlio e far sì che salga fino a Lui la pasta umana dell'universo trasfigurato.

HENRI DENIS in *100 parole per dire la fede*, Elledici 1997, pp. 123-124

BATTESIMO

Nei primi tempi del cristianesimo il Battesimo costituiva il punto di arrivo di un lungo cammino – normalmente di tre anni – di preparazione (il catecumenato), durante il quale il candidato doveva dimostrare un radicale e rassodato cambiamento di vita. Veniva aiutato dai pastori e dalla comunità attraverso la catechesi, riti particolari e la verifica della vita.

Oggi il Battesimo... ce lo troviamo in mano appena nati. Il Battesimo dei bambini, figli di genitori cristiani, è antico nella Chiesa; ma è sempre stato dato quando c'era la certezza morale che poi, cresciuto, il cristiano, aiutato dalla famiglia e dalla comunità, si sarebbe reso conto del dono, impegnandosi a viverlo con gioiosa convinzione.

Ogni fedele dovrebbe cercar di riscoprire il valore del suo Battesimo, per viverlo con impegno gioioso. Sarà capace allora di contagiare l'ambiente in cui vive, e di educare nella fede i propri figli.

La nascita dai genitori è vera, la si vede. Altrettanto è vera la rinascita dallo Spirito. La rinascita operata dal Battesimo toglie veramente dal tuo intimo ogni realtà di peccato. Tu sei fatto veramente nuovo, con capacità nuove derivanti dalla vita di Dio che pulsa dentro di te, e vuole animare tutta la tua vita e la tua esistenza in tutte le sue manifestazioni.

Ma nota bene: si tratta di vita, e vita indica un cammino, uno sviluppo, un dinamismo. Dal grembo materno nasce una persona umana completa, ma quanto dovrà crescere per diventare uomo in pienezza!

Sul piano fisico la crescita è spontanea. Sul piano morale (intelligenza, volontà, comportamenti...) occorre un forte impegno personale. Così è anche della crescita della vita secondo lo Spirito: egli agisce – e come! – ma se tu vuoi e collabori.

A volte si dice che sarebbe bello morire con l'innocenza battesimale; io preferirei morire carico di santità conquistata!

FLORINDO REFATTO in *Battezzato, diventa ciò che sei!*, Elledici 1996, pp. 3-4.8-9

ACQUA

Elemento familiare e necessario dell'esistenza umana, l'acqua è sempre stata ricca di significati simbolici. Matrice universale, secondo le più antiche cosmogonie, essa non può servire alla vita se non è fecondata dallo Spirito di Dio (Gn 1,2); lasciata a se stessa, trascina tutto nella morte e nel caos primitivo (il diluvio e il mare). Simbolo duplice, l'acqua può richiamare la morte e la vita, la purificazione e la santificazione.

Le diverse abluzioni e aspersioni dei riti religiosi hanno in primo luogo un'efficacia negativa, liberano cioè dalle colpe o dalle macchie che rendono inadatti alla celebrazione della liturgia (cf Ez 36,25): l'acqua rituale cancella le impurità. Principio di vita, l'acqua è anche il simbolo della nascita o della rinascita: essa è vivificante (Ez 47,1-12; cf Ap 22,1-2). I riti liturgici sono efficaci soltanto se impegnano l'azione di Dio stesso. Il battesimo d'acqua ha solamente un ruolo di preparazione rispetto al battesimo con acqua e Spirito (cf Gv 3,5; 1,33). (...)

L'acqua benedetta è un sacramentale: nel battesimo, essa serve all'aspersione sacramentale; nell'aspersione che segue la rinnovazione delle promesse battesimali nella Veglia pasquale e nell'aspersione domenicale, essa è un richiamo del battesimo.

Allo stesso modo, quando i fedeli si servono dell'acqua benedetta, ravvivano in se stessi gli effetti del loro battesimo, in proporzione della loro fede. Il gesto di aspergere con l'acqua benedetta la spoglia mortale di un fedele è ancora un ricordo del suo battesimo.

Il sacerdote usa l'acqua benedetta nel rito di diverse benedizioni: essa purifica e vivifica l'oggetto da benedire. La poca acqua che il sacerdote aggiunge al vino, quando prepara il calice per la Messa, corrisponde all'abitudine ebraica di tagliare il vino in quei pasti festivi che sono stati la cornice dell'istituzione eucaristica. Diversi significati simbolici vengono attribuiti a questo gesto: ricorda l'unione delle due nature – divina e umana – nella persona del Verbo incarnato; richiama l'acqua e il sangue usciti dal costato di Cristo dopo la morte in Croce; infine, esprime l'associazione dei fedeli al sacrificio e alla vita di Cristo redentore.

ROBERT LE GALL in *Dizionario di Liturgia*, Elledici 1994, pp. 13-14

Figli di Dio

«Noi siamo figli di Dio!». Per i primi cristiani questo «Noi» significava una scoperta (cf anche 1 Gv 3,1). Lo stesso Spirito che ha risuscitato Gesù dai morti, fa salire in noi questa preghiera: «Abbà»; sì, possiamo usare la stessa parola con la quale Gesù si rivolgeva a Dio (Mc 14,36)! Tutta la vita di Gesù è segnata dalla sua relazione col Padre (Mt 11,27). Egli vuole che il nostro sguardo non si fermi soltanto alla sua persona, ma che veda chiaramente la relazione che ha con Dio, suo Padre.

È questo il segreto della sua vita (vedi Mt 3,17; 17,5): egli è il Figlio e in ogni momento riceve la vita da Dio. Gesù era certo che nelle vicende della sua vita Dio avrebbe rivelato la pienezza del suo amore. E tale fiducia non l'ha mai abbandonata, neanche nel momento delle tentazioni e nelle esperienze di sofferenza, quando tutto pareva dimostrare il contrario (Gv 13,1).

Risorto, ci dice: «Io salgo al Padre mio e Padre vostro» (Gv 20,17; vedi anche Eb 2,11-13; Ef 2,18). Ci ha lasciato dunque il «potere di diventare figli di Dio» (Gv 1,12), cioè di non vedere più in Dio un essere arbitrario che a suo piacimento può dare o rifiutare una pienezza. La nostra vita non è un caso più o meno felice, ci è stata affidata da Dio. E Dio non permette che tale dono sia sciupato.

Accogliere ogni momento della nostra esistenza, lungi dal renderci fatalisti, può liberare in noi forze creative d'immaginazione, perfino nelle situazioni più difficili; ciò è possibile perché ogni attimo di vita, accolto come dono, come gratuità, aumenta nel nostro profondo lo spazio di amore che scaccia il timore e l'amarezza.

Cristo ci ha avvisati che ciò comporta un combattimento: il tentatore non vuole che viviamo in tale relazione di fiducia con Dio. Ma lo Spirito Santo viene in nostro aiuto, ricordando costantemente al nostro cuore la verità, e le labbra possono dire le parole che Gesù ci ha lasciato: «Padre nostro...».

TAIZÉ in *Ascoltando con il cuore*, Elledici 1994, pp. 84-85

Salvezza

Il termine salvezza, classico nell'universo di discorso della fede, può sembrare assente dal linguaggio contemporaneo e poco significativo per l'uomo di oggi. Non è però assente dalla nostra cultura e dalla nostra vita il problema della salvezza. A questo problema rimandano espressioni molto più familiari alla nostra sensibilità, come: speranza, felicità, futuro, qualità della vita, umanizzazione della società, mondo su misura dell'uomo, ecc.; si tratta di espressioni che rivelano la consapevolezza, magari implicita, ma profondamente radicata nella psicologia collettiva, del fatto che l'identità dell'uomo, la sua autentica realizzazione, una vita umana individuale e collettiva desiderabile e degna devono ancora essere raggiunte, che l'uomo vive quindi, come singolo e come collettività una vita non pacificata, non libera, non felice, una vita penosamente coartata da limiti a tutti i livelli, una vita insomma che ha bisogno di essere liberata, elevata, qualitativamente migliorata, in una parola, salvata.

Questa consapevolezza è una esperienza in certo modo universale, anche se diversamente strutturata nelle varie culture e situazioni storiche personali e sociali.

È una domanda che insopprimibilmente sale dalla vita, a cui l'uomo può dare di fatto le risposte più diverse e contrastanti ma che non può eludere. L'uomo sente di non comprendersi, di non possedersi, si sente impedito, sottratto a se stesso, messo in questione, si sente precario e privo di sicurezze, combattuto da realtà nemiche che si sottraggono al suo potere e resistono alle sue conquiste. Per questo si protende verso una esistenza salvata, che non può pensare che in un futuro radicalmente diverso.

Una delle risposte più comuni a questo oscuro bisogno di salvezza è stata spesso la religione. Ogni religione gioca un certo ruolo salvifico: propiziando gli dèi e le potenze soprannaturali... come forze benefiche e rassicuranti. Ma vi sono religioni nelle quali la funzione salvifica e rassicurante del riferimento a Dio o all'Assoluto è così preminente ed essenziale che vengono chiamate in senso pieno religioni di salvezza.

Guido Gatti in *Dizionario dei temi della fede*, SEI 1977, pp. 393-394

Fede

Molte volte la fede cristiana è capita a rovescio. «Vorrei avere la tua fede!», diciamo con un po' d'invidia a chi riesce ad aver fiducia in Dio quando le cose van male. Ma la fede non dipende da qualità che abbiamo fin dalla nascita o dal nostro codice genetico. È una decisione voluta e razionale della mente e della volontà di porre la nostra fiducia in Dio e nelle sue promesse.

La fede non è cieca, tutt'altro! La fede vede ciò che è nascosto agli occhi di chi non crede. Non si basa su prove scientifiche ma, come in qualsiasi rapporto di amore, è costruita sulla fiducia e rafforzata sempre più dall'esperienza. (...)

È la fede che ci permette di cominciare il nostro viaggio dello spirito, perché accettiamo l'esistenza di Dio e crediamo che si è fatto conoscere a noi in Gesù. Poniamo tutta la nostra fiducia nelle promesse di Dio. Crediamo che può darci perdono, libertà e vita nuova. È l'inizio del nostro viaggio.

Più conosciamo Dio e proseguiamo nel viaggio, più cresce la nostra fede perché scopriamo che possiamo fidarci ciecamente di Dio. Ogni nostro passo lo facciamo perché abbiamo fiducia in lui e siamo convinti che ci guiderà sani e salvi alla meta. Allora lo vedremo: la fede lascerà il posto alla visione.

Ma siamo povere creature umane, e la nostra fede può vacillare. Qualche volta ci è difficile credere che Dio governa ogni cosa. Ma, in qualunque stato d'animo o situazione ci troviamo, possiamo sempre basarci sulle promesse che Dio ha fatto nella Bibbia, e con un atto di intelletto e volontà porre in lui la nostra fiducia.

Mary Batchelor in *Viaggio dello Spirito*, Elledici 1999, pp. 33-35

Quando abbiamo Dio nella nostra vita,
essa acquista senso,
tutto acquista valore e diviene fruttuoso.
Madre Teresa di Calcutta

ATEO

Tutti conosciamo uomini e donne che hanno deciso di vivere con gli occhi ben aperti sul vuoto, senza cedere alla vertigine. Hanno deciso di vivere in assenza di Dio, vale a dire accollandosi la solitudine dell'uomo. Per essi la fede è una tentazione a cui i credenti hanno ceduto: i credenti sono talmente interessati al fatto che Dio esista, che se lo sono inventato. La speranza della salvezza è il sintomo della fede, sintomo di una facilità tale che gli atei risoluti l'hanno rifiutato. Per essi l'umanità non può, sotto pena di abdicare alla sua dignità, rifugiarsi in paradisi immaginari e nella sicurezza che questi paradisi offrono in anticipo a coloro che li desiderano. La loro posizione è dunque intransigente di fronte alla debolezza umana che si aggrappa alla fede. Non che ignorino questa debolezza, essi sono i primi ad avvertirla, a sentirsi deboli. Ma si rifiutano di adagiarsi mollemente in essa. In definitiva, rifiutano la mediocrità. Ai loro occhi niente e nessuno giustifica il coraggio di essere uomo, niente salva l'uomo dalla sua solitudine. Solitudine dalla quale non vedono perché dovrebbero essere salvati. Il coraggio di essere uomo consiste per l'ateo nell'accettare con serenità la condizione umana. L'esigente umanità di coloro che mettono Dio «fuori gioco» non può non interrogare noi credenti: siamo in grado di provare che sperare in una salvezza non è un dare le dimissioni di fronte al proprio destino? L'atteggiamento del credente è sempre all'altezza del coraggio di questi uomini e donne?

«È difficile essere soli... L'ateismo è difficile e più di uno crolla. Non è sufficiente non credere, come non è sufficiente chiudere gli occhi per sapere cos'è la notte... Il niente è anzitutto un mistero e ci si inventa sempre qualche sole. Conosco atei di nascita più religiosi di certi preti. È preferibile forse, per diventare ateo, essere stato credente, perché si sa di cosa si parla e questo rende vigilanti contro tutti gli idoli. È la lucidità degli apostati».

ANDRÉ LALIER in *Dio è interessante*, Elledici 1999, pp. 21-22

GNOSTICISMO

Sulla linea dell'esoterismo si colloca lo gnosticismo: una corrente di pensiero propria dell'Occidente, che varca i secoli (la sua prima fioritura si ebbe tra il primo secolo a.C. e il secondo-terzo d.C.), e risulta viva ancora oggi. Anche quando si è mascherato dietro apparenze pseudo-cristiane, ha sempre significato un ritorno al paganesimo.

Gnosi, termine greco, significa conoscenza. La relativa corrente di pensiero muoveva dall'idea che l'uomo è incompleto in se stesso ma ha nel profondo un elemento divino che egli ancora non valorizza. Tende all'unione con Dio, ma si trova immerso in un mondo dominato da potenze malvagie. Può liberarsi dal loro dominio soltanto giungendo a conoscere nel modo giusto se stesso.

È la gnosi (la conoscenza di verità segrete). Che però è riservata solo a persone di grado superiore, spirituali, e negata ai comuni mortali.

La gnosi ha investito e travagliato a lungo anche il Cristianesimo. Oggi, profondamente trasformata – gli studiosi del fenomeno parlano di «neo-gnosi» –, prosegue la propria azione, a volte ambigua e corrosiva.

Una forma di neo-gnosi d'una certa notorietà è la cosiddetta «gnosi di Princeton»: un singolare movimento di pensiero nato negli Stati Uniti verso la metà degli anni Sessanta, a cui hanno aderito alcuni astrofisici, cosmologi, medici, biologi delle università di Pasadena e Princeton, blasonate di tanti premi Nobel.

Il gruppo ritiene che è possibile raggiungere una Conoscenza superiore, che si basi sulla scienza ma la sorpassi. In questa nuova gnosi, Dio è percepito come «un partecipabile», e «l'esperienza psicologica, biologica e linguistica della partecipazione è una sorta di rivelazione naturale a sfondo religioso» (R. Ruyer).

ENZO BIANCO in *Cristo o New Age?*, Elledici 1995, pp. 17-18

NON-CRISTIANI

Se i sacramenti sono i mezzi ordinari con i quali viene donata la salvezza divina agli uomini, sarebbe tuttavia ingiurioso contro Dio pensare che essi limitino l'universalità dell'amore di Dio, e abbiano un valore restrittivo e non dimostrativo ed estensivo della salvezza.

Per questo il cristiano lungi dal giudicare o condannare quelli che sono fuori dalla Chiesa, offre ad essi il suo amore e il suo servizio. Riconoscente a Dio di trovare nella Chiesa la patria della salvezza, non dubita tuttavia che la bontà di Dio salvi per mezzo di Cristo tutte le anime generose e di buona fede che, senza appartenere visibilmente alla Chiesa, seguono fedelmente la loro coscienza. Secondo la dichiarazione del Concilio Vaticano II, «la divina Provvidenza non nega gli aiuti necessari della grazia a coloro che non sono ancora arrivati alla chiara cognizione e riconoscimento di Dio e si sforzano, non senza la grazia divina, di raggiungere la vita retta. Poiché tutto ciò che di buono e di vero si trova in loro è ritenuto dalla Chiesa come una preparazione ad accogliere il Vangelo e come dato da Colui che illumina ogni uomo, affinché abbia finalmente la vita».

Per questo il vero cristiano sente il dovere e il privilegio di riconoscere i valori presenti anche presso i non-cristiani, dando insieme una sincera testimonianza di Cristo, «nel quale gli uomini trovano la pienezza della vita religiosa e nel quale Dio ha riconciliato a sé tutte le cose».

PIETRO ROSSANO in *La fede e la speranza dei cristiani*, Elledici 1988, pp. 34-35

La vita senza fede
è un'oasi senz'acqua.
Roberto Gervaso

TEOLOGIA

Teologia significa parola su Dio. Essa è opera dell'uomo che tenta di fare un discorso su Dio. Ma com'è possibile parlare di Dio e dei suoi disegni se egli è per definizione l'assoluto, il totalmente altro, di fronte al quale ci si trova sprovvisti di concetti e di parole adeguate? Fare teologia non è forse una impresa disperata e in ogni caso votata allo scacco? No, se si tiene presente che ogni parola dell'uomo su Dio intanto è possibile in quanto parte da una parola detta da Dio all'uomo. C'è innanzitutto la parola della creazione che è all'origine della teologia naturale. Questa, partendo dalle opere della creazione, giunge con la ragione a conoscere Dio come principio e fine dell'universo. Tutte le religioni inoltre presuppongono che in qualche modo la divinità si riveli all'uomo. Partendo da questa convinzione le varie religioni elaborano dei discorsi su Dio o teologie (ad esempio la teologia musulmana, induista, ecc.). Qui intendiamo parlare unicamente della teologia cristiana, lasciando da parte ogni altro discorso su Dio. Questa scelta non significa affatto disprezzo o misconoscimento del significato delle altre teologie. Il cristiano riconosce volentieri una molteplicità di vie che conducono a Dio per coloro ai quali è impossibile conoscerlo così come egli si è effettivamente rivelato. Recentemente il Vaticano II lo ha affermato in termini molto espliciti (*Nostra aetate* 2).

In rapporto ad altri possibili discorsi su Dio dev'essere chiara però la specificità della teologia cristiana: essa è un discorso su Dio a partire dalla sua rivelazione storica che culmina in Gesù Cristo. È lui in pienezza la parola di Dio agli uomini: «Dio nessuno l'ha mai visto: proprio il figlio unigenito, che è nel seno del Padre, lui lo ha rivelato» (Gv 1,18). Per il cristianesimo Iddio non è solo colui che si fa cercare dagli uomini come a tastoni (At 17,27) inseguendo le molteplici tracce della sua azione nel mondo. Dio è essenzialmente colui che ha parlato rivelando se stesso e il suo disegno salvifico in una lunga e progressiva storia di salvezza che, iniziatasi con Israele, trova il suo vertice in Gesù Cristo, «mediatore e pienezza di tutta intera la rivelazione» (*Dei Verbum* 2).

FRANCO ARDUSSO in *Dizionario dei temi della fede*, SEI 1977, pp. 467-468

Dio

In nessuna lingua esiste una parola tanto usata e abusata come la parola «Dio». Martin Buber, un filosofo ebreo del nostro secolo, ha scritto che «Dio è la più carica di tutte le parole umane». Intere generazioni umane hanno gettato su questa parola il peso della loro esistenza piena di angoscia, e l'hanno calpestata e insudiciata. Ma Dio è anche il nome col quale gli uomini, nell'invocazione e nella preghiera, si sono rivolti a un «Tu» capace di comprenderli, al Dio vivente amico degli uomini.

«In tal modo – si domanda Buber – non è stata forse consacrata per tutte le generazioni e per tutti i tempi questa parola "Dio", questa parola dell'invocazione che è diventata un nome?». Le parole di Buber, mentre ribadiscono che non possiamo fare a meno di parlare di Dio e di invocarlo, ci avvertono pure che è facile abusare del nome di Dio nel parlare e nell'agire. (...)

Oggi ci sono persone che credono in Dio e altre che non ci credono. Una domanda: qual è il Dio nel quale alcuni dicono di credere, e qual è il Dio che altri rifiutano?

L'ammettere Dio e il negarlo dipendono molto spesso dall'idea che ci si fa di Dio stesso. Noi riteniamo di sapere già chi è Dio, e in base a questo nostro presunto sapere (derivante spesso dalle nostre esperienze infantili, dal rapporto coi genitori, dall'influsso esercitato su di noi dall'ambiente, ecc.), decidiamo se Dio abbia diritto di esistere oppure no. Prima però di emettere un giudizio positivo o negativo sull'esistenza di Dio dovremmo chiederci: come possiamo pretendere, con la nostra limitata intelligenza, di sapere già chi è Dio, per decidere poi se egli abbia o no il diritto di esistere? È molto più saggio riconoscere che Dio rimane una sfida per l'uomo, una sfida da accogliere sino in fondo, senza imboccare facili scorciatoie o soluzioni di comodo.

La fede cristiana ha qualcosa di originale da dire riguardo a Dio. Il Cristianesimo infatti non professa di credere in un Dio qualsiasi, ma in quel Dio di cui ha parlato Gesù. Dio è una componente essenziale della buona novella di Gesù. Se noi cancellassimo Dio dal messaggio di Gesù, gli toglieremmo il cuore pulsante. È da Gesù che un cristiano apprende chi è Dio.

Franco Ardusso in *Che cosa significa dire «Credo»*, Elledici 1996, pp. 8-9

GLORIA

Qui e là sento certi cristiani e non cristiani i quali mi rinfacciano come insopportabile questo vocabolario della *gloria*, soprattutto quando lo si applica a Dio.

In questo senso si intendono, più o meno ben tradotte, espressioni del genere: «Noi viviamo per la gloria di Dio»; «Che la vostra esistenza sia un'offerta a lode della sua gloria»; o ancora (o peggio): «Dio ci ha creati per la sua gloria»!

A questo aggiungete quel modo di parlare, in certe circostanze, che fa assumere alla parola *gloria* il senso di «vanità». In questo caso viene da dire: «Ma come si fa a parlare così di Dio? Com'è possibile far parlare Dio in questo modo?». Qui non c'è proprio nulla del Dio di amore e povertà rivelato in Gesù Cristo. Mi sento in sintonia con queste critiche e, in certe celebrazioni, mi capita di correggere un po' il contesto, a volta anche di cambiare la parola gloria con l'espressione «la manifestazione gloriosa del suo amore».

Notate che la parola non è interdetta nelle nostre conversazioni o nella nostra letteratura. Un commediografo francese, Marcel Pagnol, ha potuto scrivere un libro a gloria del padre suo.

Bisogna soprattutto evitare di presentare un Dio narcisista che contempla la sua gloria nello specchio del Figlio suo o della Creazione. È vero il contrario.

Facciamo un paragone, che però è più di un paragone. In astronomia, la gloria del sole, è quello splendore sorprendente che si vede attorno al disco lunare tutto nero durante un'eclisse di sole: una specie di zampillio infinito di scintille di fuoco, di luci, di colori...

Ebbene, la gloria di Dio è tutto ciò che brilla oltre il suo segreto inaccessibile. Ma che cosa è che brilla così nella luce di Dio? Il cosmo senz'altro; ma innanzitutto Gesù, il Figlio irradiato nella sua umanità, e con Lui la nostra stessa umanità. Vi rendete conto? La gloria di Dio non è quella specie di orgoglio divino che bisognerebbe adulare; la gloria di Dio siamo noi, inondati dalla sua grazia.

Di fatto, qualcuno l'aveva già detto da molto tempo, sant'Ireneo: «La gloria di Dio è l'uomo vivente».

HENRI DENIS in *100 parole per dire la fede*, Elledici 1997, pp. 26-27

ONNIPOTENZA

Potenza, onnipotenza di Dio: sentiamo queste parole durante le preghiere e i prefazi eucaristici. Parola temibile, nella misura in cui la usiamo per attribuirla a Dio. Cerchiamo di liberare un po' questo terreno pieno di spine.

C'è in primo luogo un senso del tutto accettabile. Parlando dell'onnipotenza di Dio, vogliamo semplicemente dire che egli è Dio, che è a una distanza infinita da ciò che noi siamo, o che non agisce secondo il nostro modo di fare. Altrimenti sarebbe un despota. L'onnipotenza di Dio è un altro nome della sua trascendenza.

C'è però anche un'interpretazione veramente perniciosa, quella che parla di onnipotenza assoluta; traducete: la potenza di fare qualsiasi cosa. Dio sarebbe tanto più Dio in quanto potrebbe fare le cose più stravaganti (ai nostri occhi). Sarebbe tanto più Dio in quanto la sua potenza sarebbe arbitraria. Diffidiamo: un Dio simile rischia di fare molti atei.

La potenza di Dio, così come ci è rivelata, è una potenza ordinata, creatrice di senso, creatrice di salvezza. Dio onnipotente non può, per esempio, far sì di non essere Dio.

Come vedete, la potenza di Dio non ha nulla a che vedere con le potenze di questo mondo. Padre Varillon, in una celebre formula, ha tentato di far capire che questa onnipotenza è quella dell'Amore. È vero, a condizione di non reintrodurre il despotismo di un Amore che agirebbe, come si dice, «secondo i propri gusti». No! l'Amore onnipotente è fedele all'Amore, al rispetto della libertà.

Ve lo dicevo, la parola «potenza» è strana. Verrebbe da dire che questa potenza è vulnerabile, come quella di ogni Amore. Un Amore che s'impone sarebbe una caricatura. Grazie, o Dio onnipotente, di averci dato Gesù, la cui forza si è compiuta nella debolezza della Croce.

Henri Denis in *100 parole per dire la fede*, Elledici 1997, pp. 27-28

Provvidenza

Una volta si parlava molto nelle prediche della divina Provvidenza. Era in un certo senso l'altro nome di Dio. Oggi, in pieno sviluppo scientifico e tecnico, siamo diventati più discreti. Non è necessariamente un male, se – come per il peccato originale – si prende l'occasione per fare il punto dei problemi.

Per esempio, la Provvidenza non è il Dio che agisce arbitrariamente alla richiesta di certi credenti, e non di altri, per realizzare il tal miracolo, impedire la tale catastrofe... La Provvidenza non è nemmeno quella che punisce, mediante epidemie o guerre, i peccati degli uomini, o che si indispone per i poteri sorprendenti che la scienza avrebbe dato agli uomini contro Dio. La Provvidenza, soprattutto, non è quel Dio che vede tutto «in anticipo», che prevede i nostri errori e i nostri passi falsi e ci lascerebbe un'illusione di libertà. Questo Dio perverso, denunciato tra altri da Sartre, ha per effetto di «annientarci», di ridurci al nulla.

Ma allora, come comprendere la Provvidenza amorosa di Dio? Proprio mettendola al suo livello, che non è quello delle nostre responsabilità. Dio provvidente non è il Dio che prevede tutto, ma che provvede donando la sua grazia, quella della sua presenza e del suo Amore, qualunque cosa ci capiti. Quali che siano le nostre responsabilità, la nostra situazione, la nostra speranza o disperazione, egli ci dice che è con noi per fare di noi i suoi figli prediletti e per renderci fratelli gli uni degli altri.

Henri Denis in *100 parole per dire la fede*, Elledici 1997, pp. 113-114

È quando c'è qualcosa
al di sopra della vita
che la vita diventa bella.
Jean d'Ormesson

Unità

La chiamata all'unità, sconosciuta nell'Antico Testamento, diventa nel Nuovo una priorità. Il fatto è che la venuta di Cristo crea una realtà assolutamente nuova: una comunione che non è semplicemente giustapposizione più o meno riuscita di individui isolati, bensì una dipendenza radicale degli uni dagli altri. Mediante il battesimo siamo diventati membra di uno stesso corpo, che riceve continuamente vita da Cristo.

L'ultima sera, con i suoi discepoli, Gesù ha pregato affinché siamo una cosa sola come lui è una cosa sola con il Padre (Gv 17,20-24). L'amore di Cristo ci fa partecipare alla sua unità con il Padre e ci lega in una comunione che è il riflesso visibile di tale unità nel mondo. Questa comunione è uno scambio di vita tra Cristo e noi: «Io sono la vite, voi i tralci» (Gv 15,5).

Come vivere tale unità nelle relazioni umane? San Paolo ce ne indica il cammino: «Se un membro soffre, tutte le membra soffrono insieme; se un membro è nella gioia, tutte le membra gioiscono con lui» (1 Cor 12,26). Poiché Cristo è in me, posso smetterla di avere paura dell'altro, di vedere nell'altro ciò che io non ho, di vedere l'altro addirittura come una minaccia per la mia vita; anzi, lo posso vedere in una relazione di complementarità con me; e ancor di più: se l'altro fa qualcosa di buono, io vi partecipo; se l'altro soffre, soffro anch'io. Non isolarsi in uno spirito di competizione, non voler più affermarsi a scapito dell'altro, ma cercare di essere «nell'altro»: questo modo di comportarsi ci libera dal bisogno di «giocare un ruolo», e ci permette di gioire con sincerità di fronte ai doni degli altri.

Invece di ricercare una perfezione individuale, il Vangelo ci chiede di vivere con tutto il nostro essere uno sforzo di comunione, lasciando, per così dire, circolare liberamente la vita di Cristo. «Abbiate in voi gli stessi sentimenti che furono in Gesù Cristo...» (Fil 2,5-11).

Taizé in *Ascoltando con il cuore*, Elledici 1994, p. 89

ECUMENISMO

Con la parola *oikuméne* i Greci indicavano la terra abitata, il mondo in quanto popolato. Nel linguaggio ecclesiastico la parola richiama l'idea di universalità: tutti gli uomini devono essere raggiunti dal messaggio evangelico e condotti all'unità della Chiesa. «E ho altre pecore che non sono di questo ovile; anche queste io devo condurre; ascolteranno la mia voce e diventeranno un solo gregge con un solo pastore», dichiara Gesù in san Giovanni (10,16). Questo movimento d'integrazione nell'unità è essenziale per la Chiesa e ne costituisce la vera natura.

Il così detto «movimento ecumenico» è nato in seno alle Chiese sorte dalla Riforma, in reazione alla loro incredibile frammentazione, accentuatasi lungo i secoli. Secondo un'idea abbastanza diffusa tra i protestanti, la Chiesa di Cristo sarebbe stata lacerata dal peccato degli uomini e sopravviverebbe unicamente sotto forma di frammenti, alcuni dei quali notevoli come il cattolicesimo, l'ortodossia, l'anglicanesimo, il luteranesimo, il calvinismo... L'unità della Chiesa non esiste, è necessario invece realizzarla nel futuro: e si attuerà grazie agli apporti delle diverse Chiese, tra loro complementari.

Questo modo di vedere contrasta con la certezza di fede, comune in tutte le Chiese cristiane fino al sec. XIX, che la Chiesa è una comunione, che è unica per essenza, ma che è possibile separarsi da tale comunione. È il punto di vista cattolico: esiste la Chiesa di Cristo ed esistono Chiese che se ne sono separate, che si sono staccate dall'unità e si sono divise. Tutti gli autentici valori divini conservatisi nelle Chiese separate sono tratti dall'unica Chiesa di Cristo e conducono ad essa.

L'Ecumenismo cattolico consisterà nello scoprire e nel precisare tali valori, mettendo in chiaro i rapporti delle Chiese separate con la vera Chiesa e la sua unità. Consisterà inoltre nell'eliminare ciò che potrebbe oscurare la vera natura della vera Chiesa, e ciò grazie a uno sforzo di rinnovamento, grazie alla conversione del cuore, alla preghiera in comune, alla fraterna reciproca conoscenza, alla rinuncia dei pregiudizi.

GUY-MARIE OURY in *Dizionario della fede cattolica*, Elledici 1994, pp. 69-70

EVANGELIZZAZIONE

Ciascuno di noi è apostolo, se intendiamo per apostolo una persona chiamata da Dio ad annunziare la sua Parola. Ciascuno di noi ha questo compito specifico perché figlio di Dio e redento da Cristo; lo ha come persona che ama, perché chi ama sente il bisogno di raccontare, di rivelare agli altri l'oggetto del proprio amore.

Non è più un compito, un lavoro o un impegno, qualcosa da fare in tempi e momenti prestabiliti, da persone prestabilite, ma diventa un'esigenza del cuore e dell'anima, parlare di colui che si ama. (...)

Se tutti siamo apostoli ed abbiamo il compito di annunziare e di evangelizzare, bisogna che anzitutto educhiamo ed evangelizziamo noi stessi, perché non si può annunziare se non si è pienamente ricchi e convinti di quello che vogliamo dire, se non si conosce e si ama la persona che desideriamo annunziare.

Noi siamo «cristiani» e dobbiamo quindi prima di tutto scoprire che cosa voglia dire essere cristiani e chi sia Gesù che vogliamo annunziare; in una parola dovremo vivere l'esperienza di Cristo e questo lo si fa prima di tutto alla sua scuola, camminando con lui, scoprendo come lui amava, parlava, beneficava, per imparare a farlo anche noi. La prima evangelizzazione, la più importante è perciò quella che facciamo con la nostra vita; diversamente, le nostre diventano solo parole. (...)

Come essere evangelizzatori? Anzitutto occorre non scoraggiarci mai. (...) Il cristiano inoltre non deve lasciarsi condizionare dai risultati. Nel lavoro di evangelizzazione, come in tanti altri campi, sovente non vediamo subito i frutti della nostra fatica e siamo tentati di fermarci, scoraggiati. (...) Anche noi dobbiamo accettare i tempi di Dio nel nostro impegno apostolico. Cerchiamo di essere propositivi: la Parola di Dio porta sempre frutto, ma quando e come vuole lui. (...)

Dio vuole servirsi di noi, anche se potrebbe fare tutto da solo.

VINCENZO MACCHIODA in *Una corona di rose*, Elledici 1997, pp. 59-61

Culto

Il culto è un affare del cuore. Ci raduniamo per dire a Dio che è lui il più grande e che lo amiamo. È questo l'atto più importante che compiamo in quanto popolo di Dio. (...)

Quando i cristiani si radunano per il culto liturgico devono attenersi alle norme e strutture stabilite. Ma all'interno di queste strutture bisogna lasciare lo spazio necessario perché Dio si possa muovere, e perché smuova anche noi. (...) Secondo Gesù, perché ci sia un vero culto, non dobbiamo tanto domandarci: «Che cosa facciamo?», quanto piuttosto: «Per chi lo facciamo?». Se siamo convinti che ci raduniamo per adorare il Dio vivo e vero, la qualità del nostro culto migliorerà in modo drammatico.

Una cosa è certa: non ci annoieremo più a stare in chiesa. E poiché il culto sacro ha per oggetto Dio, è destinato a lui, alla sua gloria, dovremmo smetterla di giudicare le funzioni liturgiche in base ai vantaggi che possono derivarne per noi. Dobbiamo invece preoccuparci di piacere a Dio e di accogliere e incoraggiare gli altri fedeli.

Il culto e l'adorazione sono cose naturali, istintive. Il guaio è che spesso adoriamo le cose sbagliate. Andiamo matti per le squadre di calcio, i cantautori, le dive del cinema e le automobili. Ci togliamo le scarpe per non rovinare un tappeto nuovo. Siamo capaci di aspettare per ore sotto la pioggia per veder passare un re o un presidente. Quanto poi al denaro, siamo disposti a sacrificargli anche il sonno, pur di guadagnarne sempre di più.

(...) Così, lo sport è una cosa meravigliosa, ma è soltanto un gioco. Le dive del cinema e i cantautori sono affascinanti, ma non sono che esseri umani; anch'essi hanno mal di testa e mal di denti come tutti noi. E il denaro? Il denaro è un grande aiuto e una risorsa importante, se lo usiamo bene. Se però diventa nostro padrone, ci farà vivere in miseria. (...) Una cosa è certa: il culto non può ridursi alla messa della domenica, ma deve esprimersi nell'offerta di tutta la nostra vita a Dio.

Andrew Knowles in *Scoprire la preghiera*, Elledici 1987, pp. 84-85

Adorazione

Adorare Dio vuol dire riconoscere la sua grandezza e accettare con gioia il suo diritto di avere il posto unico e supremo che lui solo è degno di occupare. Siamo stati creati per trovare in Dio la nostra fonte di gioia, di soddisfazione e di meraviglia; è dunque naturale che lo adoriamo nell'intimo del cuore e con gli atti di culto. Il culto però non si limita a contemplare Dio e a cantare le sue lodi, esprimendogli l'adorazione del nostro cuore. Nel testo greco del Nuovo Testamento, culto significa anche «servizio». Perciò adoriamo Dio anche nella vita di ogni giorno, se compiamo le nostre azioni cercando di piacergli e di onorarlo.

L'adorazione abbraccia ogni istante della vita. Adorare Dio è dunque offrirgli corpo, mente e spirito. Dio merita tutto quello che possiamo dargli e molto, molto di più. Radunandoci con altri cristiani possiamo avere la gioia di lodare e adorare Dio insieme a loro. Il culto divino condiviso dalla comunità cristiana eleva cuore e mente, volontà e sentimenti, facendoci provare l'emozione di chi raggiunge la vetta della montagna e quasi pregusta la felicità del cielo. (...)

Adorare Dio significa dargli sempre il primo posto. Tutto il resto deve venire dopo di lui. I dieci comandamenti proibiscono di «inchinarsi davanti ad altri dei», cioè di adorarli. Ai giorni nostri, probabilmente i nostri dei non sono immagini o idoli; però tutto quello, cosa o persona, che ha il primo posto nei nostri pensieri e desideri, usurpa il posto di Dio.

Si parla tanto di autorealizzazione, autosoddisfazione da farne priorità assolute. Molte altre cose pretendono il primo posto nella nostra vita, e non tutte sono cattive. Tuttavia, anche gli interessi buoni e legittimi non sono più tali se usurpano il posto di Dio nel nostro cuore. (...)

È una pienezza di vita che può aver inizio già fin d'ora nell'adorare Dio con tutto il cuore.

MARY BATCHELOR in *Viaggio dello Spirito*, Elledici 1999, pp. 56-58

LITURGIA

Fin dalle origini ed in tutte le civiltà, l'uomo è ricorso a dei riti per esprimere a se stesso il senso della propria vita, per metterla in relazione con un mistero che lo circonda e lo sorpassa, per invocare le divinità, rendere loro omaggio o ringraziarle.

Anche in un mondo secolarizzato le celebrazioni occupano un posto rilevante, sia che riuniscano un gruppo di amici o una classe sociale, una città o una nazione, oppure tutto il mondo; alcune di tali celebrazioni ritornano secondo un ritmo periodico, mentre altre sono provocate da un avvenimento inatteso che segna la storia del gruppo o del mondo.

Nello spiegarsi infinito della loro diversità, le celebrazioni seguono tuttavia qualche regola fondamentale.

Esse hanno sempre, come punto di partenza e come oggetto, un avvenimento della vita umana o in relazione alla vita umana. Hanno un carattere collettivo o almeno riuniscono parecchi partecipanti. Esse si richiamano non soltanto al linguaggio della parola, ma anche al linguaggio dei gesti e dei simboli e osservano certi riti tradizionali. Si svolgono in un clima di emozione, di comunione e, generalmente, di gioia e di festa.

Quando si tratta di celebrazioni cristiane o liturgie, la loro intenzione è quella di celebrare la vita dell'uomo nei suoi momenti salienti, collegandola alla rivelazione di Dio e al mistero di salvezza in Gesù Cristo; oppure, secondo un altro punto di vista, esse cercano di celebrare Dio che si rivela e si comunica agli uomini nella persona e nell'azione di Cristo Salvatore.

Si potrebbe quindi definire la liturgia cristiana come un «luogo di incontro tra Dio e gli uomini nella celebrazione dei misteri di Cristo», o ancora «come la celebrazione dell'amore di Dio per gli uomini in Gesù Cristo».

PHILIPPE ROUILLARD in *Dizionario dei temi della fede*, SEI 1977, pp. 219-220

LODE

Se siete andati ad Assisi e se vi siete raccolti sulla piccola terrazza di san Damiano, dalla quale si vede scintillare la luce dell'Umbria, non potrete più dimenticare il Cantico delle Creature. Con l'anima di Francesco, rimarrà in voi come un canto di dolcezza e di gioia inesprimibile.

Come mai la *lode* è parte integrante della fede?

Domanda sorprendente, forse, tanto sembra semplice (potremmo aggiungere: cosa buona e giusta) lodare Dio, riconoscerlo per quello che è.

Tuttavia, non si tratta di una lode qualsiasi. Vorrei, con tutta la delicatezza desiderabile, tentare di scrutare le qualità proprie della lode cristiana.

In primo luogo la lode cristiana non è necessariamente esuberante o dionisiaca. Non bisogna confondere l'omaggio reso a Dio con una specie di euforia puramente soggettiva e di poca durata. Lo sappiamo tutti: secondo Aristotele, l'eccesso è un difetto. Dopo l'eccesso, bisogna ritrovare quella «giusta misura», quella moderazione di cui Paolo ci dice che è per il cristiano il frutto della certezza della Venuta del Signore (cf Fil 4,5).

L'altra qualità della lode cristiana è simile alla precedente. La si potrebbe formulare così: è una lode impregnata di gravità. Prendo il termine *gravità* non nel senso di ciò che è vicino alla tristezza, ma nel senso di ciò che ha valore, come nell'espressione «centro di gravità».

La lode cristiana fa sempre pensare alla richiesta del Padre Nostro: Sia santificato il tuo Nome! Sappiamo bene che Dio è Santo, lui solo è santo. Ma, santificando il suo Nome, noi imploriamo la nostra santificazione. È lodando Dio che siamo in qualche modo alleggeriti, che assumiamo un valore spirituale.

Mi ritorna alla memoria una parola molto semplice di sant'Agostino: *Solidabor in te.* Intraducibile, come sempre.

«Sarò solido in te». «Signore, in te sarò stabile».

HENRI DENIS in *100 parole per dire la fede*, Elledici 1997, pp. 130-131

STATUA

Viveva un tempo tra i monti un uomo che possedeva una statua, opera di un antico maestro. L'aveva buttata in un angolo, faccia a terra, e non se ne curava affatto.

Un giorno, si trovò a passare nei pressi un uomo che veniva dalla città. Essendo un uomo di cultura, quando vide la statua chiese al proprietario se fosse disposto a venderla. Il proprietario rise e disse: «E chi vuole che compri, scusi, quella pietra sporca e scialba?».

L'uomo della città disse: «Ti do in cambio questa moneta d'argento». E l'altro ne fu sorpreso e felice.

La statua fu trasportata in città, a dorso di elefante. E dopo molte lune, l'uomo dei monti si recò in città, e mentre camminava per la strada vide gente affollarsi davanti ad un edificio, dove un uomo gridava a gran voce: «Venite a vedere la statua più bella, la più mirabile esistente al mondo. Solo due monete d'argento per ammirare l'opera meravigliosa di un grande maestro».

E l'uomo dei monti pagò due monete d'argento ed entrò nel museo per vedere la statua che lui stesso aveva venduto per una moneta (K. Gibran).

Vivevo sul lato in ombra della strada e osservavo i giardini dei vicini al di là della strada, festanti nella luce del sole.

Mi sentivo povero, e andavo di porta in porta con la mia fame. Più mi davano della loro incurante abbondanza, più diventavo consapevole della mia ciotola da mendicante. Finché un mattino mi destai dal sonno all'improvviso aprirsi della mia porta, e tu entrasti a chiedermi la carità. Disperato, ruppi il coperchio del mio scrigno, e scoprii sorpreso la mia ricchezza (R. Tagore).

BRUNO FERRERO in *C'è qualcuno lassù?*, Elledici 1993, pp. 14-15

Febbraio

«C'è un tempo per piantare...
e un tempo per raccogliere» (cf Qo 3,2)

Cosmo - Creazione - Quaresima

COSMO

Cosmo è la realtà esistente, non fatta dall'uomo. Eppure, storicamente, esso non è mai esistito, pensato, descritto od usato, se non entro una certa sua ristrutturazione umana; se non sotto un dato modo culturale. (...)

Al dire delle indicazioni scientifiche odierne il cosmo ha conosciuto un'evoluzione di miliardi di anni; è sospinto in una corsa di secoli innumerevoli, che riesce impossibile descrivere, tanto s'inoltra abissalmente dai lontani tempi verso un futuro indeterminato. Il cosmo è tutto immerso in un tempo non misurabile. Se tentiamo di riaffrontare il tempo cosmico con la storia, che riusciamo a controllare, questa storia umana scompare come insignificante. Ancor più se cerchiamo di accostare la nostra esistenza personale con quella del cosmo: il nostro io ci appare assorbito ed annullato nel frammento di un istante impercettibile di fronte all'inesauribile durata cosmica. In modo analogo si è inclinati ad affermare se si paragona l'uomo con la vastità del cosmo.

Simili constatazioni sembrano contrastare con l'esaltazione, che ordinariamente viene fatta circa la dignità della persona umana. Si suol proclamare che l'uomo è il centro dell'universo; che lo stesso cosmo è stato creato per l'uomo (1 Cor 3,22; Gn 9,3). Come ciò si concilia con la grandezza smisurata di spazio e di tempo, che viene indicata come propria del cosmo? (...)

La grandezza di spazio e di tempo, che caratterizza il cosmo, in pratica ridonda ad esaltare la grandezza superiore dell'uomo. Il Creatore ha preparato un cosmo attraverso miriadi di secoli, e lo ha disteso per spazi che appaiono sempre immensi e incalcolabili, proprio perché voleva preparare adeguatamente un ambiente atto alla dignità dell'uomo; che fosse capace di soddisfare la ricerca inesauribile della sua intelligenza; che fosse recettivo della sua operosità creativa; che sapesse accompagnarlo nelle sue personali e sociali trasformazioni. Si può asserire che, di fronte al cosmo, l'uomo ha una dipendenza che la trascende; ha un'inferiorità, che gli consente di dominarlo.

TULLO GOFFI in *Dizionario dei temi della fede*, SEI 1977, pp. 71.73-74

Cielo

Il cielo è, in primo luogo, una realtà cosmica, la volta celeste, il firmamento. Ma nelle nostre tradizioni religiose è anche – il Padre Nostro non fa eccezione – quello spazio spirituale, più che un luogo, che si distingue dalla terra. Se si dice che Dio è in cielo o nei cieli, lo si dice essenzialmente per affermare che il nostro Dio non è a livello delle creature terrestri. Nulla potrà «cancellare» la distanza tra cielo e terra, tra ciò che è Dio e ciò che non è Dio.

Ma ecco che Gesù entra nella Storia degli uomini, nelle nostre vite. Avviene allora qualcosa di sorprendente e che noi non comprenderemo mai perfettamente in questo mondo. In Gesù che dona il suo messaggio e che muore per la giustizia, noi scopriamo Colui nel quale – senza alcuna confusione o assimilazione – il cielo e la terra si trovano uniti come in un matrimonio, un'alleanza inesprimibile.

Sarà una piccola rivoluzione di vocabolario, anzi qualcosa di più. Giudicate voi.

Il Dio del cielo, nel Figlio suo, è diventato figlio della terra. Non soltanto ha assunto la nostra vita, ma anche la nostra morte, tutte le nostre morti. Ormai, è proprio inutile cercare un luogo che sia la presenza di Dio, una specie di nuova Arca dell'Alleanza. Se è ancora possibile parlare dell'Altissimo, sappiamo che, dopo la sua discesa agli Inferi, egli è pure il «Bassissimo». Il nostro Dio non ha bisogno di un luogo celeste.

Il cielo, significa «essere con lui». Essere con lui per sempre, significa far parte del suo Corpo. Il cielo e il Corpo di Cristo, è l'intreccio dell'Amore che fa di noi i membri del Risorto.

Il cielo è dunque Lui, mai però Lui solo. Ditemi: non è forse vero che, a causa di Gesù, il cielo sono gli altri, tutti gli altri trasfigurati nell'unico Amore?

Henri Denis in *100 parole per dire la fede*, Elledici 1997, p. 36

VIA LATTEA

Percorrendo gli spazi con la fantastica velocità della luce, solo dopo tre secoli toccheremmo la Via Lattea. Quella pennellata d'argento sull'immensità del cielo è una famiglia stellare di centocinquanta miliardi di soli. (...)

Sempre con la velocità della luce, ossia viaggiando alla velocità di trecentomila chilometri al secondo, attraversata, dopo centocinquantamila anni di corsa, la Via Lattea, vedremmo davanti ai nostri occhi smarriti nell'infinito altri continenti stellari, simili alla Via Lattea.

Sono veri universi siderei, che gli astronomi chiamano «nebulose». Il nostro sistema solare confrontato con questi universi solitari, è come un piccolo mattone rispetto ad una immensa città di colossali grattacieli. Partendo dal confine estremo della Via Lattea, raggiungeremmo la soglia della nebulosa Andromeda solo dopo seimila secoli.

Gli universi siderei oggi fotografabili sono parecchi milioni. A torto i soli sono detti «stelle fisse». Essi invece sono in perpetua danza attraverso gli spazi, attoniti e indefiniti. Solcano i cieli con velocità superiore a quella dei nostri proiettili. Alcuni soli girano vorticosamente intorno a compagni di danza, altri si dirigono verso un punto determinato dell'Universo; i più si uniscono come sciami, sotto forme di immense correnti stellari. I telescopi ricevono luci, la cui sorgente, forse, si è spenta. Altre stelle stanno emettendo raggi che raggiungeranno il nostro pianeta quando l'umanità avrà già terminato la sua missione.

Isacco Newton, vibrante di stupore per l'armonia che esiste nel firmamento, ha lasciato scritto: «Questa notte io fui assorbito dalla meditazione della natura. Ammiravo il numero, la disposizione, la corsa di quei globi infiniti. Ma ammiravo ancor più l'Intelligenza infinita che presiede a questo vasto meccanismo. Dicevo a me stesso: "Bisogna essere ben ciechi per non restare estasiati a questo spettacolo, sciocchi per non riconoscerne l'Autore, pazzi per non adorarlo"».

ADOLFO L'ARCO in *Ma c'è poi questo Dio?*, Elledici 1989, pp. 5-6

ECOLOGIA

Comprendere e rispettare questo legame profondo che esiste tra tutti gli organismi e il loro ambiente è vivere e amare la natura.

«Per una carpa la natura – scrive Fulco Pratesi – è lo stagno in cui vive, per un tarlo la galleria che si è scavata nel legno, per una stella alpina la roccia in cui è spuntata, per l'uomo tutto ciò che sta al di fuori di lui, e che lui non ha creato, il bosco con i suoi alberi e animali, il mare, i laghi, l'ambiente che lo circonda e di cui egli stesso fa parte. Ogni essere vivente si è costruito un suo ambiente, un suo habitat, e la scienza che studia i rapporti degli esseri viventi fra loro e con l'ambiente è l'ecologia» (da «il Salvanatura»).

Questo termine fu coniato nel secolo scorso (1866) dal biologo tedesco Ernst Haeckel, derivandolo dalle parole greche «oikos» (= casa) e «logos» (= scienza).

Fine dell'ecologia è che la Terra resti e sia veramente la casa per tutti gli organismi che la compongono.

Secondo che l'ecologia s'interessi prevalentemente di problemi del mondo animale o di problemi botanici, si parla di *ecologia animale* e *ecologia vegetale*, come anche di *ecologia microbiologica* se si occupa dei batteri del suolo e delle acque. In anni recenti ha avuto un grande sviluppo l'ecologia umana che è lo studio delle relazioni tra l'uomo e il suo ambiente.

Ma tali suddivisioni sono puramente esemplificative e pratiche, perché l'ecologia ha sempre di vista il quadro sintetico complessivo che è la stessa biosfera.

SERGIO BOCCHINI in *Responsabili della creazione*, Elledici 1986, p. 14

Qualsiasi vita umana è insignificante
se noi stessi non la rendiamo grande.
A. Murray

ECOSISTEMA

«Prendete una cosa qualunque, osservatela bene; vi accorgerete che è legata a tutto il resto dell'universo» ci diceva il simpatico professore di biologia. E portandoci in un boschetto accanto alla scuola, ci faceva osservare una pianta per raccontarcene poi la storia.

Un seme caduto al suolo da qualche pianta vicina, o trasportato dal vento o da un animale, è germinato qui perché ha trovato un terreno adatto, la pioggia e il suolo che hanno alimentato le sue radici, l'energia solare, l'ossigeno, e tanti altri fattori che hanno favorito la sua crescita. Raggiunta ormai la maturità, questa pianta scambia il proprio polline con un'altra pianta della sua specie, servendosi di insetti o del vento. E quando i suoi fiori sono fecondi, e i frutti raggiungono la maturazione, i suoi semi si disperdono di nuovo, per continuare il ciclo della vita. Tra i rami di questa pianta gli uccelli e gli insetti trovano riparo e nutrimento; e quando avrà esaurito il suo ciclo vitale, gli organismi che si alimentano di legno morto (piccoli artropodi, funghi) la divoreranno; e ciò che resterà sarà decomposto e tornerà ad inserirsi nel ciclo degli elementi minerali del suolo che, a loro volta, saranno utilizzati dalle radici di altri vegetali.

Per tutta la sua vita, ed anche dopo la sua morte, questa pianta sarà sempre al centro di un interscambio: riceve la luce del sole, l'acqua e sostanze minerali dal suolo, ossigeno e anidride carbonica dall'aria, polline dalle altre piante. Da parte sua, offre protezione e alimento agli animali, fornisce ossigeno all'atmosfera e produce semi che favoriscono la continuazione della specie; inoltre, dopo la sua morte, restituirà al suolo buona parte dei materiali che ne ha tratto. (...)

Ogni modificazione, anche minima, a questo delicato sistema comporta uno squilibrio che si riflette negativamente su tutta la natura.

SERGIO BOCCHINI in *Responsabili della creazione*, Elledici 1986, pp. 13-14

Creazione

Creazione, una parola assai comoda per dire il mondo, l'universo, il cosmo e l'umanità stessa, nella loro relazione con Dio. Ma una parola difficile, perché non è evidente che questa Creazione sia sempre splendida e generosa: per la bellezza di un tramonto del sole o di quell'uccello multicolore, quanti cataclismi, terremoti, eruzioni vulcaniche, inondazioni! Quanti innocenti vittime di questi sconvolgimenti!

Rileggiamo sempre con gioia il salmo 104, quel salmo egiziano ripreso da Israele e cantato poi dai cristiani: «Benedici il Signore, anima mia: Signore, mio Dio, quanto sei grande!». È bello lasciarsi trasportare dal rendimento di grazie, ma a una condizione: che sappiamo distinguere bene i piani in cui ci situiamo, senza volerli mescolare o confondere, o articolare in un falso concordismo.

Per esempio, la scienza ha il dovere di interrogarsi sull'inizio del mondo, come sull'inizio dell'umanità, con i mezzi di indagine che le sono propri. È il primo piano.

La filosofia deve riflettere sull'origine del mondo, dell'uomo, sul senso della venuta dello spirito. Essa tenta di scrutare questo enigma: perché esiste qualcosa piuttosto che niente? È il secondo piano.

Il terzo piano, quello in cui si situa il credente, è diverso. Il credente non cerca di spiegare l'atto creatore, appoggiandosi per esempio sulla teoria del Big Bang. Non pretende di dimostrare l'esistenza di un Dio Creatore partendo dalla nostra contingenza. La Creazione come mistero è nell'ordine della fede. Io ricevo mediante essa una specie di Parola, anteriore alla Rivelazione propriamente detta, per mezzo della quale Dio mi dice già che mi ama e che chiama tutta l'umanità a scoprire i suoi benefici.

È buono e bello rendere grazie a questo Dio Creatore in un eterno presente, che accompagna le sue creature nelle loro disgrazie e angosce, senza mai far loro perdere la fede nella vita.

Henri Denis in *100 parole per dire la fede*, Elledici 1997, pp. 124-125

MARE

Avvicinati al mare e osserva la sua profondità, la sua estensione, la sua ripartizione in mari più piccoli, le spiagge, i porti, le isole che vi sono in mezzo; considera i generi, le razze, le forme e la varietà dei pesci e l'istinto con cui tendono verso la terra. Insieme all'irruenza dei flutti, osserva anche il freno che la provvidenza ha ad essi imposto, trattenuti dal quale, essi non possono inondare la terraferma: infatti, scagliandosi impetuosamente contro la riva, sono assai timorosi dei limiti ad essi stabiliti e, vedendovi inscritta la legge di Dio, storcono il collo e recalcitrano indietro come un cavallo imbizzarrito stretto dal morso del cavaliere, pentendosi di essersi troppo accostati alla sponda.

C'è poi da considerare che il mare collega tra loro terre separate e molto distanti l'una dall'altra. Il Creatore, infatti, volendo unire fra loro gli uomini, li costrinse ad aver bisogno gli uni degli altri. Sul mare compiamo lunghi viaggi e cerchiamo dagli altri le cose delle quali abbiamo bisogno, dando loro in contraccambio ciò di cui necessitano. Infatti, il sommo rettore dell'universo ha disposto che non tutte quante le cose necessarie agli uomini si trovassero in ogni singolo punto della terra affinché la ricchezza autosufficiente non pregiudicasse la reciproca amicizia. L'abbondanza dei beni, si sa, si compiace dell'insolenza ed è madre dell'intemperanza.

Il mare, perciò, si estende nel bel mezzo della terra (divisa in innumerevoli golfi) come la piazza di una grandissima città mostrando un'infinità di cose necessarie e accogliendo molti venditori e acquirenti, conducendoli gli uni dagli altri. (...)

Affinché coloro che viaggiano per mare non si affaticassero troppo, il Creatore vi pose, a mo' di stazioni, le isole. I naviganti, ivi discesi, dopo aver ristorato i corpi e riacquistato le energie necessarie, salpano nuovamente alla volta del luogo ove sono diretti. «Apprezza, dunque, tutti questi benefici!», dice il mare.

TEODORETO DI CIRO in *La provvidenza divina*, 2

TERRA

Un ricco mugik nelle steppe della Russia sconfinata possedeva grandissime estensioni di terre. Chiamò un giorno il più povero e fedele dei suoi fattori e gli disse:

«Voglio premiare la tua lunga fedeltà. Avrai terra per te quanta ti basta. Tutto il terreno che riuscirai a calpestare domani, camminando dall'alba al tramonto, sarà tuo!».

Il povero uomo credette di sognare.

Quella notte non dormì per l'ansia dell'interminabile attesa.

Al primo chiarore dell'alba si pose in cammino, per non perdere un solo minuto di un giorno così prezioso.

Quante *verste* (m. 1066) avrebbe percorso prima di sera?

Correva, correva e il sole saliva.

Ansava, camminando, ed era mezzogiorno. Si trascinava a stento all'imbrunire. Avanti, avanti! Fermarsi è perder terreno!

Tra poco finalmente avrebbe dormito sulla terra di sua proprietà.

Era sera, quando si fermò e disse:

«Ecco la terra che basta per me, per la mia famiglia, per il mio avvenire».

Ma proprio allora i suoi piedi non lo sostennero più, gli occhi non videro più. Il cuore gli era scoppiato.

Il giorno dopo, il povero uomo fu sepolto in quattro zolle di terra.

Ecco la terra che basta a un uomo (L. Tolstoj).

A. CONTRAN - D. ZANELLA in *Quaresima*, Elledici 1991, pp. 105-106

Pensare ciò che è vero,
sentire ciò che è bello,
volere ciò che è buono:
in questo riconosce lo spirito
il fine della vita ragionevole.
Von Platen

«Ragioni seminali»

La terra è meravigliosa e affascinante, perché in essa è sbocciato il miracolo della vita.

Il grande biologo Giovanni Battista Grassi ha asserito: «Un essere vivente che si sviluppa è un miracolo analogo a quello di un palazzo che si innalzasse spontaneamente, senza l'intervento dei costruttori, da un piccolo mucchio di calce e mattoni». (...)

La ghianda sceglie dal terreno tutti gli elementi necessari e, con impeccabili proporzioni, li organizza in modo da dar corpo alla futura quercia.

Come la ghianda, tutti i germi presentano queste forze vive che lavorano dal di dentro e plasmano, modellano, ordinano la materia come se ragionassero. Quel grande genio che fu sant'Agostino chiama queste forze «ragioni seminali»: ragioni, perché attuano un piano logico; seminali, perché esplodono dal seme.

E chiama anche queste stesse forze «numeri seminali», per indicare la proporzione, il ritmo, l'armonia con cui esse ordinano la materia. Secondo il santo questi numeri, o *ragioni seminali*, sono ripieni di vitalità senza volume, sono ricchi di musicalità senza suono e si congiungono tra loro con ardentissimo amore. Per la loro azione un solo minuscolo seme, lungo interi millenni, fiorisce, ramifica, fruttifica in selve di selve, in messi di messi. Queste energie operanti nella materia hanno vita e musica; vita che si diffonde nella molteplicità, musica che riduce tutto all'unità. (...)

Queste *ragioni seminali*, questi codici genetici, sono di categoria superiore a quella materiale, fisica, non si odorano, non si gustano, non si palpano, non si sentono, non si vedono, ossia non possono essere scoperti dai cinque sensi, eppure essi sono colti da noi. Allora vuol dire che in noi c'è qualche altra cosa, oltre che il corpo: c'è lo spirito, c'è l'anima!

Adolfo L'Arco in *Ma c'è poi questo Dio?*, Elledici 1989, pp. 9-10

VEGETALI

Il grande poeta tedesco Schiller scioglie quest'inno ai vegetali: «O pacifici vegetali, le vostre silenziose meraviglie mi annunciano la potenza della Divinità; la vostra perfezione che ignora se stessa porta il mio spirito, avido di cognizioni, fino alle riflessioni più sublimi. L'immagine di un Dio si spiega ai miei occhi nel seno delle vostre mute apparenze».

Gli architetti del tremila si ispireranno a strutture vegetali che la vita già costruisce stupendamente da millenni.

Il sommo botanico Linneo esclama: «Il Dio eterno, il Dio immenso, sapientissimo, onnipotente è passato dinanzi a me. Io non l'ho veduto in volto, ma ho visto le tracce del suo passaggio».

Leopardi ha creato due versi di altissima lirica religiosa. Con essi il grande poeta fa comprendere più di quanto non esprima. Per gustarli pienamente bisogna tenere presente che l'amore è sempre orientato verso una persona, mai verso un oggetto, una cosa, e si esprime mirabilmente col sorriso.

Il poeta, incantato davanti alla bellezza della primavera, si rende conto che il sorriso di questa non può essere altro che l'espressione di un grande amore per una Persona infinita. Perciò mette sulla bocca del «pastore errante» questa domanda rivolta alla luna: «Tu sai, tu certo, a qual suo dolce amore rida la primavera».

La primavera è il sorriso con cui il creato esprime il suo dolce amore al Creatore.

Il filosofo Rousseau amava cogliere erbe e fiori. Un giorno tornò da una lunga passeggiata carico di esemplari botanici. Alcune persone che lo videro, si misero a ridere.

Il filosofo li redarguì: «Non c'è da ridere, perché ho tra le mani la più grande prova dell'esistenza di Dio».

È proprio vero che Dio si stanca dei grandi regni, ma non dei piccoli fiori.

ADOLFO L'ARCO in *Ma c'è poi questo Dio?*, Elledici 1989, p. 11

NATURA

La natura viva è tutta un tessuto sconfinato di mirabili prodigi e manifesta una sapienza infinita.

E chi ha scoperto i tesori della foglia che, alla presenza della luce, combina il carbonio dell'aria con l'acqua della terra per provvedere il pane all'uomo?

V'è tanta sapienza nel filo d'erba da fare invidia al più bravo scienziato.

E tutta quella sapienza si è profusa senza il divino Sapiente? E chi ha tutto disposto «secondo peso e misura»?

L'inventore americano Edison, nel registro dei visitatori della torre Eiffel si firmò così: «Un uomo che apprezza tutti gli ingegneri ma che ha ammirazione per il più grande di tutti, Dio».

Il celebre esploratore Brancks, dopo il suo giro intorno al mondo, si presentò al re Giorgio d'Inghilterra. Il sovrano gli domandò che cosa avesse visto di bello, e lo scienziato rispose: «Ho visto il Padrone del mondo».

La voce dell'istinto è un altro canto della divina Sapienza. (...)

Buffon, celebre studioso della natura, che non era certo sprovvisto di logica e di acume, affermava: «Quanto più penetro nel senso della natura, tanto più profondamente rispetto il Creatore».

ADOLFO L'ARCO in *Ma c'è poi questo Dio?*, Elledici 1989, pp. 13.14

Come per l'iceberg,
tutto ciò che appare nell'universo
non è che un'infima parte della realtà.
L'essenziale è ancora nascosto.
Dom Grammont

ALBERO

Siamo in un'immensa pianura, vi è un albero. Quest'albero è splendido. Prima di tutto colpisce il suo tronco: largo, enorme, solido, rassicurante. Certo non se ne vedono le radici perché sono sotto terra, ma si possono immaginare, immense, profonde, che vanno a cercare molto lontano nella terra tutta la sostanza necessaria alla vita dell'albero maestoso. L'albero ha una corteccia molto spessa, nodosa, che ha resistito agli assalti dei venti, delle tempeste, del caldo e del freddo.

Alzando gli occhi, vediamo una moltitudine di rami foltissimi, carichi di verdi foglie. L'albero è in buona salute per essere così fronzuto. Poi ecco che si riempie di fiori bianchi, di fiorellini delicati, leggeri, incantevoli, in grandissima quantità. I rami sono così carichi che si piegano graziosamente fino a terra e finiscono per mettere radice e dare a loro volta origine ad altri alberi.

Qual è il motivo per cui quest'albero è così prospero? Se potessimo vedere dentro alla corteccia, vedremmo scorrere una linfa ricca ed abbondante. Questa linfa alimenta tanto e così bene tutto l'albero che lo abbellisce, lo rende prospero e fiorente, pronto a moltiplicarsi.

La corteccia dell'albero è la corteccia del nostro corpo, è soltanto un involucro. La linfa è la vita trinitaria che scorre in noi, andando ad irrigare le nostre facoltà. L'albero non può fiorire se prima nel suo tronco non c'è una bella linfa.

Se invece il tronco dell'albero si lascia invadere dai tarli e da tutti i parassiti, si svuoterà e morirà. Ma se lasciamo circolare in noi la vita trinitaria, come la linfa nell'albero, vedremo con sorpresa svilupparsi fiori meravigliosi: la purezza, l'umiltà, la misericordia. Poi i fiori andranno a seminare la terra (cioè le altre anime) con le loro virtù, poiché la virtù è contagiosa.

MARIE-BENOÎTE ANGOT in *La vita di adorazione*, Elledici 2002, pp. 61-62

Potatura

Gli inverni della vita preparano altrettante primavere. Siamo tutti impazienti. Vogliamo tutto e subito. Vogliamo la gioia, la pienezza, ed essere al centro della vita. Questi desideri sono così naturali! Occorre però imparare a crescere lentamente, secondo i ritmi del nostro essere.

Guardate le piante e gli animali, guardate gli ortaggi e gli alberi da frutto. Tutto richiede tempo per sbocciare, acquisire bellezza e portare frutto. Ci sono estati in cui maturano bei raccolti, autunni piovosi in cui cadono le foglie, inverni grigi e freddi in cui sembra che la vita si sia fermata; giungono poi le primavere e la vita rinasce. (...)

La vita umana è così. Tutti noi siamo come un albero da frutto. Siamo stati piantati nella terra di nostra madre e siamo cresciuti. Siamo nati, siamo sbocciati nella terra, talvolta un po' dura, delle nostre famiglie. Nella nostra vita, si succedono le diverse stagioni.

Gli alberi e gli arbusti sono belli. La natura è bella. Il nostro universo è bello. Tutte le piante e tutti gli animali sono belli. Nella Bibbia leggiamo che Dio vide questo universo... E vide che era cosa buona. E al centro dell'universo ci sono l'uomo e la donna... che cominciano il loro viaggio nella vita come un piccolo seme che germoglia e porterà frutto. Poi invecchia e scompare. È il ciclo della vita. (...) Ma la crescita umana implica anche alti e bassi, inverni, momenti brutti, insuccessi, tempi infruttuosi. (...)

Come la vite deve essere potata per portare ancora più frutto, analogamente ognuno di noi deve essere «potato». Ci sono momenti di dolore e insuccessi che costituiscono altrettante potature difficili e dolorose. Ma si verificano perché la vita acquisisca maggior pienezza. Quando dunque è inverno e fa molto freddo, quando la vite viene potata, privata di tutti i rametti, si ha difficoltà a credere che la primavera stia per arrivare e che la vita sonnecchia e sarà presto pronta a risorgere.

Jean Vanier in *La depressione,* Elledici 2009, pp. 15-16

VITA

Perché sono venuto al mondo? Perché vivo? Perché ho questi genitori? Perché mi trovo in questo paese, con questa cultura? Perché sono nato in un paese cristiano? Sembrano domande oziose, eppure qualche volta ce le siamo poste.

Sono interrogativi importanti. Perché riguardano la vita. Ci potrebbe essere una risposta semplice e immediata: perché è il destino.

Ci accorgiamo che è banale e non ci soddisfa. Per quanto poco ci consideriamo, ciò che siamo è troppo grande per essere frutto del caso fortuito. Ci deve essere una risposta più seria e degna della nostra dignità e grandezza.

La vita è vocazione per una missione d'amore.

La fede cristiana ci dice che ancora prima che nascessimo Dio ci ha amati. Lui, che è amore, ha voluto che venissimo alla luce per donarci il suo amore. Ci ha fatti concepire e ci ha fatto lasciare il caldo nido del grembo materno.

Ed ha sognato per noi una vita bellissima, di gioia. Ci ha donato lineamenti, sensibilità, doti, gusti. Ci ha plasmato a sua immagine. Ci ha fatto con un cuore che si nutre dell'amore: ricevuto e dato.

La sua è una continua chiamata, vocazione a vivere i doni, sviluppandoli e portandoli a maturazione.

Dunque, ogni chiamata suscita una risposta da dare con la vita stessa.

Chiamata e risposta implicano sempre la realtà più preziosa e sacra che ci costituisce: l'amore. Preziosa perché non possiamo vivere senza amore. Sacra perché siamo fatti a immagine di Dio, che è amore.

GUIDO NOVELLA in *Il tempo dell'uomo nel presente di Dio*, Elledici 2000, pp. 75-76

SCULTORE

Uno scultore stava lavorando alacremente col suo martello e il suo scalpello su un grande blocco di marmo. Un ragazzino, che passeggiava leccando il gelato, si fermò davanti alla porta spalancata del laboratorio. Il ragazzino fissò affascinato la pioggia di polvere bianca, di schegge di pietra piccole e grandi che ricadevano a destra e a sinistra.

Non aveva idea di ciò che stava accadendo; quell'uomo che picchiava come un forsennato la grande pietra gli sembrava un po' strano.

Qualche settimana dopo, il ragazzino ripassò davanti allo studio e con sua grande sorpresa vide un grande e possente leone nel posto dove prima c'era il blocco di marmo.

Tutto eccitato, il bambino corse dallo scultore e gli disse: «Signore, dimmi, come hai fatto a sapere che c'era un leone nella pietra?».

Il maestro sosteneva di avere un libro che conteneva tutto ciò che era concepibile conoscere su Dio. Nessuno aveva mai visto il libro finché uno studioso in visita, a forza di insistenti preghiere, lo sottrasse al maestro. Se lo portò a casa e lo aprì ansiosamente... Ogni pagina del libro era bianca.

«Ma il libro non dice niente», protestò lo studioso. «Lo so», rispose il maestro soddisfatto, «ma guarda quante cose suggerisce».

Ogni istante della tua vita è una pagina bianca.

Tocca a te scriverla.

E, anche se a qualcuno puoi sembrare un blocco di pietra, dentro di te c'è un leone.

Tocca a te farlo uscire.

BRUNO FERRERO in *La vita è tutto quello che abbiamo*, Elledici 2002, pp. 8-9

Pellegrinaggio

La nostra vita è un perenne camminare. Cammina chi è vivo; i morti non camminano più. I primi passi incerti segnano l'inizio dell'infanzia; gli ultimi, vacillanti e affaticati, indicano l'avvicinarsi della fine. Chi è costretto a non camminare perché è malato percepisce che manca qualcosa di importante nella vita.

Camminare è dunque segno di vita, la condizione abituale dell'uomo sulla terra e lungo i percorsi della storia. Rinunciare a camminare è rinunciare a vivere, è lasciare la luce per cadere nel profondo della notte. Sovente camminiamo per le strade dei nostri giorni, subendo l'esistenza.

Siamo viandanti, percorrendo i nostri giorni staccati gli uni dagli altri; quasi isolandoci da ognuno di essi, senza far maturare le tante ricchezze che la vita offre. Altre volte erriamo fra cose da fare e incontri vissuti con superficialità. Non di rado il nostro cammino è segnato dalla tristezza, senza una meta che orienti il viaggio e siamo tristi randagi. Molto spesso siamo vagabondi, vittime di una società che emargina e blocca in un mondo chiuso di sesso, droga, violenza.

Ma la vita è densa di promesse, offre incontri significativi e veri, prospetta la meta della riuscita, offre valori che unificano l'esistenza e portano a maturazione piena.

Noi viandanti, erranti, randagi, vagabondi siamo chiamati a divenire pellegrini. Viviamo in una cultura dell'itineranza. Siamo persone che vivono nel tempo e nello spazio, estroversi. Non siamo estranei alla nostra storia. Vivere da pellegrini ha tutto il sapore di tornare a casa, la qual cosa dona sicurezza.

La vita stessa del pellegrino svela e snoda tutta la forza che lancia verso il viaggio che conduce alla meta. (...)

La fede cristiana potenzia il tuo essere pellegrino, perennemente in viaggio verso il tuo futuro di vita nuova. Piena.

Guido Novella in *Il tempo dell'uomo nel presente di Dio*,
Elledici 2000, pp. 53-54

Futuro

Il nostro tempo, così instabile, caotico, innovatore, segna indubbiamente una crisi, penetrata nelle istituzioni, nelle strutture, nella cultura, nel palazzo di chi comanda e nelle case di chi vorrebbe vivere libero; penetrata nelle convinzioni religiose e nelle ideologie. È un gelido vento invernale che investe le tradizioni e fa segnare il crepuscolo dei valori antichi. L'uomo del nostro tempo sembra paralizzato nel pensiero, bloccato nello sviluppo, inerte nella ricerca che non miri allo star bene. (...)

La storia di ieri come scienza ci aiuta a conoscere il passato; ma quando le riflessioni degli storici giungono in ponderosi volumi nelle nostre biblioteche, solo pochi hanno il tempo e la possibilità di imparare i chiari insegnamenti di colei che è «maestra della vita». La storia di oggi è come un fiume in piena, che trascina con sé elementi che costruiscono il domani; bisogna esercitarsi a leggere il domani nell'oggi. (...)

La storia del domani può esistere non solo come sogno o fantasia, può essere scienza: la «futurologia». La futurologia come scienza è molto giovane: è nata nel 1943, come termine coniato da Flechteim, ma si è sviluppata soprattutto nel decennio 1960-1970, dopo lo scoppio dell'era tecnologica e le prime avvisaglie di crisi energetica. Non intende prevedere ciò che sarà, ma provvedere a ciò che potrebbe capitare.

Oggi una maggiore sensibilità al futuro non è più riserva di caccia per specialisti, o sogno per pochi uomini coraggiosi ed esaltati. Si guarda al futuro e si cercano guide. In passato abbiamo incontrato «guide» che hanno saputo leggere i segni dei tempi, e «guide cieche» che si sono lasciate ingannare dalle apparenze. (...)

La gente umile e saggia si rendeva conto che per capire il futuro non si doveva usare il metodo di guardare alle realizzazioni tecniche, alle mirabolanti scoperte, alle conquiste spaziali, ma prendere come punto di riferimento «l'uomo», l'uomo impersonato in coloro che guidavano verso mete di speranza e di bontà.

ANGELO VIGANÒ in *Uomo, progetto 2000*, Elledici 1983, pp. 3-5

Quotidiano

La nostra esistenza ospita momenti felici, ma è più sovente segnata dalla monotonia del lavoro, dalle fatiche, sacrifici, delusioni, insuccessi, incomprensioni, desideri inappagati.

E una pesantezza che rende faticoso il respiro dell'uomo, fiacca le sue energie, lo blocca nelle sue aspirazioni...

La vita frenetica logora e fa vivere in una superficialità che impedisce di godere la ricchezza che l'esistenza può offrire.

Potere, successo, denaro sono quotidiane tentazioni dell'egoismo che fa fallire la vita, che vorremmo all'insegna dell'amore.

Nonostante la monotonia, la banalità e la pesantezza che lo caratterizza, il quotidiano ospita anche momenti che dicono la grandezza dell'uomo, gesti di generosità, dedizione silenziosa nell'impegno tenace di vincere un mondo di ingiustizia.

Siamo coinvolti nella quotidianità, e rischiamo sovente di rimanerne prigionieri.

Facciamo l'esperienza di vivere spaesati, quasi in terra straniera.

Abbiamo molteplici contatti, ma sovente abbiamo l'impressione di vivere come esuli, senza appartenenza, soli e lontani da noi stessi e dagli altri. A volte ci sembra che anche Dio sia lontano.

Facciamo l'esperienza del deserto, nel duro quotidiano.

Nella fatica del vivere quotidiano nasce l'invocazione di un aiuto. La vita, pur segnata dal limite, non può essere bloccata dentro il limite. Essa appella a qualcosa di più. Vuole vita *più vita.* (...)

Nella vita del cristiano è offerta la possibilità di riflettere sulla fatica di vivere nel quotidiano e scoprire l'aiuto che dà risposta alle attese di liberazione che ci portiamo nel cuore.

GUIDO NOVELLA in *Il tempo dell'uomo nel presente di Dio,*
Elledici 2000, pp. 32-33

La vita, più è vuota e più pesa.
Alphonse Allais

Uomo

Nessun essere al mondo è stato oggetto di tanta ricerca scientifica, di così vasta riflessione filosofica, spirituale e religiosa come lo è l'uomo. (...) Oltre a tutte le conoscenze e contributi delle scienze teoriche e pratiche riguardanti l'uomo, c'è un interrogativo fondamentale che ogni uomo sincero scopre inevitabilmente in qualche momento della sua vita: Chi è l'uomo? Cosa significa: essere uomo? (...)

Per un lungo periodo, sotto l'influsso della filosofia greca, il mistero dell'uomo era caratterizzato soprattutto per mezzo del binomio *animal-rationale* (l'uomo è un essere vivente dotato di ragione). Non si tratta di negare la verità di questa risposta. Bisogna però osservare che serve in primo luogo per catalogare e situare l'uomo nei confronti dell'animale, delle piante e della materia non vivente. Ma dice ben poco della profondità dell'essere umano. (...)

Oggi il mistero dell'uomo viene spesso caratterizzato in questi termini: L'uomo è una persona che vive con altri uomini nel mondo per realizzarsi umanamente, senza però poter raggiungere la sua vera umanità in questo mondo. (...)

Le prime parole che caratterizzano l'uomo sono Io, Tu, Noi. È assolutamente caratteristico che l'uomo è capace di dire «Io» e di agire come un soggetto personale, cioè come qualcuno che prende in mano il proprio comportamento e decide del proprio agire. Però nessun uomo potrebbe mai dire «Io» se non fosse fin dall'inizio in comunione con altri uomini. (...) Nel contatto con il Tu ognuno può diventare un Io, cioè un soggetto personale. (...)

In ogni riflessione sulla natura e la condizione dell'uomo si rimane sempre colpiti dal fatto che in ogni uomo c'è un mistero di «dono» che non è frutto delle forze evolutive della materia, delle strutture della società o delle conquiste culturali. L'uomo è posto nell'esistenza, non per volontà propria, ma per volontà di Qualcuno che trascende il mondo e la storia. Il problema dell'origine e del destino è inevitabile, almeno quando l'uomo non fugge davanti a se stesso.

Giuseppe Gevaert in *Dizionario dei temi della fede*, SEI 1977, pp. 489-491

CORPO

Nell'uso popolare il termine «corpo», applicato all'uomo, indica soprattutto l'aspetto esteriore dell'organismo, la pelle, l'epidermide, la forma più o meno estetica... È il significato più povero di questo termine.

Nel quadro delle scienze il corpo indica l'organismo che è oggetto di diversi approcci scientifici: medicina, fisiologia, biologia, ecc. È l'aspetto «oggettivo» del corpo, perché è considerato soltanto negli aspetti empirici e verificabili, senza badare al significato dell'esistenza corporea per la realizzazione della persona umana.

A livello dell'antropologia filosofica il corpo indica per ogni uomo il modo specifico in cui esiste e deve realizzare la propria esistenza umana nel mondo. Per distinguere questo aspetto da quello precedente, si parla di corpo «soggettivo» o corpo «umano»: il significato umano del corpo.

Il corpo ha fatto problema fin dall'inizio della filosofia ed è stato una parte importante della domanda: Chi è l'uomo? L'esistenza corporea è apparsa generalmente problematica, perché nell'esperienza vissuta l'uomo non sembra mai coincidere perfettamente con il proprio corpo. La sua esistenza appartiene anche al mondo dello spirito e della trascendenza.

Sotto l'influsso delle filosofie orientali e soprattutto di quella greca la cultura occidentale ha trovato grande difficoltà nel pensare adeguatamente l'unità dell'uomo con il proprio corpo. Le interpretazioni oscillano da un dualismo accentuato verso un materialismo monista, fissandosi il più delle volte nella ricerca di un delicato equilibrio nel formulare l'unità dell'uomo con il proprio corpo nel rispetto della trascendenza spirituale.

GIUSEPPE GEVAERT in *Dizionario dei temi della fede*, SEI 1977, p. 55

Cuore

Il cuore umano è fragile e vulnerabile. Quando siamo amati come se fossimo unici e gli altri ricercano la nostra compagnia, ci considerano belli, simpatici e intelligenti, la vita ci sorride. Ci sentiamo allora pieni di energia e di gioia, riteniamo di vivere un'esistenza piena.

Quando invece nessuno ricerca più la nostra compagnia, quando ci sembra che nessuno si interessi a noi, abbiamo l'impressione di essere inutili e sterili, di essere rifiutati, messi da parte, abbandonati; il nostro cuore si sente ferito. È come se un male interiore ci corrodesse, un peso sul cuore, una ferita, un turbamento profondo; non ci sono più pace, né gioia! Rimane soltanto un vuoto, un grande vuoto che cerchiamo di colmare con la musica, le trasmissioni televisive o le conversazioni con gli amici, o ancora dedicandoci a una serie di impegni. Non possiamo rimanere soli, oppure cadiamo in una sorta di apatia e una terribile tristezza ci invade.

Sì, il cuore umano si sente facilmente ferito. Quando si ama e ci si sente amati tutto è facile. Quando invece nessuno ci considera importanti tutto è più difficile. (...)

Purtroppo, le ferite del cuore sono normali e naturali. Tutti rischiano di commettere errori nella propria vita di relazione: non si usa sufficiente discrezione, si suscitano speranze che poi si disattendono per timore, ci si ritira e si ferisce qualcuno. Esistono anche fratture e interruzioni di rapporto che costituiscono vere e proprie infedeltà. Si approfitta di alcune persone, poi le si rifiuta quando se ne trovano altre. Le persone vengono allora trattate come oggetti. Poi, comunque, la vita procede; le persone cambiano, sono colpite da malattie o da insuccessi; quelli che stanno con noi trovano altri interessi. I rapporti interpersonali diventano meno stretti, ci si ferisce a vicenda. Tutte queste ferite del cuore rivelano un vuoto interiore, un'angoscia, un dolore profondo difficili da sopportare. Si diventa tristi.

Jean Vanier in *La depressione*, Elledici 2009, pp. 2.4-5

VESTITO

Al presente il vestire suggerisce spunti piuttosto diversi: «Se i ragazzi d'oggi continuano a vestirsi in modo così stravagante, non potremo accorgerci dell'arrivo dei marziani» (Jean Yanne). E un anonimo: «Un tempo per diventare un'attrice occorreva avere molta buona stoffa; adesso invece ne basta pochissima»...

Il vestito svolge una funzione naturale, in favore del corpo: lo protegge dal gelo, e lo ripara anche dai raggi infuocati del sole. È questione a volte di sopravvivenza. E la carità cristiana impone di provvedere al fratello in difficoltà.

Ma il vestito svolge anche una funzione sociale, per esempio in ordine al senso del pudore, che va educato e protetto. Il cristiano quindi percepisce l'uso del vestito come rispetto del corpo, come senso della dignità, come affermazione del valore della persona nella comunità.

C'è poi un valore soprannaturale del corpo, perché nella vita cristiana tutto l'uomo, anima e corpo, viene investito della grazia e della presenza divina: l'uomo diventa fratello di Cristo e figlio di Dio Padre, e il suo corpo è tempio dello Spirito Santo. E al di là della tomba lo attende un destino di risurrezione e di trasfigurazione.

Il corpo redento si merita dunque di essere convenientemente rivestito e protetto. Perciò Dio, che veste i gigli dei campi, reclama la cooperazione del cristiano per dare splendore e dignità ai poveri, ai derelitti, agli anziani, ai moribondi; ma anche a quelli che avessero smarrito il senso della loro dignità... Per tutti la Chiesa ha sempre moltiplicato le sue istituzioni.

Oggi ci sono ancora popolazioni bisognose di un vestito, e sovente i missionari si fanno voce di queste necessità primordiali. Ma anche nei paesi dell'opulenza esistono barboni, e tante povertà nascoste.

Poi, con l'attuale scadimento del senso del pudore, a cui hanno dato man forte il benessere facile e la libertà dei mass media, si aprono compiti immensi per i genitori, gli educatori, i creatori di moda, gli artisti, gli uomini dello spettacolo.

ENZO BIANCO in *Vivere le Opere di Misericordia*, Elledici 1991, pp. 11-12

Bagno

Sono quattro i motivi per i quali la gente fa il bagno: lo fa per pulizia, per riscaldarsi, per cura, per piacere.

Un uso esagerato del bagno indebolisce le forze. Inoltre, non sempre è opportuno entrare in acqua: subito dopo mangiato o a stomaco vuoto bisogna rinunciarvi. Vanno poi considerate l'età della persona e la stagione.

Noi avremo come criterio la moderazione, che dev'essere la compagna della nostra vita. Perciò non staremo in bagno tanto a lungo che ci debbano trascinar via con la forza né andremo a farlo di continuo con la stessa facilità con cui si scende a chiacchierare in piazza.

Certo, viene spontaneo alla mente il bagno più bello di tutti: quello che lava le macchie dell'anima, il bagno spirituale.

Clemente Alessandrino in *Il Pedagogo* 3,9

La vita di un uomo puro e generoso
è sempre una cosa sacra e miracolosa,
da cui si sprigionano forze inaudite
che operano anche in lontananza.
Hermann Hesse

VENTO

Nel prato di un giardino pubblico, erano spuntate le foglie dentellate e robuste dei Denti di Leone. Uno di questi esibì un magnifico fiore giallo. Dopo un po' di tempo il fiore divenne un «soffione»: una sfera leggera, ricamata dalle coroncine di piumette attaccate ai semini che se ne stavano stretti stretti al centro del soffione.

Quanti sogni cullava la brezza alla sera, quando i primi timidi grilli intonavano la loro serenata. «Dove andremo a germogliare?». «Chissà?». «Solo il vento lo sa».

Un mattino il soffione fu afferrato dalle dita invisibili e forti del vento. I semi partirono attaccati al loro piccolo paracadute e volarono via, ghermiti dalla corrente d'aria.

Mentre la maggioranza atterrava nella buona terra degli orti e dei prati, uno, il più piccolo di tutti, fece un volo molto breve e finì in una screpolatura del cemento di un marciapiede. Senza pensarci due volte, si rannicchiò ben bene e cominciò subito a lavorare di radici.

Davanti alla screpolatura nel cemento c'era una panchina dove si sedeva spesso un giovane dall'aria tormentata e lo sguardo inquieto. Quando vide due foglioline dentate verde tenero che si aprivano la strada nel cemento, rise amaramente: «Non ce la farai! Sei come me!», e con un piede le calpestò. Ma il giorno dopo vide che le foglie si erano rialzate ed erano diventate quattro. Da quel momento non riuscì più a distogliere gli occhi dalla testarda coraggiosa pianticella. Dopo qualche giorno spuntò il fiore, giallo brillante, come un grido di felicità.

Per la prima volta dopo tanto tempo il giovane avvilito rialzò la testa e respirò a pieni polmoni. Diede un gran pugno sullo schienale della panchina e gridò: «Ma certo! Ce la possiamo fare!».

Non chiedere al Vento perché ti ha portato dove sei. Lavora di radici e vivi. Tu sei un messaggio.

BRUNO FERRERO in *Solo il vento lo sa*, Elledici 1995, pp. 3-4

CENERI

Si inizia con un gusto di ceneri. Voglio parlare del tempo della Quaresima. Già che ci siamo, non moltiplichiamo i gesti o gli atti sacramentali nel famoso giorno delle Ceneri: non c'è bisogno di Eucaristia, e nemmeno di assoluzione (la riconciliazione si farà il Giovedì santo). È meglio concentrarsi sul segno delle ceneri, per rendere questa celebrazione un vero e sincero ingresso in Quaresima, il famoso periodo penitenziale di quaranta giorni.

Ma perché le ceneri? Questo vi ricorda probabilmente la morte e la scelta ormai possibile tra l'interramento e la cremazione. Scelta tra due simbolismi. Mentre l'interramento (*in-humatione*, nell'*humus* = terra) rievoca il corpo come seme di risurrezione, la cremazione, frutto del passaggio del fuoco, richiama piuttosto la dispersione. Le ceneri non sono fatte per essere conservate.

Da parte mia, non mi piace molto il «Tu sei polvere e in polvere ritornerai»; preferisco il «Convertiti e credi al Vangelo». Perché, allora, non porre il segno della cenere che ricorda tutto ciò che il fuoco dell'Amore deve bruciare, fino a quando rimanga soltanto... l'Amore?

Perché non interrogarsi, in questo giorno, su tutte le cose che nella nostra vita sono scorie, scarti, attaccamenti inutili, schiavitù diverse... e chiedere a Dio di liberarcene?

Un tempo i penitenti passavano i quaranta giorni «sotto il sacco e la cenere». Personalmente preferisco spargere la cenere sulla testa o segnare con essa la fronte. Questa traccia di fuoco sul nostro volto è per invitarci a riaccendere la nostra fiamma.

«Nel giorno del giudizio Dio rivelerà quel che vale l'opera di ciascuno. Essa verrà sottoposta alla prova del fuoco, e il fuoco ne proverà la consistenza» (cf 1 Cor 3,11-12).

Signore, che questa cenere faccia maturare il fuoco dell'amore che tu sei venuto ad accendere sulla terra.

HENRI DENIS in *100 parole per dire la fede*, Elledici 1997, p. 67

PROSSIMO

In tutte le stagioni e con tutti i Vangeli (anche se si tratta di una parabola di Luca), bisognerà tentare di imitare il Buon Samaritano. Si dirà ancora: amare il proprio *prossimo*. È quasi tutta la Legge cristiana, dal momento che si cerca di amare il prossimo come Cristo ci ha amati.

Se c'è qualcosa di tipico nel cristianesimo, ripetiamolo, non è la speculazione su Dio, non è il rigore delle pratiche religiose: è certamente il rapporto che si stabilisce tra il fedele e il prossimo. Il cristianesimo è la religione del prossimo. Impossibile essere cristiani senza di esso. Un eremita cristiano deve industriarsi per stabilire una relazione con altri. Altrimenti, resterà stranamente isolato nella sua fede, come lo stilita sulla sua colonna.

Con questa si affermazione, non si intende identificare la fede cristiana con un altruismo generoso o un umanitarismo universale.

Tutti conoscono il capovolgimento al quale ci fa assistere la parabola del Samaritano. All'inizio, la domanda è: «Chi è il mio prossimo?», e alla fine diventa: «Chi si è dimostrato prossimo dell'uomo caduto nelle mani dei briganti?».

Questo capovolgimento è pieno di senso e di esigenza nuova. Infatti sarebbe più comodo indicare in anticipo coloro che saranno l'oggetto della nostra commiserazione. Notate d'altronde dove si va ad annidare il possessivo: mio prossimo! Si è abbastanza stigmatizzata la carità di certe dame che avevano, per così dire, la loro clientela. Il prossimo non è un cliente, né un'occasione per esercitare la nostra virtù. Il prossimo è colui che ci converte, che ci fa ritornare su noi stessi per renderci veramente prossimo.

Farsi prossimo non è facile. Ci vuole cuore, senza il quale la vita diventa artificiale. È necessaria anche la lucidità e soprattutto una grande delicatezza, direi quasi un po' di leggerezza. (...)

Ci sono di quelli che fanno pesare sugli altri la loro autorità. Ma più grave è l'atteggiamento di chi fa pesare la sua carità.

La vera carità libera, mi rende prossimo, fratello che non deve nulla e a cui nulla è dovuto. Gratuità totale.

HENRI DENIS in *100 parole per dire la fede*, Elledici 1997, pp. 131-132

MALE

Sulla terra, ci sono violenze fisiche, la guerra, la tortura, l'assassinio... Ci sono anche delle violenze sottili che si dissimulano nelle destrezze, il sospetto, la sfiducia, l'umiliazione, in una promessa non mantenuta...

E ci sono quei numerosi bambini, quei giovani, feriti dalle lacerazioni degli affetti, segnati dagli abbandoni umani, a tal punto che certuni tra loro si chiedono: la mia vita ha ancora un senso?

Di fronte alle violenze fisiche o morali nella famiglia umana, sale un grave interrogativo: se Dio è amore, da dove viene il male?

Nessuno può spiegare il perché del male. Il filosofo Paul Ricoeur scrive: «Non ho nulla da rispondere a quelle o quelli che dicono: "C'è troppo male nel mondo perché possa credere in Dio". Il solo potere di Dio è l'amore disarmato. Dio non vuole la nostra sofferenza. Da onnipotente, Dio diventa "onniamante". Dio non ha altra potenza che quella di amare e di rivolgerci, quando siamo nella sofferenza, una parola d'aiuto. La nostra difficoltà, è poterla ascoltare».

Sei secoli dopo Cristo, un pensatore cristiano, sant'Isacco di Ninive, riprendeva le parole «Dio è amore» di san Giovanni, e concludeva: «Dio non può che dare il suo amore».

Dio non assiste mai passivamente alla pena degli esseri umani, soffre con l'innocente vittima dell'incomprensibile prova, soffre con ognuno. C'è un dolore di Dio, una sofferenza del Cristo. Nel Vangelo, Cristo si fa solidale con la sofferenza, piange la morte di chi egli ama.

Cristo non è forse venuto sulla terra affinché ogni essere umano si sappia amato?

Così il cuore può svegliarsi allo stupore di un amore.

ROGER SCHUTZ in *Dio non può che amare*, Elledici 2003, pp. 69-70

Quaresima

Fare la quarantena, significa fare Quaresima, nel linguaggio della Chiesa. Fare la quarantena, non significa mettersi in disparte, vivere isolati, come una specie di appestati. La quarantena della Quaresima è tutt'altro che una fuga, un'evasione nell'ascesi, o una provvisoria sterilizzazione, in attesa di nuove incubazioni microbiche.

Si tratta di un ingresso serio e perseverante nel mistero che si annuncia e che è già iniziato, il *mistero pasquale*. Si tratta di un'ascesa progressiva verso il culmine dell'anno liturgico, la festa delle feste, Pasqua.

Per questa quarantena, che può trascorrere assai in fretta e che non bisogna ridurre a qualche ora quando sta per finire, vi propongo due parole, cioè due atteggiamenti.

La prima parola è l'*attenzione*. In essa, che richiama la conversione, un'autentica parola quaresimale, è presente un atteggiamento, quello di essere *teso verso*... Non una tensione nervosa, ma una concentrazione, uno spogliarsi, un po' come fa l'alpinista sul pendio. Egli contrae i suoi muscoli, respira con calma, alleggerisce via via che cammina, adatta il suo passo a quello degli altri... Salire verso la Pasqua significa alleggerirsi di ogni peso che ci ingombra, per diventare più semplici, più veri, più fraterni.

L'altra parola è *fecondità*. La Quaresima è il tempo in cui la Chiesa dei cristiani praticanti rifiuta di essere sterile, il tempo in cui gli anziani gioiscono nel vedere i catecumeni che rappresentano la novità della fede, il tempo in cui l'albero invernale inizia a emettere nuovi germogli. Felici quelle comunità che debbono accompagnare i futuri battezzandi.

Quaresima. Quaranta giorni per rigenerarsi, per ritrovare forze nuove, per accogliere quelli e quelle che si purificheranno dal vecchio lievito, affinché fermenti la pasta nuova.

Henri Denis in *100 parole per dire la fede*, Elledici 1997, pp. 70-71

OFFERTA

In una chiesa africana, durante la raccolta dei doni all'Offertorio, gli incaricati passavano con un largo vassoio di vimini, uno di quelli che servono per la raccolta della manioca.

Nell'ultima fila di banchi della chiesa era seduto un ragazzino che guardava con aria pensosa il paniere che passava di fila in fila. Sospirò al pensiero di non avere assolutamente niente da offrire al Signore. Il paniere arrivò davanti a lui.

Allora, in mezzo allo stupore di tutti i fedeli, il ragazzino si sedette nel paniere dicendo: «La sola cosa che possiedo, la dono in offerta al Signore».

«Vi esorto dunque, fratelli, a offrire voi stessi a Dio in sacrificio vivente, a lui dedicato, a lui gradito. È questo il vero culto che gli dovete» (Lettera di San Paolo ai Romani 12,1).

BRUNO FERRERO in *Il canto del grillo*, Elledici 1992, p. 10

Nessuno vi impedisce
di calcolare la precessione degli equinozi
o di disintegrare gli atomi.
Ma a cosa vi servirà saper fabbricare la vita,
se si è perduto il senso della vita?
Georges Bernanos

Marzo

«Sarà benedetto
chi è fedele al Signore» (Sal 128,4)

Conversione - Riconciliazione
Preghiera

DIGIUNO

Non è facile parlare di «digiuno» nella nostra società consumistica, confrontata con i paesi minacciati dalla fame.

Iniziamo con un paradosso evangelico. Se vuoi digiunare, va' prima a comprare un po' di profumo. Non fare una faccia da Quaresima, ma profuma la tua testa e il tuo volto. È un fatto sorprendente, ma da sottolinearsi. Gesù non è un asceta; l'hanno perfino trattato come un mangione! Se pratica il digiuno nel deserto, è solo come preparazione al suo ministero, vissuto nella pasta umana, in mezzo alle nozze, alle famiglie, ai malati, a tavola con i ricchi e i pubblicani.

Certamente, si capisce il digiuno di Gesù nel deserto in ragione della sua portata simbolica. Ma, come diceva uno dei miei maestri di teologia, saremmo scandalizzati se vedessimo Gesù flagellarsi o darsi alla macerazione fino al disprezzo del suo corpo. La flagellazione verrà, ma saranno gli altri che avranno in mano la frusta.

Per il momento, Gesù parla di profumo, anziché di digiuno. Possiamo entrare in questo segreto?

Mi pare che la cosa più semplice sia ricordare san Paolo, il quale esorta i fedeli a diventare il profumo di Cristo (2 Cor 2,15)... In altri termini, non cercate in primo luogo di sopprimere, di sacrificare. Cercate innanzitutto di far risplendere in voi il Cristo. E scoprirete che cosa bisognerà sopprimere per essere disponibili.

Quello che voglio, dice Dio, è la misericordia e non il sacrificio (Os 6,6). Eccoci dunque in piena corrente profetica. Isaia dice chiaramente quello che Dio si aspetta da noi (Is 58,1-9).

«Allora dalle tue mani potrà nascere una sorgente, la sorgente che fa vivere la terra di domani, la sorgente che fa vivere la terra di Dio» (M. Scouarnec).

HENRI DENIS in *100 parole per dire la fede*, Elledici 1997, pp. 68-69

BUROCRAZIA

Un Giudice Membro della Corte Suprema stava seduto in riva ad un fiume quando un Viaggiatore si avvicinò e disse:

«Vorrei attraversare. È legittimo usare questa barca?».

«Sì», fu la risposta; «è la mia barca».

Il Viaggiatore lo ringraziò e, spinta la barca in acqua, vi salì e si avviò remando. Ma la barca affondò e lui affogò.

«Uomo senza cuore!», disse uno Spettatore Indignato. «Perché non gli hai detto che la tua barca aveva un buco?».

«La questione delle condizioni della barca», disse il grande giurista, «non mi è stata sottoposta» (A. Bierce).

«Guai a voi, ipocriti, maestri della legge e farisei! Voi date in offerta al tempio la decima parte anche di piante aromatiche, ma poi trascurate i punti più importanti della legge di Dio: la giustizia, la misericordia e la fedeltà» (Matteo 23,23).

BRUNO FERRERO in *Solo il vento lo sa*, Elledici 1995, p. 76

Quand'anche sentissi il mio cuore
commosso fino alle lacrime
dal desiderio di vivere in pieno
la mia vita di figlio di Dio,
se non realizzo questo desiderio
nell'umile dovere quotidiano,
non sono nulla.
Patrizio Flynn

TESTIMONIANZA

Raffinati discorsi ricchi di riferimenti a una Parola che non è nostra e tuttavia riusciamo benissimo a piegare a sostegno di tesi da imporre ad altri, giacché abbiamo concluso a priori della loro validità, certe prediche servono solo ad appagare il nostro amor proprio e, passando alte sul capo di chi ascolta, lasciano il tempo che trovano.

«Grida a squarciagola, non avere riguardo; come una tromba alza la voce, dichiara al mio popolo i suoi delitti, alla casa di Giacobbe i suoi peccati» (Is 58,1). Ma non può una voce che si è fatta nel silenzio connivente con l'ingiustizia e il peccato pretendere ascolto, se annuncia una verità che non è stata ancora vissuta in tutto il suo spessore esigente.

A bocca chiusa l'uomo giusto esprime efficacemente con la propria vita un messaggio che nessuna parola priva di verità potrebbe annunciare.

Nel silenzio l'esistenza del povero, proclamato beato dal Vangelo, riprova l'ingiustizia e richiama una fratellanza negata.

Con i fatti l'uomo misericordioso parla di una misericordia che non si stanca di accogliere quanti sono affaticati e oppressi dal proprio e altrui peccato.

Con i fatti gli operatori di pace annunciano ai figli di Dio, loro fratelli, la possibilità donata di un mondo pacificato nel quale gli afflitti di tutti i popoli udranno il messaggio sperato: «Pace, pace ai lontani e ai vicini» (Is 57,19), mentre vedranno diventare strumenti di benessere quelli che ieri riempirono di morte e di pianto la terra.

E allora «...taci, vediamo un po' che cosa esprime la tua vita, che sia essa, per una volta almeno, a parlare, essa dica chi tu sei!» (S. Kierkegaard) e traspaia così quel messaggio che non riesci ancora ad annunciare in modo efficace.

AIMONE GELARDI in *Pensieri feriali*, Messaggero 1998, pp. 28-29

MISERICORDIA

È noto l'episodio di quel «peccatore incallito» che dopo molti anni torna al confessionale. Un po' titubante, si avvicina al sacerdote, ministro del perdono, e incomincia a confessare il suo passato di peccato.

Con ottime disposizioni d'animo metteva in luce le sue infedeltà. Ma piano piano finì con ripetere più volte: «Padre, ho commesso tutti i peccati!». Ma il confessore ribatteva: «Tutti, meno uno!». E questi a insistere che la sua vita aveva assaporato tutte le esperienze peccaminose. Ma il sacerdote non desisteva, ripetendo ancora una volta: «Tutti, meno uno!».

Finalmente il penitente, un po' indispettito, chiese spiegazioni sul significato di quella inconsueta affermazione. Il sacerdote allora con franchezza gli disse: «Sì, puoi avere commesso tutti i peccati, ma certamente non hai disperato della misericordia di Dio!».

La memoria dei nostri peccati... Non va rifatta la rassegna delle nostre antiche debolezze e miserie: ciò è inutile, conturbante e diseducativo.

Ma dobbiamo tener viva la nostra consapevolezza di peccatori per non cadere nell'orgoglio dimenticando la misericordia di Dio. Il passato dev'essere riferimento per crescere nella fiducia verso il Signore e non sopravvalutare noi stessi. Dev'essere una comprensione sempre più generosa del mistero di Gesù che ha lavato nel suo sangue anche le nostre mancanze.

Il ricordo del passato è di solito accompagnato, se si riferisce alle nostre sconfitte, da tristezza e da rimpianto. (...) Ma il ricordo di un cristiano è sempre legato alla convinzione che nella provvidenza di Dio anche il nostro male viene alla fine riciclato in bene. Nulla di noi va perduto. Il Signore sa farci ricavare, dalle esperienze umilianti, indicazioni di speranza.

A. CONTRAN - D. ZANELLA in *Quaresima*, Elledici 1991, pp. 65-66

Tentazione

C'era una volta un eremita così perfetto che aveva già un piede in Paradiso. (...) «Come posso tentarlo?», si chiedeva continuamente il diavolo. (...)

Si presentò all'eremita, che stava rammollendo un pezzo di pane raffermo nell'acqua della sorgente. «Salve», gli disse Satana. «Sai chi sono io?». «Il diavolo», rispose tranquillamente l'eremita. «Dio mi ha dato il permesso di tentarti. Vorrei che tu commettessi un peccato grave».

«Parla», disse l'eremita. «Ti ascolto». «Assassina qualcuno». «No. È fuori discussione». «Allora assali una donna». «È una cosa bestiale e disgustosa. Non lo farò mai. Vattene, diavolo. Non hai fantasia». «Almeno bevi un sorso di vino. Non è neanche un peccato. Accontentami».

L'eremita sospirò: «Va bene. Un sorso non è nulla di male».

Immediatamente gli comparve tra le mani una brocca di vino fresco e frizzante. Ne bevve un sorso. Prese fiato e ne bevve un altro. (...) Cominciò a ridere stupidamente. Poi riprese a bere, malfermo sulle ginocchia.

Una ragazzina saliva per il sentiero. «Buongiorno sant'uomo», disse. «Ti ho portato qualche mela e del pane».

Ululando, con gli occhi annebbiati, l'eremita afferrò la ragazzina per i capelli e la sbatté a terra. La poverina urlò con tutte le sue forze. Suo padre, che lavorava nei campi, la udì e accorse. L'eremita vedendo arrivare l'uomo afferrò una grossa pietra e lo colpì con tutte le sue forze.

Quando ritornò in sé, l'eremita vide l'uomo che giaceva ai suoi piedi in un lago di sangue. «Credo che sia morto», disse Satana, con aria virtuosa. Raccolse un fiore e se lo mise in bocca. L'eremita si gettò in ginocchio inorridito: «Signore Dio, che cosa ho fatto?».

Il diavolo rispose: «Di tre mali hai scelto il minore. Questo ti farà passare lunghe giornate in mia compagnia».

Non esistono mali minori...

Bruno Ferrero in *Solo il vento lo sa*, Elledici 1995, pp. 52-53

Conversione

Capita che, di quando in quando, si senta l'esigenza di fermarsi. Non si è soddisfatti della vita che conduciamo, percepiamo l'esigenza di fare il punto sulle basi su cui è fondata la nostra vita. Oppure succede un evento improvviso e inaspettato, lieto o triste, che provoca in noi l'esigenza di operare una verifica.

Ci accorgiamo che la strada intrapresa non è proprio quella che ci realizza, che ci dona pace e non costruisce un futuro positivo.

L'insoddisfazione di noi stessi ci spinge ad operare una svolta, un cambiamento di rotta.

Possiamo rimuovere o accantonare tale stimolo, accondiscendendo alla superficialità, oppure accoglierlo come esigenza preziosa di crescita e tentare di intravedere una risposta.

Se diamo ascolto alla nostra vita insoddisfatta, sentiamo il bisogno di operare una svolta. Gesù la chiama conversione. In ebraico, la lingua di Gesù, si chiama proprio conversione = cambiare strada. Mutare orientamento.

Guardare la vita in profondità, ciò che è nascosto dietro e dentro le proprie abitudini. Che cosa motiva le scelte abituali?

Ritornare sui propri passi. Verificare se le azioni che noi compiamo sono in coerenza con i valori che crediamo autentici e più importanti per la nostra riuscita. Costruiscono un futuro positivo?

«Il tempo è compiuto e il regno di Dio è vicino; convertitevi e credete al Vangelo» (Mc 1,15) ci invita Gesù, che vuole per noi realizzazione piena e gioia.

Ciò che provoca lo stimolo a cambiare strada è la bella notizia che il Signore vuole far risuonare in questo momento particolare della tua esistenza. E giunto il tempo che Gesù attendeva per risvegliare in te le energie migliori per rinnovare, fare nuova la tua vita. E allora bisogna cambiare modo di pensare.

Guido Novella in *Il tempo dell'uomo nel presente di Dio*,
Elledici 2000, pp. 46-47

PECCATO

San Girolamo aveva lasciato la sua villa sull'Aventino, i suoi studi classici a Roma, i suoi svaghi giovanili nel mondo e si era ritirato in una grotta presso Betlemme.

Occupava le sue notti in preghiera e nella penitenza più austera. Durante il giorno compiva con somma diligenza l'incarico ricevuto dal Papa: tradurre in lingua volgare – a quei tempi era il latino – la Bibbia. Ma era turbato, quando ripensava ai suoi peccati.

Una notte gli apparve il Signore e gli disse: «Girolamo, hai ancora qualcosa di tuo da donarmi!».

Rispose il santo:

«Signore, cosa vuoi ancora? T'ho dato la vita, ritirandomi dal mondo. Ti dono l'intelligenza, mettendola al servizio della tua Parola. Ti dono il mio cuore...».

Ma Gesù continuava:

«Eppure, Girolamo, hai ancora qualcosa di tuo da donarmi!».

E il santo dottore della Chiesa replicava: «Tu sai, o Signore, tu sai che non ho più nulla da donarti. Mi sono ridotto povero e nudo come te...».

«Lo so, Girolamo, lo so – concluse alla fine Gesù –, ma hai ancora qualcosa di veramente tuo da donarmi. Dammi i tuoi peccati! Dammi i tuoi peccati!».

A. CONTRAN - D. ZANELLA in *Quaresima*, Elledici 1991, pp. 90-91

L'importanza della vita
non è la sua durata,
ma il suo uso.
René Berthier

Perdono

Tra le parole della fede, sapete qual è – senza dubbio – la più cristiana? È la parola *Perdono.* Non è un caso che essa si trovi nel Padre Nostro. (...)

Ci si può chiedere perché il perdono è qualcosa di così divino, di così cristiano. Perché perdonare rende vicini a Dio?

La risposta si trova forse nella stessa parola: *Per-dono*, un dono per, un dono che viene da Dio per noi, un dono dall'alto...

Il primo dono che ci è fatto è la nostra esistenza di creatura. Ci teniamo, per fortuna! Ma può capitare che la nostra condotta, i nostri costumi, le nostre mancanze distruggano in noi questo primo dono. Ci sentiamo come alienati.

A questo punto viene il dono «per», il perdono, una specie di ricreazione, di nuova creazione. Si era morti, si ritorna alla vita. Non ci si poteva più sopportare, ci si accetta ancora e ci si ama. È una rigenerazione, una Pasqua, un'entrata in una nuova vita.

È bellissimo quando ci capita questo. Ma francamente, siamo davvero capaci di perdonare, non di dimenticare, non di rinnegare le nostre convinzioni, ma di andare a trovare colui che ci ha offeso? E, senza nulla perdere della nostra verità, del nostro senso del bene e del male, di dirgli: tu sei un fratello, tu sei una sorella.

E di aggiungere forse questa inaudita parola: perdonami anche tu, perché la tua offesa non mi avrebbe toccato se anch'io non ti avessi offeso.

Henri Denis in *100 parole per dire la fede*, Elledici 1997, p. 12

Nel viaggio della vita
non si danno strade in piano:
sono tutte o salite o discese.
Arturo Graf

PENITENZA

C'era una volta un cavaliere. Un giorno, un colpo di balestra gli aveva trapassato una gamba e quasi messo fine ai suoi giorni. Mentre giaceva ferito, aveva intravisto il paradiso, ma molto lontano e fuori della sua portata. Mentre l'inferno con la gola spalancata e infuocata era vicino vicino. Aveva da tempo infatti calpestato tutte le promesse e le regole della cavalleria e si era trasformato in un soldataccio impenitente (...). Pieno di spavento salutare, gettò elmo, spada e armatura e si diresse a piedi verso la caverna di un santo eremita.

«Padre mio, vorrei ricevere il perdono delle mie colpe... Farò qualunque penitenza. Non ho paura di niente, io!». «Bene, figliolo», rispose l'eremita. «Fa' soltanto una cosa: va' a riempire d'acqua questo barilotto e poi riportamelo». «Uff! È una penitenza da bambini o da donnette!», sbraitò il cavaliere agitando un pugno minaccioso. Ma la visione del diavolo sghignazzante lo ammorbidì subito.

Prese il barilotto sotto braccio e brontolando si diresse al fiume. Immerse il barilotto nell'acqua, ma quello rifiutò di riempirsi. «È un sortilegio magico», ruggì il penitente. «Ma ora vedremo». Si diresse verso una sorgente: il barilotto rimase ostinatamente vuoto...

Un anno dopo, il vecchio eremita vide arrivare un povero straccione dai piedi sanguinanti e con un barilotto vuoto sotto il braccio. «Padre mio», disse il cavaliere (era proprio lui) con voce bassa e addolorata, «ho girato tutti i fiumi e le fonti del Regno. Non ho potuto riempine il barilotto... Ora so che i miei peccati non saranno perdonati. Sarò dannato per l'eternità! Troppo tardi mi sono pentito».

Le lacrime scorrevano sul suo volto scavato. Una lacrima piccola la piccola scivolando sulla folta barba finì nel barilotto. Di colpo il barilotto si riempì fino all'orlo dell'acqua più pura, fresca e buona che mai si fosse vista.

BRUNO FERRERO in *Cerchi nell'acqua*, Elledici 1994, pp. 16-17

Cammini

Accade spesso di sentirsi stanchi e avvertire la voglia di fermarsi o di «buttarsi via», vivendo senza progetti o lasciandosi fare dagli avvenimenti, senza tentare di remare contro corrente.

È faticoso convincersi allora che a nessuno sono date giornate fatte soltanto di sole o di nuvole bianche, giornate senza percorsi in salita o incontri problematici.

Anche per chi riesce a riprendere il cammino, dopo soste più o meno prolungate, non manca il ritorno di momenti di stanchezza e abbattimento. E quando la vita porta prospettive per un domani di speranza non manca di portare nuove prove e problemi.

Se pesa dover camminare malgrado tutto, pesa ancor più lo smarrimento che sopraggiunge di fronte alla complessità di situazioni non programmate e ai rovesci improvvisi della vita.

Ma avresti dovuto imparare che il vento sferza sempre le querce e flette l'erba e gli arbusti sui sentieri che portano in alto. Non cercare sentieri riparati e non illuderti di sfuggire ai turbini delle tempeste. Anche tu, come tutte le creature, attendi un difficile compimento e una liberazione. Ma non ti è stato dato di volare; puoi soltanto camminare verso l'alto, accettando di sentire sul volto la violenza dei venti, e di remare faticosamente tra il turbinio delle tempeste, prima di giungere in un porto di pace infinita.

Aimone Gelardi in *Pensieri feriali*, Messaggero 1998, pp. 48-49

La vita è un sentiero.
Un sentiero non è fatto per potervi dormire e riposare,
ma per camminarvi.
P. Drive

INDULGENZA

Padre e figlio erano seduti accanto in chiesa. Ad un tratto, il bambino toccò il padre e ridacchiò: «Papà, guarda quell'uomo! Sta dormendo!».

Il padre guardò il figlio con molta serietà e rispose: «Sarebbe meglio se dormissi anche tu. Piuttosto che sparlare degli altri».

Alcuni anziani si recarono in visita da Abba Poemen e chiesero: «Secondo te, quando in chiesa sorprendiamo i nostri fratelli a sonnecchiare, è opportuno pizzicarli per farli svegliare?».

L'anziano rispose: «Se vedessi un fratello sonnecchiare, gli appoggerei la testa sulle mie ginocchia e lo lascerei riposare».

Dobbiamo tutti riscoprire che cosa significa «indulgenza».

BRUNO FERRERO in *Il segreto dei pesci rossi*, Elledici 2000, p. 30

Tutti i giorni della nostra vita
ci troviamo di fronte a una scelta:
o la sofferenza di amare
o quella, ben peggiore, di non amare.
Dag Hammarskjöld

Revisione di vita

Non esiste l'amore se non si comunica, e la revisione di vita è un potentissimo strumento del dialogo.

Una comunità nasce quando comincia a circolare tra i suoi membri il calore dell'amicizia. Se non circola calore, non c'è la comunità. C'è un gruppo, ma non la comunità vera. (...)

La revisione di vita fonda le strutture per il dialogo. Una comunità che non pratica in qualche modo la revisione di vita, difficilmente è comunità capace di dialogo. Anzi, possiamo affermare che quando in una comunità circola un vero calore di amicizia, quella comunità dialoga, e forse senza saperlo pratica la revisione di vita.

La revisione di vita è la linfa vitale della vita di gruppo. Un gruppo si fa in proporzione della sua capacità di auto-critica costruttiva. La revisione di vita è nient'altro che questa autocritica, positiva e feconda. (...)

Poiché si fonda sul rispetto, sull'umiltà, sull'ascolto affettuoso, la revisione fa emergere a poco a poco il meglio delle persone, e le unisce saldamente fra loro.

La revisione è l'arte per imparare a essere schietti, a dire a se stessi la verità, e a comunicarla agli altri. Sono le nostre falsità l'ostacolo più rilevante per un amore sincero.

La revisione previene le divisioni, le argina al loro sorgere, sbarazza il campo dagli egoismi. Una comunità vale in quanto vale la sua revisione di vita. (...)

La revisione di vita è una grande scuola per curare il proprio egoismo e le proprie chiusure. (...)

Si parte dal dirsi la verità, dal togliere le proprie maschere. Si parte accettando l'aiuto dei fratelli. (...)

La revisione di vita è scuola di rispetto, è palestra di collaborazione, è allenamento all'autentica vita cristiana.

Andrea Gasparino in *Revisione di vita. Cos'è, come si fa*, Elledici 2005, pp. 3-5

SEMAFORI

Si vorrebbe che tutto fosse determinato e meccanicamente eseguibile, per essere sollevati dal peso della responsabilità di decidere nelle diverse situazioni della nostra esistenza.

Se un cammino di crescita morale ci ha portato a divenire consapevoli che, come uomini e cristiani, dobbiamo esercitare la capacità di prendere al momento opportuno la decisione etica più conforme ai valori e al Vangelo, troppo spesso qualcuno bene intenzionato presume di decidere per noi, confezionando magari frettolose ricette deresponsabilizzanti.

Eppure sta proprio qui la chiave dell'agire morale del Nuovo Testamento: in questo discernere, possibile e doveroso, che Paolo richiama ripetutamente nelle sue esortazioni.

È a tale atteggiamento di fondo che una coscienza adulta deve maturare per non conformarsi alla mentalità di questo mondo, che tende a banalizzare l'esistenza umana nell'immediatezza di realizzazioni senza orizzonte trascendente e senza riferimento alcuno a un quadro di valori assoluto.

Atto di libertà, esame rigoroso e complesso delle situazioni e dei valori che in esse sono in gioco, il discernere decide della nostra responsabilità in ordine alla fedeltà a Dio, cui è legata la salvezza.

Se pure ci avvertiamo soli, non siamo tuttavia privi di aiuto giacché la legge di Dio, la prudenza e lo Spirito illuminano la ricerca della risposta richiesta dal momento che viviamo, indicano direzioni precise e impegnative se le norme risultano non in grado di determinare la qualità della nostra risposta, sostengono dall'interno l'impegno del discernere.

AIMONE GELARDI in *Pensieri feriali*, Messaggero 1998, pp. 30-31

Esistenza inautentica

Seguiamo Heidegger nella sua analisi di quella che egli chiama «l'esistenza inautentica» dell'uomo contemporaneo. (...)

Nella «chiacchiera» le parole non hanno più alcun senso e alcun peso: le persone si scambiano formule di convenienza, frasi fatte, slogan di cui nessuno percepisce più il senso originario. Le parole avrebbero la funzione di rivelare un io all'altro, di metterli in reale comunicazione. Nella chiacchiera, invece, esse diventano una barriera dietro cui ci si nasconde, rimanendo sempre più soli. (...) Quanto alla «curiosità», essa è il contrario della meraviglia: si guarda da per tutto, si vuol sapere tutto, portare alla luce tutto, e in realtà non si vede niente. Perché noi non possiamo conoscere che a partire dal nostro centro interiore...

Chi è nevroticamente proiettato sulle notizie dell'ultima ora, chi dissipa la propria attenzione passando con lo zapping da un canale all'altro, chi si aggira insonne nei meandri di Internet, in caccia di siti sempre nuovi da esplorare, senza essere veramente alla ricerca di niente, non potrà mai sperimentare il miracolo dello stupore: «La curiosità è perciò caratterizzata da una tipica incapacità di soffermarsi su ciò che si presenta. Essa rifugge dalla contemplazione serena, dominata com'è dall'irrequietezza e dall'eccitazione che la spingono verso la novità e il cambiamento» (M. Heidegger, *Essere e tempo*, UTET, Torino, p. 275). Come non potranno gustarlo i tanti che sfogano la loro voracità di esperienze straordinarie inseguendo veri o falsi fenomeni soprannaturali, santoni, maghi e fattucchiere. Per scoprire che ciò che rimane, alla fine di questa orgia di esperienze straordinarie, è un grande vuoto.

L'«equivoco», infine, è il credere di aver capito, il sentirsi sicuri di sé, senza però fondamento. Le situazioni, i rapporti umani, la propria stessa identità, vengono fraintesi, si costruisce sul vuoto, si sta accanto a delle persone per anni senza in effetti arrivare mai a comprenderle, si crede di conoscere bene i propri pregi e i propri limiti, e invece si è ciechi. Cosicché ci amareggiamo delle critiche altrui e siamo pronti ad ammettere di avere tutti i difetti tranne quello – reale – che ci viene indicato.

Giuseppe Savagnone in *La stella dei Magi*, Elledici 2002, pp. 20-21

Elemosina

Un giorno di molto tempo fa, in Inghilterra, una donnetta infagottata in un vestito lacero percorreva le stradine di un villaggio, bussando alle porte delle case e chiedendo l'elemosina. Non aveva gran fortuna. Molti le rivolgevano parole offensive, altri incitavano il cane a farla scappare. Qualcuno le versò in grembo tozzi di pane ammuffito e patate marce.

Solo due vecchietti fecero entrare in casa la povera donna.

«Siediti un po' e scaldati», disse il vecchietto, mentre la moglie preparava una scodella di latte caldo e una grossa fetta di pane. Mentre la donna mangiava, i due vecchietti le regalarono qualche parola e un po' di conforto.

Il giorno dopo, in quel villaggio, si verificò un evento straordinario. Un messo reale portò in tutte le case un cartoncino che invitava tutte le famiglie al castello del re.

L'invito provocò un gran trambusto nel villaggio, e nel pomeriggio tutte le famiglie, agghindate con gli abiti della festa, arrivarono al castello. Furono introdotti in una imponente sala da pranzo e ad ognuno fu assegnato un posto.

Quando tutti furono seduti, i camerieri cominciarono a servire le portate. Immediatamente si alzarono dei borbottii di disappunto e di collera. I solerti camerieri infatti rovesciavano nei piatti bucce di patata, pietre, tozzi di pane ammuffito. Solo nei piatti dei due vecchietti, seduti in un angolino, venivano deposti con garbo cibi raffinati e pietanze squisite.

Improvvisamente entrò nella sala la donnetta dai vestiti stracciati. Tutti ammutolirono. «Oggi – disse la donna – avete trovato esattamente ciò che mi avete offerto ieri».

Si tolse gli abiti malandati. Sotto indossava un vestito dorato... Era la Regina.

Oggi, non dimenticare il tuo capitale per il Paradiso.

Bruno Ferrero in *Cerchi nell'acqua,* Elledici 1994, pp. 66-67

Coscienza

La coscienza individuale... è il centro propulsore della vita intima della persona e l'energia che fa maturare la persona integrando progressivamente tutti gli aspetti e le dimensioni della persona. Questa integrazione progressiva (frutto di esperienze, tentativi, progetti, fallimenti, riscoperta di nuove possibilità) tende a consolidare una personalità umana capace di essere felice per sé e di rendere felici gli altri.

Se nell'orizzonte di esistenza della persona gli elementi religiosi (Dio, vita di fede, ecc.) sono assenti o sono inerti, la coscienza tenterà di integrare solamente elementi umani (intelligenza, esperienza, volontà, affetti, ecc.) che lasceranno aperto l'interrogativo globale dell'esistenza umana: che senso ha la vita?

(...) Se, invece, nell'orizzonte di esistenza della persona è presente e operante l'elemento religioso (fede in Dio, coerenza di vita, ecc.) l'attività della coscienza mira a maturare una personalità che risponda non solo agli interrogativi della ragione, ma alle proposte emergenti dalla Parola di Dio. (...)

La coscienza raggiunge il suo livello propriamente umano e personalizzante, quando percepisce determinati valori per la persona. Il primo valore che la coscienza deve percepire, per essere una coscienza autenticamente umana, è il valore fondante della persona. La funzione prima della coscienza umana, sarà, quindi, l'autorivelazione dell'io come soggetto e fondamento di valori.

Ogni uomo, ma in maniera del tutto particolare la gioventù contemporanea, hanno vivissima questa percezione dell'io come valore fondante. Ed è sempre la coscienza che, dopo aver rivelato all'io la sua dignità originaria, manifesta progressivamente e nelle diverse situazioni della vita, quali concreti valori la persona dovrà perseguire nell'«oggi-qui» perché la persona maturi verso la pienezza del suo essere.

Raimondo Frattallone in *Dizionario dei temi della fede*, SEI 1977, pp. 66-67

Riconciliazione

La salvezza che Dio ha preparato per l'uomo consiste in una comunione; tale comunione si realizza nell'amore che ci unisce completamente a Lui, principio e scopo della nostra vita, ma anche in una fraternità che deve unire gli uomini tra loro e fare di loro la famiglia di Dio, il popolo di Dio. Quindi io non amo veramente Dio, se non amo anche i miei fratelli; non realizzo la salvezza che egli vuole per me, se non costruisco con tutti i miei sforzi la fraternità degli uomini. Il peccato ha rotto questa fraternità, mi ha separato dai miei fratelli. Non posso riconciliarmi con Dio senza riconciliarmi con loro, senza ricostruire, per quanto sta in me, la fraternità che io stesso ho lacerato.

Va subito detto che questa riconciliazione non può essere che una cosa molto seria, non può ridursi a una generica stretta di mano, a uno sterile «vogliamoci bene» che lascia le cose come erano. Per chi ha rubato, frodato, mentito, per chi ha fatto del male al suo prossimo, l'unica vera riconciliazione possibile passa attraverso lo sforzo sincero di riparare il male fatto.

Non esiste un solo vero peccato che non faccia del male anche ai miei fratelli. Anche il più segreto dei miei desideri peccaminosi mi divide un po' da loro, rappresenta una specie di furto nei loro confronti, un'ingiusta sottrazione del mio amore, stima, dedizione, solidarietà con i fratelli. (...)

Purtroppo ognuno di noi vede solo le ingiustizie che gli altri commettono nei suoi confronti: tutti si mettono nei panni delle vittime, e nessuno riconosce la sua parte di responsabilità e di colpa. Ma io non posso chiedere il perdono di questi fratelli, e quindi il perdono di Dio, se non mi impegno a lottare coraggiosamente contro quei mali del mondo di cui sono in qualche modo complice, e quindi contro il mio egoismo, la mia passività, che continuano ad alimentare questi mali.

Guido Gatti in *Riconciliàti in Cristo e nella Chiesa*, Elledici 1989, pp. 20-21

CONFESSIONE

Penso alla nebbia da cui è avvolto oggi, nella mente di tanti fedeli, il sacramento della penitenza. La crisi ha preso anche te?

Ogni crisi deve diventare uno stimolo pressante per riscoprire il valore in crisi; in questo caso il sacramento della penitenza.

Quali possono essere le cause del fenomeno e, a volte, le situazioni concrete? Si va dalle «grandi cause» alla pigrizia personale.

«Perché devo raccontare le mie cose ad un uomo come me? Non basta che me la veda con Dio?». È l'uomo che si ritiene indipendente, autosufficiente. È il «fedele» che non capisce la natura della Chiesa, «mediazione» tra lui e Dio. Pur essendoci a volte un certo impegno cristiano e una certa adesione a Cristo, c'è l'abbandono della «pratica» religiosa.

Si verifica a volte il fenomeno opposto: proprio avendo riscoperto la natura e il valore della Chiesa, si rifiuta il sacramento, in quanto non manifesterebbe la sua natura ecclesiale, rimanendo un fatto individualistico.

C'è in alcuni un concetto molto ristretto di peccato, come di una trasgressione «giuridica» di un precetto; e allora, se non c'è «niente di grave», perché il sacramento? Per altri invece il peccato è un fatto essenzialmente sociologico: non è Dio che si offende, ma il fratello soltanto, soprattutto attraverso le ingiustizie sociali. (...)

Forse avrai notato anche in te a volte un mancato aggancio tra il sacramento e la tua vita concreta; un certo che di «accusa» e di impegno che non andava a fondo, per cui ti ritrovi più o meno sempre agli stessi passi e ti domandi allora: a che serve? Ora non c'è nulla di più scoraggiante della frattura tra «pratica religiosa» e vita. Molti «lasciano», perché non vedono sintonia tra culto e vita.

Se tu non avessi capito bene la natura e la necessità della «conversione» come fatto costante della vita cristiana, non potresti vivere efficacemente il sacramento, il quale è un «momento forte» di un cammino, la conversione appunto, che deve essere di sempre.

FLORINDO REFATTO in *Mi alzerò e andrò da mio padre*, Elledici 1988, pp. 3-4

Assoluzione

L'esperienza dice che l'efficacia di trasformazione e di salvezza di questa parola di assoluzione non è sempre visibile e verificabile. Molti cristiani vi hanno magari trovato per molto tempo un certo senso di sollievo e di pace, ma non sono riusciti a fare un solo passo avanti nella lotta contro i loro peccati. Ogni volta sono costretti a riconfessare le stesse cose. E alla fine si domandano se il gioco valga la candela, se la confessione sia una medicina in grado di guarire il peccato o non soltanto una droga capace di tranquillizzare momentaneamente la coscienza.

Il problema è molto serio. Se la parola di assoluzione concede veramente un perdono che non è solo un condono ma una trasformazione reale, perché allora restiamo sempre gli stessi? perché chi si confessa non pare sempre molto migliore di chi non lo fa?

La prima cosa da dire a questo proposito è che la grazia del perdono non può fare violenza alla nostra libertà; non può operare la sua trasformazione vittoriosa, se non nella misura in cui noi ci apriamo alla sua azione liberatrice. E ci sono indubbiamente dei casi in cui l'esecuzione materiale delle pratiche della disciplina penitenziale (come la confessione dei peccati) non è accompagnata da un sincero pentimento.

Si sente magari il disagio del proprio peccato, ma non si vuole veramente abbandonare la sua schiavitù; non si ha il coraggio di dirgli un no sincero e coraggioso, che rappresenti una rottura radicale con il passato. Si continua a restare più o meno segretamente avvinti dalla sua suggestione. Ma non è sempre così. Molte volte il pentimento ha tutta l'apparenza della sincerità. Il peccato viene veramente detestato; si vorrebbe davvero liberarsene per sempre. (...) L'azione della grazia, che ci perdona cambiandoci, non opera in quelli che potremmo chiamare gli strati più superficiali della nostra personalità. (...) Essa opera nel cuore più profondo della nostra libertà, dove siamo soli davanti a Dio, dove decidiamo non tanto le cose da fare, quanto il senso e l'orientamento di fondo della nostra vita.

Guido Gatti in *Riconciliàti in Cristo e nella Chiesa*, Elledici 1989, pp. 30-31

Direzione spirituale

Che cosa significa dunque «direzione spirituale»? Mi spiego con un esempio. Se devo andare da Roma a Firenze, strada facendo mi dico: «Vado nella direzione verso Firenze».

Così se salgo sul treno giusto, questo mi porta verso la mèta; se invece mi siedo sui binari, mi travolge.

Se soffro per la velocità, il percorso si trasforma in un calvario... Chi guida il treno conosce la strada e i segnali; il bigliettaio svolge il suo compito di controllore; i passeggeri possono dialogare tra loro oppure possono ignorarsi...

Così la direzione spirituale esprime il movimento di una persona, di ogni persona che si muove verso gli ideali spirituali che desidera raggiungere.

Il colloquio spirituale è il mezzo rapido e sicuro che accompagna verso la mèta; il direttore è la guida che cammina insieme, che aiuta e illumina.

Chi viaggia è l'«io», il quale va acquistando la coscienza che la vita è una potenza meravigliosa che «si libera» strada facendo.

Tanti, in qualche modo tutti, collaborano per rendere possibile questa «direzione spirituale» della vita.

E la disponibilità globale a scoprire il proprio posto nella vita è garanzia per non andare fuori binario.

Angelo Bissoni in *Con una guida lungo le vie dello spirito*, Elledici 1983, p. 3

La mia vita deve essere come l'incenso.
Non adoperato, è materia amorfa;
gettato nel fuoco, arde
e diffonde nel tempio del Signore odore di soavità.
Beato Giovanni XXIII

Esercizi spirituali

La mia ancor breve esperienza, mi permette di affermare che è terribile la sensazione di solitudine che assale l'uomo in certi momenti. Non so, a volte mi sono sentita vuota dentro, priva di senso, inerte di fronte alla vita.

E ciò che si prova in questi attimi, non si può descrivere. (...)

Troppo «sola» per poter reagire e rialzarmi, ho vissuto senza un perché fino a quando è accaduta una cosa stranissima, eppure meravigliosa: qualcosa, dentro di me, mi ha spinta e incoraggiata a rivivere l'esperienza di tre giorni di «esercizi spirituali».

Non volere e nello stesso tempo non poter fare a meno di andare... Un'angoscia grande e una forte speranza, un desiderio di uscire dalla solitudine...

E poi c'è chi dice che la vita è monotona! Basta un po' di impegno vivo e di fiducia, di speranza e di pazienza, e Cristo non ci deluderà. Quegli «esercizi» rimarranno indimenticabili, perché ho avuto modo di costatare di persona cosa sono i «miracoli» che Dio fa ogni giorno. (...)

Non posso certamente affermare che la vita umana sia gioia continua, sia priva di sofferenze, di delusioni, di prove... La mia stessa vita ne è una conferma.

Devo però aggiungere che non siamo soli in questa «avventura». La vita ci viene da Dio: lui ci ha creati per amore e ci segue con amore, ci aiuta, e desidera che la nostra vita abbia un valore immenso, sia la manifestazione di una fede autentica.

M. Zandonadi - M. Cinquetti in *Lettura aperta alle ragazze d'oggi*, Elledici 1988, p. 6

Tutta la vita
è una continua occasione
di incontrare Gesù.
Romano Guardini

MORTIFICAZIONE

Lo so che i giovani si chiederanno di che cosa possa parlare rievocando la *mortificazione*.

Di questa grossa parola ormai trascurata – mentre una volta bisognava fare le «mortificazioni» di Quaresima – mi piacerebbe spiegare la genesi, i misfatti e la metamorfosi.

La genesi della mortificazione è, tra le altre, una parola di san Paolo: *cotidie morior* (1 Cor 15,31), che si traduce: «Ogni giorno affronto la morte».

L'Apostolo sta parlando della risurrezione futura, e delle prove che minacciano ogni giorno la sua vita. La spiritualità se ne è impossessata per spiegare che bisogna morire a se stessi ogni giorno, che si comprende la mortificazione nella misura in cui si cerca di vincere in se stessi l'«uomo vecchio», cioè il peccato. Non è il caso di insistere sui *misfatti* di questo atteggiamento, diventato rapidamente un programma di vita in certe comunità religiose. Si trattava di mortificarsi, cioè di cercare quel che è mortifero (letteralmente: portatore di morte) per la nostra personalità.

La stessa cosa era per l'umiliazione (non dico l'umiltà). In breve, tutto ciò che ci diminuiva, che ci annullava, mutilava, tutto ciò era ritenuto un modo di piacere a Dio, «quel Dio pensato quale amante della sofferenza», come dice il titolo di un libro. In sintesi, diciamo che bisognava essere masochisti per soddisfare le esigenze di un Dio sadico.

Tutto ciò, per fortuna, è stato dimenticato, almeno lo speriamo. Io voglio semplicemente aggiungere che ho apprezzato molto il rovescio proposto da persone di buon senso: «E se al posto della mortificazione, dicevano, cercassimo la *vivificazione*?».

Qui, come vedete, c'è la gioia di rendere felici gli altri, di mettere in piedi gli zoppicanti, di condividere il pane...

Allora tutto cambia. Dio diventa come l'aria di un mattino di primavera che vi sferza il viso, un Dio che vivifica.

HENRI DENIS in *100 parole per dire la fede*, Elledici 1997, p. 77

Opere di misericordia

Opere di misericordia. Cioè? Questa volta l'etimologia – dal latino dei nostri antichi – è trasparente: si tratta di un cuore (*cor*) che prova compassione (verbo *misereri*), e perciò pone in essere delle opere (opera): solide, pratiche, benefiche.

Quante opere? Gesù (perché tutto è cominciato con lui) nella parabola del giudizio universale ne aveva indicate sei. Ma i nostri antichi subito ne aggiunsero un'altra, dato che secondo loro il numero della perfezione è sette.

E siccome l'uomo allora era composto di corpo e anima (oggi alcuni moderni hanno dubbi riguardo all'anima), i nostri antichi raddoppiarono l'elenco delle opere: sette corporali, e sette spirituali. Così sono diventate quattordici.

Gli antichi le chiamavano *opera Christi*, opere di Cristo. Come deve comportarsi il cristiano? Gli basta imitare il Signore, compiere come lui le quattordici opere della misericordia. Perciò quegli antichi le imparavano a memoria e presero a recitarle come preghiera del buon cristiano. Non sono una preghiera, sono una lista, ma era – è – come se ogni mattina il Signore prendesse la parola e ci dicesse: «Fa' questo e vivrai» (Lc 10,28). Poi alla domanda di fondo sul come comportarsi, gli studiosi trovarono altre risposte più complete e anche più complicate. Per esempio a partire dalle virtù. (...) Oggi le nostre levate mattutine sono come intasate dal giornale radio, dalla prima sigaretta e dalla ginnastica aerobica. Così nessuno più recita le opere di misericordia, che a poco a poco sono scivolate nel dimenticatoio. Ma ci sono ancora, elencate nel Catechismo della Chiesa cattolica. Perché esprimono la quintessenza della morale cristiana. E ci dicono (non in negativo come il Decalogo, ma in positivo) che fare se vogliamo imitare il Signore Gesù.

Allora... perché le opere di misericordia? Esse trovano giustificazione nel fatto che ogni uomo è qualcosa di prezioso e degno, e al tempo stesso sconta inevitabilmente la pena del vivere e del morire. Si tratta di portare solidarietà e conforto a un insieme di solitudini che si intrecciano, si scontrano, si scavalcano formando il tessuto sociale e la vita. La misericordia è dunque un sentimento che per sua natura vuole tradursi in azione.

Enzo Bianco in *Le Opere di Misericordia*, Elledici 2007, pp. 3-4

Spiritualità

Il termine *spiritualità* abbisogna di una chiarificazione iniziale. Con esso, infatti, non si intende, nella tradizione della Chiesa, privilegiare lo spirito (e lo spirituale) sulla materia (e sul materiale). Se così fosse ci si porrebbe immediatamente dalla parte di una filosofia che privilegia lo spirito sulla materia (ad esempio il platonismo). Si creerebbero grosse difficoltà a chi ha altre visioni dell'uomo e del mondo e, soprattutto, non si sarebbe fedeli alla terminologia biblica che intende, parlando di spirito e di spirituale, ben altra cosa. Il punto di riferimento privilegiato non è, anche in questo caso, una filosofia ma la Parola di Dio. In essa si parla di... uomo spirituale, dello spirito del mondo, cioè l'uomo che fonda tutto sulla sua umanità, e l'uomo spirituale, dello Spirito di Dio, cioè l'uomo che vive dello Spirito Santo. È a questo tipo di Spirito (lo Spirito di Dio) che fa riferimento il termine *spiritualità*. E lo Spirito di Dio non corrisponde allo spirito di cui parlano alcune filosofie. Soprattutto lo Spirito di Dio non si trova necessariamente collegato allo spirito umano, né necessariamente ostile alla materia. Lo Spirito di Dio può essere accolto o rifiutato tanto dallo spirituale che dal materiale umano. In colui che crede non solo quello che alcune filosofie chiamano «spirituale» può essere invaso dallo Spirito di Dio, ma anche quello che alcune filosofie, con una punta di disprezzo, o con un rifiuto totale, chiamano materiale. (...)

Dunque spiritualità intesa come modo di vivere la propria vita concreta e totale in Cristo, secondo le strade dello Spirito Santo di Dio. Si tratta di una spiritualità che coinvolge tutti i credenti, anche se... si apriranno strade diverse. Queste strade avranno un senso se corrisponderanno ad una fedeltà che si realizza nell'incontrarsi della Parola di Dio e della situazione storica in cui vive il credente. Si sa, infatti, che nella storia dell'esistenza cristiana sono esistite e ancora esistono diverse spiritualità. Esse devono costantemente essere confrontate alla Parola, ma anche alla storia. Prescindere dalla storia di un popolo (o del mondo), ma anche dalla storia personale di quel credente che abbraccia una certa spiritualità, potrebbe significare anche un vero e proprio rifiuto dello Spirito.

Giacomo Grasso in *Dizionario dei temi della fede*, SEI 1977, pp. 449-450

Preghiera

È già notte inoltrata ed una povera vecchietta, alla fioca luce della lampada ardente davanti alla statua di S. Antonio «come il vecchio sarto fa nella cruna», si sforza a leggere nel libro sgualcito.

«Vada a casa, dice il parroco, a quest'ora che ha da leggere?».

«Padre, stamattina non ho avuto tempo di leggere le preghiere prima della comunione e le recito adesso».

Per quella buona creatura, l'orazione risulta di formule magiche. Ma la preghiera è una realtà ben più sublime e perciò assai più semplice.

Maurizio Blondel ne dà questa definizione: «La preghiera è una elevazione dell'anima verso Dio, che ci sottomette per amore e per gratitudine al regno celeste del Padre, nella grazia del Salvatore, ed all'ispirazione dello Spirito».

Anzitutto la preghiera è un'elevazione dell'anima nella sua interezza; quest'atto vitale impegna l'anima con tutte le sue facoltà e con tutte le sue energie interiori: intelletto, memoria, fantasia, volontà e sentimento. L'anima, quando prega, è un'arpa, in cui tutte le corde vibrano all'unisono.

La preghiera non è, in primo luogo, un sentimento, né un pensiero, ma è il dono di noi stessi a Dio, Uno e Trino, che piglia possesso di noi e si asside nel nostro intimo per ricevere il nostro amore e per dialogare come padre che parla con i figlioli, come amico che conversa con gli amici.

Il dialogo, si capisce, diventa più comprensivo e più espansivo con la seconda Persona, perché è quella che ha assunto la nostra psicologia e, pur rimanendo con la natura umana solamente in cielo e nell'Ostia consacrata, come Dio è a noi più intimo del nostro intimo.

La preghiera, dunque, è ben fatta, quando si eleva da un'anima, che riconosce la suprema autorità del suo Signore, accetta docile la Verità ed aderisce con amore alla Volontà divina.

Nell'orazione autentica, l'anima raccoglie tutte le sue forze per proferire un bel «sì» al Signore presente in lei.

Adolfo L'Arco in *Invito alla preghiera*, Elledici 1961, pp. 16-17

MEDITAZIONE

Un jet solca rombando l'azzurro del cielo; le macchine sfrecciano veloci sulle autostrade che si snodano come nastri neri di asfalto; uomini e donne si affrettano in un via vai incessante, come formiche indaffarate... (...)

Per l'uomo tecnologico vivere è fare, produrre, consumare, per tornare a fare e a produrre, in un ciclo senza fine. Egli sembra aver perduto la capacità di fermarsi, di riflettere su se stesso, sugli avvenimenti, sul mondo che lo circonda.

Le notizie incalzano, sfornate in continuazione dai mezzi di comunicazione, e quelle di oggi sono superate da quelle di domani, e l'impressione lasciata da una viene cancellata presto da un'altra più nuova.

A questo uomo le parole meditazione, contemplazione sembrano fare riferimento a cose riservate a pochi «addetti ai lavori»: i monaci o i seguaci di qualche «guru» indiano. Cose un po' strane e, tutto sommato, inutili.

In questo modo l'uomo moderno si priva di una dimensione essenziale della vita: quella della «gratuità», che dice ad ogni realtà creata non: a che servi?, ma: grazie di esserci.

- Se la natura è solo qualcosa da «usare» per il nostro svago e il nostro benessere;
- se l'uomo è solo qualcuno che ci passa accanto e di cui possiamo «servirci»;
- se gli avvenimenti e la storia sono solo notizie da «consumare»;

allora tutto diventa possibile: dalla guerra ai disastri ecologici, al terrorismo, all'aborto, all'eutanasia...

Meditare è invece mettersi davanti a tutte queste realtà in silenzio, in ascolto di quello che hanno da dirci e da rivelarci, con il cuore pieno di stupore, di meraviglia, di riconoscenza.

GIANFRANCO VENTURI in *Avvento e Natale*, Elledici 1993, pp. 126-127

Aridità

Sovente succede che il contatto tra Dio e l'uomo avviene a livello di puro amore. Il sentimento non è coinvolto. Allora si ha la sensazione che Dio sia lontano, di non amarlo veramente.

È lo stato esistenziale chiamato: aridità dello spirito. Immagine che richiama il deserto, cioè l'assenza totale o parziale del sentimento nel rapporto con Dio.

Questa situazione di vita non impedisce la crescita d'amore con Dio, anzi, se si persevera nel bene, l'accresce. Infatti, penetrando nelle profondità del cuore, ci si accorge che si progredisce nell'esperienza d'amore con Dio, ma in un modo divino, cioè impercettibile ai sensi.

È dagli effetti che si scopre quest'avanzamento. Cresci nella capacità di dominio di te, nell'amore verso Dio e del prossimo..., sei più capace di amare la «croce» qualunque essa sia. Soprattutto ti senti in pace con Dio, pur vivendo il tormento del «più e sempre più», perciò non sei in pace con te, tormentato dal desiderio di vedere maggiormente il volto di Dio, dell'Amato (cf Ct 3).

È un cammino nel buio del sentimento per il possesso della Luce che è in te. Tale sforzo accresce la tua luminosità, per essere posto sul moggio (Mt 5,15), ed essere luce per il mondo.

Tutto è vita per chi ama ed è amato da Dio, anche la morte. A maggior ragione lo è l'amore spoglio di sentimento. È una scalata dura. Pensa alla gioia della vetta, dove incontrerai Cristo ad accoglierti con le dolcezze del suo amore. È la gioia del Tabor, concessa a Pietro, Giacomo, Giovanni (Mt 17). È l'esplosione della gioia d'amore sul sentimento.

Ma non dimenticare che ti è concessa per darti la forza di fare un passo avanti nella «croce», nell'amore puro. Dio ti desidera amore come lui e vuole che anche il tuo corpo partecipi pienamente alla vita di quest'amore eterno.

Raimondo Bardelli in *La vita è amare*, Elledici 2003, p. 101

Silenzio

Nel mondo d'oggi, purtroppo, il silenzio è bandito. Nelle comunità cristiane il silenzio è forestiero. Nel cuore dell'uomo il silenzio è temuto. (...) «Chi non sa tacere fa della sua vita ciò che farebbe chi volesse solo espirare e non inspirare. Solo a pensarci ci viene l'angoscia. L'umanità di chi non tace mai si dissolve» (R. Guardini).

Ma pensare è fatica. E tacere per pensare, o per pregare, è impresa ardua, è come scalare una montagna in cui non ci sono sentieri già tracciati o scorciatoie riposanti. Solo nel silenzio, tuttavia, si attua la conoscenza autentica. E noi abbiamo paura di incontrare noi stessi perché abbiamo paura di conoscerci per quel che siamo realmente, paura soprattutto... di scoprire il vuoto interiore.

Chi ha paura di se stesso cerca la compagnia del rumore: esso infonde un senso di sicurezza, protegge da penose riflessioni, distrugge sogni inquietanti. Il rumore è figlio dell'ansia e del timore di sé. Ma preferiamo restare schiavi della verbosità, dei rumori, delle suggestioni, dei filmati interiori a cui assistiamo come inerti spettatori, dei grovigli delle inquietudini, delle angosce, dei desideri mai risolti..., piuttosto che creare in noi spazi di riflessione, verifica, confronto, progettazione. Senza spazio interiore non c'è libertà interiore. E la libertà nasce dal silenzio. «Nel silenzio è insito un meraviglioso potere di chiarificazione, di purificazione, di concentrazione sulle cose essenziali» (D. Bonhoeffer).

Immersi nel corso continuo del rumore, gli uomini hanno smarrito la via stretta e discreta che porta alle profondità dell'esistenza e alle altezze dello spirito. Ma l'habitat naturale e originario dell'uomo è il silenzio. Nel grembo materno, infatti, la piccola creatura lievita e vive nel silenzio e infante sarà il suo primo nome, cioè senza parola. Eppure vive... pieno di gioia, nella povertà del suo affidarsi e dipendere totalmente dagli altri. Così il chicco di grano: al grembo della terra viene affidato e nel silenzio del solco va spegnendo ogni gemito vitale perché silenziosamente «altro» possa divenire.

Mario Russotto in *La brezza di Dio*, Elledici 1998, pp. 8-10

Specchio

«Va' pure tranquillo nel frastuono di questa vita frenetica, ma pensa a quanta pace può esserci nel silenzio. Con dignità, senza compromessi, fa' di tutto per andar d'accordo con chi ti sta vicino; di' la verità in modo chiaro e sereno, e ascolta gli altri, anche se sciocchi o ignoranti: anche loro hanno una storia da raccontare!

Evita chi è aggressivo o chi parla troppo forte, perché opprime il tuo spirito. Se ti paragoni agli altri puoi diventare presuntuoso o invidioso. Mettiti uno specchio nell'anima!

Ci sarà sempre chi è più in alto o più in basso di te. Impegnati nel tuo lavoro per umile che sia: è la sola cosa vera nel gioco delle alterne fortune. Sii cauto negli affari: il mondo è pieno di inganni; ma non essere cieco di fronte alla vera onestà: c'è molta gente che lotta in nome di alti ideali, e c'è eroismo un po' dovunque.

Sii te stesso! Soprattutto non fingere affetti; ma non essere neppure cinico in amore perché, malgrado le amarezze e le delusioni, l'amore è come un prato: sempre verde...

Accetta il passare degli anni, e abbandona senza rimpianti le smanie della gioventù. Abitua il tuo spirito ad essere forte perché ti sorregga nelle improvvise avversità; e non fare drammi su cose che non esistono: le tue paure nascono solo dalla stanchezza o dalla solitudine. Sii dolce con te stesso. Mettiti uno specchio nell'anima!

Sei un figlio dell'universo, non meno degli alberi e delle stelle. Hai diritto di stare al mondo, e che tu lo capisca o no, l'universo è giusto così com'è... Perciò sii in pace con Dio, qualunque sia il tuo modo di concepirlo, e sii in pace con la tua anima, quali che siano i tuoi problemi e i tuoi desideri, con tutte le sue ipocrisie, le ingratitudini e i sogni andati in fumo: il mondo è ancora bello!

Metti uno specchio nell'anima! Lotta per essere felice» (Baltimora, chiesa di San Paolo, 1693).

A. Contran - D. Zanella in *Quaresima*, Elledici 1991, pp. 57-58

DEMONIO

Scrive Navone nel suo articolo sul diavolo e l'esorcismo, nel *Dizionario di spiritualità* (Paoline): «Anche se la psichiatria ha dimostrato che l'attività del subconscio spiega molti, per non dire la maggior parte, dei fenomeni anormali che le generazioni passate attribuivano all'attività diabolica, essa non pretende di spiegare in maniera completa tali fenomeni».

Esiste, dunque, un angolo di mistero ed occorre essere prudenti quando si parla di «credenze sorpassate» o di «paure inventate dall'uomo».

Il diavolo o il rito di esorcismo, che la chiesa cattolica permette in alcuni casi, riguardano anche l'uomo contemporaneo.

Dal 1981 al 1983, 1350 torinesi si sono sentiti posseduti dal demonio, rivolgendosi ad un sacerdote per essere liberati.

Il dato risulta nella tesi di laurea *Magia e cura della possessione a Torino*, discussa alla Facoltà di Scienze politiche. Di particolare interesse i dati che emergono dal lavoro del ricercatore che ha potuto consultare gli archivi della Curia arcivescovile: la stragrande maggioranza dei casi esaminati (1334 su 1350) non è riconducibile a fenomeni di possessione diabolica. La scienza medica e psichiatrica sono in grado di emettere diagnosi precise; ma per i rimanenti 16 casi non è possibile dare una spiegazione razionalmente valida. (...)

Sappiamo dalla Bibbia «che questo essere oscuro e conturbante esiste davvero, e che con proditoria astuzia agisce ancora; è il nemico occulto che semina errori e sventura nella storia umana».

L'insegnamento della Chiesa chiede ai fedeli di prestare fede all'esistenza del diavolo e delle forze demoniache, anche se tra i teologi vi sono pareri discordi sul modo di interpretare questa presenza. Al di là delle disquisizioni teologiche e delle risposte date dalla scienza medica e psicologica, il credente sa che la presenza del male è uno dei più grandi misteri dell'esistenza e non esclude il potere del maligno.

SERGIO BOCCHINI in *Tra oroscopi e magia*, Elledici 1988, pp. 13-15

Raccoglimento

Un uomo d'affari, stressato e logorato dai troppi impegni, si presentò ad un maestro di vita spirituale a chiedere un consiglio. Gli disse il maestro: «Quando un pesce finisce al secco comincia a morire. Anche tu cominci a morire quando ti lasci prendere dalle cose del mondo. Il pesce può salvarsi se torna subito nell'acqua. Tu devi tornare subito nella solitudine».

L'uomo d'affari si spaventò.

«Devo lasciare tutti i miei affari e rifugiarmi in un convento?».

«No, no. Conserva i tuoi affari e rifugiati nel tuo cuore».

Nel vocabolario della spiritualità c'è una bellissima parola: «raccoglimento». Esprime il momento in cui ci si ferma per «raccogliere» i pezzi di noi che la giornata ha disperso.

Bruno Ferrero in *Il segreto dei pesci rossi*, Elledici 2000, pp. 34-35

Un uomo ricco di vita interiore
avrà più effetto sui cuori con una sola parola
animata dallo spirito di Dio
di un altro che pronuncia un lungo discorso
costato molto lavoro.
Louis Lallemant

Aprile

«Se un uomo desidera gustare la vita...
fugga dal male e pratichi il bene» (Sal 34,13.15)

Croce - Risurrezione - Chiesa

Cristiano

L'appellativo «cristiano» deriva da Cristo, e il cristiano è colui che segue in tutto Gesù Cristo.

Per «cristiano» s'intende qui il cristiano come deve e può essere, e come di fatto si manifesta nei cristiani esemplari, e particolarmente nei santi. Che molti cristiani non vivano secondo il loro ideale è purtroppo una realtà insita alla condizione umana soggetta al peccato, ma ciò non toglie nulla alla santità della religione stessa.

La vita cristiana si basa perciò sulla decisione fondamentale e irrevocabile di aderire a Cristo, di seguirlo e imitarlo, in comunione spirituale con lui, fratello, Signore e salvatore degli uomini.

Il modello e la norma per il cristiano è perciò Gesù Cristo. In tutte le circostanze della vita, nelle gioie e nelle privazioni, nel lavoro e nel riposo, nel rischio e nella tentazione, fin nel trapasso angosciato della morte, il cristiano sa che Gesù l'ha preceduto e gli ha insegnato il modo di andare a Dio, passando attraverso la morte per giungere alla risurrezione. In ogni situazione il cristiano tende a riprodurre ciò che Gesù Cristo avrebbe fatto al suo posto. Per questo gli è familiare la lettura del Vangelo, per trovarvi le parole e gli esempi di Cristo.

Questo continuo riferimento a Cristo non consiste tanto in un'imitazione esteriore e particolareggiata, che sarebbe impossibile, ma in un'assimilazione delle disposizioni spirituali di lui, quali si sono manifestate complessivamente nella sua vita e soprattutto nella sua passione e morte, cioè l'obbedienza e la sottomissione totale alla volontà di Dio Padre e la dedizione costante per gli uomini. (...)

Lo sforzo di assimilazione a Cristo viene destato e sostenuto nel cristiano dallo Spirito di Dio. Esso trasforma intimamente il cristiano e gli infonde sentimenti simili a quelli di Cristo di adesione filiale a Dio Padre, e di bontà verso gli uomini. Il cristiano che si lascia guidare dallo Spirito di Dio si comporta da figlio di Dio, e segue le orme di Cristo, nella libertà di chi segue spontaneamente le indicazioni dello Spirito.

PIETRO ROSSANO in *La fede e la speranza dei cristiani*, Elledici 1988, pp. 39-40

DOLORE

Tanta sofferenza, tanta innocenza. Mi domando perché.

Conosco una mamma che piange a non finire. Come si fa a dire coraggio a una mamma che perde un figlio di dodici anni?

Quella ragazza è su una sedia a rotelle. Ci si può affacciare alla vita e ritrovarsi sbarrati, chiusi per sempre alla speranza?

Perché? È un turbine che fa smarrire.

Si nasce, si cresce, si muore, e ci domandiamo sempre perché.

Dolori che ci fanno gridare. Molte volte, spine che non si vedono e che fanno ancora più male. Perché questa sofferenza, questa crudeltà, questa disgrazia inaccettabile? Perché ai mali naturali, gli uomini aggiungono, deliberatamente, anche i loro: la carneficina, la guerra, l'ingiustizia, la violenza, la morte? La domanda è disperazione, è abbandono, è impotenza, è oscurità.

È ripugnanza, è ribellione.

Perché io? Chi soffre non si domanda il perché del dolore del mondo, ma: perché io? Perché gli altri camminano, e io debbo restare immobile? Perché gli altri ridono, corrono, lavorano, mettono su famiglia, si occupano di una infinità di cose utili e deliziose, e io, invece, debbo essere messo da parte, inutile, di peso, con una designazione minorata per tutta la vita?

Mistero, enigma, assurdo. (...)

Penso a tanta nostra attività consolatoria, da buttare tra i rifiuti. È sciocco, soltanto sciocco chi pensasse di poter consolare, di sapere tutto, di avere tutte le risposte a portata di mano, la risposta al dolore! Soffrire è mistero. È grande mistero. (...)

Solo Uno può dire: «Non piangere». E questo Qualcuno, per essere credibile, ha preso su di sé tutto il dolore del mondo.

Ha sofferto questo «perché» come mistero, come enigma, come assurdo... Ha gridato come può gridare ogni uomo, nell'oscurità, nel panico di assicurarsi la salvezza...: «Abbà, Padre, perché mi hai abbandonato?». Sì, a Lui puoi credere. Egli ti ama di più. Egli non ti dice parole. Tu sai come si è comportato. Ha dato la sua vita per l'uomo. Che altro poteva fare un Dio?

NINO BARRACO in *Qualcuno ti ama di più*, Elledici 1988, pp. 3-4

Condivisione

Madre Teresa racconta:

«Un giorno raccolsi un uomo da una fogna aperta a Calcutta. Avevo visto qualcosa muoversi nell'acqua: rimossa la sporcizia mi accorsi che era un uomo.

Così lo portai nella nostra casa per i morenti. Abbiamo un posto per queste persone. L'uomo non bestemmiò, non gridò. Il suo corpo era completamente coperto di vermi. Disse soltanto: "Ho vissuto tutta la mia vita sulle strade come un animale, e ora sto per morire come un angelo, amato e curato". Dopo tre o quattro ore morì con il sorriso sul volto.

Questa è la grandezza della nostra gente.

Una sera un uomo venne a casa nostra per dirci di una famiglia indù con otto figli: non avevano mangiato da alcuni giorni, chiedeva di fare qualche cosa. Così io presi un po' di riso e andai. Vidi gli occhi dei bambini brillare di fame. La madre prese il riso dalle mie mani, lo divise in due parti e uscì. Quando ritornò le chiesi dove fosse andata e che cosa avesse fatto del riso, e lei disse: "Anche loro sono affamati". Sapeva che i vicini della porta accanto, musulmani, avevano fame.

Molto spesso mi chiedono quando cesseranno la fame e la povertà nel mondo, ed io rispondo: "Quando tu ed io cominceremo a dividere. Più abbiamo, meno diamo; meno abbiamo, più possiamo dare"».

A. Contran - D. Zanella in *Quaresima*, Elledici 1991, pp. 120-121

Possa io fare della mia vita
qualcosa di semplice e diritto,
come un flauto di canna
che il Signore riempie di musica.
Rabindranath Tagore

SOFFERENZA

I cristiani non sono esenti dalla sofferenza. Sono soggetti anche loro, come tutti gli altri, a dolori e perdite personali. Gesù è chiamato «uomo dei dolori che conosce il patire» non solo perché lui stesso ha tanto sofferto, ma anche perché è stato vicino a chi soffriva e ne ha condiviso i dolori. Come suoi seguaci, siamo chiamati a imitarlo. I cristiani sono sempre stati fra i primi ad aiutare le vittime della guerra, del bisogno e della malattia. Ovunque vivano e qualunque sia il loro lavoro, i cristiani sono chiamati non solo a sopportare il dolore e la sofferenza, ma anche a star vicino agli amici e a tutti quelli che sono colpiti da sofferenze personali. Devono amarli, aiutarli e pregare per loro.

(...) Nessuno ci dice che dobbiamo soffrire da soli. Anzi, Dio ci assicura che è sempre con noi in tutto quello che ci accade. Nessuna cosa potrà mai separarci dall'amore di Dio o dal conforto del suo Spirito.

Per il solo fatto che si è cristiani non si è certi che tutto quel che facciamo in questa vita finisca sempre bene. C'è della gente che ci vuol bene e ci ripete – quasi fossero un talismano contro le peggiori disgrazie della vita – le parole di Paolo: «Tutto concorre al bene di coloro che amano Dio» (Rm 8,28). In realtà, però, non sempre vediamo che le cose finiscono proprio bene. Dio non è una specie di burattinaio che tira i fili delle marionette dietro le quinte, per far vivere tutti felici.

Tuttavia, noi crediamo in un Dio che è più grande delle forze del male. Crediamo anche in un Dio impegnato in una creazione continua. È sempre lui che controlla il nostro mondo e la nostra vita personale. Non è Dio che ci manda le cose cattive; e se noi mettiamo con fiducia totale le nostre sofferenze nelle sue mani, può trarne qualcosa di buono. E non sarà solo chi soffre ad esserne avvantaggiato, perché anche il dolore più profondo, trasfigurato dalle mani sapienti e amorose di Dio, può diventare sorgente di amore e di luce per il nostro mondo tenebroso.

MARY BATCHELOR in *Viaggio dello Spirito*, Elledici 1999, pp. 122-123

CROCE

Nulla di più commovente della semplicità di una *croce*. Il luogo del sacrificio supremo, quello di Cristo, può essere disegnato da qualsiasi bambino, da qualsiasi analfabeta, o ancora dalla povera Giovanna d'Arco, costretta a firmare contro la sua volontà. Semplicità estrema per dire il mistero dell'Amore estremo.

Difficile dire in poche parole quello che è la Croce di Cristo per un cristiano. Potremmo iniziare dicendo quello che non è. *Essa non è una fine*, come se quel pezzo di legno dovesse essere immortalato da un'istantanea che fissa per sempre un cadavere appeso ad essa. No!

La Croce è certamente un momento supremo. Nulla di più grande al mondo di Gesù Cristo. Nulla di più grande in Gesù Cristo del suo sacrificio. Nulla di più grande nel suo sacrificio del suo ultimo respiro. Ma quel sospiro è un *soffio*. Invece di dire: Egli rese lo spirito, diciamo piuttosto e più esattamente: *Egli donò lo Spirito*. Questo Spirito vivifica la Chiesa e rigenera il mondo.

Ma allora, la Croce? Per capirla, andate a Ravenna. Guardate il mosaico di Sant'Apollinare in Classe. Restateci qualche minuto, forse ore... Voi vedrete una Croce non figurativa, cioè fatta di oro e scintillante di pietre preziose. Attorno ad essa, uno sfondo blu seminato di stelle; in basso queste parole in lettere dorate: *Salus mundi*, Salvezza del mondo.

E misticamente – perciò realmente – avrete capito qualcosa di essenziale. La Croce non è dolorista. La Croce è *passaggio*, come qualcosa che fende il firmamento per lasciare che, con l'offerta di Cristo, vi si inabissi la nostra umanità tutta intera, giunta al termine del suo pellegrinaggio. La Croce, porta del cielo. (...)

Quando la Croce lacera l'umanità, lo fa per aprirla sulla luce del Risorto.

HENRI DENIS in *100 parole per dire la fede*, Elledici 1997, pp. 81-82

Segno di croce

Che significato può avere per me fare il segno di croce? Quando mi alzo, quando mangio, quando inizio un lavoro...

La mamma mi ha insegnato che il segno della croce è il segno del cristiano, e siccome mi sento tale, non ho nessun problema per esprimermi così in qualunque luogo mi trovi.

Finora ho potuto sempre far pregare gli alunni della scuola ove insegno da sei anni... Soltanto una volta, un alunno non ha accettato questo mio atto di fede. Gli dissi: «Se tu non vuoi, lascia che lo facciamo noi». I ragazzini mi seguono con spontaneità, per cui ho chiesto loro: «Che cos'è per te il segno della croce?». Le risposte più strane, e diciamo pure anche buffe qualche volta, escono da quelle boccucce assetate di bene: «Perché dobbiamo essere buoni... Perché dobbiamo studiare... Perché stiamo in silenzio, ecc.».

Su oltre trentuno alunni, uno solo ha saputo dirmi: «Il segno della croce racchiude il mistero della santissima Trinità». In una classe prima, una bambina che potrebbe sembrare handicappata mentale, con umiltà e quasi timore di rispondere, disse: «Perché è il segno della salvezza...».

Così il segno della croce, primo segno del cristiano, è stato soggetto gradito agli alunni, come conversazione, come spiegazione del perché lo si fa, e soprattutto perché io lo faccio. Qualcuno dice: «Neppure la suora lo fa; neppure il prete ce lo faceva fare...».

Quante volte il segno della croce ha calmato in me la bufera prodotta da innumerevoli problemi, incomprensioni, amarezze che la vita mi procura ogni giorno! Quante volte, davanti a quel Cristo pendente dalla croce, ho ritrovato la forza per continuare ad amare, e a perdonare quanti mi fanno soffrire nel corpo e nello spirito...

LAURA GNATA in *Ho visto la luce*, Elledici 1982, pp. 16-17

Sacrificio

L'argomento è molto impegnativo, perché il sacrificio ha i suoi titoli di nobiltà nel cristianesimo: pensiamo al sacrificio della Messa.

Più radicalmente ancora, si può dire che il sacrificio risiede nel più profondo dell'uomo e dell'umanità. Tutti voi, ne sono sicuro, avete esempi quotidiani: «Si è sacrificata per curare sua madre ammalata»; «Quello sportivo non ha risparmiato sacrifici per vincere la medaglia d'oro alle Olimpiadi»; «Abbiamo fatto tanti sacrifici per i nostri figli e non ne siamo del tutto ripagati», ecc.

Non pensiamo troppo frettolosamente di esserci liberati da una concezione pericolosa, per non dire perversa, di questo famoso sacrificio, termine che richiama il *sacro*. «Sacrificio = fare una cosa sacra». Voi vedete da questa prospettiva l'altare, la vittima e il Dio che esige l'immolazione.

Bisogna comunque dire, con le Scritture, che Gesù ha portato a compimento tutti i sacrifici e che perciò non ci sono altri sacrifici se non il suo. Ancora, mantenendosi nella linea più pura del cristianesimo, è necessario diffidare dell'immagine del Padre che avrebbe volontariamente sacrificato il proprio Figlio.

Ma allora, come capire questa famosa parola tanto difficile? (...) Il sacrificio come comunione. In questo modo l'uomo stesso diventa sacrificio quando vive per mezzo di Dio e per Dio nell'unica offerta del Cristo e nella comunione con i suoi fratelli.

Siamo lontani dall'idea ancora diffusa che sia necessaria, per il sacrificio, una distruzione, un'eliminazione, una privazione (tutte cose che possiamo fare per interesse, per orgoglio o impulso di morte). No! Questo non è il sacrificio cristiano. Non dimenticate sant'Agostino: il sacrificio è un atto di comunione nell'offerta di sé a Dio e ai suoi fratelli.

Nel vero sacrificio voi non potete perdere niente, perché – donandovi – ricevete l'Amore, fonte di ogni dono.

Henri Denis in *100 parole per dire la fede*, Elledici 1997, pp. 77-79

Corpo di Cristo

Voglio parlare del Corpo di Cristo, ma in un modo un po' particolare e volutamente parziale. Non rimproveratemi di non dire tutto. Mi ispirerò infatti al fatto un po' strano che in Francia la festa del corpo di Cristo è anche detta festa di Dio (Fête-Dieu). Accostamento sorprendente tra Dio e il corpo. Perché?

La nostra fede e il cristianesimo non sono né una mistica superiore, né un'ascesi esigente, né una morale perfetta. (...) Quello che è propriamente cristiano e del tutto insolito, una follia per i pagani, uno scandalo per i giudei, è la seguente affermazione: Dio ha preso corpo nella nostra umanità.

Dio, il nostro Dio, pur sempre invisibile, trascendente e innominabile, questo Dio Padre fa sì che Egli stesso nel suo Figlio diventi (nel superamento di ogni logica filosofica dei rapporti tra Dio e il mondo, tra il tempo e l'eternità), non un'apparenza di uomo, ma un uomo vero, un figlio di donna. In Gesù Dio prende corpo, non assume soltanto un'anima; prende corpo mortale, corpo maschile, corpo situato nella storia, corpo tra gli altri corpi...

Da allora si sviluppa un'altra logica, che non è più quella filosofica, ma quella della fede. Dio in Gesù Cristo ci manifesta il suo Amore, certamente mediante la Parola, ma più ancora mediante i suoi gesti, mediante il suo corpo donato: è questo il suo supremo messaggio. Dio ci ha amati fin qui.

Ma il dono di Dio non finisce nella morte, si compie nella vita. Il corpo del Figlio di Dio diventa il Pane di vita affinché l'umanità non muoia di fame, affinché la vita eterna sia comunicata fin d'ora.

Perché Dio ha preso corpo, la Chiesa vive di Eucaristia. (...)

Non avete mai pensato a quante volte il prete dice: «Il corpo di Cristo»? Magari centinaia di volte, in certe domeniche; forse migliaia e migliaia durante la vita. Posso dirvelo in confidenza? Questo non mi ha mai stancato. Perché? Perché ogni volta era una mano e un viso nuovo, uno degli innumerevoli membri del Corpo di Cristo, un raggio di Luce proveniente dal nostro Dio che ha preso corpo tra gli uomini.

Henri Denis in *100 parole per dire la fede*, Elledici 1997, pp. 110-111

EUCARISTIA

La parola greca *eucharistía*, «azione di grazie», è usata dagli Evangelisti e da san Paolo per designare la preghiera di Gesù nel momento in cui istituì il sacramento del suo Corpo e del suo Sangue come memoriale della sua passione. Gesù «rese grazie» (il verbo); il sostantivo da esso derivato designò il rito stesso già dal sec. II; mentre i nomi più antichi sono «frazione del pane», «cena del Signore».

San Tommaso afferma che l'Eucaristia è il sacramento dei sacramenti, il centro stesso del settenario sacramentale perché è il sacramento che rende presente Cristo in persona.

È tuttavia un sacramento complesso, perché la cena del Signore è in primo luogo il memoriale efficace del suo sacrificio unico, il rito sacramentale che rende presente la sua passione e la sua risurrezione, cioè Lui stesso che ha sofferto e si è offerto al Padre in sacrificio prima di risuscitare. Ma questo rito è stato istituito per la Chiesa, onde potesse ricevere mediante la comunione il frutto del sacrificio del Signore, unendosi a lui nell'offerta di se stessa al Padre.

Di conseguenza, l'Eucaristia è insieme e indissolubilmente il segno efficace che rende presente il sacrificio di Cristo e il segno efficace che rende presente la sua Persona, la sua umanità, il suo Corpo e il suo Sangue per essere ricevuti in comunione. In termini di catechesi classica, l'Eucaristia è insieme sacrificio e sacramento. (...)

Con tutta la Chiesa dobbiamo affermare che in essa Cristo è realmente presente, come sacerdote invisibile, che si serve del ministro visibile come di uno strumento; come vittima che non soltanto si rende simbolicamente presente sotto le specie del pane e del vino, ma le trasforma in se stesso, rendendosi così sacramentalmente presente per mezzo di esse; infine, come cibo per i credenti che ricevono il pane e il vino diventati il Corpo e il Sangue del Signore.

GUY-MARIE OURY in *Dizionario della fede cattolica*, Elledici 1994, p. 73

Venerdì Santo

Alla sera del Venerdì santo, Dio ha rischiato di essere denunciato come impostore. Impostore per aver permesso la perdita di un uomo che a Lui si era votato anima e corpo. La perdita di quest'uomo, Gesù, destinato a morire come ciascuno di noi, era scandalosa perché questo uomo mortale si era votato completamente a Dio: la morte di Gesù rappresentava il test dell'interesse di Dio per l'uomo.

Con Gesù noi potevamo sapere che Dio si interessa sì o no all'uomo e se l'uomo ha interesse, sì o no, a dar fiducia a Dio. Ora Dio, nel momento stesso in cui Gesù moriva nella sua solitudine, abbandonato da tutti, ha rischiato di passare per una pericolosa illusione. Una illusione di cui Gesù era la vittima, Lui che si era affidato a Dio in pura perdita. (...)

Gesù trascinava Dio nella sua rovina. Ma nessuno gli poteva credere. E così, per salvare Dio dal disastro, tutti, la sera del Venerdì santo, accusavano l'uomo Gesù di essere un impostore. Il mentitore doveva morire. Per tutti, quella sera, Gesù era perduto e Dio salvato. Più tardi i credenti hanno capito che l'uomo Gesù era salvo perché Dio si era perduto nell'uomo: era Dio abbandonato sulla croce! Dio faceva sua la perdita del suo servo Gesù. (...)

Questa perdita di Dio nell'uomo si chiama perdono, l'atto con cui Dio si dona all'uomo e lo rende capace di Dio. È appunto perché Dio si è perduto in Gesù, con lui, che Gesù è stato capace di affidarsi a Dio fino in fondo, di morire nella fiducia. Solo Dio poteva rendere l'uomo capace di un tale gesto di libertà. Solo Dio era capace di un tale atto. Solo Dio era capace di risuscitare l'uomo.

André Lalier in *Dio è interessante*, Elledici 1999, pp. 75-76

GRAZIA

Noi con le sole nostre forze naturali non potremmo mai portarci a vivere nell'ordine soprannaturale. (...) Per compiere il bene abbiamo bisogno di un aiuto divino, che consiste praticamente in una luce per l'intelligenza, in un'energia per la volontà ed in un'attrazione per il cuore. Questi aiuti divini, siccome ci aiutano a compiere l'opera buona nell'atto in cui ci vengono somministrati, si dicono grazie attuali; esse infatti limitano la loro azione proprio all'atto presente, sicché per compiere un nuovo atto salutare occorre una nuova grazia attuale.

I teologi distinguono le grazie attuali in due categorie: la categoria delle grazie sufficienti e la categoria delle grazie efficaci.

Se Iddio dona luce all'intelligenza, energia alla volontà e attrazione al cuore in una dose appena sufficiente, la grazia si chiama appunto sufficiente; infatti essa è sufficiente per evitare il male e praticare il bene, ma, di fatto, la parola decisiva è lasciata al libero arbitrio dell'uomo.

Se, invece, Iddio somministra all'intelligenza una luce assai vivida, alla volontà un'energia assai potente ed al cuore una attrazione irresistibile, l'aiuto divino raggiungerà certamente lo scopo per cui viene somministrato, perciò si chiama grazia efficace.

Un classico paragone di S. Agostino illumina bene l'idea. Si supponga un ragazzetto sull'orlo di un precipizio. Io ne posso impedire la caduta chiamandolo con le espressioni più dolci, ma egli può togliersi ed anche non togliersi dal pericolo; ma se, mostrandogli dolci e giocattoli in quantità, gli grido che sono tutti suoi, il ragazzo certamente correrà a prendersi i doni e si sottrarrà al pericolo. Il primo invito, come è chiaro, risulta sufficiente, il secondo invece efficace.

Si noti che il Signore con la grazia efficace non violenta il libero arbitrio così come l'orologiaio non guasta l'orologio, che carica. Il Creatore con attrattive delicate e deliziose può operare sulla volontà anche più ribelle per piegarla al suo giogo soave. Iddio, che ha creato il libero arbitrio, può ben manovrarlo senza guastarlo!

ADOLFO L'ARCO in *Invito alla preghiera*, Elledici 1961, pp. 63-64

PASQUA

Al centro della vita della Chiesa, la Pasqua lo è anche nella vita del cristiano. Senza questo punto di riferimento l'esistenza cristiana è esposta al rischio di smarrirsi. La Pasqua è fonte e culmine: all'origine e al termine della vita cristiana.

«Fra la Pasqua del Signore e quella ultima nel Regno si disegna il tempo della storia e il pellegrinaggio terreno di ogni credente: il tempo, direbbe sant'Agostino, del "canto dell'Alleluia della strada" in attesa "dell'Alleluia della Patria"» (F. Franceschi).

Una ipotesi scientifica moderna ha tentato di spiegare l'origine e l'evolversi del cosmo intero a partire da un solo atomo primitivo nel quale si condensava con una forza indicibile tutta la materia oggi diffusa nell'universo. Uno scoppio di potenza inimmaginabile per noi avrebbe scagliato quella materia in tutte le direzioni formando le varie galassie che ancora oggi si allontanano per quella forza centrifuga.

Ma un «evento iniziale più strepitoso» ha sconvolto la storia umana e cristiana: il mistero pasquale del Cristo. Il cristianesimo non è una ideologia, un sistema dottrinale o morale all'origine, e nemmeno un insieme di riti, ma una storia che ha il suo culmine nell'evento-Cristo e questo a sua volta ha il suo centro di gravità, verso cui tutto tende e da cui tutto parte: la Pasqua.

Dopo la crocifissione e sepoltura di Gesù gli avvenimenti del mattino di Pasqua hanno rigenerato gradualmente la fede e creato, con le apparizioni successive e il dono dello Spirito, il nucleo primitivo dei discepoli del Risorto, la Chiesa che a Pentecoste apparirà come forza mondiale capace di irradiare tutta la luce e la forza liberante e salvatrice di Cristo. Per questo al mattino di Pasqua si apre un nuovo corso della storia, che interessa il destino dell'umanità e del cosmo intero.

A. CONTRAN - D. ZANELLA in *Quaresima*, Elledici 1991, pp. 135-136

Risurrezione

Ognuno di noi... si interroga a un certo punto della sua vita: che ne sarà di me? dei miei cari? delle mie fatiche, lotte, sofferenze, ma anche delle mie ore felici? che ne sarà dell'intera storia umana? che ne sarà dell'intero universo?

Le nostre più belle previsioni e speranze sembrano infrangersi di fronte all'inesorabile realtà della morte. Non possiamo far finta che essa non esista. Bisogna avere il coraggio di guardarla in faccia e di domandarsi: la morte è la fine di tutto oppure il passaggio che conduce a un'altra vita? vincerà su ogni cosa la morte, oppure anche la morte sarà vinta? finisce con l'al-di-qua, oppure esiste anche un al-di-là che rappresenta il compimento delle nostre aspirazioni più profonde di vita e di felicità?

Nel turbine di queste domande inquietanti, l'uomo religioso si affida a Dio con fiducia, sapendo che egli è più potente della morte. (...)

Sulla risurrezione di Gesù si fonda la certezza della nostra futura risurrezione. Essendo sin d'ora uniti alla morte di Cristo con la fede e col Battesimo, lo saremo in futuro anche alla sua risurrezione.

(...) La morte non si apre sul nulla, ma sulla vita nuova e sulla nuova abitazione che il Cristo Risorto ci ha preparato.

Nel linguaggio cristiano la vita futura è indicata col termine risurrezione: risurrezione dei morti, risurrezione dei corpi, risurrezione della carne. Questo modo di parlare indica che la persona tutta quanta è chiamata a partecipare alla vita eterna. «Carne» e «corpo», nel linguaggio della Bibbia, indicano appunto la persona umana con tutte le sue proprietà e capacità di relazioni.

Nella vita futura, le nostre relazioni con gli altri saranno restaurate in modo nuovo e in pienezza. Tutto ciò che di bello e di buono avremo fatto, resterà, anche se non sappiamo come. Il «come» è opera dello Spirito che può tutto trasformare e trasfigurare! «Ogni uomo, quando ritorna a Dio, non porta a Dio soltanto un'anima senza corpo, ma la sua persona, in cui ciò che ha compiuto in amore è inscritto per sempre» (G. Greshake).

Franco Ardusso in *Che cosa significa dire «Credo»*, Elledici 1996, pp. 29-30

Gioia

Viviamo tempi di gioia e tempi di preoccupazione e dispiacere. La nostra esistenza si snoda in una danza che ripete, in sequenza continua, tristezza e felicità.

Leggiamo, in un dizionario, la definizione di gioia: «Vivo sentimento dell'animo; temperata e serena certezza di chi è in possesso di un bene ardentemente desiderato e sommamente caro, di chi è libero da dolori e da sofferenze, da preoccupazioni e affanni; giubilo, gaudio» (*Grande dizionario della lingua italiana*).

La gioia appare sempre associata al suo contrario. (...)

Nonostante la vita ospiti costantemente sofferenza, tuttavia non ci stanchiamo di sognare e volere la gioia. Ci è necessaria, perché la vita sia vita. Non si programma, la gioia. Esplode inaspettatamente, anche se la sua nascita suppone condizioni favorevoli. L'incontro di un amico, una bella notizia, il fiorire di un sogno che mi esalta, l'affiorare della speranza, nonostante il grigiore della situazione che vivo, un'esperienza di contemplazione della natura... sono infinite le cause dell'apparire della gioia. E come è trasformata la vita, come diventa briosa, quando tale sentimento appare!

Non è ebbrezza, non è solo emozione. Quando è vera, è autentico sentimento, un qualcosa che coinvolge tutta la persona.

La gioia non la si impara, nessun libro ne offre la ricetta. La si acquista con un lavoro paziente, anche se rimane sempre dono, un qualcosa che ti trovi nelle mani non comperato, né previsto.

Gioia è credere alla vita, alle sue risorse, alla sua preziosità. E allora la godi davvero, quando sboccia improvvisa.

Sovente siamo noi che impediamo che essa nasca. Purtroppo il nostro sguardo è spesso puntato sugli aspetti negativi, sui difetti nostri e altrui, su ciò che ci fa soffrire, sul limite.

Gesù ci dona la gioia. Il cristiano è l'uomo della gioia. Il messaggio fondamentale, che è anche stile di vita, è il Vangelo, che significa bella notizia. Invito a gioire perché, nonostante tutte le difficoltà della vita, le disgrazie e i limiti, possiamo sperare. Gesù, che ha condiviso la nostra esistenza, è risorto e rimane con noi. (...) La vera gioia nasce dal credere, fidarsi di Lui, nonostante tutto. Affidarsi a Lui.

GUIDO NOVELLA in *Il tempo dell'uomo nel presente di Dio*, Elledici 2000, pp. 64-65

Sorriso

Sorridere è cristiano. È la vita. (...)

Bisogna però sorridere «dal di dentro». Il sorriso è il riflesso della tenerezza di Dio da cui siamo sempre inabitati. È il riflesso di Gesù Risorto al mattino di Pasqua.

Il sorriso dell'uomo è la più grande ricchezza dell'uomo. Sorridere sempre a tutti. Il sorriso è il grande capitale dei poveri. Ed è necessario a chiunque lo riceve.

Anche se uno non possiede ricchezze, può dire, mediante il sorriso, come Pietro e Giovanni: «Non ho né oro né argento, ma quello che ho ti do».

I destinatari primi del sorriso devono essere quelli specialmente che non sanno più sorridere e coloro che non si sentono più amati. (...) I poveri sono quelli che restano esclusi dalla ricchezza economica, decisionale, affettiva, culturale. Sono i senza-pane, i senza-libertà, i senza-dignità, i senza-cultura. Ma la povertà più misera è data dalla mancanza di significato della vita.

Sorridere dal di dentro a chi ha più bisogno comporta la vittoria sulla propria solitudine colmando la solitudine dell'altro, povero di mezzi di espressione e di significati radicali.

Sorridere dal di dentro significa gridare con tutta la propria vita che, nonostante tutto, la vita è un dono meraviglioso da riscoprire ogni giorno.

SABINO PALUMBIERI in *Ma liberaci dalla solitudine*, Elledici 1983, p. 23

L'arte della vita
sta nell'imparare a soffrire
e nell'imparare a sorridere.
Hermann Hesse

CHIESA

E tu, da che parte stai? Qual è la tua adesione alla Chiesa?

Abbastanza superficiale, se osservo come cambio subito idea secondo quello che ascolto. Una vera adesione esige certamente maggior profondità, ma anche prospettive rinnovate.

Sento che devo smetterla di ridurre la Chiesa al Papa o ai Vescovi. (...) Dopo una lunga riflessione ho inteso emergere in me la risposta: «Senza la Chiesa avrei fame e mi sentirei solo». È la Chiesa che mi nutre di vita divina e mi introduce nella comunità cristiana.

Mi piace la cascata giovannea: la vita discende dal Padre verso Cristo, da Cristo verso gli uomini tramite la Chiesa, e dalla Chiesa verso ogni battezzato attraverso il Vangelo e l'Eucaristia.

Che cosa mi ha reso un appassionato del Vangelo? Certe omelie domenicali, le presentazioni del Vangelo alla gioventù cattolica. E più tardi, soprattutto lo studio dei Vangeli continuamente offerti dalla liturgia. Quando discutiamo sulla Chiesa finiamo per dimenticare la sua insistenza creativa per metterci in contatto con il Vangelo, per mezzo dei catechisti, degli esegeti, dei predicatori.

E anche il fantastico svolgimento dell'attività del Cristo vivo mediante le migliaia di battesimi, di Messe, di celebrazioni della Riconciliazione e del sacramento degli infermi. Se tanta gente oggi si sente trasformata quando assiste a un matrimonio, a una professione di fede o alle esequie, è perché la pastorale della Chiesa non cessa di incoraggiare la partecipazione.

Tutto questo non deve impedirci di essere critici riguardo ad altri aspetti, purché non siamo degli ingrati: la Chiesa ci nutre e ci raduna. (...)

La sola reazione veramente realistica è quella di essere io stesso un buon elemento di Chiesa. Brontolone quando occorre, ma sempre pronto a rispondere presente quando si ha bisogno di me. «Impegnato» dovrebbe essere un termine superfluo per un cristiano, perché quando è informato e tollerante, dev'essere necessariamente tale.

ANDRÉ SÈVE in *Ama la tua vita*, Elledici 1998, pp. 90-92

Sacerdozio

Sono quasi sicuro che se chiedessi a un cattolico che cos'è il sacerdozio, risponderebbe con parole e immagini del genere: «uomo di Dio», «incaricato del sacro», «mediatore tra la divinità e l'umanità», o ancora: «preposto al Tempio, all'altare dei sacrifici». Ecco infatti la lezione classica di tutte le religioni, tutte eccetto una: il cristianesimo.

Immaginiamo un test. Colui al quale chiedete: «Quando hai ricevuto il sacerdozio?», dovrebbe rispondere: «Il giorno del mio battesimo» (sia egli un laico o un ministro). Invece, alla domanda: «Quando hai ricevuto il ministero apostolico?», se è un ministro dovrà rispondere: «Il giorno della mia ordinazione».

Voi vedete, capite la differenza sorprendente, la novità suggerita da quella lettera di Pietro che è il nostro nutrimento durante la cinquantina pasquale. Gesù ha fatto una rivoluzione tutt'altro che banale. Là dove le religioni parlano di Tempio, di sacro, di preti, Egli che, ricordiamolo, non è né prete, né capo degli Anziani, né profeta ufficiale – oggi lo chiameremmo laico – questo Gesù ha portato a perfetto compimento il sacerdozio antico e di conseguenza abolito i vecchi sacrifici. E il suo essere diventato Tempio nuovo il legame tra Dio e gli uomini. E la sua vita, fino alla morte e oltre, l'offerta perfetta dell'umanità al Padre suo. Così egli è entrato nel Santo dei Santi, nell'intimità del Padre con la nostra natura umana: egli è Sacerdote per sempre.

Da allora, con Gesù, noi diventiamo le pietre viventi del Tempio spirituale. Meglio ancora, con Gesù e mediante lui, noi siamo il sacerdozio santo, il Popolo che appartiene a Dio, nell'offrirci insieme a Cristo e nell'annunciare le meraviglie del suo passaggio alla Luce.

È vero. Nel Nuovo Testamento i ministri non sono mai chiamati sacerdoti, perché c'è un solo sacerdote, Gesù. È il popolo che ha il sacerdozio, che *è* il sacerdozio; e al servizio di questo Popolo, al seguito degli Apostoli, ci saranno i diaconi, i presbiteri, gli episcopi (ben presto chiamati vescovi).

Henri Denis in *100 parole per dire la fede*, Elledici 1997, pp. 93-94

Sacerdozio ministeriale

Attenzione, miei cari fratelli presbiteri! Vi invito ad essere servi, non padroni del gregge: non despoti, non tiranni.

Servi come lo fu Gesù, il quale non venne sulla terra per essere servito, ma per servire e dare la sua vita in riscatto per molti.

Lo so, fratelli presbiteri: è difficile vincere in noi la sindrome del condottiero, la deformazione professionale del dignitario, la sicurezza sprezzante del notabile. Forse siamo fin troppo reverendi all'interno delle nostre Chiese, troppo ragguardevoli nell'ambito delle nostre città, troppo dotti nei circuiti dei nostri impegni umani, per sentircela di condividere uno dei tanti sinonimi che ogni buon vocabolario porta sotto il termine servo: domestico, dipendente, cameriere, schiavo, sguattero, facchino, lavapiatti, uomo di fatica.

Siamo troppo assuefatti al ruolo di progettisti, per sopportare di essere relegati al compito di esecutori. Abbiamo troppo vivo il senso della nostra partecipazione alla dignità di Cristo-Capo, per sentirci fino in fondo, come diceva S. Ignazio di Antiochia, «incaricati della diaconia di Gesù Cristo». Il quale un giorno affermò: «Chi vuol essere grande tra voi, si farà vostro servitore. E chi vuol essere il primo tra voi, sarà il servo per tutti».

Tonino Bello in *365 finestre aperte sull'eterno*, Elledici 2009, p. 167

Feste di precetto

«Scusi, padre: la messa di domenica sera vale anche per lunedì?». È una domanda che molti preti si sentono rivolgere quando capitano due giorni festivi di seguito. Come rispondere? «Se lei è andato a messa sabato sera per domenica, sì; altrimenti no. Oppure venga a messa domenica mattino; poi verrà di nuovo alla sera, alla messa prefestiva del giorno dopo...».

Che complicazioni! Scommetto che Gesù Cristo, istituendo l'Eucaristia, non ci aveva pensato... Eppure ai nostri giorni il problema esiste, a quanto pare. Da una parte ci sono le «feste di precetto» in cui «bisogna» andare a messa; d'altra parte ci sono le cosiddette «messe prefestive», valide per il giorno dopo; e per molti cristiani andare a messa rimane ancora, fondamentalmente, una questione di precetto e di obbligo. In questa prospettiva è naturale che si cerchi di prendere due piccioni con una fava (cioè di soddisfare l'obbligo della messa per due giorni festivi consecutivi) andando a messa la sera del primo giorno.

È vero che la vita diventa ogni giorno più complessa e tante istituzioni, sia civili che ecclesiastiche, possono venirsi a trovare in tensione con i ritmi e le condizioni attuali di esistenza. Ma rimane pur sempre vero che – almeno nelle cose di Chiesa – lo spirito conta assai più della lettera, anche quando si tratta del precetto festivo. Se ci viene detto che «bisogna andare a messa» nei giorni festivi è per ricordarci che la nostra fede e la nostra appartenenza alla Chiesa sono una cosa importante per la vita di tutti i giorni. Se si tratta di una cosa importante, vale la pena di dedicarci un po' di tempo. Il minimo normale per tutti i credenti è la messa della domenica: trovarsi una volta la settimana per ascoltare la parola della fede e per rinnovare la nostra comune-unione con il Signore risorto.

Domenico Mosso in La domenica andando alla messa...,
Elledici 1989, pp. 10-11

DOMENICA

C'è tanta voglia di rompere gli schemi che ti bloccano nel succedersi delle solite cose. Da sempre l'uomo ha sentito il bisogno di fare festa, spezzare la monotonia della vita di tutti i giorni per inserirvi qualcosa di «diverso». Desiderio di nuovo.

Nel ritmo settimanale ecco la domenica.

Da sempre si è sentita l'esigenza di liberarsi dalla necessità del lavoro, di vivere dei momenti di ebbrezza collettiva nella libertà e spontaneità, di esprimere la tensione verso una vita piena di felicità.

(...) La festa affonda le radici nel grande terreno della vita, nella voglia di vivere e di vivere pienamente.

Ogni popolo ha un proprio calendario ritmato da particolari feste.

Gli ebrei festeggiano settimanalmente il sabato, i cristiani la domenica, i musulmani il venerdì.

Domenica è l'italianizzazione di una parola latina che indicava il giorno del Signore risorto. La domenica è nata per ricordare il giorno della Risurrezione di Gesù.

Per i cristiani la domenica è un giorno che dà inizio al tempo nuovo inaugurato da Cristo che ha vinto la morte.

È una nuova creazione in cui è data la speranza che con la morte non finisce tutto, ma che la vita non può morire. Come Gesù risorto, anche noi vivremo per sempre, in forma diversa, più piena. Una forma di vita in cui saranno superati tutti i limiti che ci bloccano e ci fanno soffrire. Con questo nostro corpo godremo in pienezza tutto ciò che ci realizza come uomini e donne: la bellezza, le amicizie e l'amore soprattutto, perché come Cristo saremo tutti fatti di amore. La domenica è allora celebrazione anticipata della nuova creazione, ricordo della prima creazione.

Per i primi cristiani l'esperienza della risurrezione di Gesù è stata così forte e importante che all'inizio celebravano solo la Pasqua settimanale, la domenica. (...) Successivamente si è cominciato a celebrare la Pasqua annuale e tutte le feste dell'anno liturgico, che ripresentano i vari momenti della vita di Gesù.

Ma la domenica rimane la festa primordiale, centro di tutta la vita della Chiesa e del cristiano.

GUIDO NOVELLA in *Il tempo dell'uomo nel presente di Dio*, Elledici 2000, pp. 19-20

SIMBOLI

Offrire fiori a qualcuno, brindare o bere allo stesso bicchiere, inalberare i colori di una squadra di calcio, mettere un anello al dito del proprio fidanzato o fidanzata, imporre le mani sul capo di qualcuno: sono altrettanti gesti simbolici che vogliono contemporaneamente significare una intenzione o un desiderio, e compiere ciò che è significato mediante questo gesto. La nostra vita di ogni giorno, ma specialmente quella dei giorni più grandi della nostra esistenza, ricorre a un linguaggio che è fatto non solo di parole, ma anche di gesti e di comportamenti, attraverso i quali noi cerchiamo di trasmettere un messaggio a qualcuno e nello stesso tempo operare una trasformazione più o meno profonda di questo compagno.

Questo linguaggio dei gesti è essenzialmente un linguaggio del corpo: tutti sappiamo che esiste un linguaggio degli occhi e dello sguardo, un linguaggio della bocca e del bacio, un linguaggio molto ricco della mano o delle mani, e infine un linguaggio del sesso. Tutto ciò che vi è di più profondo e di più inesprimibile nell'uomo cerca di tradursi in questo linguaggio e raggiungere il suo destinatario: è infatti nelle relazioni interpersonali che i simboli intervengono più frequentemente, sia che si tratti dell'intimo rapporto d'amore e di scambio fra due esseri, sia della costituzione e della vita di un gruppo qualsiasi. Questi gesti simbolici, così importanti per ogni incontro umano, sono altrettanto necessari per l'incontro reciproco fra Dio e l'uomo, fra Dio e una comunità di credenti.

Anche la vita del cristiano e la vita di una comunità cristiana sono segnate, nei loro tempi forti, da azioni simboliche chiamate sacramenti. In ciascuno di questi sacramenti noi ritroviamo le due funzioni essenziali del simbolo: da un lato sono un linguaggio che attraverso i segni ci manifesta e ci rivela la realtà simboleggiata...; dall'altro lato, i sacramenti sono gesti umani, azioni simboliche che vogliono compiere qualcosa: l'immersione nell'acqua, il pasto condiviso, l'unzione con l'olio, l'imposizione delle mani, non sono soltanto immagini, ma atti che vogliono essere efficaci, operatori.

PHILIPPE ROUILLARD in *Dizionario dei temi della fede*, SEI 1977, pp. 388-389

SACRAMENTI

Definendo i suoi rapporti con gli uomini, in particolare con i discepoli, Gesù si è paragonato al pastore, alla fonte, alla vite, al pane che nutre. Questa azione vivificante e salutare, Gesù la compie perennemente nella Chiesa mediante segni e riti sensibili, i quali simboleggiano e conferiscono il dono divino della grazia. Tali segni sensibili sono stati fissati da Gesù stesso e vengono effettuati dai vescovi e dai loro collaboratori, sacerdoti e diaconi. Si chiamano, nel linguaggio ecclesiastico, sacramenti.

In ciascuno di essi opera lo stesso Cristo per l'intermediario del ministro sacro; quindi la loro efficacia è sicura, ma il loro frutto spirituale dipende dalle disposizioni di fede, di docilità e di purezza del soggetto che li riceve. Nei sacramenti Cristo viene incontro all'uomo e si dona personalmente a lui, in un incontro salutare, in tutte le diverse situazioni della sua vita pellegrinante sulla terra.

L'uomo entra alla vita mediante la generazione e la nascita: Gesù Cristo lo rigenera alla vita nuova mediante il battesimo. L'uomo cresce poi verso una pienezza di forze nel corpo: la pienezza della nuova vita gli viene conferita mediante la confermazione o cresima. La vita fisica abbisogna di nutrimento: nutrimento della nuova vita è il corpo glorioso del Signore, reso presente in una maniera misteriosa sotto le forme sensibili del pane e del vino nell'eucaristia: in conseguenza delle parole ripetute dal sacerdote, quale rappresentante di Cristo, il pane e il vino ricevono la presenza reale e misteriosa di Cristo, e permettono al cristiano di nutrirsi spiritualmente del Pane invisibile che è lui.

La vita naturale del corpo è minacciata da malattie e ferite che possono anche essere mortali e vengono superate dalla forza guaritrice dell'organismo e delle medicine: il risanamento della vita nuova avviene con efficacia nei sacramenti della penitenza e dell'unzione degli infermi. (...)

L'esistenza della vita naturale è legata alla famiglia e alla società: nasce in seno alla famiglia e viene sviluppata e difesa nella società: a promuovere ed estendere socialmente la nuova vita provvedono i sacramenti dell'ordine sacro e del matrimonio.

PIETRO ROSSANO in *La fede e la speranza dei cristiani*, Elledici 1988, pp. 32-34

Comunione eucaristica

La comunione dovrebbe essere il punto della Messa che ci trova più impegnati, perché è il momento di un incontro personale con la persona di Cristo. (...) È il momento shoccante dell'a tu per tu con Cristo. Lui che si incontra personalmente con noi, viene a interpellarci, viene a sceglierci, perché ha da dirci qualcosa di individuale, qualcosa «tutto per noi».

È anche il momento in cui mi incontro con Cristo, io solo, aiutato da nessun altro che dalla mia solitudine. La sua Parola la riceviamo insieme ai fratelli, un sacerdote ce la porge, tutto ci aiuta a riceverla bene. Nella comunione ci troviamo a tu per tu con lui, con tutte le nostre debolezze, le nostre dissipazioni, la nostra indegnità.

È un momento drammatico e privilegiato. Guai se non me ne rendo conto. Se il momento della comunione mi coglie impreparato, rovino l'incontro e ne porto tutta la responsabilità.

Certo, posso anche riparare a una comunione distratta, ma è penoso come il fare un passo falso, come un'occasione fallita. E ferisce terribilmente l'amicizia con Cristo.

È necessario sensibilizzarci alla nostra responsabilità. Quando Cristo si incontrava con una persona, anche una sola volta, la vita di quell'individuo era spesso toccata per sempre. (...) Quante comunioni ho già fatto nel mio passato! Che cosa è cambiato? Nulla? Potrebbe essere questa la tragica realtà. Una comunione può creare un santo, e in me forse non ha mosso di un millimetro la rotta della mediocrità. (...)

Il problema in termini semplici e concreti è tutto lì: che cosa in pratica ha operato in me, lungo l'arco di tutta la mia esperienza religiosa, dall'infanzia alla giovinezza, questo privilegio unico d'incontrarmi personalmente con Cristo?

Quanto è facile essere degli incoscienti, dei faciloni, dei superficiali! Magari continuiamo a dormire i nostri sonni beati, sballottati da un'Eucaristia all'altra.

Non sarà ora di fermarci?

Andrea Gasparino in *A cena col Signore*, Elledici 1992, pp. 3-4

CONFERMAZIONE

Confermazione: è la Parola che conviene ricordare... Parola della fede, che altrove, in certe Chiese, viene espressa in modo più tecnico con la parola «cresima», che ricorda l'unzione dell'olio. Ma è anche una parola della vita profana: «Mi avete fatto un'ordinazione, aspetto la vostra conferma(zione)».

Partiamo da questo senso profano assai più comune. Noi sappiamo che l'impegno di lunga durata non si riassume nella prima parola pronunciata. Bisogna ancora che questa parola sia confermata. Infatti, non basta che Dio immerga il battezzato nella morte e risurrezione di Gesù per farne un discepolo. È pure necessario che il dono di Dio si manifesti nella perseveranza. Perché è bello iniziare a credere, ma bisogna continuare.

Battesimo e confermazione sono due sacramenti così vicini che alcuni li confondono in uno solo. Eppure la differenza è interessante, perché è insieme sorprendente e meraviglioso pensare che Dio è là non soltanto per aprirci il cammino della fede, ma per mantenerci in esso. Tale è la grazia particolare dello Spirito Santo: confermare il nostro battesimo. Aggiungo: confermando la nostra libertà.

Se mi permettete una riflessione più personale, direi volentieri questo: come il battesimo è il sacramento dell'esistenza salvata e trasfigurata in Gesù (sto dicendo proprio esistenza, non nascita, perché si può essere battezzati a ogni età), così la confermazione è il sacramento della libertà: un sacramento che fa della mia libertà una cooperazione alla libertà di Cristo, per la mia realizzazione e per la Missione. (...)

Mentre la mia libertà mi rende capace di liberarmi anche di Dio (ricordate Sartre), la grazia della confermazione mi dà la possibilità di unire la mia libertà a quella di Cristo per una vita realizzata. Per capire la confermazione, bisogna essere passati attraverso la tentazione dell'ateismo. Allora Dio può confermarmi nella mia libertà di uomo e di cristiano, grazie a Colui «che è in me più me di me stesso» (Paul Claudel).

HENRI DENIS in *100 parole per dire la fede*, Elledici 1997, pp. 101-102

Parrocchia

L'avrete notato: la porta delle chiese parrocchiali è sulla pubblica via, ed è aperta. Tutti possono entrare. Dentro, si trovano insieme giovani e anziani, uomini e donne, bambini e adulti, sapienti e ignoranti, persone che credono molto e persone piene di dubbi, santi e peccatori. Tutti ci stanno come a casa propria.

Papa Giovanni paragonava la parrocchia alla fontana del villaggio dove si va ad attingere acqua, ed essa ha un dono per tutti. Considera nessuno come estraneo. Insomma la parrocchia è – dovrebbe essere – una comunità, un luogo dove si vive la fede, dove ci si impegna e si è attivi per servire i poveri e salvare l'uomo.

Ma non tutti pensano la parrocchia così. Per molta gente essa è solo un pubblico servizio: gente che va a chiedere il battesimo, il matrimonio, il funerale, la celebrazione di messe, la confessione; nei momenti difficili chiede anche la casa, il lavoro, una protezione celeste. Altri lamentano (spesso a ragione) che la parrocchia è ben diversa da come dovrebbe essere. Un giorno un tale mi diceva: «La parrocchia è come un bellissimo quadro, appeso alla parete di un antico palazzo: il tempo ha sgualcito e scolorito il quadro, e non si distinguono più i personaggi dipinti sulla tela. Ciò che risalta ora è la cornice, grossa e dorata; si è invece perduta la tela».

Cioè l'essenziale. La parrocchia, specie quella di città, dei grossi centri, spesso corre il rischio di essere una gran bella cornice, ma senza l'essenziale: la comunione d'amore, e un servizio attivo e fecondo per l'uomo. (...)

Se la parrocchia vuole tornare ad essere comunità in una società mobile e dinamica come l'attuale, dovrà essere flessibile e molto attenta ai cambiamenti. (...) Se vuole essere comunità viva, la parrocchia deve compiere uno sforzo intenso per realizzare la vera collaborazione e partecipazione. Non c'è effettiva comunità fin quando non c'è qualche forma di co-decisione nelle cose che riguardano la parrocchia. Solo se riesce a trasformarsi in comunità fraterna con strutture in dialogo, la parrocchia non ha da temere per il suo futuro.

Cesare Bonicelli in *Parrocchia aperta*, Elledici 1989, pp. 3.11

CATECHESI

Impossibile compiere il proprio cammino verso la fede senza incontrare la *Catechesi*, una parola dal senso più vasto di catechismo, che è un suo aspetto particolare.

Perché «non c'è fede senza catechesi», cioè senza una «risonanza» della Parola (catechesi viene dal greco: risuonare)? Perché la fede non è possibile senza una parola ascoltata, una Parola che è risuonata nelle orecchie e nel cuore di colui che è disposto a credere.

Evidentemente, è sempre possibile – ed è legittimo – credere in Dio senza ascoltare la Parola della Rivelazione giudeo-cristiana (penso alla professione di fede del vicario savoiardo di J.-J. Rousseau, davanti alla Creazione). Ma, e questa è una caratteristica di una rivelazione storica, non si può credere in Gesù se non si è mai sentito parlare di lui. (...)

Allora, io vi domando: chi è inviato per fare la catechesi? Mi risponderete: i diaconi, i preti, i vescovi, il papa. Ma voi, come ogni battezzato, non siete forse chiamati a far *risuonare* le parole della fede? E non siamo troppi, anche se ci dedichiamo tutti a questo scopo: predicatori, catechisti, padri e madri di famiglia, amici, vicini...

Di colpo capite il formidabile problema che viene posto. Infatti, non basta far risuonare. È necessario che quello che voi dite, quello che affermate e proclamate sia *credibile* perché venga ascoltato. Non un discorso insipido. Quello che risuonerà dev'essere insieme nuovo e atteso.

Ma oggi ci preoccupiamo abbastanza di questa attesa o curiamo eccessivamente l'ortodossia dottrinale? Una ripetizione esatta delle parole della fede non basta.

È necessario che la Parola rientri nel «credibile» (il famoso credibile atteso, che varia secondo le epoche e le culture). Se manca questo, non c'è alcuna possibilità di suscitare credenti per il mondo d'oggi.

A buon intenditor poche parole!

HENRI DENIS in *100 parole per dire la fede*, Elledici 1997, pp. 28-29

MINISTERI

Certe parole, sono state riscoperte nel cristianesimo dopo qualche decennio. È il caso della parola *ministeri*. Infatti, rileggendo le Scritture, ci si è accorti che la struttura fondamentale della Chiesa non riposa sulla dualità «sacerdozio-laicato» (preti-laici), ma sul rapporto «Popolo di Dio-ministeri». Con altre parole: nulla può dividere l'unità essenziale del Popolo dei battezzati e rovinare l'uguaglianza intrinseca di tutti i suoi membri. Ci sono tuttavia tra i battezzati alcune persone che compiono dei servizi o, se si preferisce, dei ministeri. E tra queste persone, alcune ricevono il titolo di ministri mediante l'ordinazione: i diaconi, i preti, i vescovi. Ci ritorneremo più tardi.

Per ora, vorrei attirare l'attenzione sull'importanza della varietà dei ministeri. Per fortuna, le nostre Chiese hanno ritrovato e ristabilito certi ministeri che erano stati assorbiti da quello del prete. Penso ai catechisti, agli animatori o animatrici di diversi gruppi, a tutti quelli o quelle che svolgono un ruolo prezioso nella celebrazione liturgica o nella preparazione ai sacramenti.

È veramente una grazia che noi stiamo vivendo. Ben lontani dallo spodestare il prete dalle sue funzioni, tutti questi ministeri gli permettono di svolgere pienamente il suo ruolo di coordinatore, di ispiratore e di colui che presiede la liturgia.

Ma ritorno a quelle migliaia di servi e serve, parola familiare alle Scritture. Se essi agiscono in questo modo nella Chiesa, non lo fanno certo per propria soddisfazione o per il gusto del potere, ma per vocazione e per aver ricevuto il mandato dal vescovo (è il senso della parola missione). (...)

Così, questi ministeri contribuiscono all'edificazione visibile della Chiesa, affinché compia la sua Missione. Un uomo, una donna non esercitano affatto un ministero nel proprio nome, ma in nome della Chiesa.

HENRI DENIS in *100 parole per dire la fede*, Elledici 1997, pp. 109-110

Vescovi

La parola sembra provenire dall'amministrazione greca: sono i sovraintendenti o funzionari generali. Ecco dunque un appellativo «pagano» che a poco a poco va prendendo un'importanza considerevole nella nostra Chiesa. È praticamente accolto alla fine del secondo secolo.

Il vescovo appare allora come una confluenza di responsabilità. È innanzitutto il responsabile di una Chiesa locale. Non si può essere vescovi senza una diocesi, centrata attorno a una città. Nessun vescovo senza popolo. Solo in seguito viene considerato come successore degli Apostoli. Certamente gli Apostoli rimarranno casi unici. Quello che essi sono stati come primi testimoni non è trasmissibile. Ma la Chiesa, che raccoglie la loro testimonianza e che è tutta quanta apostolica, ha bisogno di questi ministri che le ricordino incessantemente la fede degli Apostoli da conservare e far fruttificare.

E c'è una terza dimensione dell'episcopato: il suo aspetto *collegiale*. La struttura della Chiesa è tale che questa pluralità di vescovi è necessaria, affinché il Vangelo sia annunciato e l'Eucaristia celebrata in ogni luogo, in tutte le culture, sulla superficie della terra. È qui che bisogna inserire il ruolo del papa, il vescovo di Roma, perché i cattolici credono che la sicurezza della loro fede è legata alla comunione con la Chiesa di Roma, dove sono morti Pietro e Paolo.

Vedete che questo ministero fondamentale per la Chiesa va sempre più compreso come un servizio al Popolo di Dio. Non ho insistito sul ruolo liturgico del vescovo. Ma in certo modo si può dire che questo ruolo di presidenza deriva dalla responsabilità ecclesiale del vescovo. Colui che presiede alla carità del suo Popolo è colui che presiede al mistero di Gesù che dona il suo corpo, affinché si ingrandisca il corpo della Chiesa.

Henri Denis in *100 parole per dire la fede*, Elledici 1997, pp. 117-118

Laico

Laico: chi è? Se apri un giornale o ascolti la radio, o siedi davanti al video, laico è l'appartenente a un partito che non fa riferimento ai valori cristiani. Più sottilmente laico è persona che dà il primato, anzi l'esclusiva, ai soli principi razionali, per una vita racchiusa nell'orizzonte terrestre, puntando tutto sui dati della scienza e sui sempre più moderni risultati della tecnica. Di qui espressioni come: filosofia laica, pensiero laico, laicità del vivere civile, ecc.

Se poi sfogli vocabolari, dizionari, enciclopedie, scoprirai come il termine «laico» abbia una lunghissima storia legata a quella dell'umanità. «Laico» è uno dei tanti tra la gente (in greco il popolo è chiamato *laòs*: da questo il termine laico), uno del popolo. Ma come succede per molti termini primitivi che cambiano significato attraverso la storia e le culture, oggi laico ha anche un sottile senso di «superiorità», quasi di snobismo, quasi che «il razionale» e «lo scientifico-tecnico» esauriscano tutto ciò che una persona, o un gruppo sociale, può esprimere o raggiungere.

Nel linguaggio cristiano laico è una categoria del Popolo di Dio con sue caratteristiche, compiti, ruoli, ecc., che il Vaticano II ha contribuito assai a mettere in luce. L'essere laico ha il suo fondamento, il diritto a esistere, a venir riconosciuto nella Chiesa, a essere una «presenza attiva» per effetto dei sacramenti, a partire dal Battesimo.

La laicità in senso ecclesiale non ha la sua prima spiegazione nella sociologia (anche se si tratta di una categoria di persone sociologicamente rilevante, tant'è che, per esempio, quando si fanno delle indagini sociologiche interessa conoscere che cosa pensano i laici, rispetto ai preti, ai religiosi e alle religiose, circa specifici problemi). Essa va attinta dalla Parola di Dio e dallo sviluppo che ha subìto nella Chiesa per effetto di tre elementi che sempre si accompagnano, condizionandosi reciprocamente: l'esperienza quotidiana, in particolare quella dei santi; la riflessione teologica e quella delle associazioni, movimenti e gruppi laicali; il Magistero pontificio, conciliare, episcopale.

Franco Peradotto in *Il laico: fermento e testimone*, Elledici 1987, pp. 3-4

Vocazione

Anche con una piccolissima fede, possiamo afferrare che Dio ha una chiamata per ognuno? Quale chiamata? Il Vangelo fa capire che non c'è più grande amore che arrivare fino al totale dono di sé (cf Gv 15,13).

Quando Dio chiama a una vocazione per tutta la vita, certuni si sorprendono a pregare: «Spirito Santo, tu sei il custode di una vocazione definitiva, donami di non fermarmi lungo la strada».

E se sorgesse nuovamente il dubbio? Il desiderio di Dio tuttavia non svanisce. Quattro secoli dopo Cristo, un credente di nome Agostino scriveva: «Se desideri vedere Dio, hai già la fede».

Il semplice desiderio d'accogliere la presenza di Dio depone in noi una fiamma. Questa fiamma non potrebbe forse essere solo un pallido bagliore? Essa dona già di attraversare le lunghe notti appena rischiarate.

Saremo assaliti dalla malinconia, la noia, il disincanto? Una scelta è da fare. È quella di rimettere tutto ancora e sempre allo Spirito Santo. E la speranza può riprendere vita. (...)

Di fronte agli assoluti del Vangelo, ti succede d'essere preso alla sprovvista. Già un credente della prima ora diceva a Cristo: «Io credo». Ma subito aggiungeva: «Vieni in aiuto alla mia incredulità!» (Mc 9,24).

Sappilo per sempre: né i dubbi, né le impressioni di un silenzio di Dio non ritirano da te il suo Santo Spirito.

Quello che Dio ti domanda, è d'accogliere il suo amore e di abbandonarti a Cristo in una fiducia molto semplice.

Roger Schutz in *Dio non può che amare*, Elledici 2003, pp. 110-111

Sono persuasa che i momenti difficili mi abbiano aiutato a comprendere meglio come la vita sia infinitamente bella e ricca d'ogni senso possibile, e come le cose che ci colmano d'ansietà siano totalmente prive d'importanza.

Isak Dinesen

Talenti

«Ha davvero talento». «Quell'attrice ha un talento straordinario». Sono espressioni che ci scappano sovente dopo un film o un concerto. Non si sa bene cosa sia più ammirevole, se il dono ricevuto o il lavoro dell'artista. In ogni modo, tutti sono convinti che sarebbe un danno sprecare i talenti ricevuti.

Forse la parabola dei talenti ci dice ben altro, anzi di più? Io lo penso. Infatti, Gesù non si è accontentato di raccontare una bella storia, con una morale in cui la retribuzione è matematicamente esatta. (...)

C'è una vecchia idea che non bisogna dimenticare, perché è fedele alla religione dell'Incarnazione: su questa terra noi siamo soltanto *amministratori.* Amministratori attivi certamente, inventivi, indispensabili. Ma amministratori.

Detto con altre parole, noi non siamo proprietari dei beni che facciamo fruttificare. «Tutto viene da te, o Padre, pieno di bontà». È vero per ogni professione, anche per quelle più rischiose (penso a quelle che toccano la bioetica). Ma è soprattutto vero per la Chiesa, per i suoi ministeri e per il suo servizio nel senso più largo.

Questa situazione radicale di amministrazione è talmente importante che sfocia in un paradosso. Il Padrone finirà per donare, moltiplicandolo, il frutto del lavoro compiuto.

Ma punirà pesantemente colui che è rimasto inattivo. Con una formula proverbiale giudaica, si dice ancora: A chi non ha sarà tolto anche quello che ha. Rimarrà proprio con niente in mano.

È bello osservare che un uomo come Paolo, che non ha conosciuto Gesù durante il suo ministero palestinese, usa lo stesso linguaggio:

«Ognuno ci consideri come servi di Cristo e amministratori dei misteri di Dio. Ora quanto si richiede negli amministratori, è che ciascuno resti fedele... Lasciate che venga il Signore, egli metterà in luce i segreti delle tenebre e manifesterà le intenzioni dei cuori. Allora ciascuno avrà la sua lode da Dio» (1 Cor 4,1-2.5).

Henri Denis in *100 parole per dire la fede*, Elledici 1997, pp. 134-135

Maggio

«Una cosa sola è importante:
credi in Dio e osserva i suoi comandamenti» (Qo 12,13)

Maria - Virtù - Spirito Santo

Rosario

Il rosario è vivere ogni esperienza della nostra vita, gioiosa o dolorosa nella fiducia che in cielo c'è una madre che ci ascolta, che accoglie i nostri sentimenti, le nostre parole, i nostri problemi e li porta a Dio. È meditare il mistero di Cristo e della nostra vita con gli occhi fissi in lui, condotti per mano da Maria, con tutta la fede del nostro cuore.

Amare il rosario è la maniera più semplice e facile di onorare Maria e di arrivare a Cristo; è la teologia dei poveri; è la nostra comunione dei santi; è un'Eucaristia con Maria. Con lei meditiamo i misteri di Cristo, rendiamo grazie al Padre per il suo amore, invochiamo lo Spirito che ci illumini. Il rosario è la nostra fede in Gesù che vive, soffre, risorge e Maria è accanto a lui.

È bello ripetere tante volte con fiducia: «Ave Maria». Non si possono dire queste parole senza desiderare di diventare migliori, perché si chiede a Maria, la tutta santa, di aiutarci: «prega per noi peccatori». Proprio come il bambino che mette la sua mano in quella di sua madre ed è tranquillo e sicuro (Sal 130,2) perché sa che non può perdersi.

Oggi purtroppo il rosario è una preghiera poco apprezzata, a volte derisa; sembra una preghiera troppo semplice e puerile o per persone anziane e invece svela la profondità dell'amore che abbiamo verso Dio e verso Maria. La ripetizione insistente dell'Ave Maria rivela il bisogno di andare a Dio attraverso questa madre.

Il rosario è scuola di santità, perché Maria, che sempre ci chiede di riflettere sulla nostra esistenza, ci invita a cambiare, ad essere coraggiosi, ad implorare perdono ed a perdonare, a vivere come Gesù. È una catena di rose verso il cielo, l'arma che Maria stessa sempre ci ha offerto.

Vincenzo Macchioda in *Una corona di rose*, Elledici 1997, p. 69

APPARIZIONI

Assai frequentemente i quotidiani, i rotocalchi, l'altra stampa periodica, la radio e la televisione, danno notizia che in questa o in quella località persone singole, o anche gruppi più o meno numerosi, dichiarano che la Madonna è loro apparsa. Si afferma anzi che queste «apparizioni» sono oggi più frequenti che nel passato. I moderni mezzi di comunicazione amano diffondersi su questi avvenimenti che indubbiamente suscitano un ampio interesse.

Quanti seguono queste notizie sono in genere spinti da molteplici e diversi stati d'animo, che vanno dalla curiosità al desiderio dello straordinario e del soprannaturale. In tutto questo complesso di elementi si possono trovare mescolati sincera pietà, facilità nel credere, forme di devozione non sempre autentiche. Il fenomeno indubbiamente esiste. (...) Le vere o supposte apparizioni creano sempre una profonda emozione; particolarmente quelle che la Chiesa ritiene valide (insieme ai loro messaggi) debbono indurre il credente a una meditata riflessione.

L'apparizione di Dio, degli angeli, delle persone ormai defunte, è un avvenimento che oltrepassa il corso ordinario delle cose, e si deve parlare di un vero e proprio miracolo. Negare la possibilità di queste manifestazioni, sarebbe lo stesso che negare la effettuabilità del miracolo, realtà che un autentico cristiano non può negare. (...)

Nel *Grande Dizionario della Lingua Italiana*, il Battaglia così si esprime a proposito del termine «apparizione»: il manifestarsi (improvviso, inatteso) in forma visibile di persone e cose soprannaturali. Molto spesso con il termine «apparizione» si intende una visione, rivelazione, anche se, a rigor di termini, non si tratta di sinonimi. La parola apparizione comprende come elemento preponderante qualcosa di visibile e talora di tangibile. Se solo l'udito o l'immaginazione uditiva risultano colpiti, si parlerà piuttosto di «parole soprannaturali»; se solo l'odorato viene impressionato, si parlerà semplicemente di «profumi miracolosi».

GIUSEPPE M. BESUTTI in *Facciamo il punto sulle apparizioni mariane*, Elledici 1988, pp. 3-4.5-6

VERGINITÀ

L'attrazione fisica, in altre parole l'incanto d'amore che traspare del corpo, è una componente dell'amore sponsale, che trova nel corpo un mezzo per esprimere e intensificare la fusione del cuore e divenire sorgente di vita. (...)

Nella verginità come si realizza tutto questo?

Non devi mai dimenticare che l'uomo e la donna sono creati ad immagine di Dio, perciò Cristo, in quanto Dio, possiede in sé la pienezza della femminilità e della mascolinità, perciò la persona che si unisce a Lui attraverso l'amore sponsale verginale può realizzare in modo meraviglioso e pieno il triplice completamento psicologico, spirituale, corporeo e partecipare alla fecondità del suo amore.

Il Figlio di Dio, attraverso la sua umanità, si dona al cuore del vergine, nella sua totalità, riversando nella sessualità verginale ciò che essa domanda per il suo completamento.

È un dono che racchiude in sé una delicatezza di femminilità che nessuna donna potrà mai donare al cuore d'uomo; pure la donna sarà completata da una mascolinità incomparabile. Cristo possiede, infatti, come Dio, la mascolinità e la femminilità e le perfezioni delle doti psicologiche ad essa connesse in modo infinito.

Potrai obiettare che questa pienezza è trasmessa slegata da un corpo palpabile e visibile.

Ma... la sessualità umana per attingere la sua completezza non implica la presenza di un corpo tangibile, esige semplicemente il fluire di un dono totale generato e trasmesso da un cuore che possieda in sé ciò che essa domanda.

Ora, dal cuore di Cristo continuamente fluisce nel cuore del vergine un dono, che possiede in modo infinito ciò che la sessualità umana esige.

RAIMONDO BARDELLI in *La vita è amare*, Elledici 2003, p. 68

CONSACRAZIONE RELIGIOSA

La più grande aspirazione che alberga, per creazione divina, nella sessualità, quindi in ogni spirito, è l'apertura all'amore sponsale con Dio.

Lo Spirito Santo attraverso la consacrazione battesimale unisce ogni rinato dall'acqua a Cristo «come la vite ai tralci», cioè con legami d'amore più profondi di quelli sponsali. Per questo ogni battezzato è unito a Cristo con un patto d'amore sponsale.

Il battesimo è quindi la celebrazione di un matrimonio con Dio, o meglio è il suo inizio. La consumazione o pienezza di questo è preparata, su questa terra, per gli sposi dal matrimonio. L'unione sponsale con una creatura ecologicamente complementare è, infatti, una preparazione alle nozze eterne.

La consacrazione religiosa invece anticipa su questa terra, nella fede, questa consumazione, cioè l'inizio del matrimonio celeste. Per questo ogni consacrato è segno ed annuncio della vita gioiosa e senza fine in Dio.

Il consacrato è chiamato a vivere, fin da questa vita, l'amore dell'oggi di Dio, e ad esserne sempre più intensamente e chiaramente testimone.

Il completamente elargito dalla verginità, considerato oggettivamente, è quindi il più perfetto. Soggettivamente, cioè per il singolo, il completamento migliore è dato dalla personale vocazione.

«La Chiesa, durante tutta la sua storia, ha sempre difeso la superiorità di questo carisma nei confronti di quello del matrimonio, in ragione del legame del tutto singolare che esso ha con il Regno di Dio» (GIOVANNI PAOLO II, *Familiaris consortio*, n. 16).

RAIMONDO BARDELLI in *La vita è amare*, Elledici 2003, p. 69

Clausura

In mezzo alle campagne della periferia di Lusaka, una lunga siepe recinge un monastero di clausura. La siepe separa e unisce allo stesso tempo la gente e le monache.

È la prima domenica d'avvento. Fuori dal monastero una giovane zambiana è oggetto di discussione. Parenti e amici vogliono che rifletta. Ancora è in tempo a ritornare al villaggio, a prepararsi al matrimonio. Perché seppellire lì, tra quattro mura, la sua bellezza e i suoi vent'anni? Perché rifiutare d'aver figli, che le impedirebbero di sentirsi «maledetta» e di morire completamente, come si ritiene avvenga per ogni donna sterile?...

Lei, vestita di bianco, porta in capo una corona di fiori con le spine. In chiesa le monache cantano: «Vieni. Vieni, sposa. Il re ha preparato un banchetto per le tue nozze. Tutto è pronto. Vieni a fare festa».

La giovane si inchina riverente davanti ai familiari, battendo piano le mani, in segno di gratitudine e di rispetto, ferma tuttavia nel suo proposito. Rulla il tamburo. La gente si divide.

Alcuni intonano il «Cantico dei Cantici...». Altri lanciano l'ultima sfida: «Figlia, sorella, amica: dove vai?». «All'altare – sussurra – per essere unita a Cristo, per sempre». Le donne anziane elevano l'ululato che in questa terra sottolinea l'imminenza di qualche cosa di grande. Quando torna il silenzio, la giovane varca la soglia della chiesa, intona un canto e va danzando verso l'altare.

(...) Tre voti e poi... la cella per tutta la vita.

A Natale sono nel monastero per celebrare le messe. Mi è concesso qualche minuto per parlare con le monache. Chiedo udienza alla neoprofessa: «Sorella, perché hai scelto la clausura?». «Voglio che gli uomini imparino il mio passo di danza. Voglio che capiscano che servire Cristo è regnare. Voglio cercare Dio per tutta la vita e lasciarmi cercare da lui». (...)

Chi prende i voti monastici e si «seppellisce» vivo in un convento cerca, da innamorato, il volto del Signore.

Valentino Salvoldi in *Tenerezza*, Elledici 2002, pp. 29-30

PERFEZIONE

Erano due cisterne a distanza di qualche decina di metri. Si guardavano e, qualche volta, facevano un po' di conversazione. Erano molto diverse.

La prima cisterna era perfetta. Le pietre che la formavano erano salde e ben compaginate. A tenuta stagna. Non una goccia della preziosa acqua era mai stata persa per causa sua.

La seconda presentava invece fenditure, come delle ferite, dalle quali sfuggivano rivoletti d'acqua. La prima, fiera e superba della sua perfezione, si stagliava nettamente. Solo qualche insetto osava avvicinarsi o qualche uccello.

L'altra era coperta di arbusti fioriti, convolvoli e more, che si dissetavano all'acqua che usciva dalle sue screpolature. Gli insetti ronzavano continuamente intorno a lei e gli uccelli facevano il nido sui bordi.

Non era perfetta, ma si sentiva tanto tanto felice.

Abbiamo bisogno di credere nella perfezione e di avere il coraggio dell'imperfezione. Viviamo in un mondo in cui la perfezione si confonde con lo sforzo per essere «superiori», «i primi», «essere al centro», «essere qualcuno». L'unica perfezione è l'amore. Soltanto così è possibile comprendere le parole di Gesù: «Siate perfetti com'è perfetto il Padre vostro celeste» (Matteo, 5,48) che vengono dopo le beatitudini dei poveri, di quelli che piangono, dei miti, di quelli che hanno fame e sete di giustizia, dei misericordiosi, dei puri di cuore, dei pacificatori e dei perseguitati (ingiustamente) a causa della giustizia.

BRUNO FERRERO in *40 storie nel deserto*, Elledici 1989, pp. 74-75

La vita... è una splendida torcia
che voglio far ardere quanto più possibile
prima di passarla alle generazioni future.
George Bernard Shaw

VIRTÙ

La virtù non è, per nessuno, qualcosa di posseduto da sempre, già fin dall'inizio della propria vita morale. La virtù è un non facile punto di arrivo.

E ciò, prima di tutto, perché pesa su ogni uomo una misteriosa solidarietà con una lunga storia di peccato (quello che chiamiamo il peccato originale). Essa è come stampata dentro le strutture della società in cui viviamo, la cultura di cui siamo imbevuti, gli strati più profondi della nostra psicologia, le suggestioni che il male esercita su noi.

Questo peso ci inclina al male, e ci rende perciò difficile fare il bene. Noi possiamo contare sull'aiuto della grazia, cioè sull'attrazione opposta che l'azione liberatrice dello Spirito Santo – presente e operante dentro di noi – esercita sulla nostra fragile libertà. Essa opera sotto l'influsso di una duplice e opposta forza di marea:

- quella dell'attrazione che esercita la realtà del peccato, presente in noi e nel mondo,
- quella della grazia, che attrae verso il bene e ci aiuta a compierlo, così che, nella misura in cui noi collaboriamo, il bene ci diventa sempre più attraente e connaturale.

Ma l'aiuto della grazia non ci esenta dalla lotta, e non rende la vittoria sul male facile e immediata. Ciò che fa del bene solo il risultato di una difficile e contrastata conquista, è lo stesso carattere storico della nostra esistenza.

Come ha detto Giovanni Paolo II, «l'uomo, chiamato a vivere responsabilmente il disegno sapiente e amoroso di Dio, è un essere storico che si costruisce giorno per giorno con le sue numerose scelte: per questo egli conosce, ama e compie il bene, secondo tappe di crescita».

GUIDO GATTI in *Ma le virtù sono ancora di moda?*, Elledici 2004, pp. 5-6

DISPONIBILITÀ

Essere disponibili! È una bella frase, di moda, che corre sulla bocca di tanti.

L'abituale volontà di esser trovato disposto a prestarsi prontamente al bene altrui secondo il bisogno del momento, senza altri limiti che non siano quelli dell'impossibilità e completa non-idoneità: questa la virtù della disponibilità.

Non è disponibile chi avendo idoneità e possibilità manca di volere; nemmeno chi si prefigge di prestarsi solo talvolta, saltuariamente, né chi si muove soltanto se sollecitato o stimolato.

La disponibilità si riconosce nella prontezza alla chiamata e all'aiuto, senza rimandi a tempo indeterminato di ciò che si può fare subito. Adesso e non dopo. Adesso tutta la sincera dimostrazione e assicurazione del buon volere, allorché la richiesta non può effettuarsi che in un secondo tempo.

La persona buona non si dimostra contrariata, seccata, maldisposta, esitante. Non assume contegno da far pensare all'altra di non essere gradita, degna di fiducia, meritevole.

La parola più adatta ad esprimere la disponibilità è questa: Eccomi! Come dire: il mio tempo, il mio interessamento, la mia persona è ora e per quanto occorre a suo completo esclusivo servizio. L'interlocutore deve provare la gradevole impressione di essere entrato un po' nel cuore, di goderne in quel momento l'esclusiva.

GIUSEPPE PASQUALI in *Credere alla bontà*, Elledici 1981, p. 11

La vita è troppo breve
per essere una cosa da nulla.
Benjamin Disraeli

Sostegno

Al fragile tronco di un alberello, il giardiniere legò un robusto palo di frassino che gli facesse da tutore e lo aiutasse a crescere diritto.

Quando il vento invitava alla danza, l'albero adolescente agitava la chioma sempre più folta e incominciava a dondolare, e gridava: «Lasciami, per favore, perché mi tieni così? Guarda tutti gli altri si lasciano cullare dal vento. Perché solo io devo stare così rigido?». «Ti spezzeresti» ripeteva inflessibile il palo. «Oppure prenderesti delle brutte posizioni, diventeresti brutto e stortignaccolo».

«Sei solo vecchio e invidioso, lasciami, ti dico!». Il giovane albero si divincolava con tutta la sua forza, ma il vecchio palo resisteva tenacemente, più saldo e ostinato che mai.

Un sera d'estate, annunciato da tuoni e lampi, accompagnato da violente sferzate di grandine, un uragano si abbatté sulla zona. Ghermito dai furiosi tentacoli del vento, l'alberello scricchiolava in tutte le giunture, con la chioma che a tratti sfiorava la terra. Le folate più forti quasi strappavano le radici dal terreno. «È finita» pensava l'alberello.

«Resisti, figliolo!» gridò invece il vecchio palo, che raccolse le forze ancora presenti nelle annose fibre e sfidò la bufera. Una lotta dura, lunga, estenuante. Ma alla fine l'alberello era salvo. Il vecchio palo invece era morto, spezzato in due miserabili monconi. L'albero giovane capì e cominciò a piangere. «Non mi lasciare! Ho ancora bisogno di te!». Non ebbe risposta. Un pezzo di palo era ancora stretto al giovane tronco dal laccio. Come in un ultimo abbraccio.

Oggi, i passanti guardano meravigliati quel robusto alberello che, nei giorni di vento, sembra quasi che stia cullando teneramente un vecchio pezzo di legno secco.

Bruno Ferrero in *Il segreto dei pesci rossi*, Elledici 2000, pp. 70-71

Compassione

La persona buona la immaginiamo dotata necessariamente di compassione.

Parlare di compassione? Gli insensibili, i duri, gli spietati, i cultori della violenza (così solitamente presente sugli schermi tele-cinematografici), la riguardano con disprezzo, orgogliosamente compassionando i compassionevoli.

Come la natura stessa ci porta ad amare i nostri simili e ad esser contenti del loro bene, così fa sentire pena per chi soffre.

La compassione è sentimento innato in ogni persona normale, degna di apprezzamento e di rispetto. «La compassione che nasce nell'animo nostro alla vista di uno che soffre è un miracolo della natura, che in quel punto ci fa provare un sentimento affatto indipendente dal nostro vantaggio o piacere, e tutto relativo agli altri, senza nessuna mescolanza di noi medesimi» (G. Leopardi).

Il Foscolo giunge a dire: «Tu, o compassione, sei la sola virtù; tutte le altre sono virtù usuraie».

Quante buone azioni – ammirevoli, disinteressate e generose – ispira la pietà per chi soffre!

Un detenuto politico, Filippo Robolotta di Lucca, avendo come vicino di cella un compagno di sventura affetto di tubercolosi oramai agli ultimi giorni, si mise a nutrirlo con il proprio cibo e a prepararlo a una morte cristiana. Uscito dalla prigione decise di continuare la sua opera di bene morale e materiale in favore dei dimessi dalle carceri.

Il buon Samaritano della famosa parabola evangelica è divenuto la figura classica della persona compassionevole. Lui solo «si mosse a pietà» e si prese cura dello sventurato. Invece, il sacerdote ebreo prima e il levita dopo guardarono e passarono oltre. Per costoro l'aggredito dai briganti e lasciato mezzo morto non era che un oggetto di momentanea curiosità.

La compassione, aprendo il cuore a «sentire con gli altri» le loro pene e mali, porta a condividerli e alleviarli, anche quando non fosse possibile la presenza fisica e la presa diretta di contatto.

Giuseppe Pasquali in *Credere alla bontà*, Elledici 1981, pp. 16-17

UMILTÀ

Mia nonna aveva mani di fata, e, da brava bambina, decisi di diventare anch'io una grande sarta come lei. Per incoraggiarmi, la nonna mi dava spesso qualche pezzetto di stoffa e un ago già infilato. Poi mi faceva vedere come si fa a cucire bene gli angoli. Io però volevo far tutto da sola. Non ricordo proprio con esattezza, ma so che, con tutti i miei sforzi, non concludevo molto, e di angoli ne cucivo ben pochi. La nonna era così buona che cercava di aiutarmi a sbrogliare la matassa, ma io non volevo. Piuttosto che ammettere di aver sbagliato, dicevo che era proprio quello che avevo voluto fare. La nonna non diceva mai niente, ma capivo benissimo che non potevo ingannare né lei né me...

La maggior parte di noi impara a far finta di essere forte, proprio per nascondere la propria debolezza. Nel nostro mondo competitivo sembra che troppo spesso i deboli abbiano la peggio, e così non osiamo ammettere che siamo deboli o che abbiamo bisogno degli altri. Dobbiamo mostrarci duri, autosufficienti e sicuri di noi stessi se vogliamo riuscire.

Gesù ha detto che per cominciare il viaggio sulla via che conduce alla vita bisogna passare per una porta stretta. Se vogliamo passarci anche noi, magari un po' a stento, dobbiamo rinunciare ai bagagli dell'autosufficienza, dell'egoismo e della boria che molti di noi portano sempre con sé. Dobbiamo rinunciare a ogni finzione, alla voglia di far tutto quello che ci piace e a tutta quella falsa indipendenza che considera la fiducia in Dio come una stampella per chi è debole.

Quando Gesù parla dell'umiltà, non intende dire che la via cristiana sia riservata a coloro che hanno poca stima di se stessi. Intende dire invece che non dobbiamo avere una stima che non corrisponde alla realtà: che dobbiamo cioè riconoscere la nostra piccolezza e la grandezza di Dio, se vogliamo cominciare a percorrere la via stretta.

Solo quando siamo convinti che abbiamo bisogno di Dio e ci fidiamo di lui, possiamo entrare per la porta stretta che immette nella via regale.

MARY BATCHELOR in *Viaggio dello Spirito*, Elledici 1999, pp. 24-25

Comprensione

Le facoltà intellettuali concorrono notevolmente. Intelligenza e cuore si integrano. L'intelligenza offre al cuore ragioni e ispirazioni che lo rendono sensibile ai richiami della bontà. Il cuore, con le sue intuizioni, offre all'intelligenza pratica aperture e slanci. (...)

Non basta quell'intelligenza che conduce semplicemente al sapere. Ciò che importa è la visione pratica da cui scaturiscono gli atti; la visione vivente-operativa, anima della condotta. La conoscenza dell'essere umano così com'è nella concretezza della vita fa diventare comprensivi e intuitivi dei bisogni e dei desideri.

Saper comprendere! Chi sa comprendere sa anche comunicare, amare, compatire, soccorrere e gioire insieme.

«Comprensione è capacità e attitudine a capire, vedere, intuire che cosa l'altro di fatto sente, pensa; perché egli agisce così come agisce; perché vive come vive; perché divenne tale quale adesso sta davanti a me» (V. Truhlar). Non solo vedere ma anche ragionare sull'altro e cercare di capire tutto quello che presenta di proprio. L'altro può anche mostrarsi diverso da quello che è, involontariamente, per via di pose e reazioni spontanee, oppure intenzionalmente, nascondersi con un comportamento esterno, perfino simulare, fingere. Anche allora bisogna comprendere; rendersi conto di tali atteggiamenti, capirne i motivi reali.

La persona intelligente riesce a distinguere ciò che cambia e ciò che è stabile, il fatto esterno e lo stato d'animo, l'abituale modo di essere e di pensare, il carattere da altre manifestazioni di circostanza. Sa giudicare la debolezza e apprezzare la rettitudine; non attribuisce colpa dove non c'è o è minore di quanto possa apparire; capisce e ammette le attenuanti e scorge le ragioni di indulgenza.

L'essere compreso incoraggia l'afflitto a manifestarsi, a scaricarsi; e se si rende conto di essere stato capito più di quanto abbia potuto dire o sia riuscito a esprimersi, resta soddisfatto. Il poter supporre: c'è una persona che pensa a me, mi conosce e mi comprende, porta consolazione e sollievo.

Giuseppe Pasquali in *Credere alla bontà*, Elledici 1981, pp. 18-19

Rettitudine

La rettitudine del discernimento morale non si dà con facilità e abitualità se non esiste – nella persona, che deve discernere che cosa sia veramente bene (o veramente male) nella situazione concreta – una certa affinità spirituale, una propensione abituale al bene, assicurata appunto dal possesso di tutto l'organismo delle virtù.

E poiché l'amore di Dio è l'anima di tutte le altre virtù, la prudenza cristiana sarà mossa dalla carità e illuminata da quella sapienza che è dono dello Spirito.

Secondo sant'Agostino la prudenza è lo stesso amore di Dio, in quanto capace di ben discernere ciò che conduce a Dio da ciò che allontana da lui. (...)

L'applicazione della ragione all'azione concreta non può avvenire in modo corretto se il desiderio non è già rettamente orientato al bene e – per il credente – a quel bene che è Dio.

Il retto orientamento non va considerato come qualcosa di facilmente scontato. Purtroppo l'uomo è sempre esposto alla tentazione di manipolare la verità, di utilizzare le astuzie della sua ragione, per convincersi che è bene ciò verso cui è trascinato dal suo egoismo e dalle passioni. Anche se in fondo intuisce che sta mentendo a se stesso.

È quella specie di gioco mentale che Freud chiamerebbe col nome di razionalizzazione.

Guido Gatti in *Ma le virtù sono ancora di moda?*, Elledici 2004, pp. 22-23

Se non si vive come si pensa
si finisce di pensare come si vive.
Paul Bourget

PAZIENZA

Alla borsa dei valori la pazienza è poco quotata... La pazienza evoca troppo facilmente l'immagine della passività, l'atteggiamento di colui che aspetta che «capiti» o che «passi». È di un'altra pazienza che intendiamo parlare: la pazienza come virtù di coloro che fanno la storia, perché capaci di condurre avanti un'azione di lunga durata. Occorrono nove mesi per fare un uomo. Anni per diventare uomo o donna. Occorre anche un tempo all'umanità per diventare umana: ogni generazione rileva l'eredità della generazione precedente e, su questa base acquisita, costruisce la sua parte. (...)

Perdere la pazienza è abdicare all'impegno di costruire la storia, è subire il tempo come pura costrizione. Agli impazienti, il tempo manca sempre oppure non finisce mai, è troppo corto o troppo lungo, per cui non «hanno tempo»... La pazienza è dunque l'arte di prendersi il tempo che occorre per costruire una storia umana.

La pazienza è un'arte difficile. Ciascuno di noi non è tentato costantemente di perdere la pazienza, di mettersi ai margini della storia? Almeno della propria storia. È quel che capita quando si decide di «lasciarsi vivere». Di mettersi ai margini della storia del mondo. Di «lasciar perdere», di non occuparsi che di sé.

La pazienza è un'arte difficile e poco praticata. (...)

La pazienza è l'arte di prendersi il tempo che occorre per fare la storia, dicevamo. La pazienza è pure la capacità di «soffrire» perché la storia esige immancabilmente un «soffrire». L'esperienza ci insegna che agire comporta sia il comandare che il sottomettersi (= soffrire). Coloro che fanno la storia sanno obbedire alle esigenze del reale: si prendono il tempo necessario per conoscere la realtà materiale, sociale o umana che vogliono trasformare. Hanno la pazienza di imparare. E hanno pure la pazienza di «attendere la loro ora». Questa docilità al reale è talvolta difficile, dolorosa. L'attesa prende il tono di una «passione». Gli «appassionati» ne sanno qualcosa, perché non temono di sopportare le strette della loro passione. Pazienti e appassionati si incontrano nella identica obbedienza amorosa alla realtà.

André Lalier in *Dio è interessante*, Elledici 1999, pp. 50-52

Speranza

Non si può essere uomini se si tagliano i ponti alla speranza.

Diventare uomini esige allora un'ultima e decisiva conversione...

Noi dobbiamo lavorare perché la speranza sia possibile a tutti. Ma perché parliamo di rendere la speranza possibile, soltanto possibile? Perché fermarci alle soglia di questa possibilità? È il peso della speranza per l'umanità, il peso dei suoi desideri e delle sue delusioni che ci obbligano a questo riserbo. (...)

La speranza ha nutrito i più splendidi gesti di coraggio e sostenuto i più grandi sacrifici, ma con quali risultati? Le dittature si sono ammantate con la speranza di un mondo migliore per giustificare i peggiori soprusi, il «sol dell'avvenire» è servito di alibi per opprimere coloro che dovevano vivere e morire di speranze deluse. (...) La speranza sarebbe il più colossale imbroglio dell'umanità? Non manca chi lo pensa e che rinuncia a sperare proprio per non essere vittima delle sue delusioni. «Chi vive sperando...» dice il proverbio.

Quanto a noi preferiamo credere nelle possibilità positive della speranza. Credere che la speranza sia possibile, vale a dire che l'avvenire sia aperto, che tutti e ciascuno abbia la possibilità di fare della propria vita una storia sensata... Ecco la speranza su cui noi puntiamo. C'è un atteggiamento-speranza che si propone obiettivi concreti – il bel tempo, la salute, il successo, una società giusta, un mondo in pace... – ma la cui attesa non si esaurisce per il fatto di averli ottenuti o no. La speranza che ci sembra credibile e accettabile è invece la speranza-apertura, accoglienza dell'inatteso, ascolto del silenzio. Siamo capaci di una speranza del genere?

Ecco perché parliamo di conversione alla speranza. Conversione indispensabile ai credenti che hanno, in questo campo, una particolare responsabilità. L'esperienza religiosa è infatti la più grande sorgente di speranza dell'umanità, è l'esperienza del ricorso ultimo che non può deludere. (...) I credenti hanno dunque il compito di farsi garanti della credibilità della speranza.

André Lalier in *Dio è interessante*, Elledici 1999, pp. 52-54

Giustizia

Che cos'è la giustizia?

La giustizia per noi è innanzitutto il senso di uguaglianza tra le persone e i Popoli. Quando le disuguaglianze sono palesi, esse accusano noi che siamo ricchi, e ci dicono: «Francamente, non è giusto».

Ben inteso, la preoccupazione di uguaglianza, meglio, di equità, non pretende l'annullamento delle differenze. Uguaglianza può allearsi con differenza, a condizione che non ci si serva delle differenze (del colore della pelle, del sesso, della cultura...) per giustificare le disuguaglianze, giungendo persino a dire che la Provvidenza le ha volute.

Facciamo un passo avanti. La giustizia è molto di più di una preoccupazione egualitaria. È una specie di dinamica che sembra venire dal più profondo dell'uomo. Si tratta di quel desiderio e di quella volontà che tende a far sì che l'uomo, tutto l'uomo e tutti gli uomini, possano umanizzarsi. Ecco perché la giustizia non può essere messa soltanto nei codici o nelle leggi. Essa ha di mira un orizzonte che incessantemente si sposta e ingrandisce. La giustizia consiste nell'adeguarsi il meglio possibile a questa causa o a questo ideale di una più grande umanizzazione dell'uomo. Essere giusti significa sapersi adeguare.

Ma allora possiamo adeguarci a Dio? Sì, a condizione però di accettare che il movimento oscilli. Noi siamo adeguati a Dio quando Dio ci adegua a Lui. La Giustizia, secondo i Vangeli, non è in primo luogo la giustizia sociale, è la giustizia che Dio dona, in altre parole la sua santità. Quando voi leggete «giustizia» nella Bibbia, traducete «santità». Osservate il fariseo che vuole giustificarsi con la sua virtù. È pubblicano peccatore, che conta sul Dio santo, colui che viene giustificato.

Sì, Gesù compie ogni Giustizia quando si immerge nel Giordano, nelle acque torbide dell'umanità per risorgere come grande purificatore. Gesù ha «giustificato» radicalmente la nostra umanità per condurla al Padre. A noi adeguarci a questa Giustizia di Dio.

Henri Denis in *100 parole per dire la fede*, Elledici 1997, pp. 49-50

TEMPERANZA

La temperanza è la virtù di colui che sa frenare la forza cieca degli istinti e di quei bisogni che l'uomo ha in comune con gli animali. Essa regola in particolare l'appagamento della gola e degli impulsi sessuali.

La spiritualità cristiana ha sempre considerato la virtù della temperanza come un presupposto minimale ma indispensabile della vita spirituale. L'intemperanza, al contrario, è sempre stata considerata un vizio, cioè qualcosa di aberrante e di indegno dell'uomo, anche a prescindere da qualsiasi preoccupazione religiosa o morale.

All'intemperanza è istintivamente associata l'idea della mancanza di misura. L'intemperante è qualcuno che manca anzitutto di buon gusto: se ogni vita umana è chiamata a essere un capolavoro di umanità, l'intemperanza richiama l'idea di qualcosa che sfigura il volto umano della persona.

Anche la medicina ci viene rivelando sempre meglio quanto l'intemperanza, nella forma del cedimento alla gola, possa danneggiare la salute e l'efficienza del nostro organismo, e nella forma del disordine sessuale, possa portare a forme di ossessione e perversione che sfigurano la personalità e alterano il buon funzionamento della psiche.

I desideri e i bisogni che la temperanza è chiamata a governare in modo umano, si presentano prestissimo nella storia di vita di ogni persona: sono quelli che caratterizzano l'infanzia e comunque la condizione infantile, e perciò rappresentano quella sopravvivenza di infantilismo che resiste dentro ognuno di noi. (...)

L'acquisizione della capacità di differire, controllare, moderare e orientare saggiamente verso il vero bene della persona la gratificazione di queste pulsioni primarie è la prima tappa dello sviluppo umano, il punto di partenza di ogni autentica impresa morale.

GUIDO GATTI in *Ma le virtù sono ancora di moda?*, Elledici 2004, pp. 30-31

Prudenza

Alla prudenza spetta il compito di interpretare la realtà, di guidare l'azione morale e di assicurarne la retta misura. Essa svolge un ruolo insostituibile anche nella pratica di tutte le altre virtù.

Qui però prudenza non significa cautela. Soprattutto se ispirata alla paura, la cautela non è una virtù morale.

La prudenza è, in un certo senso, una virtù intellettuale: tocca infatti all'intelligenza operare il retto discernimento del bene morale, che spesso non è così facile da percepire, data la complessità e l'ambiguità delle situazioni in cui si è chiamati ad agire.

Ma la prudenza, così come si è già visto a proposito della fede, non è solo un esercizio dell'intelletto: coinvolge la volontà libera del soggetto, e per questo è una vera e propria virtù. Il suo esercizio infatti non richiede solo acume intellettuale e adeguate conoscenze morali, presuppone anche che la persona sia onestamente aperta alla ricerca del vero bene, attraverso la rettitudine della volontà. Occorre amare il bene, per poterne cogliere tutte le esigenze, anche le più severe.

GUIDO GATTI in *Ma le virtù sono ancora di moda?*, Elledici 2004, pp. 21-22

La vita è molto simile ad un libro.
Lo sciocco lo sfoglia distrattamente,
ma il saggio lo legge con molta attenzione,
ben sapendo che può leggerlo una sola volta.
J. Paul

Abbandono in Dio

Disappunto e contrarietà per un giorno affollato di eventi inattesi, per schemi consueti che devono saltare, per nuovi percorsi che si profilano all'orizzonte costringendoti ad altri più faticosi inizi.

Hai pensato che fosse tutta nelle tue mani questa vita scompigliata all'improvviso da volontà che sembrano prevaricare sulla tua, da fatti che solo ieri credevi impossibili o soltanto improbabili.

Un percorso ha avuto termine, un altro è iniziato e non sai dove potrà condurti il nuovo cammino, e ti chiedi se, in fondo al primo tratto di strada che hai iniziato a percorrere, una svolta inattesa metterà ancora a prova la tua stanca disponibilità.

Chi scompiglia così la tua vita ti impedisce di adagiarti in comode sicurezze e costringe la tua fede a rileggere i giorni e le persone in modo nuovo, nulla negando di ciò che hai costruito, ma anche accettando di morire un po' a te stesso e alle certezze di ieri, perché si compia un disegno che ancora non comprendi.

Pazienterà con la tua stanchezza e la difficoltà di riprendere il cammino, ora che nulla a prima vista sembra poterti motivare dentro, quel Signore della vita che ti ha atteso a una svolta della tua strada per indicarti un percorso diverso.

Renderà meno difficile un cammino che temi, perché non conosci ancora dove possa portare, e più leggero un peso che non avevi programmato e già piega le tue spalle.

Aimone Gelardi in *Pensieri feriali*, Messaggero 1998, pp. 22-23

Una vita insoddisfacente
può diventare di nuovo, in qualsiasi momento,
una fantastica avventura
se l'affidiamo alle mani di Dio.
Paul Tournier

BONTÀ

Cos'è la bontà? È più facile sentirla e narrarla che descriverla. In parole semplici: una interna disposizione che inclina l'uomo a volere e a fare il bene al prossimo; non in qualsiasi maniera, purchessia, bensì ammodo, con delicatezza e premura, con prestazione generosa disinteressata e cordiale. Altrimenti non c'è bontà, o è qualcosa di smozzicato e malriuscito.

«La bontà consiste nell'uscire da se stessi orientandosi verso gli altri. Sta nel mettere gli altri al nostro posto e trattarli come vorremmo esser trattati noi» (F. Faber).

È stato scritto che per essere buoni basta essere uomini (nel miglior senso della parola). «Dio, formando il cuore dell'uomo, v'infuse anzitutto la bontà come segnacolo della natura divina» (Bossuet).

Queste belle parole del grande oratore francese possono far pensare alla carità, la maggiore delle virtù cristiane, l'unica in certo senso.

Io parlo della bontà. La quale non si identifica con la carità, sebbene tra le due ci sia strettissima relazione. La bontà, virtù naturale, offre alla carità un vasto ambito di realizzazioni pratiche. E a sua volta la carità, virtù soprannaturale, eleva a sé la bontà, le offre motivazioni trascendenti, un modello divino (Gesù), un'efficacia spirituale di comunione assai estesa, un premio di ordine superiore a quello umano, una forza nuova (la grazia).

L'amore di sé è naturale. Così naturale che è impossibile sopprimerlo. Qualsiasi imposizione o esigenza esterna che pretendesse di distruggerlo, non potrebbe avere effetto. Lo suppone lo stesso precetto divino: «Amerai il tuo prossimo come te stesso».

GIUSEPPE PASQUALI in *Credere alla bontà*, Elledici 1981, p. 5

PUREZZA

Non è soltanto osservanza del sesto e nono comandamento, ma, in un contesto più generale, è la ricerca dell'autenticità della vita: è vivere le beatitudini.

È pur vero che bisognerebbe riflettere molto sul valore della purezza intesa nel concetto più comune. Oggi si cerca veramente di sporcare tutto, si perde il senso del valore della persona umana, del proprio corpo, si fa di ogni erba un fascio alla luce del «così mi piace, così va bene per me, non sento di aver fatto del male». È un grosso guaio perché si perde di vista il grande progetto che Dio ha su di noi, un progetto che coinvolge tutto il nostro essere e ci invita ad usare le cose secondo il senso che Dio ha loro dato. (...)

Il brano delle beatitudini ci può aiutare moltissimo, perché la purezza, prima che essere nel corpo, è nello spirito e nel cuore: è mantenere il nostro intimo sulla lunghezza d'onda di Cristo, creando in noi una mentalità nuova secondo il suo cuore.

È la prima beatitudine, «Beati i poveri in spirito» (Mt 5,3), che illumina e dà senso a tutte le altre. I poveri sono coloro che non hanno pensieri propri, ma, poveri nella profondità del loro essere, rinunciano ad ogni progetto personale per accogliere quello di Dio e si impegnano in modo che i loro pensieri siano i pensieri di Dio, identificando i loro interessi con quelli di Dio.

Questa povertà purifica e rende nuovi, per cui «i puri di cuore» (Mt 5,8) sono coloro che fanno proprio lo stile di vita di Cristo e ricercano in ogni situazione ciò che è coerente con la volontà di Dio, per essere come lui li vuole.

Purificare il proprio cuore in questo modo è impegno difficile, ma non impossibile. Se vivere da cristiani è camminare nell'amore verso Dio che è Amore, il senso profondo di questa beatitudine consiste proprio nell'essere autentici, nell'avere cioè Dio come principio e come fine della vita.

VINCENZO MACCHIODA in *Una corona di rose*, Elledici 1997, pp. 40-41

Obbedienza

Gli esseri umani sono stati creati per seguire Dio e obbedirgli. Ma la Bibbia dice che il primo peccato commesso da Adamo e Eva fu proprio un peccato di disobbedienza a Dio. Il Maligno – Satana – li indusse a dubitare della validità e saggezza di seguire la via di Dio. Cedettero così all'orgoglio, alla curiosità e all'ambizione e mangiarono il frutto proibito. Ma appena lasciarono il sentiero dell'obbedienza a Dio per fare a modo loro, imboccarono la strada che conduce alla morte e alla rovina.

D'allora in poi abbiamo sempre dovuto scegliere se fare a modo nostro... seguendo i nostri desideri cattivi o ubbidire invece a Dio. La tentazione sta appunto in questa scelta decisiva: Dio o io, bene o male. (...)

Fare la volontà di Dio non vuol dire essere controllato da un dittatore. Siamo stati creati per vivere in armonia e in amorosa dipendenza da Dio ed è proprio restando fedeli al suo amore che scopriamo cosa significa essere davvero umani.

Molti cristiani vogliono seguire Gesù, ma non sanno come fare per conoscere la volontà di Dio quando devono prendere qualche decisione. In realtà, per sapere quale via bisogna seguire non è necessario avere una «linea diretta» con il cielo. Basta far crescere e sviluppare i nostri rapporti col Padre celeste. Tenendoci vicino a Dio, conosceremo sempre meglio i suoi piani per noi. Dio ci fa conoscere le decisioni che dobbiamo prendere in vari modi. Possiamo sentire una certezza interiore, perfino una precisa «vocazione» o chiamata. Ci può essere anche un insieme di circostanze che indicano chiaramente la decisione da prendere: porte si aprono o si chiudono o anche consigli di saggi amici cristiani. Nessuna esperienza è mai esattamente uguale a un'altra. Dio però è un padre che ci ama e non permetterà che i suoi figli – purché vogliano fare veramente la sua volontà – seguano una direzione sbagliata. L'importante è essere sinceri con noi stessi e con Dio. Dobbiamo fare davvero la volontà di Dio, non la nostra.

Mary Batchelor in *Viaggio dello Spirito*, Elledici 1999, pp. 114-117

POVERTÀ

Si è detto che il santo che finora si è avvicinato di più al suo modello, Gesù, è san Francesco d'Assisi, che ha sposato Madonna Povertà. Ed è vero che il messaggio di Gesù è attraversato interamente da questa realtà evangelica, che dice molto dell'uomo, ma che forse rivela anche il cuore di Dio. François Varillon (gesuita francese, maestro di spirito, 1905-1978) ha detto: la povertà è l'umiltà di Dio.

Vorrei solo sottolineare un contrasto o meglio una tensione, probabilmente insuperabile in questo mondo, tra due aspetti della povertà: forse è Luca, nelle Beatitudini, che per primo ha scritto con ragione: «Beati i poveri» (senza altre aggiunte), e il rovescio terribile: «Guai a voi, ricchi». C'è davvero qualcosa di perverso nel desiderio di possedere e di accumulare tesori. Il Regno è chiuso per chi ne è vittima.

Ma subito viene Matteo, che aggiunge la famosa formula: poveri, non di spirito, ma poveri di cuore. Per dirla in un altro modo, la correzione di Matteo comporta due precisazioni. Innanzitutto, non bisogna mai giustificare la miseria: sarebbe fare un'ingiuria all'uomo e a Dio. E poi, bisogna fare attenzione al modo con cui ci si spoglia volontariamente dei beni: lo si può fare per un segreto orgoglio. Madeleine Delbrêl l'aveva capito, denunciando una specie di ideale sublimato della povertà. Scriveva: «Essere poveri, non è bello».

Senza toccare i problemi economici, dalle molteplici ramificazioni, io vorrei semplicemente dire questo: bisognerà sempre diffidare di quel che si possiede, anche se è poco, per non farsi possedere.

Ma bisognerà sempre avere abbastanza per essere capaci di lasciarsi espropriare. Ci vorrà sempre un po' di avere per passare dall'avere all'essere.

HENRI DENIS in *100 parole per dire la fede*, Elledici 1997, pp. 21-22

RICCHEZZA

Molti di noi vivono in una società dove conta solo il denaro. La maggior parte delle cose – e della gente – è valutata secondo il prezzo di mercato. Si direbbe che per molti vincere qualche milione al lotto o al totocalcio costituisca la vera soluzione dei problemi della vita.

La Bibbia non la pensa così. Non condanna il denaro in se stesso, e in realtà lo si può usar bene in molti modi. Riconosce però che l'amore del denaro è la causa di ogni sorta di male. Ammonisce inoltre che i soldi e i beni che possediamo possono essere un vero ostacolo a una vita onesta. Possono diventare così importanti da usurpare il posto di Dio nei nostri pensieri e affetti. Alla fine potrebbe esserci più facile aver fiducia nel conto in banca che nelle promesse di Dio.

Bisogna che il cristiano impari a viaggiare con un bagaglio leggero, usando soldi e beni per servire Dio. È questo che Gesù chiama «accumulare tesori in cielo». Siamo anche membri della famiglia di Dio e dobbiamo quindi condividere quello che abbiamo con quelli che in tanti paesi del mondo non hanno il necessario per vivere: cibo, acqua, vestiti, medicine, istruzione o Bibbie perché possano sopravvivere. Aiutandoli, diventiamo «ricchi di fronte a Dio».

Non è facile sapere quanti soldi possiamo usare per noi e quanti invece dobbiamo dare a Dio. Non ci sono norme precise anche se alcuni (come facevano gli ebrei dell'Antico Testamento) danno un decimo delle loro entrate come contributo minimo per le attività della Chiesa. Ciascuno deve regolarsi come Dio gli ispira. Il nostro stile di vita non si basa su norme imposte con la forza, ma sull'amor di Dio e del prossimo.

MARY BATCHELOR in *Viaggio dello Spirito*, Elledici 1999, pp. 110-111

GUADAGNO

Uno studioso cinese era stato invitato all'Università di Berlino. Un suo collega tedesco lo aspettava all'uscita dell'aeroporto. Dopo i convenevoli, i due si avviarono verso il piazzale dei pullman. Un bus era alla fermata, pronto a partire.

Il professore tedesco prese il cinese per un braccio: «Venga, venga, presto!», esclamò. I due si misero a correre e riuscirono a saltare sul bus appena in tempo. Appena furono dentro, le porte si chiusero e l'automezzo si mise in moto.

Con un grosso sospiro, il tedesco guardò l'orologio.

«Dio sia ringraziato», ansimò, «così abbiamo guadagnato dieci minuti».

Il cinese lo guardò con aria interrogativa e sorridendo disse: «E che cosa facciamo di questi dieci minuti?».

Non conta tanto l'essere indaffarati, quanto piuttosto il motivo per cui lo si è. L'ape riceve elogi; la zanzara colpi di paletta.

Metà della vita la passiamo a cercare qualcosa da fare del tempo che ci siamo tanto affannati a risparmiare.

BRUNO FERRERO in *Solo il vento lo sa*, Elledici 1995, p. 60

La vita trova la sua ricchezza
nelle sfide del mondo
e il suo valore
nelle sfide dell'amore.
Rabindranath Tagore

Carità fraterna

Quando si medita sulla carità fraterna ci si chiede spontaneamente: «Come posso amare di più i fratelli?». In altre parole: «Che cosa posso fare per renderli più felici e magari più santi?».

Esaminerò un volto dell'adesione fraterna. Non: «Che cosa do io?», ma: «Che cosa ricevo?». Ci si pensa poco, ed è un male. Scoprire ciò che riceviamo ci avvicina in modo sorprendente al nostro ambiente familiare, comunitario, e anche professionale. Ciò avviene in modo particolare nei nostri dialoghi, che possiamo in certo modo trasfigurare concentrandoci su una sola idea: «Che cosa riceverò?».

Prima condizione: guardare meglio il nostro interlocutore. Possibilmente con amore. Riceveremo dieci volte di più da lui se continuiamo a guardarlo con amicizia.

L'amore non è cieco, ma vede in modo diverso. Sa andare, al di là di situazioni irritanti, fino alle profondità. Attenzione all'animosità che potrebbe assalirci a causa di una parola, e magari per una antipatia istintiva, mortale per la nostra recettività. È inutile dire: «Voglio ascoltarlo con la massima attenzione» se non si dice nello stesso tempo: «Voglio amarlo». Perdiamo una quantità enorme di ciò che ci viene detto quando chi parla è accettato solo tiepidamente.

Ma chi è capace di essere sempre un ascoltatore amabile? Diciamo che è possibile più spesso se si è riflettuto sull'importanza di questo sforzo di simpatia, quando si vuole veramente «ricevere». Se è troppo difficile, perché non ricorrere alla preghiera? Essa purifica il nostro sguardo: «Signore, aiutami ad amarlo, e a non erigere uno schermo di pregiudizi o di risentimenti davanti a ciò che sta per dirmi».

Non basta uno sguardo neutro? No. Raramente si riesce ad ascoltare a lungo qualcuno, anche se non lo si vuole ammettere.

Quando si riconosce la difficoltà, e tuttavia si vuole superarla, si prendono i mezzi necessari, e il primo mezzo è lo sguardo amichevole, che intensifica il nostro ascolto, mantiene la nostra pazienza e il nostro interesse.

André Sève in *Ama la tua vita*, Elledici 1998, pp. 47-48

SOLIDARIETÀ

L'interesse per la solidarietà sta assumendo aspetti drammatici con contrasti che provocano punti di rottura, sconfinamenti ed emarginazioni. Tra le varie cause, alcune possono essere facilmente individuate: tensione fra liberalismo e socialismo in campo filosofico, lotta fra capitalismo e socializzazione nell'attività socio-politica, rapporto fra industrializzazione e crisi culturale, squilibrio nella relazione fra individuo e collettività, contrasto fra libertà ed autorità. Nell'ambito della teologia cristiana le sollecitazioni più urgenti sono venute certamente dal rinnovamento ecclesiale e dall'approfondimento della storia della salvezza.

Per lo studio della solidarietà, varie appaiono le angolature con differenti interpretazioni e programmi. La concezione cristiana tende a collocarsi, non tanto su un orizzonte più ampio di quello delle ideologie, quanto piuttosto su un piano superiore. Non muove cioè da una filosofia fondata su di una particolare intuizione dell'essere, ma, pur senza trascurarla, dipende invece da una espressione storica collettiva che scaturisce dall'esperienza di salvezza avente nel mistero di Cristo il suo vertice.

Il mistero di Cristo viene assunto come valore supremo, principio fondamentale e criterio totale di solidarietà, in quanto ne è la realtà costitutiva, la sorgente e l'espressione più perfetta. (...)

Tutta la struttura antropologica, svelando il fondamento ontologico della solidarietà, mostra quindi che ogni esistenza umana, essendo determinata dalle relazioni, tende necessariamente alla coesistenza. Nessuno può rimanere solo. Ognuno è sempre pre-orientato agli altri. Tutti hanno sempre bisogno di essere riconosciuti ed amati, di essere interpellati e di corrispondere per divenire qualcuno. Uomini si diventa per grazia di altri uomini nella reciprocità di un continuo atto di presenza. In questa intersoggettività esplicano una funzione insostituibile la corporeità, la parola, l'amore e l'attività, perché, sorgenti e strumenti principali di relazioni umane, si risolvono in coefficienti di solidarietà.

GIUSEPPE TOSCANI in *Dizionario dei temi della fede*, SEI 1977, pp. 429.431

USURA

L'avaro, vedendo un uomo che per bisogno s'inginocchia dinanzi a lui e lo scongiura, disposto a qualsiasi atto d'umiliazione, pronto a dire qualsiasi cosa, non ha pietà alcuna del disgraziato ma resta inflessibile nel proprio diniego.

Alle suppliche non s'arrende, alle preghiere non crede, alle lacrime non si commuove. Continua a sostenere che non possiede denaro, che anche lui deve cercare qualcuno che gli faccia un prestito, e conferma la sua menzogna con giuramenti.

Quando invece il povero gli parla d'interessi e di pegni, subito spiana i sopraccigli e sorride, rievoca l'amicizia che legava i loro padri, lo considera quasi di famiglia, lo tratta da amico.

Gli dice: «Vediamo se per puro caso io abbia un po' di soldi. Sì, ho il denaro d'un altro amico: me l'ha imprestato per un certo affare. Purtroppo, vuole un interesse altissimo. A te farò uno sconto, ti darò il prestito a un interesse minore».

Con queste bugie alletta lo sventurato, lo incatena con un contratto e se ne va via.

Così, proprio mentre lo libera dal suo bisogno lo priva della sua libertà: chi si sottomette al pagamento degl'interessi diventa schiavo per tutta la vita.

BASILIO IL GRANDE in *Sul Salmo 14*

Dipende da ogni uomo
se riempie i granai della propria vita
di frumento o di sola paglia.
Johann Andreas Blaha

Paraclito

Man mano che ci avviciniamo alla fine della cinquantina, la Pentecoste, sento il bisogno di cercare il significato esatto della parola «*Paraclito*», sovente associata allo Spirito Santo.

«Paraclito» è la trascrizione di una parola greca che significa innanzitutto, giuridicamente, l'avvocato, l'aiutante, il difensore. Poi il termine si allarga e indica il consolatore e l'intercessore. (...) Nella maggioranza dei casi si tratta dello Spirito Santo. Se dunque si attribuisce a questo Spirito tutti i qualificativi sopra indicati, si capisce come sia impossibile vivere la fedeltà a Cristo in questo mondo, se rimaniamo soli. (...)

Il Cristo invisibile lascia il posto a Colui che difende la causa del cristiano, che gli offre le antitossine necessarie a vivere con rettitudine la vita evangelica in mezzo alle prove.

Siamo convinti che – dopo la partenza di Gesù, il giorno della sua Ascensione – tutto ciò che è stato fatto visibilmente da Cristo nel mondo si è compiuto per mezzo di uomini e donne coerenti alla loro fede, a volte a prezzo della loro vita. Ma non erano soli. Il grande protagonista, che unifica tutto il mondo, che unifica anche la Chiesa, è questo Paraclito invisibile che colma di forza i più deboli e di audacia i più timorosi. In questo modo la consolazione dello Spirito è come un fuoco che si propaga da cristiano a cristiano, da generazione a generazione.

Per terminare, vi propongo di leggere con me l'inizio della seconda lettera di Paolo ai Corinzi (1,3-7), sostituendo le parole «avvocato, consolatore, difensore» con la vera parola greca «Paraclito» e i suoi derivati. Ne avrete una strana impressione. Con nove ripetizioni, capirete che veramente noi siamo immersi in questo Spirito Paraclito.

Henri Denis in *100 parole per dire la fede*, Elledici 1997, pp. 100-101

Comunione

Se Dio è comunione perfetta e perfetta beatitudine, e ha creato gli uomini come copie viventi di sé, anche l'uomo è attraversato dall'anelito fondamentale di comunione perfetta.

L'uomo è un magma incandescente di tanti desideri, ma il bisogno più urgente è quello di comunione. Rispetto a questo, tanti altri bisogni pure importanti risultano sovracostruzioni. Alla base del complesso dei bisogni umani è la comunione. (...)

Altrimenti, anche in una società giusta ed economicamente soddisfatta gli uomini saranno ancora assetati di comunione. Anche in una società giusta lo spettro della solitudine lancerà le moltitudini nell'angoscia e nella disperazione. Sì, l'uomo è anzitutto bisogno, fame di comunione. (...)

Il bisogno è come un abisso da colmare; ora, per poter colmare un vuoto è necessaria una presenza che riempia gli spazi del vuoto. Non posso colmare il vuoto di un lago asciutto solo con un secchio d'acqua. Devo versarne tanta da colmare in livello, e in profondità, la cubatura del lago. Caso mai, posso introdurre nel lago altre cose, ma in aggiunta, e all'interno della massa dell'acqua. E così accade anche per il cuore dell'uomo.

Riprendendo questa immagine del lago, il cuore dell'uomo come bisognoso di amore e di comunione ha proporzioni e dimensioni indefinite. Un altro cuore umano lo può aiutare, non lo può pienamente soddisfare.

Nelle relazioni umane il vuoto esistenziale, il senso di solitudine esistenziale, resterà sempre. Anche nelle relazioni più riuscite, esiste una zona insaturabile di solitudine, un vuoto incolmabile.

(...) Questa solitudine non è causata dalle strutture sociali umane (queste, se sono oppressive, possono esasperarla). È invece un tipo di solitudine interiore, che comunque permane anche nello spazio umano più solidarizzato. Questa solitudine si identifica con la nostalgia di infinito. (...) È la sete del più, incessantemente più: più essere, più conoscersi, più amarsi, più unirsi. (...) Noi inconsciamente o consapevolmente cerchiamo la bellezza, la verità, la bontà, la potenza, allo stato sorgivo. Noi cerchiamo Dio.

Sabino Palumbieri in *Ma liberaci dalla solitudine*, Elledici 1983, pp. 14-15.17

Pentecoste

Mi è capitato più di una volta di iniziare la mia omelia di *Pentecoste* con queste domande tanto impreviste quanto insolite: «Ci sono in questa assembla dei Parti?» (silenzio), «dei Medi?» (silenzio), «degli Elamiti?» (silenzio), «dei Cretesi e degli Arabi?» (silenzio). Il sorriso sboccia sul volto quando aggiunge «Ci sono persone che non sono della parrocchia? Che non sono di questa città o di questa nazione?».

Sono stati rari i casi in cui eravamo soltanto i soliti. Buona occasione per incontrarsi e scoprire una fraternità cristiana al di là delle nostre frontiere nazionali o ecclesiali.

La Pentecoste, chiusura del tempo pasquale, è una festa particolare e nello stesso tempo universale. Particolare, nel senso che si celebra soltanto in quel giorno, come una specie di conclusione, di sviluppo pasquale. Universale, perché apre a tutti la strada della Chiesa, unendoli all'avventura del Popolo di Dio nel cristianesimo. Ed è precisamente un'avventura di unità del tutto paradossale, una specie di Babele al rovescio, o piuttosto una Babele riuscita per mezzo dello Spirito Santo. Precisiamo.

Negli affari umani, per realizzare l'unità, si pensa in primo luogo al talento di un politico che sa unire, al carisma di un capo, a consegne, a sfilate, a uniformi...

Qui, nel mistero della Chiesa, l'Autore e l'Attore principale dell'unità è invisibile. Paolo lo dice ai Corinzi (cf 1 Cor 12,7): ciascuno può manifestare lo Spirito. Non lo dobbiamo mai dimenticare nella nostra Chiesa. Certamente, non bisogna disprezzare le grandi riunioni sotto il pastorale di un papa o di un capo carismatico. Ma è bene affidarsi allo Spirito, questo Spirito inafferrabile, che è capace di «soffiare» in ciascuno la forza di parlare, di diventare se stesso e di costruire il Tempio spirituale fatto di pietre vive.

La Chiesa è nata dallo Spirito.

Chiediamo a Dio che non le manchi mai tale respiro.

Henri Denis in *100 parole per dire la fede*, Elledici 1997, pp. 102-103

Giugno

«Ricorda che tutto viene da Dio...»
(Qo 7,14)

Dio - Storia - Società

Bibbia

I credenti considerano la Bibbia come la «carta costituzionale». È il codice di vita a cui continuamente si riferiscono, la segnaletica del loro cammino nel mondo. (...)

Cerchiamo di chiarire di più questo aspetto per noi di grande importanza. Paragoniamo la storia dell'uomo ad una linea retta che ha un inizio e poi continua all'infinito. Ebbene la Bibbia rappresenta una parte ben definita di questa linea della storia umana. Essa inizia circa nel 1850 prima di Cristo e termina alla fine del primo secolo dopo Cristo. (...)

La Bibbia così ci parla dell'umanità, della sua origine e del suo destino. Ci presenta gli autentici valori che meritano di essere vissuti. Ci svela il volto di Dio e dell'uomo. Ci rivela il rapporto che deve esistere tra Dio e noi, tra uomini e uomini. Nel testo sacro non vengono narrate solo le vicende più o meno interessanti di determinate persone, ma in realtà, attraverso queste, viene offerto come un modello per ogni uomo che Dio chiama oggi, su qualsiasi strada del mondo, per una vita di comunione con lui.

Naturalmente, senza escludere che la Bibbia possa fare scoprire i lineamenti esteriori della sua fisionomia a chiunque, solo all'uomo che ha fede e che vive in comunione con la Chiesa, essa è comprensibile nella sua vera luce. Per il credente il Libro sacro può diventare una regola suprema di vita. Una autentica fede interpreta la vita come la propone la Bibbia e fa scoprire all' uomo la propria genuina identità.

Che cosa è dunque la Bibbia? La Bibbia più che essere un libro è la storia umana e spirituale di un popolo, che vive nelle regioni fertili della Palestina e che con la sua riflessione religiosa si impone come fenomeno unico al mondo. Questa storia è il luogo dove Dio rivela il mistero della sua persona, nel quale si intrecciano gli avvenimenti, si svolge il dialogo tra Dio e l'uomo e maturano i progetti umani. Questa storia è lo scenario che Dio ha posto davanti agli uomini. È il libro degli uomini, nel quale sono descritte le meraviglie di Dio. La Bibbia è una storia concreta.

Giorgio Zevini in *La Bibbia: parola di Dio agli uomini*, Elledici 1988, pp. 5-7

Parola di Dio

Strana formula, perché Dio non ha né corpo, né bocca. Non emette alcun suono. Dio è silenzio insondabile. E chi non ha provato il suo silenzio non conosce il prezzo della sua Parola.

Tuttavia, da sempre, da quando l'uomo religioso è emerso dalla Preistoria, Dio parla. Ciò significa che l'uomo lo fa parlare. Il linguaggio di Dio si esprime sempre in un linguaggio umano. Ecco ciò che è importante per i discepoli di Gesù.

Se è così, come facciamo a essere sicuri che non siamo noi che inventiamo Dio e la sua Parola, che non siamo noi che facciamo dire a Dio quel che ci piace? È una domanda enorme. Ogni religione offre la sua risposta, a modo suo, sovente grazie all'attendibilità degli uomini di Dio, i profeti: Mosè, Gesù, Maometto...

Nel cristianesimo, la risposta è più radicale. Noi crediamo che Dio parla nell'uomo. Dopo aver parlato per mezzo dei profeti, Dio ha parlato definitivamente nel Figlio suo Gesù. Una volta per sempre! Gesù, il Figlio, il Verbo di Dio è la sua stessa Parola, compiuta nella vita, morte e risurrezione del Signore.

Allora, siamo sicuri di ascoltare la sua Parola? Sì, partendo dalle Scritture, partendo dalla Tradizione vivente della nostra Chiesa, partendo dalla fede del Popolo e dei suoi rappresentanti qualificati.

Attenzione, però! In Gesù vivente, la Parola di Dio è imprendibile. Non è rinchiusa né nella Scrittura, né nelle Chiese. Non può essere incatenata.

La Parola di Dio oltrepassa tutte le sue manifestazioni. È feconda, è sempre nuova.

Come un fragile soffio la tua Parola si dona. Come un vaso d'argilla il tuo amore ci forma.

Henri Denis in *100 parole per dire la fede*, Elledici 1997, p. 9

Comandamento

La parola «comandamento» oggi infastidisce le orecchie di molti. Dà troppo l'idea del mondo militare, dove si devono eseguire gli ordini senza discutere e riflettere. È strano trovarla sulle labbra di Gesù, e ancor più il vederla associata all'amore: «Se osserverete i miei comandamenti, rimarrete nel mio amore, come io ho osservato i comandamenti del Padre mio e rimango nel suo amore» (Gv 15,10; cf 14,21).

Nel linguaggio biblico, «comandamento» ha un senso originale che non si deve confondere con la semplice osservanza esteriore di regole giuridiche. In certi passi san Giovanni usa «parola» là dove, in un contesto identico, aveva usato «comandamento». «Se uno mi ama, osserverà la mia parola» (14,23). Il comandamento di Gesù è la parola che egli ha proferito con una libertà incomparabile, è il suo Vangelo tutto intero, il suo insegnamento che stupiva quanti lo ascoltavano, aprendo loro un mondo di cui fino allora ignoravano l'esistenza. Basta leggere il Vangelo per capire di cosa si tratta: «Questo è il mio comandamento: che vi amiate gli uni gli altri, come io vi ho amati» (15,12).

Osservare il suo comandamento vuol dire accogliere questo suo progetto d'amore, farne l'anima del quotidiano e attingere a tutte le sue risorse per tradurlo nella realtà della vita. Da una persona all'altra, da una situazione all'altra, quante possibilità! Di colpo capiamo che per «osservare il comandamento», l'immaginazione, la fantasia, l'intelligenza, la creatività umana sono invitate a dare il loro apporto, che contribuirà ad arricchirle e a rafforzarle. Gesù insiste su questo comandamento dell'amore fraterno: è suo proprio (15,12), sarà il suo segno (13,34-35). E mettendolo in pratica, noi facciamo ancor di più che dar vita a un'intuizione vecchia di venti secoli. Il Cristo, quello vivo e non un ricordo, dimora in quanti mettono in pratica il suo comandamento. La vita diventa allora creazione con lui. Non si poteva trovare un'immagine migliore di quella di san Giovanni per tradurre questa presenza feconda: «Io sono la vite, voi i tralci. Chi rimane in me e io in lui, fa molto frutto» (15,5).

TAIZÉ in *Ascoltando con il cuore*, Elledici 1994, pp. 78-79

VOLONTÀ DI DIO

Vescovo della Chiesa, bresciano di origine, fondatore della Federazione Italiana Esercizi Spirituali, Giuseppe Almici ci ha lasciati il 24 settembre 1985, a 81 anni, dopo aver trasformato la sofferenza finale in una forte esperienza di spiritualità con Dio e a edificazione dei fratelli. Così l'ha narrata il suo successore nell'omelia dei solenni funerali:

«Ricoverato in ospedale, il Sant'Orsola dei Fatebenefratelli,... mons. Giuseppe Almici il giorno 12 agosto entrò in uno stato di precoma. Il male era progredito in modo tale che ormai si annunciava vicina la fine. Aveva perso anche la conoscenza e la parola, lui che era rimasto così lucido ed eloquente fino a pochi giorni prima.

Improvvisamente il giorno 28 agosto, mercoledì, sembra svegliarsi cosciente e riposato da un sonno profondo e chiede a don Egidio, suo segretario: "Mi devi portare subito in chiesa, devo dire un sì importante!". Il tono della voce è deciso e imperante, come non poche volte soleva fare mons. Almici.

Logicamente in quelle circostanze il segretario si rivolge ai medici e agli infermieri. Portare l'ammalato in chiesa non era certo l'ideale in quelle condizioni. Cercano di convincere mons. Almici a restare in camera: avrebbero assistito lì al suo "sì" importante.

Ma fu irremovibile: ritrovando la tempra di un tempo, fece fronte a tutte le discussioni, trovando un argomento per ogni obiezione. Dice pure: "Siete medici cattolici, siete credenti e praticanti, dovete venire incontro alla mia richiesta!". Sentendo parlare di sedativo dice: "Non sono intontito, so quello che vi chiedo, venitemi incontro...". Con ogni precauzione è portato nella cappella delle suore. Coi presenti di fronte al tabernacolo, recita il *Pater noster.*

Quando arriva al "fiat voluntas tua", dopo una pausa di silenzio aggiunse: "Sì, sono pronto a morire". Termina il Padre nostro e altre orazioni, ed è riportato in stanza. Nel pomeriggio i suoi discorsi toccano le realtà della morte e della vita nuova, della croce e della gioia... Sta vivendo in se stesso i temi che tante volte aveva predicato come maestro di fede. Parla fino a sera quando rientra in uno stato comatoso durato fino alla morte». I nostri «sì» a Dio...

A. CONTRAN - D. ZANELLA in *Quaresima*, Elledici 1991, pp. 82-83

TRINITÀ

I cristiani credono nella Trinità di Dio: un Dio in tre persone che hanno una sola natura divina. A prima vista, sembra che la Trinità complichi le cose, ma in realtà può aiutarci a capire meglio Dio.

I cristiani credono in un solo Dio, ma la Bibbia lo descrive in tre modi: come Dio Padre, come Dio Figlio, cioè Gesù, e come Dio Spirito Santo. Dobbiamo dunque credere che, in un modo misterioso che non riusciamo a comprendere, c'è una sola natura divina e quindi un Dio solo, condivisa però da tre persone egualmente divine. San Patrizio paragonava la Trinità a una fogliolina di trifoglio che, pur essendo una sola, ha tre lobi distinti. È chiaro però che Dio non si può descrivere in modo perfetto, perché supera la nostra capacità di comprendere. Riguardo alla Trinità dobbiamo quindi credere quelle verità che ci sono state chiaramente rivelate.

L'unità delle tre persone divine ci dice che Dio non è un essere solitario, ma è un Dio di armonia e di relazioni di amore. All'interno della Trinità regnano perfetta unità e perfetto amore.

La Trinità può anche aiutarci a comprendere i diversi modi in cui Dio è in relazione con il nostro mondo. Dio Figlio si è incarnato in Gesù assumendo la nostra natura ed è venuto in mezzo a noi come un perfetto essere umano. Con la sua vita, le sue parole e le sue opere ci ha dato un'immagine di Dio. (...) Morendo in croce per redimerci, ha vinto anche per noi la morte e il peccato. Con la sua risurrezione ha trionfato sulle potenze del male, dandoci una vita nuova e facendo trionfare anche noi.

Gesù rimase in terra solo per pochi anni. Promise però ai suoi discepoli che avrebbe mandato loro un Consolatore, cioè lo Spirito Santo. (...) Nel Nuovo Testamento, poi, vediamo che nella festa ebraica di Pentecoste... si avverò la promessa di Gesù. (...) Da allora fino ai giorni nostri, lo Spirito Santo continua a vivere in ogni vero credente e seguace di Gesù. Così, Dio è sempre in ciascuno di noi e nella comunità della sua Chiesa.

MARY BATCHELOR in *Viaggio dello Spirito*, Elledici 1999, pp. 74-75

Inabitazione trinitaria

La solitudine è stata paragonata a un deserto immerso nel buio. Quando sorge il sole, il buio è dileguato. Il cuore trabocca nel canto. Non sono più solo, ci sei tu. Tu, pienezza sicura. Tu, pienezza duratura.

Dio per noi, finché non ci convertiamo a lui, è quasi sempre un essere vago, lontano, accessorio. Ma Dio è un tu. «Quando tu mi apparisti *tu*, allora la mia vita fu piena e cominciò a essere diversa», ha scritto Claudel.

Dio è in me. «Se uno mi ama osserverà la mia parola, e il Padre mio lo amerà, e noi verremo a lui, e prenderemo dimora presso di lui» (Gv 14,23).

Elisabetta della Trinità diceva, a commento: «Ho trovato il cielo sulla terra, perché il cielo è Dio e Dio è nella mia anima».

Raccontano che Carlo I chiese a Torquato Tasso: «Chi è l'essere più felice?», e il poeta rispose: «È Dio, perché è colui che è in comunione, che non è solo». «Sì, lo so – gli replicò il re –. Ma chi è il più felice tra gli uomini?». E allora il poeta rispose: «È l'uomo che è reso somigliante a Dio, che non è mai solo».

La comunione con Dio permette una più perfetta comunione tra noi. Dio è come il centro di una circonferenza: il raggio che non si rapporta a lui, non può comunicare con gli altri raggi. I raggi solo al centro si raggiungono, si fondono e si compenetrano in pienezza. Al centro, in Dio, gli uomini comunicano con gli uomini.

E allora, non sapendo parlare con l'Unico che possa comprendere, gli uomini non possono neppure conversare tra loro. E allora l'uomo che abbia rifiutato «l'Eterno compagno» si sente irrimediabilmente solo, ai livelli profondi del proprio essere. «Dio è il centro focale di tutti gli spiriti. Senza di lui non c'è comunione tra i separati, e chi lo abbandona sarà sempre straniero tra i fratelli» (Giovanni Papini).

Sabino Palumbieri in *Ma liberaci dalla solitudine*, Elledici 1983, pp. 18-19

LEGGE DIVINA

Conoscete il Decalogo? Forse siete capaci – ma non è sicuro – di enunciare i dieci comandamenti, in versi o in prosa, poco importa. Quello che conta di più è sapere quello che ne ha fatto Gesù. Con Lui si può dire che la Legge, senza essere abolita, viene superata perché compiuta perfettamente. In altre parole: bisogna anche guardarsi sia dal passare sopra la Legge disprezzandola, sia dal rimanervi attaccati come se Gesù non l'avesse portata a compimento.

Sotto questo aspetto, il Discorso della Montagna è forse la più grande rivoluzione religiosa di tutti i tempi. Ecco un uomo, un profeta, un inviato di Dio che osa dire quelle parole ancora mai ascoltate: «Vi è stato detto; ma io vi dico». Questo Gesù è al di sopra della Legge. (...)

Ora, per un ebreo, niente e nessuno può mettersi al di sopra della Legge, al di sopra di questa Parola di Dio, donata una volta per sempre.

Ebbene, c'è qualcuno che un giorno ha osato farlo. Gesù ha insegnato quel «di più» che fa superare la Legge in quanto tale e la fa accettare come scelta interiore; è nel cuore che si decide l'atteggiamento più vero e radicale dell'uomo verso Dio e verso il prossimo. (...)

Vedete fin dove ci ha condotti questa Legge portata a compimento. Nelle ore del dubbio, o nelle ore in cui sentirete la stanchezza di restare fedeli alle norme comandate, vi ricorderete di questa audacia di Gesù: «Vi è stato detto, ma io vi dico!».

HENRI DENIS in *100 parole per dire la fede*, Elledici 1997, pp. 62-63

La vita è il dono che Dio ci ha fatto.
Il modo in cui viviamo
è il dono che noi facciamo a Dio.
Facciamo in modo che sia un dono fantastico.
Leo Buscaglia

LEGGE NATURALE

Nell'universo creato, ogni categoria di esseri obbedisce a un dato numero di leggi di funzionamento, che la scienza scopre e utilizza. Le leggi fisiche, chimiche, biologiche svolgono perfettamente il loro ruolo, spesso all'interno d'un dato ambiente (relatività delle leggi); le leggi astronomiche regolano un universo immenso e ancora mal conosciuto. Se queste leggi non esistessero, la scienza mancherebbe di oggetto e tutto sarebbe ridotto a un banale empirismo, anche se lo stesso empirismo si basa sulla ripetizione di certi fenomeni e suppone quindi un certo numero di leggi.

L'uomo non fa eccezione in questo ordinamento del mondo, secondo il quale ogni essere tende al proprio fine, obbedendo a un certo numero di leggi inscritte nel suo essere.

Il suo organismo obbedisce a leggi proprie, e così pure la sua libera attività: è questa la legge naturale, spesso oscurata dalle passioni, dalle abitudini prese, da decisioni umane collettive, dal peso delle convenzioni, eppure sempre viva nella struttura stessa del suo essere e inscritta nel fondo della sua coscienza.

Riconoscere e rivendicare dei diritti per la persona umana è una decisione che suppone necessariamente l'esistenza di leggi indipendenti dalla volontà umana, perché ad essa anteriori. (...)

La Rivelazione dell'Antico Testamento ha confermato e reso esplicita la legge naturale; anche la Rivelazione del Nuovo Testamento l'ha confermata: la Chiesa, col suo magistero infallibile, continua a richiamarla agli uomini, quando essi la dimenticano o chiudono gli orecchi alle sue esigenze.

GUY-MARIE OURY in *Dizionario della fede cattolica*, Elledici 1994, pp. 113-114

SPIRITISMO

Quanto sia diffusa oggigiorno questa antichissima convinzione di potersi mettere in contatto con le anime dei morti, non possiamo dirlo con certezza; ma dal numero delle pubblicazioni possiamo dedurre che riscuote un grande interesse. (...)

Anche se non direttamente collegato con lo spiritismo moderno, il Museo delle Anime Sante di Roma viene citato quale prova dell'esistenza degli spiriti e della loro capacità di comunicare.

Il «museo» è stato fondato nel 1893 da p. Vittore Jouet, un missionario francese vissuto a Roma per molto tempo e fondatore dell'«Associazione del S. Cuore per il suffragio delle anime sante del Purgatorio». Era quindi già interessato all'argomento quando gli successe un fatto che ritenne straordinario. L'altare della cappellina provvisoria su cui celebrava (in attesa di costruire l'attuale santuario), prese improvvisamente fuoco. Ai fedeli che assistevano alla funzione religiosa parve di scorgere tra le fiamme sulla parete sinistra dell'altare l'immagine di un volto sofferente. Il fatto suscitò polemiche e discussioni, e contribuì moltissimo alla diffusione del culto delle «Anime Sante del Purgatorio».

P. Jouet si mise alla ricerca per tutta l'Europa di qualsiasi prova o semplice indizio che potesse favorire questo culto. Nacque così, con l'appoggio di Pio X, il «Museo Cristiano d'Oltretomba» che espose tutto ciò che aveva scoperto p. Jouet. Certamente il materiale raccolto non era del tutto attendibile se il suo successore fu costretto a gettare via molte «prove» e se la fama del museo calò gradualmente. Oggi tutto il «museo» si riduce a 11 testimonianze.

(...) Già il fondatore di questo museo ed il papa Pio X avevano affermato che i singoli reperti non hanno la pretesa di costituire una prova assoluta della realtà del Purgatorio e delle anime purganti, ma vogliono solo richiamare l'attenzione delle persone che non credono o sono scettiche sul soprannaturale facendo vedere che quest'ultimo, occasionalmente, può manifestarsi e interferire con la nostra realtà terrena.

SERGIO BOCCHINI in *Tra oroscopi e magia*, Elledici 1988, pp. 9-11

PARAPSICOLOGIA

Ho sottomano il libro di Piero Angela (*Viaggio nel mondo del paranormale*, Garzanti 1979). Condivido il suo sforzo di voler capire e smascherare molti fatti fraudolenti, ma non mi sembra giusto il suo atteggiamento generale: c'è troppa fede nella scienza e troppa poca apertura al mistero che ci circonda. (...)

Chiariamo anzitutto che cos'è la parapsicologia. Il termine fu coniato nel 1889 da Max Dessoir ed è la scienza che studia quei fenomeni psichici che compaiono accanto (dal greco «para») alle manifestazioni psichiche normali: telepatia, chiaroveggenza, psicometria, precognizione, psicocinesi, ecc.; tutti fenomeni che si sottraggono alle spiegazioni ed ai princìpi scientifici riconosciuti.

Gli studiosi si chiedono: esistono degli autentici fenomeni paranormali? E, se sì, quale significato hanno in campo psicologico? Alcuni uomini di scienza si rifiutano di attribuire alla parapsicologia una qualsiasi funzione, spiegando tutto con il ricorso alla frode. Altri invece la ritengono una scienza che offre dei punti di riferimento essenziali per la comprensione dell'uomo e della natura.

Rimane il fatto che questa scienza, se così vogliamo chiamarla, abbraccia un campo così vasto e complesso che si presta molto alla frode e all'illusionismo e, soprattutto, manca una vera e propria sperimentazione controllata dei fenomeni. (...) Purtroppo le cose non sono così semplici, e anche dove la parapsicologia è stata studiata seriamente, come in America e in Russia, si hanno risultati contrastanti e siamo ancora lontani da una valutazione attendibile.

Molti dei fenomeni studiati dalla parapsicologia li troviamo descritti nelle vite dei santi. È quasi inevitabile non rimanere meravigliati di fronte al racconto di tanti miracoli che riempiono le loro biografie: bilocazioni, stigmate, estasi, apparizioni, presenza del demonio, ecc. (...) È sempre un grosso problema distinguere fra i fenomeni straordinari veri e quelli falsi. Ci sono delle manifestazioni simili tra i due, si possono prendere degli abbagli con facilità, e certamente, lungo la storia, sono state commesse delle ingiustizie.

SERGIO BOCCHINI in *Tra oroscopi e magia*, Elledici 1988, pp. 19-21

SATANISMO

Satanismo: culto reso allo spirito del male e che predica la ribellione a Dio.

Se dobbiamo dar credito a quanto scrivono i giornali, sembra che sette votate al diavolo e «messe nere» (rituale che ricalca in negativo la messa cattolica con tanto di celebrante, letture e profanazione dell'Eucaristia) siano di gran moda nella nostra società industriale. (...)

Il satanismo è comunque un problema molto complesso a causa delle sue varie implicazioni, anche a livello strettamente religioso. Come avverte un editoriale della «Civiltà Cattolica» (6 ottobre 1984): «Il satanismo non va confuso né con l'astrologia, né con la magia, né con lo spiritismo e tanto meno con l'esoterismo, anche se i satanisti possono essere astrologi, maghi o spiritisti. Esso ha una componente psicologica che confina con la follia e con la perversione sessuale, ma anche una componente propriamente antireligiosa e anticristiana di odio contro Dio e contro Cristo. Si tratta di un fatto che non va indebitamente maggiorato con l'estenderlo – come fu fatto nel passato nei processi per stregoneria – a tutte le pratiche magiche, ritenute altrettanti interventi del demonio; ma sarebbe ingenuità ritenerlo un innocuo e divertente gioco di società per persone avide di sensazioni "forti" e di esperienze surreali».

La presenza di spiriti maligni è una costante delle culture dei popoli. In tutte le religioni la forza del male, personificata in demoni o spiriti cattivi, lotta contro le forze del bene in una battaglia sempre incerta e paurosa.

Il satanismo è uno dei tanti segni (non l'unico) della presenza del «Potere delle tenebre» nel nostro mondo e della superficialità con cui tante persone affrontano il problema del male.

SERGIO BOCCHINI in *Tra oroscopi e magia*, Elledici 1988, pp. 12-13

OCCULTISMO

«Occultismo» è un termine di formazione recente, usato sembra per la prima volta da un mago francese del secolo scorso.

Occorre però distinguere tra un occultismo popolare, ossia l'insieme di pratiche, di riti, di insegnamenti che riguardano presunte realtà nascoste alla comune percezione e con le quali è possibile venire in contatto attraverso intermediari che hanno particolari facoltà e dimestichezza con il «mondo occulto» (maghi, astrologi, indovini, guaritori, ecc.); e un occultismo più specifico che sta ad indicare una linea di tradizioni occultistiche, o più precisamente «esoteriche», a livello di speculazione dotta, che appare in margine a tutte le religioni storiche o si sviluppa da esse in formazioni parareligiose.

A quest'ultima definizione di occultismo si ricollega una lunga tradizione di pensiero che è stata molto viva nel passato ed è tuttora presente.

Dagli arabi e dagli ebrei la tradizione occulta è passata al mondo cristiano.

Tra i nomi più illustri ricordiamo: Bacone, Pico della Mirandola, Paracelso, Pomponazzi, Giordano Bruno, Campanella e, recentemente, le associazioni dei fratelli Rosacroce e la Massoneria.

Attualmente l'occultismo e l'esoterismo sono abbastanza diffusi, anche se, data la particolare configurazione segreta di queste associazioni, è difficile avere delle cifre precise.

Le dottrine restano comunque quelle del passato, e questo spiega le numerose ristampe che vengono fatte di opere ormai classiche come *Paragrano* di Paracelso.

Sempre molto edite sono le dottrine esoteriche dei Rosacroce e i misteri della Kabbalà.

SERGIO BOCCHINI in *Tra oroscopi e magia*, Elledici 1988, pp. 11-12

Magia

Maghi, indovini e astrologi li troviamo in ogni cultura e presso ogni corte, pronti a dare i loro responsi in ogni avvenimento pubblico o privato.

La parola «magia» deriva dai «Magos», uomini che nella religione persiana esercitavano funzioni sacerdotali, e si può definire come quell'insieme di atteggiamenti, legati ad una concezione religiosa del mondo, diretti a trasmettere all'uomo, attraverso tecniche e pratiche particolari, delle forze straordinarie a scopo benefico (magia bianca) o malefico (magia nera).

Proprio per questo suo inserirsi nella sfera del sacro, la magia non ha mai cessato, lungo i secoli, di affascinare e terrorizzare gli uomini, scatenando adesioni incrollabili e persecuzioni feroci. Basti pensare alla «caccia alle streghe» che ha influenzato la fantasia popolare ed ha pesato sulla storia (soprattutto della Chiesa) con migliaia di roghi.

Il tardo Illuminismo e la rivoluzione francese dettero un colpo definitivo alla persecuzione contro le streghe, anche se per reazione si cadde nell'eccesso opposto: non c'era più posto nella società per il soprannaturale e si metteva sullo stesso piano magia, religione e fenomeni occulti in genere. Forse l'ironia di Voltaire va al di là delle sue intenzioni: «È un gran peccato che i posseduti del demonio, gli astrologi, i maghi, i venditori di fandonie siano scomparsi dal nostro mondo. Non si può immaginare quanto costoro fossero utili» (*Dizionario filosofico*, Parigi 1822).

Ciò che Voltaire chiama «illusione» è forse qualcosa di più che sta alla base dell'animo umano e che ripropone continuamente il bisogno del magico.

Ormai nessuno pensa più di mandare sul rogo le streghe, ma il problema di fondo rimane. «Infatti – scrive Serena Foglia – la credenza nelle streghe persiste ed è tuttora presente non solo nelle zone rurali, scarsamente acculturate, ma anche nelle metropoli dei paesi industrializzati».

SERGIO BOCCHINI in *Tra oroscopi e magia*, Elledici 1988, pp. 8-9

Astrologia

Il *Dizionario di antropologia pastorale* (Dehoniane) la definisce così: «A differenza dell'astronomia (scienza che studia le leggi naturali che governano gli astri), l'astrologia è la dottrina che tratta le connessioni dei fatti terrestri con il mondo stellare. Si ricollega alla cosmologia mitologica dell'Asia minore (sumeri e babilonesi) e interpreta i segni cronologici degli astri. Di particolare importanza sono le posizioni del sole, della luna e dei pianeti rispetto alla Terra. Con l'oroscopo, la tecnica di osservare i tempi dello zodiaco, viene determinato il destino dell'uomo al momento della nascita e dell'influsso sulla sua vita».

Basandosi su principi tolemaici e aristotelici che suppongono la Terra e l'uomo al centro del cosmo, l'astrologia ritiene che esista una correlazione tra le stelle e il nostro destino.

È interessante notare il cammino storico compiuto dall'astrologia nell'età moderna. Dopo la rivoluzione galileiana e lo sviluppo del metodo scientifico sperimentale, l'importanza dell'astrologia andò gradualmente calando. Fu soprattutto dopo la prima guerra mondiale che questa dottrina riprese la sua popolarità, specialmente in Gran Bretagna, Stati Uniti e Germania.

Nell'era contemporanea, la situazione dell'astrologia è varia e complessa. Occorre distinguere l'astrologia cosiddetta di consumo (oroscopi quotidiani, opuscoli con la descrizione dei vari segni zodiacali, astrologi alla radio e alla televisione, ecc.) dall'astrologia più seria che contesta questo sfruttamento consumistico, non si ritrova negli oroscopi di massa ma solo in quello individuale basato su calcoli e considerazioni precise, riconosce il proprio valore psicologico nella conoscenza del carattere, senza pretendere di determinare o scoprire il futuro.

Sergio Bocchini in *Tra oroscopi e magia*, Elledici 1988, pp. 6-7

DESTINO

È la nostra libera volontà che ci dirige. Non siamo sottomessi, come affermano alcuni, all'ineluttabilità del destino. Per questo Dio ci ha promesso il Regno e ci ha minacciato il castigo.

Non avrebbe detto tali cose se fossimo incatenati dal fato. Non ci avrebbe fissato leggi né dato consigli se il destino ci tenesse schiavi.

Noi siamo liberi, padroni della nostra volontà. Diventiamo cattivi per effetto della nostra negligenza, buoni grazie al nostro impegno. Lo dimostra il fatto che Dio c'incute paura e ci dà la speranza del Regno, correggendoci e insegnandoci la saggezza.

Nel caso che queste considerazioni non bastassero, anche il nostro modo di comportarci prova che la vita non è dominata dal destino.

Se infatti pensate che le azioni umane sottostiano al destino, perché citate in tribunale vostra moglie che vi ha traditi con un altro? perché vi vergognate quando avete commesso qualcosa che non dovevate commettere? perché non tollerate che qualcuno vi ingiuri, dicendo per esempio che siete adulteri o ubriaconi?

La conclusione è evidente: le vicende umane non sono sottomesse al fato, ma in esse appare la grandezza della nostra libertà.

GIOVANNI CRISOSTOMO in *Omelie sulla carità perfetta*, 3

L'uomo forte crea gli eventi,
l'uomo debole subisce
quelli che il destino gli impone.
Alfred de Vigny

MATERIALISMO STORICO

Marx... vede l'uomo e la storia per quello che realmente sono.

L'uomo è un essere dotato di impulsi e di bisogni materiali e sensibili che possono essere soddisfatti solo da oggetti materiali e sensibili. Perciò, è un essere solo corporeo e materiale, senza un'anima spirituale e immortale. Ma l'uomo è in stretto rapporto con la società e con la natura, tanto che è un essere essenzialmente «naturale» e «sociale».

Egli attua pienamente se stesso nel lavoro: perciò, è con il lavoro che l'uomo diviene veramente e pienamente uomo, crea se stesso. Ma se l'uomo è attività che crea se stesso mediante il lavoro, non può essere creato da un altro, da Dio. Anzi, osserva Marx, l'idea stessa d'una creazione dell'uomo da parte di Dio è assurda, perché, per pensare che l'uomo sia creato, dovrei pensarlo non-esistente, inessenziale; ora, questo è assurdo, perché l'uomo esiste.

L'uomo, lavorando, fa la storia. Questa, perciò, nel suo fondo è costituita dai fatti economici, cioè dalle forze di produzione della vita materiale (capitale e lavoro) e dai rapporti che si stabiliscono tra queste forze (rapporti di produzione). Cioè, i fatti economici sono i fatti storici di base, dai quali tutti gli altri fatti dipendono: essi sono la «struttura», su cui sorge la «sovrastruttura». In altre parole, la coscienza umana e tutti i fenomeni ad essa collegati, come la religione, l'arte, il diritto, la filosofia, i modi di pensare e di sentire, la morale, l'organizzazione politica (lo Stato) dipendono strettamente dalla «struttura», cioè dai fatti economici. (...)

Marx esprime chiaramente la teoria del materialismo storico: cioè che i fattori economici sono quelli che condizionano e determinano «in ultima istanza» (aggiunge Engels) la storia umana, la vita, il pensiero e l'agire degli uomini: sono, non l'unica realtà, ma la realtà di base, la realtà che tutto determina e condiziona, la realtà da cui tutto dipende. Gli altri fattori possono influire in qualche misura sugli stessi fattori economici, ma «in ultima istanza» sono i fattori economici che hanno l'ultima parola, che sono la forza decisiva della storia.

GIUSEPPE DE ROSA in *Marxismo, comunismo e cristianesimo*,
Elledici 1985, pp. 10-12

Comunismo

Che cos'è il comunismo? Da una parte è la soppressione della proprietà privata e il trasferimento dei mezzi di produzione in mano al proletariato; ma, dall'altra, è la riappropriazione dell'essenza umana alienata. È, insieme, negazione e affermazione. Perciò, il comunismo è un umanesimo positivo.

Nel comunismo, infatti, l'uomo non solo si appropria il suo essere espropriato dal capitale, ma si riconcilia con la natura e con gli altri uomini: diviene non solo se stesso, ma anche un essere naturale e un essere sociale, riconquistando in tal modo il suo vero essere, in quanto l'uomo è parte della natura e può realizzarsi solo nel suo rapporto con gli altri uomini.

Ma come porterà alla scomparsa della proprietà privata, delle classi e dello Stato, così l'instaurazione del comunismo porterà alla scomparsa della religione, che è una sovrastruttura del capitalismo. L'uomo comunista sarà ateo, non nel senso che negherà Dio e combatterà la religione, ma nel senso che il problema di Dio e della religione non si porrà neppure per lui. Per comprendere questo, si deve notare che per Marx la religione è un'illusione; è una proiezione fantastica e illusoria della sua condizione di essere alienato, per cui egli mette in Dio quello che non ha in se stesso; è nello stesso tempo una vana protesta per la condizione di alienazione e di miseria in cui si trova e una droga con cui si inebria per sopportare più facilmente la sua triste situazione. Di qui la sua definizione della religione come «oppio del popolo». Per Marx, quindi, la religione deriva dalla condizione alienata dell'uomo. Una volta, perciò, che con l'avvento del comunismo, l'alienazione dell'uomo scompare, anche la religione scompare da se stessa, dileguandosi nel nulla.

Giuseppe De Rosa in *Marxismo, comunismo e cristianesimo*, Elledici 1985, p. 20

Rivoluzione

Il termine rivoluzione è ambiguo. Designa fondamentalmente un atteggiamento di rottura con l'ordine esistente (economico, sociale, culturale, politico, ecc.), considerato radicalmente ingiusto, per instaurare un ordine nuovo, attraverso l'utilizzazione di una metodologia di intervento sulla realtà che operi in modo sconvolgente e subitaneo il cambiamento. La valenza positiva consiste nella percezione acuta dei mali esistenti e nell'esigenza etica di un serio impegno a modificare la realtà. Ma il limite sta spesso nella presunzione di poter realizzare il nuovo e il diverso attraverso il semplice ribaltamento delle strutture vigenti, con strategie e tecniche che fanno uso della violenza fisica o psicologica.

Il rapporto del cristianesimo con il fenomeno rivoluzionario è allora necessariamente un rapporto dialettico. Da una parte, il messaggio cristiano assume (e non può non assumere) l'istanza di novità, che è presente nella tensione rivoluzionaria; dall'altra, demitizza la pretesa utopica, fonte di frustrazioni e di disillusioni, di realizzare un ordine perfetto nel quale non ci sia più posto per alcuna alienazione umana. Il cristiano è consapevole nella fede che la piena liberazione dell'uomo è dono di Dio, che si attuerà alla fine dei tempi; ma è pure consapevole che questa liberazione è già in atto e va costantemente promossa attraverso le diverse forme dell'impegno umano nella storia. (...)

La rivoluzione è ipotizzabile solo laddove la storia viene vissuta con la tensione al futuro, che esercita un'influenza critica sul presente e insieme un'influenza profetica nella prospettiva della prefigurazione e dell'anticipazione. Ora nel quadro del messaggio cristiano il futuro di Dio è strettamente collegato con il presente della fede. In questo senso il cristianesimo diviene una proposta storicamente rivoluzionaria. Con la venuta di Cristo si è, infatti, aperto per il mondo un nuovo futuro che fa di questa storia il luogo della salvezza e apre la vita umana alla speranza, caricandola, nel contempo, di responsabilità.

Giannino Piana in *Dizionario dei temi della fede*, SEI 1977, pp. 381-382

POLITICA

Il significato della partecipazione del cristiano all'edificazione della città terrestre è divenuto oggi uno dei problemi più angustianti e difficili, non soltanto all'interno del dibattito teologico (dove è facile la tentazione dell'accademismo), ma soprattutto nel tessuto più vivo e sofferto delle comunità cristiane.

Il progresso delle scienze umane, con la messa a fuoco dei condizionamenti psicologici e socio-culturali dell'agire umano, l'enorme sviluppo tecnologico contemporaneo, hanno senza dubbio contribuito ad acutizzare la «coscienza politica». (...) La crescita della coscienza politica è venuta sviluppandosi in una duplice direzione.

Anzitutto, nella direzione della dilatazione, nel senso che cresce la convinzione che il discorso politico non è un discorso settoriale, ma è sotteso a tutta la problematica dell'esistenza umana e delle istituzioni nelle quali si realizza la convivenza, per la stretta connessione esistente tra settore e settore e, in senso più generale, tra i diversi popoli del mondo.

In secondo luogo, nella direzione dell'approfondimento, nel senso che va ogni giorno più affermandosi la consapevolezza, grazie al crescente processo di secolarizzazione, che le sorti della famiglia umana non sono il frutto di un destino fatalistico ed ineluttabile, ma dipendono da precise scelte degli uomini, il più spesso determinate da motivazioni di potere.

Tale fenomeno di «politicizzazione della realtà» ha stimolato, nell'ambito della Chiesa, la riscoperta della dimensione politica della fede, mediante il ricupero del significato storico e mondano del messaggio di salvezza. Per questo molti – individualmente o in gruppo – si sono buttati con impegno nel vivo della realtà politica, assumendo gli atteggiamenti e le metodologie delle diverse ideologie dell'attuale momento storico.

Si sono così determinate alcune gravi lacerazioni interiori, che hanno riproposto, in termini drammatici, il problema dello «specifico» cristiano nei confronti della promozione umana.

GIANNINO PIANA in *Dizionario dei temi della fede*, SEI 1977, pp. 330-331

UGUAGLIANZA

Se vogliamo costruire delle società in cui gli individui si riconoscano, dobbiamo fare in modo che gli uomini e le donne che compongono queste società siano dei «simili» che si apprezzano, vale a dire che apprezzano di essere differenti, perché dobbiamo realizzare l'avventura della alterità di cui ormai conosciamo le caratteristiche: riconoscere al tempo stesso la somiglianza e la differenza. In altre parole, l'altro mi interessa, ne ho bisogno, mi riconosco in lui (= somiglianza) e l'altro mi interessa come altro, lo riconosco per se stesso (= differenza).

Approfondiamo questo discorso.

Quando lavoriamo con l'obiettivo che gli altri siano simili a noi, quando ci impegniamo con la finalità di essere tutti, uomini e donne, riunificanti e riunificati, noi partecipiamo alla lotta secolare degli uomini per l'uguaglianza, uguaglianza dei diritti, delle possibilità, delle condizioni. Questa lotta è molto ambiziosa perché si tratta di andare contro la condizione primitiva dell'umanità, contro la disuguaglianza primitiva. Gli uomini non nascono liberi e uguali di fatto. (...)

La loro differenza non distingue soltanto gli uomini, ma li separa e li contrappone, fa di essi degli estranei, dei non-interessanti. Infatti come potrebbero riconoscersi i poveri e i ricchi fino a che li separa la disuguaglianza delle condizioni rispettive? (...)

In base a che cosa l'africano può interessare l'europeo se non è, in certo modo, un suo uguale? Quale interesse reciproco è possibile tra l'uomo e la donna se non in base all'uguaglianza?

Quando dunque lavoriamo perché gli uomini e le donne diventino simili, interessanti gli uni per gli altri, noi creiamo le condizioni per una vera società umana: possono conoscersi simili e apprezzarsi. Ma bisogna che si riconoscano. La partita non è finita. Piaccia o non piaccia, il compito di riconoscere l'altro non è mai finito, è sempre in via di realizzazione.

ANDRÉ LALIER in *Dio è interessante*, Elledici 1999, pp. 41-43

Consumismo

Questa lezione è durissima. Lo dobbiamo proprio ammettere. Abbiamo riempito la casa di ogni attrezzatura possibile, fino al coltello automatico; ci siamo precipitati ai supermercati a comprare di tutto; abbiamo acquistato macchine, motorini, biciclette «per la famiglia», per «far contenti i figli» e tutto ora ci torna addosso come un boomerang.

Veramente l'avere, il possedere, il disporre, il consumare, quando supera il limite delle vere necessità si ritorce contro l'uomo. È vero: siamo stati catturati dallo spirito consumistico.

Abbiamo detto: «A me la pubblicità non fa alcun effetto». Poi di schianto ci siamo caduti dentro, per essere sempre all'altezza del consumo del vicino!

Non è questione di voler essere poveri, ma di non sprecare. Di guardarsi intorno per vedere se mentre acquistiamo – noi – il superfluo, altri non abbiano neppure le condizioni di sopravvivenza. Di quale civiltà occidentale, di quale cristianesimo oseremo allora parlare? È giusto, dobbiamo trovare il coraggio di rompere il circolo vizioso dello stare sempre meglio, dell'ultima novità di cui non si può fare a meno. Ciò non per diventare tirchi, risparmiatori ossessionati, ma per poterci aprire generosamente alle esigenze degli altri.

No, non si tratta di tornare indietro, di avere la mentalità di chi scioccamente rimpiange i tempi in cui troppi mangiavano pane e cipolla, ma di capire che è altrettanto folle pensare alla felicità fatta di biscotti e caviale, specie se qualcuno muore per mancanza di vitamine, di igiene, di nutrimento. (...)

Vogliamo forse essere commemorati dai nostri figli, perché racconteranno alle loro mogli del pelapatate elettrico da noi procurato alla gioia della famiglia, o perché ricorderanno che riuscivamo a conversare amichevolmente con loro?

Luciano Tavazza in *Due generazioni a confronto*, Elledici 1981, pp. 37-38

SPRECO

Nei Paesi sottosviluppati (fra le persone più povere, anche da noi) il reddito di chi lavora è impiegato per i 4/5 nel soddisfare i bisogni alimentari, e poco rimane per le altre esigenze primarie (casa, salute...). Al contrario, nei Paesi ricchi questo rapporto quasi si capovolge e la spesa alimentare è circa un quarto del totale.

E se da noi è quasi scomparsa (ma non del tutto) la fame, rimane la povertà per il 10-12% della popolazione (pensionati al minimo, disoccupati...) e per i molti profughi e immigrati che non hanno né casa né lavoro fisso né assistenza.

La povertà reca come conseguenza, anche in Italia, un'alimentazione più scarsa. Invece, la disponibilità di denaro porta a un eccessivo consumo di generi alimentari considerati «pregiati» e di merci superflue. Facciamo alcuni esempi. Si consuma troppa carne: allevare bovini per i popoli ricchi significa consumare mangimi, e quindi cereali e soia che potrebbero sfamare i popoli poveri. Molti bambini e adulti italiani sono troppo grassi e rischiano di ammalarsi di diabete. Comperiamo «primizie» ortofrutticole coltivate in serra (con spreco di petrolio, per il riscaldamento), invece di aspettare la produzione normale. Sprechiamo molta acqua. Inquiniamo molto e non recuperiamo i materiali che sarebbero riutilizzabili: carta, stracci, vetro, rottami...

Gli accordi internazionali sono necessari, come pure il cambiamento di certe politiche economiche e sociali, ma i patti fra i governi non possono risolvere tutto. Occorre che cambi la mentalità dei cittadini di oggi, nei Paesi ricchi, per accettare, dal profondo del cuore e dell'intelligenza, parole e idee come: condividere, accogliere, valorizzare tutte le risorse economiche e umane, eliminare gli sprechi e, in sostanza, adottare un nuovo stile di vita.

DOMENICO VOLPI in *Conosciamo i diritti dei bambini?*, Elledici 1989, p. 17

VOLONTÀ

L'educazione della volontà... presume una capacità di comandare a se stessi, di fare delle scelte, di non lasciarsi trasportare da spinte interne o esterne, di far combaciare l'ideale con i fatti.

Presume... un'abitudine di forza d'animo che si acquista via via ripetendo gesti e scelte... esigendo molto da se stessi, cercando sempre il meglio, pagando di persona, accettando volentieri il sacrificio necessario per arrivare a determinate mète.

L'educazione in questo campo è estremamente necessaria.

Nessuno si improvvisa forte e coraggioso, nessuno è capace di guidare la propria barca specialmente nei momenti più turbolenti se non vi si è esercitato, nessuno riesce a imporre a se stesso quei gesti difficili e duri ma necessari per essere onesti, se non ha fatto emergere adagio adagio le proprie forze più generose.

Nessuno è capace di essere libero, se non ha imparato a liberarsi da tutto ciò che più o meno apertamente lo lega e lo schiavizza. Si capisce qui l'antica saggezza cristiana che insegna a «fare i fioretti»: anche se l'espressione può sembrare superata, l'idea è sempre urgente e attuale.

Sarebbe una non-educazione, e peggio una maleducazione, sottrarre ai più giovani ogni sforzo e ogni difficoltà, rendendo tutto a portata di mano, dando soddisfazione a ogni richiesta: non si costruirebbe una personalità, anzi si farebbe crescere una persona egoista incapace di amare.

GIORGIO BASADONNA in *Creati per amare*, Elledici 1989, p. 17

Fare le cose utili,
dire le cose coraggiose,
contemplare le cose belle:
ecco quanto basta per la vita di un uomo.
Thomas Eliot

ONORE

Nonostante i diversi modi di intendere la persona, tutti sono concordi nel ritenere l'onore una componente essenziale dell'essere e della vita umana. Per l'uomo è cosa naturale proteggere e sviluppare i valori della propria persona e rendersi così degno di onore, nel desiderio di ottenere il rispetto del prossimo.

L'onore dell'uomo ha il suo fondamento più profondo in Dio: l'uomo è degno di onore perché è creatura di Dio, chiamato a partecipare alla gloria di Cristo e a rispondere, attraverso lo sforzo morale, alla sua vocazione. Quando non si considera più l'uomo alla luce di Dio, la concezione dell'onore umano subisce immediate conseguenze.

La mancanza o l'indebolimento della fede portano a stabilire come criterio di onore cose che a paragone della sua fonte autentica risultano incomplete (ad es. la rettitudine morale) o addirittura insignificanti (ad. es. la bellezza fisica, la condizione sociale, l'abilità sportiva, la ricchezza...). Al posto dell'onore autentico subentra il prestigio, di solito accompagnato dal disprezzo degli altri che non sanno compiere le stesse prestazioni morali o non hanno le medesime qualità.

L'onore ha un grande ruolo nei rapporti interpersonali, basati sul riconoscimento e sulla stima reciproca. E questo è tanto più vero nel caso di coloro che sono destinati ad assumere un ruolo di guida e di responsabilità (ad es. i genitori, gli educatori, le autorità...).

Solo se essi sono personalmente degni di onore e vengono rispettati sono in grado di servire il bene comune. Inoltre, l'aspirazione a conservare l'onore costituisce un motivo morale molto valido per agire bene. (...)

L'uomo, dunque, ha diritto al proprio onore e al proprio buon nome. Chi ha intaccato o addirittura distrutto ingiustamente l'onore del prossimo è obbligato dalla giustizia e dalla carità a ristabilirlo nella stessa misura in cui l'ha offeso. Ma ciò non è facile, anzi qualche volta è impossibile.

FAUSTO VALLAINC in *Cristianesimo coerente*, Esperienze 1979, scheda 13, pp. 5.7

ALTRO

Riconoscere l'altro... Facile a dirsi! Passi ancora per l'altro che mi scelgo come compagno di strada. Ma «l'altro anonimo», gli altri della «folla anonima» che esistono al mio fianco e di cui non so nulla. Mi coinvolgono veramente? No, io sono qui, loro sono là.

A volte mi sono di ostacolo. Spesso di ingombro. Se non posso ignorarli, accetto che esistano accanto a me, a condizione che anch'essi accettino la mia esistenza. In fondo, non chiedo che un patto di non-aggressione per vivere, dico un patto di non-aggressione perché sono costretto a confessare che l'altro, gli altri, mi fanno paura.

Ma posso fermarmi all'accettazione pura e semplice della differenza degli altri? Sappiamo bene a cosa può condurre questo tipo di accettazione. Può condurre sia all'indifferenza – «esistano o non esistano non mi interessa purché non mi diano fastidio» – ossia alla esasperazione delle differenze che finisce per generare esclusione e rifiuto. Infatti se gli altri non hanno niente in comune con me, se non mi riguardano, se non mi interessano, se la loro differenza è tale che io li consideri come «corpi estranei», non tarderò a rifiutarli.

L'altro – «corpo estraneo» – ruba il mio lavoro, il mio salario, il mio alloggio, il mio posto al sole, la mia libertà, la mia vita, mi corrode come un cancro. Il riflesso razzista è un riflesso dettato dall'istinto di sopravvivenza, un riflesso di disperazione che avvelena coloro che sentono minacciata la loro vita. (...)

Io non posso sopportare l'altro se non mi interessa. E il solo modo di trovare l'altro interessante, per me, è di interessarmi io, di non subire più la sua differenza né la distanza che mi separa da lui. Forse io arriverò così a esorcizzare la paura dell'altro, una paura ancestrale, la paura di essere ucciso, la paura assassina.

È sconcertante e insieme appassionante costatare che l'umanità non ha mai finito di uscire dalla disumanità di cui non riesce a liberarsi, come l'oro della ganga.

ANDRÉ LALIER in *Dio è interessante*, Elledici 1999, pp. 32-34

Muro

In un deserto aspro e roccioso vivevano due eremiti. Avevano trovato due grotte che si spalancavano vicine, una di fronte all'altra. Dopo anni di preghiere e feroci mortificazioni, uno dei due eremiti era convinto di essere arrivato alla perfezione.

L'altro era un uomo altrettanto pio, ma anche buono e indulgente. Si fermava a conversare con i rari pellegrini, confortava e ospitava coloro che si erano persi e coloro che fuggivano. «Tutto tempo sottratto alla meditazione e alla preghiera» pensava il primo eremita. Che disapprovava le frequenti, anche se minuscole, mancanze dell'altro.

Per fargli capire in modo visibile quanto fosse ancora lontano dalla santità, decise di posare una pietra all'imboccatura della propria grotta ogni volta che l'altro commetteva una colpa. Dopo qualche mese davanti alla grotta c'era un muro di pietre grigio e soffocante. E lui era murato dentro.

Talvolta intorno al cuore costruiamo dei muri, con le piccole pietre quotidiane dei risentimenti, le ripicche, i silenzi, le questioni irrisolte, le imbronciature.

Il nostro compito più importante è impedire che si formino muri intorno al nostro cuore.

E soprattutto cercare di non diventare «una pietra in più nei muri degli altri».

Bruno Ferrero in *A volte basta un raggio di sole*, Elledici 1998, p. 24

Per che cosa viviamo
se non per renderci a vicenda
la vita meno difficile?
Thomas Eliot

CONTRADDITTORE

La vita in comune ci regala talvolta un contraddittore cronico. Certi temperamenti sono fatti così: non avete ancora aperto la bocca che già sono contro.

Di tanto in tanto va anche bene e può essere interessante sentire un altro punto di vista, essere corretti gratis. Allora si potrà restare sorridenti, pensando che la vita con certi contraddittori è anche stimolante.

Il problema è più grave quando si ha da fare con qualcuno che contraddice sistematicamente. Fa proprio venire i nervi! Se si continua a ribattere, il clima diventa insopportabile. La cosa migliore è ascoltare con filosofia («Me l'aspettavo») e cogliere con abilità le opinioni contrarie accettabili.

Il più penoso? Il contraddittore sospettoso. A priori non vi crede e, anche se tace, sentite la sua diffidenza e la sua incredulità. Anche là un po' di filosofia tranquillizza: dopo tutto ho bisogno che qualcuno smorzi i miei entusiasmi.

Ci sono persone che, senza essere contraddittori irritanti, ci rendono la vita difficile, perché ci sono cordialmente antipatiche. E noi dobbiamo vivere con loro.

Eppure oso dire che se ciò turba troppo la nostra vita, è chiaramente colpa nostra. L'antipatia immotivata è un lusso che un cristiano non può permettersi. Deve lavorare su se stesso per analizzare quell'antipatia e non coltivarla: sarebbe segno di immaturità, e spesso ingiusta. Sforziamoci di concedere alle persone che ci sono subito dispiaciute una seconda possibilità: accettare di conoscerle.

Il risultato è spesso una felice sorpresa: «È molto migliore di quanto avrei creduto!». (...)

Se ci accorgiamo che una discussione, o anche un'intera giornata sono cominciate male, la cosa migliore è temporeggiare, non per debolezza, ma per saggezza: si eviteranno momenti di astio, ed è già un piccolo vantaggio.

ANDRÉ SÈVE in *Ama la tua vita*, Elledici 1998, pp. 78-80

MALINCONIA

Scende improvvisa come nebbia e ti avvolge quasi impedendo di vedere i contorni delle cose, tutto perde significato e tu avanzi a tentoni, ricercando una luce che ti liberi.

«La malinconia non è altro che un ricordo inconsapevole» (G. Flaubert), ma quali sono questi ricordi inconsapevoli che hanno il potere di spargere grigiore anche su giornate piene di sole?

Rimpianto per volti che non ti è dato più di vedere o che, vicini, si sono tuttavia fatti lontani nel cuore? ricordo di voci che altra volta hanno riempito i tuoi giorni e ora rendono più greve il peso della solitudine? nostalgia di mani tenute tra le tue per guidare su cammini che sapevi difficili e necessari perché crescessero uomini e donne? ricordi di ore riempite di presenze, di risa serene che risuonano oggi irreali e lontane? rimpianto di gesti che furono o che non sono mai stati e tuttavia emergono, prepotenti, a chiedere, nel ricordo, compimenti che la vita è riuscita a negare? rimpianto di parole non dette o di altre risuonate troppo in fretta, perché potesse restarne il ricordo?

Ma non è tristezza quella malinconia che ti prende talvolta e riporta immagini di giorni lontani, la presenza di volti, il suono di voci, di risa e il ricordo di mani strette su cammini scoscesi, e parole non dette e gesti che non ci furono... Se tutti possono essere tristi, la malinconia appartiene alle anime che fino a ieri hanno saputo donare.

AIMONE GELARDI in *Pensieri feriali*, Messaggero 1998, pp. 14-15

Ciò che rende lieta la vita
non è fare le cose piacciono,
ma trovar piacere
nelle cose che dobbiamo fare.
Johann Wolfgang Goethe

Invidia

Ognuno avrebbe più di una ragione di dirsi contento e a suo agio nella propria pelle, ma accade facilmente che si veda la fortuna degli altri e si ignori la propria.

«Ero infelice – canta uno *spiritual* – per le mie scarpe rotte, quando ho incontrato un uomo senza gambe...». Siamo così presi dal benessere degli altri che il nostro, piccolo magari, ci sfugge; e basterebbe osservare le disgrazie altrui per accorgersi di quanto le nostre possano talora risultare più leggere.

Oggetto di invidia da parte di altri distratti osservatori della fortuna altrui, abbiamo uno sguardo acuto per tutto, tranne che per le nostre fortune o le tante piccole ragioni di serenità che la vita non manca di porre sul nostro cammino.

È saggio chi sa godere di quello che è e di quanto ha, facendosi distratto nei confronti di ciò che gli altri sono o hanno, se l'attenzione alla fortuna altrui scatena in lui quella variazione dell'invidia che è la gelosa attenzione agli altri, capace di intristire e rendere disattenti nei confronti della propria.

Aimone Gelardi in *Pensieri feriali*, Messaggero 1998, pp. 38-39

La vita non è destinata
ad essere un peso per molti
e una festa per alcuni,
ma per tutti
un impegno di cui ognuno renderà conto.
Alessandro Manzoni

ODORATO

Aprire, dilatare, affinare il proprio senso olfattivo è probabilmente una scommessa interessante, nell'età matura. L'educazione dell'odorato è stata spesso trascurata. Si aspira il profumo di qualche tuberosa in primavera, di qualche rosa d'estate, dei funghi in autunno, delle candele e dell'abete a Natale. Oggi, siamo forse più sensibili allo sgradevole inquinamento che orientati verso le scoperte e le gioie che il naso può offrirci.

In ogni caso, la massa d'informazioni che la vista e l'udito portano al cervello è molto più consistente dell'apporto che determina un odorato poco sviluppato.

L'odorato è spesso il parente povero dei nostri canali sensoriali. Questo canale di percezione si atrofizza, se non viene esercitato per anni. Ha tuttavia la particolarità di rigenerarsi più degli altri. Sperimentare l'ampliamento del proprio «campo olfattivo» porta a sentire odori che in precedenza si percepivano poco, a confrontarli tra loro, a scoprire la loro curva d'intensità e di evoluzione... Significa aggiungere una dimensione forte e viva alle informazioni portate dalle orecchie, dagli occhi, dalle mani e dalla lingua.

Le nostre percezioni abituali se ne trovano arricchite. (...)

L'apertura a questa dimensione olfattiva raggiunge progressivamente le varie attività e i vari luoghi. Tramite il naso, accogliamo con gioia messaggi misteriosi e umili. E ci stupiamo della precedente chiusura a questa dimensione, che somigliava a una sorta di cecità. (...)

È anche un percorso di conoscenza di sé, un modo rinnovato di accogliere lo spazio circostante, captando gli odori per appropriarseli progressivamente. (...)

Ma soprattutto, questo rinnovamento dell'odorato fa scoprire una «dimensione interiore», con percezioni sempre più profonde, che incrementano la capacità di scegliere.

Vale la pena allenarsi ad affinare le proprie percezioni. Questo affinamento riguarda più l'«essere» che l'«agire» o l'«avere».

FRANÇOISE CHARBONNEAU in *I 60 anni: un rilancio, una scommessa*, Elledici 2005, pp. 88.89.91

Gusto

Alcuni istanti dedicati a passare in rassegna i nostri gusti come sapori, e i nostri gusti come predilezioni, ci permettono di procedere nella conoscenza di noi stessi, perché sono numerosi e preziosi riferimenti del nostro paesaggio interiore. (...)

Questo senso che ci permette di distinguere i sapori degli alimenti che consumiamo va molto al di là delle percezioni di base: salato, dolce, amaro e acido. Evolve fin dall'infanzia e diventa sempre più personale e affinato. L'affermazione di sé, la conoscenza della propria personalità si manifestano anche in questo ambito.

E d'altra parte, il gusto ha anche un significato astratto: la predilezione, l'inclinazione particolare che è parte integrante del nostro sviluppo personale. I nostri gusti diversi si sono consolidati con gli anni.

Quando eravamo bambini, il nostro gusto è stato impregnato dei valori e dei concetti familiari. Allora abbiamo imparato a mangiare, a dare un significato a questi momenti di incontro familiare. Lo stesso si può dire per le regole di vita riguardanti l'alimentazione. Tornano alla nostra memoria tanti esempi di uno stato d'animo riguardante la tavola, l'arte di ricevere e di essere buongustai. (...)

È avvenuta una sorta di distacco, quando abbiamo preso coscienza di questo modello infantile e abbiamo cercato di uscirne. Forse l'educazione del nostro gusto ha attraversato le stesse fasi della ricerca della nostra autonomia. Dalla dipendenza infantile alla ribellione adolescenziale, anche il gusto cerca l'indipendenza. L'adulto autonomo ha trovato l'armonia tra la cultura gustativa familiare iniziale e tutti gli apporti nuovi. (...)

Lo sviluppo del gusto come sapore ci porta al gusto della felicità. La felicità colta in ogni istante ci sorprende con una sensazione gradevole, un sapore particolare e ci rende disponibili ad allietarci.

(...) Il piacere che può portare il gusto è narcisistico, egocentrico? Non solo questo. Ci aiuta ad avvicinarci alle persone che lo condividono, a comprenderle meglio, a cogliere in modo più pieno le varietà infinite di percezioni che caratterizzano le persone e i motivi di attrito e di incomprensioni tra loro.

Françoise Charbonneau in *I 60 anni: un rilancio, una scommessa*, Elledici 2005, pp. 72-73.74.75

Luglio

*«C'è un tempo per abbracciare...
e un tempo per amare»* (cf Qo 3,5.8)

Matrimonio - Famiglia
Educazione

AMORE

Cominciamo a comprendere cos'è veramente l'amore quando vediamo l'amore di Dio per noi. È un amore che non esclude nessuno di noi. L'amore di Dio lo ha spinto, nella persona di Gesù, a salvare un mondo che gli aveva voltato le spalle. L'amore di Dio si estende veramente ai suoi nemici.

C'è una differenza enorme tra quello che facciamo per dovere e quello che facciamo per amore. Può capitare che ci prendiamo cura degli altri e li aiutiamo, ma di malavoglia e perché siamo costretti a farlo. Non è così che ci ama Dio. Il suo è un amore di intensità e generosità infinite. È un amore incondizionato e gratuito. (...)

Probabilmente, la parola «amore» è quella che è capita più a rovescio. Molte volte è usata per indicare l'attrazione sessuale. Altre volte invece è intesa come grande simpatia o affetto tra parenti o amici, o anche come quella specie di calamita che ci attrae verso anime gemelle. Quasi sempre questo tipo di amore si basa sul sentimento, ed è facile concludere che quando il sentimento vien meno o cambia, scompare anche l'amore e quindi bisogna interrompere le relazioni basate su questo tipo di amore.

L'amore cristiano, invece, riguarda gli atteggiamenti e le intenzioni più che non i sentimenti. È un amore che vuole ciò che è meglio per gli altri. Non è un freddo «buonismo», ma è comprensione e cura affettuosa dei bisogni più gravi del prossimo. Non vizia né asseconda tutti i capricci e qualche volta può essere esigente, ma ha sempre di mira il bene degli altri. Può sembrare un ideale troppo sublime, e molte volte un amore simile non riusciamo a praticarlo. Quando però le singole persone o le comunità si aiutano a vicenda, si sentono trasformate e gustano un po' di quello che è il vero amore di Dio per noi.

Ma per praticare sempre questo amore, dobbiamo rifornirci continuamente di amor di Dio al livello più profondo del nostro essere. Ricevendo così l'amore di Dio e rispondendo a Dio nell'amore, riusciremo anche ad amare gli altri e a dedicarci a loro con tutto il cuore.

MARY BATCHELOR in *Viaggio dello Spirito*, Elledici 1999, pp. 67.69

AMORE CONIUGALE

È costituito dal dono totale, irrevocabile, esclusivo e reciproco dell'amante all'amata. Esso nasce dall'amore di fidanzamento che l'ha preparato e maturato. È un amore nuovo, con esigenze e caratteristiche completamente diverse da quello di fidanzamento.

L'amore coniugale ingloba nel suo essere profondo caratteristiche mutuate dall'amore d'amicizia quale la ricerca appassionata del bene e della gioia reciproca. Ma va oltre l'amicizia modificandone il dinamismo interno all'amore. Infatti, l'amore sponsale poggia il suo essere sull'esclusività: «Tu sola/o per sempre», mentre l'amicizia è aperta per sua natura a tutti, senza esclusivismi.

Inoltre quest'amore esige la totalità, un dono reciproco che coinvolge gli sposi in tutta la loro realtà spirituale e corporea, spingendoli verso una fusione d'amore sempre più profonda e totale: diventare «una sola carne», cioè fusi in uno nelle doti del corpo e dell'anima dall'amore, uniti indissolubilmente nelle persone.

Solo quest'amore, in virtù del suo dono totale, implica l'intimità corporea, come culmine espressivo del dono reciproco e per il raggiungimento del fine ad esso intrinseco: la fecondità.

La realizzazione di questa totalità di dono è facilitata dalla presenza di caratteri propri dell'amore romantico, quale l'attrazione fisica, che assume un ruolo importante e insostituibile per la fusione reciproca. Rende, infatti, più gioioso e facile il dono d'amore, creando fra gli sposi una simpatia che li coinvolge anche nella loro corporeità, per questo è un elemento base del fidanzamento e del matrimonio. (...)

Solo vivendo giorno per giorno quest'amore, in cui non può mancare il gioioso e generoso dono del perdono, della riconciliazione, data la radicale presenza in essi dell'egoismo, gli sposi possono camminare verso il vertice della loro comunione: l'amore totale. Solo vivendo sinceramente e teneramente quest'amore, anche se ancora molto imperfetto, non frenandone il dinamismo interno di crescita, proprio d'ogni amore autentico, possono arrivare a vivere il vero amore sponsale.

RAIMONDO BARDELLI in *La vita è amare*, Elledici 2003, pp. 51-53

Sentimento

Amare è un'esperienza incantevole, che ti unisce in modo diverso (come amico, fratello, figlio, fidanzato, sposo...) a tante persone, racchiudendo in sé un elemento comune: farti palpitare di vita con e nell'altro a cui ti doni. (...)

L'autentica esperienza d'amore è dolcissima, penetra il cuore fin nelle fibre più profonde, invadendo intelligenza, volontà e memoria: tutto il tuo spirito. (...)

Spesso, ma non sempre, tale giubilo amoroso si riversa sulla tua corporeità, o meglio sui sensi ad essa connessi, producendo una fiamma che invade la sfera del sensibile, soprattutto nella regione del cuore. (...) È il sentimento...

Esso è un riflesso dell'amore. Non l'amore. È l'amore che si riversa sulla corporeità. È vissuto con intensità diversa determinata dalla sensibilità personale e dalle situazioni vitali vissute.

Due realtà unite, ma distinte, per cui a volte possono sussistere da sole. Spesso, infatti, si ama senza nessun sentimento. La mamma al capezzale del figlio ammalato si consuma all'amore, ma è priva di sentimento. Altre volte c'è sentimento senza o quasi senza amore: il rapporto sessuale tra due giovani dopo un incontro di una sera o poco più. Quanti ce ne sono attualmente!

È sull'amore che devi gestire e giocare la tua vita, non sul sentimento. Questo è una forza grandissima che potenzia l'azione, favorendo, a volte, ardue decisioni, ma allo stesso tempo è l'energia più anarchica presente nell'uomo se non è gestita con prudenza. Non bisogna mai agire per puro sentimento. Esso deve essere sempre illuminato e guidato da valori autentici, amati e abbracciati con tutto il tuo essere.

Le decisioni prese sotto l'influsso di un puro sentimento hanno breve durata. (...) Così, tante conversioni che si fermano al sentimento in breve svaniscono nel nulla. È il grano caduto tra le spine (cf Mt 13,4).

RAIMONDO BARDELLI in *La vita è amare*, Elledici 2003, pp. 99-100

Gelosia

La gelosia è un brutto male, perché fa soffrire molto chi la prova e può creare problemi anche a chi ne è l'oggetto. Sovente essa trae le sue origini proprio da situazioni che abbiamo vissuto malamente nei primi anni dell'infanzia. Attenti comunque a non comunicare le nostre gelosie ai bambini: il papà di Luca è geloso della moglie, la mamma di Adriana è gelosa della cognata, la nonna materna di Armando è gelosa della nonna paterna...

«Mio figlio non è geloso» (però...).

L'arrivo di un secondo figlio è la prima grande crisi nella vita di un bambino. Che egli sia ancora molto piccolo, o che sia più grandicello, non influisce molto sulla sua sofferenza: è un fatto che egli soffre.

Eppure qualche bambino non dimostra gelosia verso il fratellino, e i genitori compiaciuti raccontano che si avvicina al bambino senza ostilità, anzi gli dà tanti bacini e vuole aiutare la mamma ad occuparsene; se gli chiedono: «Vuoi bene al fratellino?» risponde di sì con entusiasmo.

Ma ecco che d'improvviso appaiono sintomi strani... I genitori non sanno che dire, e incominciano a pensare che forse il bambino è geloso. Ed è vero, solo che si esprime attraverso sintomi tutt'altro che lievi.

La gelosia del bambino non va mai negata, altrimenti si corre il rischio di non affrontarla adeguatamente. (...)

Il nostro obiettivo deve essere che il bambino esprima la sua gelosia con le parole anziché... con dei sintomi. (...)

Se gli dimostriamo di capire e di interpretare i suoi sentimenti, il bambino non potrà fare a meno di essercene grato, perché il nostro affetto si colloca all'interno dei suoi problemi. Egli sente che siamo accanto a lui per aiutarlo a risolverli.

R. Tosco - M. Macinio in *Noi e il nostro bambino*, Elledici 1986, pp. 21-22.23

FIDANZAMENTO

Scaturisce dall'intuizione d'amore di potere unire la tua vita ad un altro/a che ti attrae e conquide nella totalità della sua bellezza interiore ed esteriore. Tale intuizione è detta comunemente «innamoramento». Essa nasce non dal calcolo, ma da un incontro spontaneo di due cuori, che intuiscono la loro possibile complementarità. (...)

Una cosa devi imprimere profondamente nel tuo cuore, e mai dimenticarla, che l'amore di fidanzamento è un dono reciproco, sincero, ma legato al provvisorio. È, infatti, un cammino assieme per accertarsi se il proprio mondo interiore può essere e trovare completamento e fusione con la persona amata. Se la tua vita può fondersi con la vita di colei o colui che ami, per diventare con essa/o «una sola carne», come dice il Signore. L'amore di fidanzamento non è la risposta alla solitudine della sessualità; la prepara attraverso questo cammino d'amore.

È importante che tu capisca questo per evitare tante illusioni o conclusioni sbagliate. Soprattutto per non cadere in momenti di disperazione, o quasi, quando, dopo un lungo o breve cammino percorso insieme, l'altro si accorge di non trovare in te quelle doti di dono o comunione che cerca, perciò rompe il fidanzamento.

Quest'amore esige l'innamoramento reciproco. Quando questo cessa in uno non ha più ragione d'essere, anche se l'altro resta pazzamente innamorato. Tale amore comporta prima di tutto un'attrazione fisica profonda. Il corpo dell'amata/o ti è simpatico, ti attrae. È questa la porta che apre gioiosamente il cammino sulla conoscenza del mondo interiore e psicologico dell'altra/o.

Varcata questa soglia che t'introduce nel cuore dell'amata/o, deve iniziare un dialogo d'amore, che ha come esigenza imprescindibile la reciprocità. (...)

Il fidanzamento è un cammino per la realizzazione di una vocazione che è dono di Dio: il matrimonio. È uno stato di vita precedente al matrimonio, transitorio, ma insostituibile per l'avvenire del mondo e della Chiesa.

RAIMONDO BARDELLI in *La vita è amare*, Elledici 2003, pp. 47-48.51

Matrimonio

Vorrei tentare di dire una parola che spero possa essere accettata da ogni cristiano. Lo dico subito in modo busco, rischiando di urtare a prima vista. Ecco: il matrimonio non è nell'ordine dell'amore, il matrimonio è nell'ordine della fede.

Voi capite che una simile formula non è innocua, né atemporale. Essa si colloca, infatti, nelle nostre società fortemente segnate dalla ricerca della felicità e dal desiderio di riuscita. Ci si sposa perché ci si ama! Ecco la chiave della vita coniugale. Ma voi sapete, come me, che cosa capita: molti si amano senza sposarsi, e il numero dei divorzi non cessa di aumentare.

Ciò detto, per non ingannare, vorrei affermare a voce alta, senza cedere all'idealismo o al romanticismo, che evidentemente non c'è matrimonio senza amore, senza affettività, senza sentimento o senza cuore. Il contrario sarebbe desolante. Anche i matrimoni «all'antica» erano quelli in cui l'amore e anche i grandi amori, venivano, come si dice, dopo o con il matrimonio. È ciò che alcuni hanno chiamato delicatamente «l'amore silenzioso».

Ma quel che mi sembra importante per la nostra educazione al sacramento è affermare che il matrimonio o il desiderio di sposarsi e di fondare un focolare è veramente nell'ordine della fede. Amare una persona fino a sposarla significa dirle: io credo in te, con questa reciprocità attesa: come tu credi in me. Allora si capisce l'affinità segreta tra Dio e l'amore coniugale. La rivelazione biblica non ha trovato un termine migliore di quello di Alleanza coniugale per dire l'Amore di Dio per il suo Popolo e per l'umanità.

In un certo senso, ciò spiegherebbe il fatto che, durante secoli, la Chiesa di Occidente non ha fatto dipendere il sacramento del matrimonio da una celebrazione ecclesiastica. La fede, la fiducia espressa dall'uno per l'altro, dall'uno nell'altro, è il luogo stesso del sacramento. Per questo la vita coniugale dev'essere vissuta come la fede, chiedendo al Signore di essere presente nelle ore del dubbio come nelle ore della luce, di essere la Roccia nella cattiva e nella buona sorte.

Henri Denis in *100 parole per dire la fede*, Elledici 1997, pp. 118-119

Divorzio

Le coppie che vivono problemi matrimoniali hanno difficoltà a trovare qualcuno che offra loro un sostegno. La nostra società oggi ha creato un clima favorevole al divorzio. In certi ambienti sembra più accettabile aver vissuto un divorzio che rimanere confinati a vita in un matrimonio. Non solo l'adulterio è considerato come parte della libertà sessuale conquistata negli anni '60, ma alcune persone sono anche presentate nei talk show televisivi per la loro infedeltà. (...)

Il concetto comune è che chi soffre per un determinato periodo di tempo all'interno di un matrimonio infelice farebbe meglio a divorziare. Spesso, pensando di dare un aiuto a chi vive difficoltà, amici, colleghi di lavoro e conoscenti cercano di indurre un coniuge a lasciare l'altro. (...)

Quando una persona si sente ferita, la «liberazione» del divorzio sembra allettante. Il tipo di sostegno offerto da queste persone bene intenzionate, però, aiuta solo a rimandare la soluzione ai problemi che caratterizzano il rapporto di coppia. (...)

Talvolta le coppie hanno troppa difficoltà a parlare dei loro problemi. Quando il loro rapporto è a pezzi, fingono che tutto vada bene finché qualcuno li porta a non poter più nascondere la verità. Nascondono la verità di un matrimonio ferito e tengono gli altri a distanza dai loro problemi perché vogliono sentirsi parte di un gruppo e temono un rifiuto. (...)

Alcuni studi effettuati mostrano che le coppie che possono ricorrere a un sostegno efficace hanno probabilità superiori alla media di rimanere unite. Le coppie si rivolgono a parenti, amici, gruppi e comunità, considerati come interlocutori efficaci in caso di tensioni. I coniugi che riescono a confrontarsi con altre sette o otto coppie il cui rapporto coniugale è saldo hanno opportunità molto maggiori di vivere con successo il proprio matrimonio. (...)

Talvolta, quando le coppie cercano di prendere una decisione su temi quali i figli o un conflitto, un'indicazione da parte di altre coppie può indurle a considerare altri punti di vista o ad avere maggiore obiettività.

Gerald Foley in *Il coraggio di amare*, Elledici 2002, pp. 23-24.25

Sessualità

L'amore creatore di Dio ha incarnato la «solitudine» del cuore anche nella carne dell'uomo e della donna, rendendola mezzo espressivo della comunione amorosa. Dio ha fatto il loro corpo diverso e complementare, perché attraverso la compenetrazione corporea potessero esprimere l'unione profonda dell'amore sponsale (cf Gn 1,28). Quest'aspetto corporeo della sessualità è detto comunemente sesso.

La cultura insita nei mezzi di comunicazione fa un po' di confusione tra sessualità e sesso. Infatti, quando parla di sessualità si riferisce di solito all'aspetto corporeo della sessualità, in altre parole al sesso.

Il sesso non comprende solo gli organi genitali della riproduzione, ma anche tutti i sensi ad essi connessi, come componenti eccitanti e motori. È una fitta rete di sensi: visivi, tattili, odoriferi... che coinvolgono tutto il corpo, impegnandolo come mezzo espressivo della sessualità interiore, cioè rendendolo mezzo espressivo d'amore. (...)

La sessualità umana è una realtà complessa, formata dalla sessualità interiore e dal sesso. Due realtà unite intimamente, ma che, dopo il peccato originale, possono agire indipendentemente l'una dall'altra anzi in opposizione.

Infatti, nella situazione esistenziale storica attuale, in cui l'uomo ha introdotto, col peccato originale e personale, il disordine in se stesso, accade che il sesso, mosso dall'egoismo, non agisca in armonia con la sessualità interiore. Anzi frequentemente succede che il sesso fa da padrone di casa, cioè, assetato di piacere, sollecita, spinge alla ricerca di esso, anche contro le aspirazioni profonde e autentiche della sessualità interiore.

Spesso l'uomo diventa schiavo del sesso e lo chiama «amore». (...) «Amore» esclusivamente carnale, poggiato unicamente sulla voluttà dei sensi, assetati del godimento che scaturisce dalla comunione dei corpi. È solo una componente del vero amore: quello esteriore. È amore senza anima.

RAIMONDO BARDELLI in *La vita è amare*, Elledici 2003, pp. 34-35

Rapporto sessuale

Nel rapporto sessuale i corpi, attraverso la compenetrazione, diventano uno: una comunione in azione. Questo essere uno del corpo deve essere espressione della compenetrazione e fusione in uno dei cuori raggiunta attraverso l'amore.

Solo l'amore matrimoniale comporta un dono totale tra gli amanti che fonde in uno i cuori, ed unisce profondamente ed intimamente le persone. (...) È chiaro quindi che solo nel matrimonio c'è piena corrispondenza tra l'amare e la sua espressività corporea nel rapporto sessuale. Perciò l'equazione ecologica della verità espressiva dell'amore eterosessuale attraverso l'attività sessuale si riassume in: un solo cuore, un solo corpo.

Solo così s'instaura una comunione piena ed armonica, che coinvolge gli amanti in un donarsi ed accogliere che abbraccia armonicamente tutto il loro essere. Inoltre se il rapporto sessuale è naturalmente realizzato, senza intromissioni di elementi artificiali (da parte dell'uomo e della donna) esso può suscitare una nuova vita. È un atto aperto per sua natura alla vita.

Ora, se ben rifletti, la natura domanda ed esige che la nuova creatura sia concepita e nasca nella sicurezza di un amore stabile e duraturo, non provvisorio, come quello di fidanzamento. L'unico amore stabile e duraturo tra due persone è quello sponsale. Perciò solo nel contesto dell'amore sponsale l'atto sessuale conserva e acquista tutta la sua sincerità espressiva. (...)

Fuori di questo contesto sponsale il rapporto sessuale è come il bacio di Giuda, perché esclude e tradisce la vita. Anche se fatto nei periodi infecondi è sempre un carpire alla natura ciò che essa ha destinato ad una pienezza d'amore, che abbraccia nel suo amplesso la vita. Non rispettare questo linguaggio d'amore della natura significa, spesso, aprire le porte alla cultura di morte, che è pronta a sopprimere la vita nel suo nascere, perché indesiderata.

Inoltre, solo se è vissuto nell'amore alla vita l'atto sessuale è salvato dalle banalizzazioni e strumentalizzazioni che l'abbassano a mezzo di piacere, o poco più, di cui è impregnata gran parte della mentalità giovanile attuale.

Raimondo Bardelli in *La vita è amare*, Elledici 2003, pp. 91-92

DONNA

Il tema «donna» è molto complesso perché essa è direttamente coinvolta in tutti i nodi irrisolti del vivere odierno, quanto l'uomo e ancora di più. Si pensi alle trasformazioni in atto nei rapporti interpersonali, nella famiglia e nella comunità in genere; ai problemi legati alle condizioni del lavoro, alle tensioni sociali non superate dalle promesse del retorico «nuovo modello di sviluppo». La donna sta vivendo il disagio e le contraddizioni di una ricerca di identità. Non è più identificabile con il solo ruolo della maternità, o con quello domestico, o con l'essere oggetto di piacere. Né la donna né l'uomo sanno su quali linee oggi la donna deve muoversi per trovare una sua equilibrata posizione nell'ambito della famiglia e della società.

Finché infatti il ruolo della donna veniva strettamente collegato alla sua natura fisiologica e psicologica, non vi era adito a discussioni: sapeva già fin dall'infanzia quale funzione-destino l'aspettava nella vita, e a essa si conformava senza appariscenti difficoltà. Una società strutturata e guidata da uomini ha manifestato nel corso dei secoli alcune attese nei confronti della donna, che prontamente ha risposto sforzandosi di riassumersi in un «tipo» formulato dall'incontro-accettazione di tali attese, confezionandosi come oggetto appetibile per l'uomo.

Per inceppare un processo del genere e mettere in discussione anche la cosiddetta «natura femminile» ci sono volute condizioni storico-sociali, approfondimenti e progressi delle scienze umane che hanno smascherato la standardizzazione dei caratteri sessuali e delle forme di comportamento, facendo intendere che su di esso più che l'elemento biologico influisce il contesto sociale, economico e culturale.

La contestazione del «ruolo femminile» in quanto «naturale» costituisce ormai uno dei motivi di fondo non solo del neo-femminismo, ma di chiunque intenda modificare alla radice certe situazioni di obiettiva inferiorità della donna, o comunque di svantaggio, o di particolare difficoltà nell'accedere agli strumenti e alle possibilità di sviluppo offerti all'uomo.

LUCIANO CIAN in *Donna, persona creativa e singolare*, Elledici 1990, pp. 21-22

PADRE

Tutta la prima infanzia è dominata dalla figura materna: la mamma è il caldo, il cibo, la tenerezza, la sicurezza dell'affetto. (...)

Il padre fa il suo ingresso nella vita del bambino molto più tardi: fino all'età dei tre anni il piccolo lo vive un po' come un estraneo, che qualche volta sostituisce la mamma nel porgergli il biberon o nel mutargli il pannolino, che gli parla e gli sorride, ma restando piuttosto «al di fuori».

All'età di tre anni il padre «irrompe» nella vita del figlio: è il momento del complesso edipico, in cui il bambino – se è maschio – si attacca fortemente alla madre scorgendo nel papà un rivale, e la bambina scopre un piacere nuovo nello stare con il padre.

Da questo momento in poi il ruolo del padre acquista chiarezza e vigore: egli è non solo il rivale del maschietto e la passione della bambina, ma anche il rappresentante dell'ordine, della legge, della potenza, che trasmette la sua visione del mondo.

Non sempre però il padre è all'altezza della situazione...:

– padre troppo debole o bonario verso il figlio maschio; il bambino non si sente aiutato da lui nella lotta contro le sue pulsioni interne;
– padre troppo tenero verso la figlia; la bambina inasprisce il conflitto con la madre, che è stata finora il suo grande amore, e può temere di non essere più amata da lei;
– padre troppo rigido e autoritario verso ambedue; il bambino e la bambina sviluppano insicurezza, sensi di colpa, paure, pusillanimità.

Come si vede, il padre può non avere l'atteggiamento giusto in questo delicato momento della fase edipica, il cui scioglimento dipende in larga misura da lui: egli deve essere tenero e forte insieme, comprensivo e serio, ben equilibrato nel suo affetto per il maschietto e per la bambina.

R. TOSCO - M. MACINIO in *Noi e il nostro bambino*, Elledici 1986, pp. 4-5

Castità matrimoniale

È la crescita della coppia nel rispetto e nella conoscenza reciproca, così da rendere tutta la convivenza una perenne esperienza di amore, cioè di dono l'uno all'altro.

L'aspetto propriamente sessuale ha una grande importanza come espressione di una scelta e di una donazione voluta e cercata in modi sempre più profondi e completi, e anche come facilitazione e stimolo a un cammino comune fatto di comprensione, di accettazione e di correzione reciproca.

L'educazione sessuale produce nella vita della coppia la capacità di comprendere ciascuno i momenti dell'altro, i desideri, le sfumature, così che il gesto sessuale sia sempre una espressione di amore purificandosi via via da ogni elemento egoistico.

La vita matrimoniale esige questa perenne novità, questo impegno a vivere l'amore in modo sempre nuovo e totale, trovando ogni giorno ragioni, mezzi, e modi per capirsi e aiutarsi, e rendere sempre più profonda e intima l'unione della coppia.

Il grosso problema della procreazione responsabile e dei mezzi adatti per realizzarla, in fondo esige ancora una educazione sessuale previa. Nella serena e armoniosa intesa sul piano sessuale, e quindi sul piano generale della personalità, l'amore della coppia trova via via i modi per godere della propria intimità senza incubi di maternità non volute e anche senza egoismi e chiusure che, limitando eccessivamente la prole, giungono a isterilire l'amore stesso.

Sarà ancora una seria educazione sessuale che aiuterà la coppia sposata a superare quei momenti di stanchezza reciproca, quando emergono difetti e debolezze che sembrano incrinare il rapporto, e anche quando l'apparire di una nuova persona più giovane o diversa, mette in forse la scelta già fatta.

Giorgio Basadonna in *Creati per amare*, Elledici 1989, pp. 15-16

Rapporti prematrimoniali

Per «rapporti prematrimoniali» intendo il rapporto sessuale realizzato fra due fidanzati che sinceramente si amano e che cercano attraverso questo gesto una comunione fisica, che presumono favorisca la crescita del loro amore. Come sia attuato tale rapporto è di secondaria importanza, anche se spesso i fidanzati vi attribuiscono un gran valore. Molti dicono: «È salva la verginità». Ma quale verginità?

La verginità umana non è un valore che si possa ridurre a un segno fisico. È una dote del cuore che fa vivere l'amore in una trasparenza di verità che abbraccia l'amore in tutte le sue espressioni, anche quelle corporee.

Ciò che compromette l'amore in quest'atto è la volontà, che coinvolge il cuore dei fidanzati in un gesto che per sua natura, appartiene all'amore matrimoniale. Quindi è la non sincerità, la mancanza di verità totale, che rende questo rapporto, attraente per la sensibilità corporea, nocivo ad una vera crescita d'amore.

L'amore di fidanzamento, come abbiamo sottolineato in precedenza, è un dono reciproco sincero, ma legato al provvisorio. È un cammino a due per scoprire se si è fatti per realizzare quella unità d'amore che di due persone ne fa una sola; per scoprire se le due realtà psicologiche diverse, pur conservando la loro individualità personale, possono incontrarsi, unirsi, diventare un'unità inscindibile, in cui l'uno scopre nell'altro il suo completamento necessario.

I fidanzati raggiungono tale scopo attraverso il progressivo interscambio del bene che possiedono, senza nascondersi nulla, anche del negativo presente in loro, per accertare nel mutuo dialogo se l'unità d'amore è possibile e realizzabile. (...)

L'anticipazione dei segni dell'amore sponsale futuro, cioè del rapporto sessuale, è un mescolare due realtà d'amore: una presente, legata per sua natura al provvisorio, l'altra ipotetica, di sua natura totale e stabile. Ne scaturisce uno stato psicologico di non chiarezza, che impedisce la conoscenza reciproca nella verità.

Raimondo Bardelli in *La vita è amare*, Elledici 2003, pp. 89-90

PATERNITÀ RESPONSABILE

Alla coppia non è mai concesso di ripiegarsi unicamente su se stessa in una specie di egoismo a due. La fecondità biologica diventa un fatto umano nel segno della razionalità e della progettualità.

È quello che la Chiesa chiama paternità responsabile, cioè un modo serio, generoso ma responsabile, quindi anche calcolato e prudente, di esercitare la paternità e la maternità, in un progetto globale di fecondità generosa e responsabile.

Generosa non fa qui riferimento al numero dei figli ma principalmente all'atteggiamento interiore. Sono cose non del tutto indipendenti ma certamente diverse.

Del resto la stessa disponibilità a una fecondità biologica anche quantitativamente molto ampia non è necessariamente un fatto moralmente positivo, quando essa resta qualcosa di puramente istintivo, sostenuta magari più da motivazioni di orgogliosa affermazione della propria potenza sessuale (atteggiamento tutt'altro che raro in certe culture), che da un vero amore della vita come dono di Dio.

L'apertura alla vita della coppia cristiana è quindi qualcosa che la fede chiama a purificare, per far passare da un livello ambiguo e premorale a un livello umano. In questa paternità responsabile (esercitata con un progetto globale generoso e razionale) si inscrive come problema collaterale, indubbiamente meno importante anche se non irrilevante, il problema dei metodi della regolamentazione delle nascite: il famoso problema dell'altrettanto famosa enciclica di Paolo VI *Humanae Vitae* (1968).

GUIDO GATTI in *Famiglia, diventa ciò che sei!*, Elledici 1984, pp. 17-18

Se manca un traguardo,
la vita è un girovagare.
Seneca

Contraccezione

Lo sperma... è la parte sensibile dell'intimità sessuale, che è legata direttamente all'amore creatore di Dio. Solo nel gesto dell'intimità sessuale del matrimonio conserva questo suo significato profondo affidatogli dall'amore creatore di Dio: nell'amore sponsale resta sempre dono di vita, anche quando nella paternità responsabile non l'accende. In questo caso è donato per accrescere l'amore, che mantiene e sostiene la vita generata o in via di procreazione.

Tale scopo è raggiunto nel momento più alto della fusione d'amore, in cui la donna apre tutta se stessa a ricevere il dono della vita, trasmessale da colui che ama, per fonderlo con la sua potenza di vita e diventare così un amore solo, che si fa vita.

Privare l'atto di tale dono attraverso l'interruzione e con l'uso dei vari mezzi offerti dalla scienza, significa limitare l'esperienza d'amore privandola della gioiosa consapevolezza d'essere vita che si dona nell'amore, per diventare vita.

Solo l'uso dei metodi naturali garantisce la gestione ecologica della procreazione responsabile. Essi poggiano sul ritmo della fertilità della donna, che durante il suo ciclo mestruale è feconda solo due giorni. I metodi naturali vanno studiati dai fidanzati ed applicati nel matrimonio. Gli altri interventi prima, durante o dopo il rapporto sessuale (anticoncezionali) sono tutti antiecologici, violatori in altre parole dell'armonia corporea, ed anche del significato unitivo e procreativo del rapporto sessuale.

L'amore creatore di Dio non solo crea vita nuova, ma conserva anche quella creata. Vale a dire nell'atto sessuale il seme della vita ha questa duplice funzione. Perciò ogni unione sessuale è un amore vivo e verace alla vita. (...)

Queste riflessioni fanno emergere il progetto presente nella creazione degli organi genitali, lo scopo della loro differenza morfologica. Essi sono creati per essere mezzi unitivi, per donare e conservare la vita.

Raimondo Bardelli in *La vita è amare*, Elledici 2003, p. 88

PROCREAZIONE

Pensiamo... al concepimento come al risultato della libera e matura decisione degli sposi di donare, insieme, la vita a un'altra persona, per una dinamica dell'amore che mentre li porta a donarsi totalmente l'un l'altro, rende efficace questo dono di sé nella concretezza di una nuova persona.

In questa decisione di trasmettere la vita a un'altra persona è inclusa la decisione di fare tutto ciò che sarà richiesto affinché questa trasmissione della vita sia completa: la persona umana infatti, una volta che comincia a esistere ricevendo l'esistenza (concepimento), ha diritto di continuare a ricevere almeno tutto ciò che le è indispensabile per arrivare ad avere in proprio, autonomamente, questa vita umana. Per lo stesso motivo chi, per puro amore, ha iniziato a trasmettere questa vita umana, si è autoimpegnato con se stesso a portare a termine questo «servizio»: e il servizio termina quando la persona è autosufficiente, quindi col parto (e l'educazione).

O non si inizia, o si va fino in fondo, perché non è in gioco una decisione mia che potrei sempre modificare se e quando voglio, ma è in gioco una persona che, una volta fatta esistere, ha diritto inviolabile alla vita. Questo «servizio alla vita», che va assolutamente portato a termine se lo si inizia, può richiedere una prestazione facile, compatibile con tanti altri valori nella vita della donna; oppure può presentarsi difficile, preoccupante, esigente fino a chiedere alla donna rinunzie e sacrifici sempre maggiori, magari fino al sacrificio della vita. (...)

In una cultura che mortifica la vita e la procreazione dobbiamo proclamare il fascino di una morale familiare cristiana che può apparire disumana e impossibile per chi non ne vive i presupposti spirituali, ma che è in grado di indicare agli sposi un cammino di santità anche eroica, che non ha nulla da invidiare ad altri stati di vita cristiana.

PIERO BARBERI in *Aborto: il punto di vista cristiano*, Elledici 1995, pp. 21-22

EMBRIONE

L'embrione si presenta certamente come il prodotto di un processo biologico (ovulo e spermatozoo che si incontrano in una sede adatta), ma è anche qualcosa di più.

Non è solo il formarsi di una cellula nuova che scatena un vorticoso accrescersi di altre cellule, ma è il frutto umano di una unione umana. (...)

D'altra parte se eliminassimo questa valenza «umana» nell'atto generativo, si rischierebbe di vanificare il significato della paternità. E cioè rimarrebbe solo la madre a dare i connotati di «uomo» al figlio, mentre il padre avrebbe solo contribuito a livello biologico.

La paternità si fonda e si radica nell'atto generativo che è sì biologico, ma anche squisitamente umano. Insomma l'embrione si forma non come se si trattasse di un virus che si assume biologicamente dall'esterno e che genera cellule malate, ma l'embrione ha un'origine biologico-umana, cioè basata su una relazione tra persone.

Sulla struttura dell'embrione c'è solo da ascoltare la scienza. «Non si può negare che sin dal momento della fecondazione l'uovo formatosi è un vero e proprio "individuo", in quanto dotato di una particolare struttura genetico-cromosomica irripetibile ed è proprio questa situazione sostanziale di caratterizzazione biologica che fa dell'uomo un essere non assimilabile all'organismo materno né al paterno». (...)

Se vogliamo poi un'altra conferma che ricorda come l'ovulo fecondato sia un essere distinto e vivo in quanto individuo (non è un'appendice, insomma) possiamo ricordare che secondo le osservazioni della clinica Osterholz-Scharmeck (Germania) «nell'embrione a soli 20 giorni dalla fecondazione si nota una evidente attività del cuore con 60/70 battiti al minuto».

S. DHO - C. AVAGNINA in *Cristianesimo coerente*, Esperienze 1979, scheda 8, p. 5

Aborto

Su tutte le reti televisive americane è stato proiettato lo sconvolgente documentario che mostra il dramma di un feto stroncato da un intervento abortivo. *The silent scream* è il titolo. Girato con la tecnica dell'ecografia ha mostrato come reagisce un feto di quattro mesi all'aspirazione col metodo Karman che lo strappa dal grembo materno e lo sopprime. Apparentemente è un filmato freddamente scientifico, immagini in bianco e nero, qualche sfumatura nei contorni. Il feto è perfettamente riconoscibile, oscilla librandosi dolcemente nel liquido amniotico.

D'un tratto, come una saetta, arriva la sonda che dovrà aspirarlo. Pare una spada che lo cerca implacabilmente, senza pietà, e provoca nella cavità uterina della madre uno sconvolgimento drammatico. Il bambino, legato al suo cordone ombelicale soffre visibilmente, si muove come terrorizzato cercando di sfuggire a quell'arma che lo cerca per ucciderlo. Sembra consapevole della minaccia di morte cui va incontro.

L'impari lotta dura meno di un minuto. Il piccolo si ritrae, si contorce, si aggroviglia sul suo cordone. Alla fine la sonda lo raggiunge. Sul suo viso perfettamente umano, si disegna un'espressione tragica di terrore, gli occhi si torcono, la boccuccia si apre per gridare, ma non si ode nulla, è un «grido silenzioso». È la fine.

Il Karman lo risucchia, lo spappola, la creaturina scompare in un vortice dentro quel tubo nero assassino. «Questa è la reazione di un essere che si sente minacciato da imminente estinzione» dice il prof. Nathanson nella colonna sonora che commenta il film. È stato infatti proprio il prof. Bernard Nathanson, un tempo direttore della clinica newyorkese in cui vennero praticati sessantamila aborti, a girare il film. È diventato un leader del movimento americano per la vita.

Carlo Fiore in *Aborto questione aperta*, Elledici 1986, pp. 5-6

CASA

Oggi l'amore per la casa spinge alla ricerca delle comodità in modo quasi ossessivo. Certi cataloghi presentano trovate incredibili, tanto che presto non dovremo più fare alcuno sforzo, perché tutto sarà a portata di mano e di bottoni. Ma tutto questo costa caro e non finisce mai, e così diventiamo veri egoisti, che non condividono più nulla. Una domanda non dovrebbe più mancare nel nostro esame di coscienza: «Ciò che vogliamo acquistare è veramente necessario?». Se tale domanda ci irrita, vuol dire che siamo già contaminati dalle comodità. Per qualcuno conta una cosa sola: «Siccome è meglio, bisogna che io l'abbia».

Altro motivo di contrasto: l'appartamento confortevole non sopporta il disordine. Io soffro di essere un tipo disordinato, che posa abiti, oggetti e giornali dovunque. Ciò mi costa penosi momenti di ricerca e di rimproveri: «Se fossi più ordinato! Tu metti disordine dappertutto!».

È vero, ma io trovo che l'ordine talvolta è freddo, poco umano. Ordinare bene i giornali toglie la voglia di leggerli e l'invito a scambiarli. Io sono per l'ordine che non comprime troppo la vita.

Tuttavia, l'essenziale è che nessuno in casa sia troppo contrariato nei suoi gusti. La casa è il primo luogo in cui scopriamo l'esistenza degli altri, deliziosa e snervante. L'affermazione: «Io amo il luogo in cui vivo» esige sempre un'aggiunta: «E coloro con i quali vivo». Amarli vuol dire lasciare i servizi igienici «puliti come si sarebbe voluto trovarli». L'interesse per le cose collettive non è tanto naturale. Si progredisce nello spirito comunitario quando si rendono piccoli servizi di cui nessuno si accorgerà. Teresa di Lisieux ha detto in proposito cose belle: «Mi piaceva piegare i mantelli dimenticati dalle suore». Allo stesso modo si può essere pronti a preparare la tavola, a sparecchiare, rifare i letti, mettere qualche bel fiore. Con mille piccoli nulla si può imparare a fare della casa il laboratorio dell'amore. Chi ha capito l'importanza di questi nulla contribuirà a realizzare una casa felice, e più tardi sarà di coloro che favoriscono un buon ambiente collettivo, mentre l'egoismo demolisce.

ANDRÉ SÈVE in *Ama la tua vita*, Elledici 1998, pp. 84-85

FAMIGLIA

È finito il tempo della famiglia patriarcale, che radunava parenti e affini in un cerchio sempre aperto che via via comprendeva tutto il paese. Era la società agricola oggi sostituita da quella industriale. La famiglia è andata chiudendosi nel nucleo formato dalla coppia e da qualche figlio. Il problema delle abitazioni ha contribuito a questa chiusura. Ma il risultato è che ora sta decadendo la famiglia stessa: le manca l'aria, e si disgrega nella aridità e nella monotonia.

Al suo interno scompare la comprensione e l'aiuto, sia nella coppia stessa che tra i genitori e i figli: questi ultimi trovano sempre più il loro spazio al di fuori della propria casa e diventano insofferenti dell'ambito familiare.

Si deve invece tornare a ipotizzare un altro modo di condurre la vita familiare: quello che oggi si usa chiamare «famiglia aperta», indicando con questo aggettivo lo sforzo e l'impegno a vivere l'intimità familiare non in senso esclusivo, ma come educazione e occasione a un amore più grande, a un interesse che abbraccia la comunità sociale.

In parole più concrete, si vuole che il rapporto familiare non impedisca, ma anzi favorisca e dia origine ad azioni dirette al bene comune: ogni famiglia deve diventare realmente il luogo dove chi più ha bisogno può trovare accoglienza, il nucleo che si impegna in iniziative di appoggio alle mille e mille necessità del quartiere o della città.

Sarà la famiglia intera che si prende a cuore persone, situazioni, urgenze di ogni genere: così ogni membro, mentre gode il calore dell'amore familiare, lo allarga ad altri e costruisce dentro di sé una sensibilità e una capacità di amore umano valido e fecondo.

GIORGIO BASADONNA in *Creati per amare*, Elledici 1989, pp. 22-23

Chi ha un perché nella vita,
sa sopportarne quasi tutti i come.
Friedrich Nietzsche

Bambino

Il bambino: un mondo piccolo, fragile, eppure grande e misterioso.

(...) «Noi adulti, così navigati perché abbiamo molta esperienza, diciamo sorridendo: "Non fategli caso; sapete, sono cose di bambini; non sanno quello che dicono"...

Non so se i fanciulli sanno o no quello che dicono. Non mi interessa saperlo, perché sono sicuro di una cosa: i bambini dicono la verità con una limpidità sconcertante.

Non solo i bambini dicono la verità quando parlano, ma, soprattutto, la loro presenza mette a nudo la nostra menzogna. Tutto il bambino diventa una parola per scoprire le nostre false parole.

Ingenuamente, trattiamo a volte il bambino come un oggetto. Seguitiamo nelle nostre occupazioni e gli rispondiamo a casaccio, perché ci lasci tranquilli. Abbiamo paura di dire: "Questo non lo so", "Guarda, non so tutto, ma dato che me lo domandi, cerchiamo insieme la risposta".

La parola di un fanciullo è una parola avida di vita e di verità; è anticonformista, è carica di serietà e di profondità, è importante» (A. Ginel).

Se le cose stanno così, dobbiamo guardare al mondo dei bambini con occhi diversi: non come maestri, ma come discepoli.

Noi adulti sappiamo sgattaiolare, coprire la verità con molto tatto, con diplomazia.

I bambini sono limpidi; con le loro parole ci scombinano le carte, i modi di fare e di agire. Come i profeti!

Dicono ciò che non ti aspetti. Fanno domande che non ti sei mai posto. Disarmano, ma senza usarti violenza.

Eppure ti danno pace. Ti illuminano. (...)

Quante volte diciamo al bambino di spicciarsi perché dobbiamo andare. Quanta fretta! Per andare al lavoro, al cinema, alle ferie... (...)

Il bambino non ha fretta. Il tempo è suo: egli possiede il tempo. Nei suoi occhi sereni rispecchia l'eterno.

Il suo tempo è il futuro.

Gianfranco Venturi in *Avvento e Natale*, Elledici 1993, pp. 101.102-103

FAVOLE

Verso i tre o quattro anni, il bambino manifesta una grandissima avidità di favole e, se trova una mamma, un babbo o un nonno compiacenti, non li lascia più in pace. Ed è bene accontentarlo, se c'è il tempo. (...) L'elemento fantastico infatti a quest'età è vivissimo, tanto che il bimbo inventa anche lui le sue favole, che animano tanti suoi giochi.

Ma quali sono i vantaggi che egli ottiene dalla fiaba?

Si immedesima nei vari personaggi e, cambiando ruolo di volta in volta, arricchisce la propria vita affettiva; se la favola è buona, lo aiuta a consolidare l'adesione a valori come la bontà, la generosità, la lealtà, il coraggio, la fede... e a rifiutare violenza, malvagità, egoismo...; esercitando la sua attività fantastica, la fiaba stimola il bambino alla creatività; con il «lieto finale» gli dà infine sicurezza e fiducia nel trionfo del bene sul male.

Ma ci sono favole e favole, e dovremmo forse imparare ad essere un pochino più critici, quando ci apprestiamo a scegliere qualcosa per i nostri figli. Alcuni racconti sono veramente belli e ricchi di spunti educativi; altri possono presentare aspetti e situazioni particolarmente paurosi o diseducativi. (...)

Certi orchi delle nostre fiabe classiche sono davvero spaventosi per i piccini, così come le matrigne sono troppo perennemente cattive, e i loro mariti troppo incredibilmente stupidi e privi di volontà. Basti pensare al babbo di Hänsel e Gretel, che accetta, sia pure piagnucolando, di sacrificare i suoi due bambini alla volontà della moglie-matrigna. (...) Cenerentola invia il seguente messaggio: la bontà è sempre premiata. Ma non può anche per caso inasprire certe gelosie tra sorelle o un certo vittimismo di cui molti bambini sono già un po' malati? Inoltre è forse discutibile questa bontà che attende la soluzione dei propri problemi solo dagli altri. Bisogna poi dire che molto dipende dal modo con cui si raccontano le favole.

Altro errore riguarda il momento: queste storie paurose le propiniamo ai nostri bimbi per lo più quando stanno per andare a nanna o quando sono malati. Due momenti di particolare vulnerabilità.

R. TOSCO - M. MACINIO in *Questo nostro bambino*, Elledici 1990, pp. 26-28

Scuola materna

Sono ben pochi ormai i genitori che si pongano il problema: scuola materna, sì o no? Quando la mamma lavora fuori casa, infatti, questa appare spesso l'unica soluzione. Se prima dei tre anni si è preferito sovente la cura dei nonni, ora non si discute neppure più: il bimbo va alla scuola materna, sia per sollevare i nonni stessi, sia perché nel frattempo è nato magari un fratellino o un cuginetto, di cui essi si devono occupare da capo.

La scuola materna diventa allora la risposta del Comune o dell'iniziativa privata a uno stato di necessità.

Ci sono scuole materne e scuole materne: gratuite, semigratuite, costose, aggiornate dal punto di vista educativo e didattico, dotate di attrezzature di avanguardia, oppure antiquate nei metodi, scarsamente fornite di mezzi, ubicate in costruzioni vecchie e tetre, rette da incompetenti o da affaristi. Vorremmo dire ai genitori di essere oculati nella scelta. Ma purtroppo, sovente la scelta non è libera e ai genitori non resta che affidarsi all'unica scuola competente ad accogliere il loro figlio.

La scuola materna non è un «parcheggio per bambini», ma una scuola vera, che ha programmi, finalità e strutture ben definite.

A livello emotivo essa esplica una prima funzione importantissima: il distacco dalla madre. Giunto all'età di tre-quattro anni è bene che il bambino venga aiutato nel passaggio dalla vita strettamente familiare, in cui campeggia la figura della madre, a quella sociale. Tale distacco non è sempre facile: specialmente i bambini iperprotetti hanno una notevole difficoltà a staccarsi.

Occorre molta pazienza e anche una certa fermezza, i primi giorni. Si accompagna il bimbo personalmente, si sta un pochino con lui dentro la scuola, si rispetta puntualmente l'orario dell'uscita.

Per lo più, dopo i primi giorni, in cui il pianto è abbastanza normale, il bambino si abitua alla nuova vita, attratto dai compagni, dai giochi e soprattutto dalla maestra. Proprio questa figura, che sostituisce temporaneamente la madre, gli consente un graduale e sereno distacco da lei.

R. Tosco - M. Macinio in *Noi e il nostro bambino*, Elledici 1986, pp. 15-16

Educatore

Si può dire, senza paura di essere smentiti, che la professione educativa non è una professione come le altre: il servizio che essa rende è così grande, difficile e decisivo per il bene dell'uomo che essa è in un certo senso la più nobile di tutte le professioni.

Difatti, l'elemento che caratterizza la professione educativa è il fatto di occuparsi in modo diretto e immediato dell'uomo in quanto uomo, cioè nella sua specificità umana.

(...) Se la professione educativa si occupa di ciò che fa uomo l'uomo, non lo fa principalmente per indagare e conoscere questa specificità umana, ma per promuoverla nelle persone concrete degli educandi, favorendo il loro passaggio da quella potenzialità ricchissima ma germinale che essi sono, a un'attuazione pienamente sviluppata, quale si dà nell'adulto riuscito.

Educare è promuovere, cioè rendere possibile e favorire positivamente, quella cosa misteriosa e meravigliosa che è il diventare uomo di un bambino o di un giovane, che uomini ancora non sono, pur avendo già in sé tutte le potenzialità per diventarlo.

(...) Anche quando l'educazione, nelle sue forme più settoriali, abbraccia altre finalità (come la formazione artistica, linguistica, culturale, professionale), che non sembrano di natura direttamente morale, il fine etico non le è mai del tutto estraneo: esso si pone anzi non tanto come un fine accanto ad altri fini, ma come il fine ultimo che dà senso e unità a tutto il processo educativo. (...)

Perché possa far fronte in modo adeguato a tutte le sue responsabilità, all'educatore non possono bastare un'avvertita consapevolezza di queste stesse responsabilità, una buona conoscenza dei principi morali in base ai quali programmare la sua azione, e una sincera volontà di restarvi fedele. Gli è necessario un modello ideale di personalità umana riuscita e, più in particolare, un modello ideale di educatore.

GUIDO GATTI in *Professione: educatore cristiano*, Elledici 1995, pp. 5-6.9.11

Sensismo

Il bambino, crescendo nell'abbondanza del bene materiale, si abitua a fare le sue scelte in base ad un criterio che ha come valore supremo di riferimento il piacere attuale dei sensi. Ciò che non è gradito ai sensi nel momento presente è rifiutato, anche se valido in se stesso. (...)

Questa logica dei sensi, non corretta dall'educazione, abbraccia progressivamente tutte le realtà che il ragazzo incontra nella sua crescita, cioè persone, valori, agire: ciò che sente lo accoglie, ciò che non sente lo rifiuta. (...)

Pure l'educazione alla fede cerca di introdurre nella conoscenza di Dio e dei valori morali attraverso una metodologia d'insegnamento che pone l'accento su ciò che colpisce direttamente i sensi (diapositive, filmati, ecc.), riducendo al minimo l'impegno della memoria e delle altre capacità dell'intelletto che possono condurre alla verità con la semplice esposizione della parola di Dio.

Anche molte liturgie per i giovani cercano di colpire la loro sensibilità mediante una vistosa coreografia esterna (canti, gesti, chitarre...), perciò si vedono giovani piangere, e sotto quest'emozione epidermica decidere di cambiare vita, elevare a Dio preghiere spontanee bellissime. Poi, terminata quest'esperienza religiosa super, in cui hanno «sentito», pochi giorni, spesso poche ore dopo, già sono immersi nel peccato. (...)

Scaturisce da quest'educazione alla fede quel frasario tanto diffuso tra i giovani: «Prego quando mi sento», «Vado a Messa quando mi sento». Tutto gestito a livello di sensi.

Questi rilievi non vogliono negare la validità di un insegnamento o di esperienze religiose che valorizzino questa dimensione della persona umana che sono i sensi, ma fanno notare semplicemente che forse ci si basa un po' troppo su di essi, a scapito di una crescita armoniosa di tutte le altre facoltà della conoscenza e del cuore del ragazzo.

Raimondo Bardelli in *La vita è amare*, Elledici 2003, pp. 110-111

Bacio

C'era una volta un vecchio che non era mai stato giovane. In tutta la sua vita, in realtà, non aveva mai imparato a vivere. Tutto ciò che succedeva nel mondo non lo addolorava e neppure lo stupiva.

Passava le sue giornate oziando sulla soglia della sua capanna... Qualche viandante lo interrogava. Era così carico d'anni che la gente lo credeva molto saggio e cercava di far tesoro della sua secolare esperienza.

«Che cosa dobbiamo fare per raggiungere la felicità?» chiedevano i giovani. «La felicità è un'invenzione degli stupidi» rispondeva il vecchio. (...) «Come possiamo indirizzare i nostri figli sulla via del bene?» gli domandavano i genitori. «I figli sono serpenti» rispondeva il vecchio. «Da essi ci si possono aspettare solo morsi velenosi». (...)

Poco alla volta, le sue idee maligne e tristi influenzarono il mondo. Dal suo angolo squallido, dove non crescevano fiori e non cantavano uccelli, Pessimismo (perché questo era il nome del vecchio malvagio) faceva giungere un vento gelido sulla bontà, l'amore, la generosità che, investite da quel soffio mortifero, appassivano e seccavano.

Tutto questo dispiacque molto al Signore, che decise di rimediare. Chiamò un bambino e gli disse: «Va' a dare un bacio a quel povero vecchio».

Il bambino obbedì. Circondò con le sue braccia tenere e paffute il collo del vecchio e gli stampò un bacio umido e rumoroso sulla faccia rugosa. Per la prima volta il vecchio si stupì. I suoi occhi torbidi divennero di colpo limpidi. Perché nessuno lo aveva mai baciato.

Così aperse gli occhi alla vita e poi morì, sorridendo.

A volte, davvero, basta un bacio. Un «Ti voglio bene», anche solo sussurrato. Un timido «Grazie». Un apprezzamento sincero. È così facile far felice un altro. Allora, perché non lo facciamo?

Bruno Ferrero in *C'è qualcuno lassù?*, Elledici 1993, pp. 6-7

DIARIO

Il diario può svolgere il ruolo di uno specchio, di un confidente. Tramite le riflessioni che suscita, possiamo cercare di diventare autori e attori della nostra evoluzione. (...)

Trovare il tempo per guardarci vivere con il pretesto di conoscerci e di comprenderci meglio può sembrare insolito e addirittura urtante. Molti però si domandano: chi sono io oggi?

L'espressione si amplia, si approfondisce fino alla scoperta di ricchezze insospettate. Questa prima fase di ricerca richiede che si tralasci ogni forma di logica e di critica. Ognuno ha il proprio «censore interiore»: mettiamolo a tacere per un po'! Così, potremo permettere alla nostra immaginazione, alla nostra memoria, alla nostra fantasia di andare il più lontano possibile, facendo sì che la ragione e il giudizio si mettano da parte per permettere un'esplorazione ampia, che vada anche al di là delle proibizioni che condizionano il nostro funzionamento mentale. In ogni caso, la fase del discernimento e della scelta sarà un momento successivo.

Quali sono i miei desideri, le mie aspirazioni, le mie intenzioni, gli orientamenti ancora possibili?

Scrivere aiuta ad averne una visione più chiara.

Cominciare è sempre difficile. Ma una volta individuato e compiuto il primo passo, possiamo giungere in zone recondite della nostra memoria, verso i temi del nostro dialogo interiore e dei nostri sogni.

Questi ultimi, infatti, sono costituiti da tutte le storie che raccontiamo a noi stessi e dal ruolo che vi svolgiamo: esperienze di ambizione, rancore e vendetta, oppure d'amore e creazione.

Possiamo fare nostri i consigli di Rainer Maria Rilke: «Entrate in voi stessi, sondate le vostre profondità, dove ha origine la vostra vita... Che si tratti della vostra infanzia o di un bisogno appassionato di realizzarvi, concentratevi su tutto ciò che emerge in voi. Gli avvenimenti che caratterizzano il vostro intimo meritano tutto il vostro amore».

FRANÇOISE CHARBONNEAU in *I 60 anni: un rilancio, una scommessa*, Elledici 2005, pp. 33-34

PREADOLESCENZA

Il ragazzino (o la ragazzina) che compie 10 anni ha tutte le qualità di un «prodotto finito». È un fanciullo che ha raggiunto la sua maturità: è contento di sé, e gli altri sono contenti di lui. Ama la sua casa. Accetta volentieri l'autorità di papà e mamma. S'interessa della scuola e accetta una ragionevole quantità di compiti. Può arrabbiarsi, qualche volta, ma «non gli piace arrabbiarsi». Non serba rancore per nessuno. Prega volentieri. È un fanciullo felice. Le mamme vorrebbero che «il mio bambino rimanesse sempre così». Invece, mamme carissime, non può rimanere sempre così. Sarebbe un «mostro». Deve crescere, come tutte le persone umane.

Gli 11 anni segnano la partenza per una nuova crescita, prima lenta, poi tumultuosa. Il fanciullo calmo e tranquillo dei 10 anni scompare, e appare il preadolescente: chiacchierone, curioso, in perenne movimento, sempre sul «chi va là». Cresce rapidamente come un asparago, ha un appetito immenso e una sete inestinguibile di sapere cose nuove. Gli piace discutere, ma parla sempre lui. (...) Gli umori vanno e vengono: scontroso al mattino, allegro al pomeriggio, languido in primavera, pestifero quando piove, affettuoso quando nevica.

Il preadolescente sale con piglio deciso la scala della vita. Sarà irruente a 11 anni, allegro a 12, riflessivo a 13, pieno di vita a 14. Durante questi anni un potente fascio di energie esplode dentro di lui, e provoca un forte sviluppo fisico, conoscitivo, personale, sociale, affettivo, religioso.

A 14 anni si addentrerà nell'adolescenza, e sarà evidente che il fanciullo in lui è proprio scomparso, ed è nato l'uomo. Per questo gli anni della preadolescenza vengono anche chiamati «gli anni della seconda nascita».

Pochi conoscono il preadolescente. È stato definito un «continente misterioso». Meno di tutti si conosce lui, il preadolescente. Scoprirsi ogni giorno diverso, addentrarsi di giorno in giorno in un'età misteriosa, gli dà l'impressione di camminare in una zona inesplorata: si sente esitante, soggetto a improvvise depressioni.

TERESIO BOSCO in *Aiutiamoli a crescere*, Elledici 1996, pp. 4-5

ADOLESCENZA

L'adolescenza è un'esperienza vissuta da ogni persona, ma se proviamo a definirla ci accorgiamo della difficoltà o addirittura impossibilità di descriverla in modo soddisfacente. Innanzitutto l'adolescenza, come fase biologico-anagrafica, è riscontrabile solo nella specie umana.

Il cucciolo di quasi tutti gli animali, per l'acquisizione dell'esercizio della propria sessualità, non ha tanto bisogno di apprendistati, quanto semplicemente di raggiungere una maturazione biologica sufficiente. Ben diversa l'acquisizione della sessualità adulta da parte del cucciolo d'uomo che, al di là della maturazione fisica, deve dedicarvi un'intera fase intermedia della propria vita riguardante aspetti psichici, affettivi, relazionali e sociali.

L'adolescenza risulta perciò definibile solo in base a criteri culturali, tant'è vero che le sue caratteristiche variano col variare delle epoche storiche e delle società: è breve nelle società più primitive, vicine al mondo della natura e di minore complessità sociale; è via via più lunga nelle società più complesse e acculturate, fino a farsi molto lunga nella complicata società «occidentale» in cui viviamo.

Almeno da un punto di vista linguistico, le cose sembrerebbero semplici e chiare, perché «adolescenza» deriva dal verbo latino *adolescere* che si può tradurre con «crescere». L'adolescente è una persona che sta crescendo, a differenza dell'adulto che ha finito di crescere.

OTTAVIO LOSANA in *Adolescenti sessualità amore*, Elledici 2005, pp. 17-18

La gioia di essere vivi è dentro di noi
come l'oro nei minerali di una miniera d'oro;
ci vuole solo qualcosa che lo tiri fuori.
V. G. Rossi

GIOVANI

Qual è il posto che ora avete, nella nostra società, in quanto giovani? Può sorgere qualche dubbio dinanzi all'evidenza di certi fatti: come negare, ad esempio, che a volte il mondo degli adulti tende a escludere i più giovani? Come negare che ci sono nel mondo moderno tante minacce e pericoli che i giovani avvertono con maggiore lucidità e immediatezza, quasi d'istinto? Di fronte a tali minacce come sfuggire all'interrogativo cruciale dei giorni nostri circa il senso generale del vivere odierno: dove sta andando il mondo? Dove arriverà il progresso tecnico-scientifico con gli innegabili pericoli che esso comporta? Come escludere la follia onnitravolgente di uno scontro nucleare?

Voi vi sentite minacciati da una società che non avete scelto, una società che non avete costruito voi, ma della quale tuttavia fate parte con responsabilità crescenti. Questa società sembra presa da follia quando mobilita tutte le proprie energie per spingersi verso la sua distruzione. Il progresso scientifico e tecnologico ha reso l'uomo apparentemente padrone del mondo materiale. L'esperienza mostra purtroppo che non si tratta di un dominio scientificamente neutro, come alcuni hanno pensato. L'uomo moderno infatti è tentato di considerare ogni cosa come un oggetto manipolabile e ha finito spesso per porre tra gli oggetti manipolabili anche se stesso. Questa è la grande minaccia della nostra epoca.

Sta a voi, cari giovani, offrire un personale contributo al superamento di situazioni insoddisfacenti, traendo ispirazione dalla vostra fede e forza dal vostro dinamismo. Voi lo potete fare mantenendo aperto il dialogo con gli adulti e parlando con franchezza libera da ogni acrimonia: noi vogliamo che il progresso sia positivo e non micidiale; che sia di tutti e per tutti, non solo per alcuni; che serva alla causa della pace e non alla guerra; che promuova verso l'alto l'autenticità dell'umanità e non abbassi o degradi la divina scintilla nell'uomo.

GIOVANNI PAOLO II in *Giovani, non siate i grandi assenti*, Elledici 1987, pp. 5-6

Discoteca

La discoteca è diventata oggi il luogo di raduno di una grande quantità di giovani. Un ambiente che penso ha una forte influenza sulla maturazione o meno di chi la frequenta, per la mentalità che in esso ci si può formare.

Quali sono i motivi che spingono i giovani ad affollarle?

Un piacevole divertimento, la scoperta di amicizie vere, l'autenticità dei sentimenti di una persona saranno possibili in quell'ambiente? Se voglio tenere un comportamento corretto non sarò forse deriso o additato come una mosca bianca in quel locale? La mia personalità che vuol essere se stessa, gli ideali di una certa solidità che vado conquistando a fatica, come ne usciranno dopo due o tre ore di simile spettacolo?

Sono tutte domande che mi sono fatto prima di esserci stato e dopo. Vado convincendomi che io, forse, sono fuori del mio tempo!

In discoteca è cosa normale sentire discorsi sciocchi, spudorati, vedere atteggiamenti scandalosi, essere trascinati più o meno coscientemente dalla corrente, accorgersi che i propri ideali si svuotano e si affievoliscono. È poi umiliante imbattersi negli angoli o dietro non so quale séparé in figure buie appiccicate per delle mezz'ore l'una all'altra. Il tutto frastornato da una musica scrosciante ed assordante, senza respiro.

Ma quello è divertimento o snervamento?

La ragazza che sinceramente cerco, quella che amerò tutta la vita, quella che mi accetterà per sempre così come sono, quella che vedo continuamente come la meta dei miei sogni, la troverò sul serio nella semioscurità di una discoteca?

Ma più ancora: la felicità che vado ansiosamente cercando è in quel tipo di piacere e di passatempo? Ho urgente bisogno di esserne convinto!

Simone, 17 anni in *Cari genitori, vogliamo dirvi...*, Elledici 1983, pp. 18-19

Agosto

«Per ogni cosa c'è il suo momento,
per tutto c'è un'occasione opportuna» (Qo 3,1)

Mezzi di comunicazione
Società - Età della vita

Televisione

C'era una volta una scatola magica. Ne uscivano, secondo il momento, Topolino e Heidi, signori seri seri, calciatori, il presidente della Repubblica, cantanti e ballerine, una signora che non voleva cambiare il fustino di detersivo, un leone che sbadigliava e un pappagallo che rubava il tonno all'esploratore.

Questa scatola non si gettava dopo l'uso, non si esauriva mai. Tutti la volevano in casa e la collocavano nel posto più bello e in vista. Gli industriali cominciarono a fabbricarla in serie. Pian piano il potere della scatola dalle mille sorprese divenne enorme.

Sembrava solo un soprammobile un tantino ingombrante e invece divenne il «numero uno» stabile della hit parade del tempo libero. Più importante delle vacanze, dell'automobile, del cinema, dei concerti, dei libri, spesso della vita familiare stessa.

Se potessimo sorvolare discretamente il mondo, verso sera, vedremmo trasparire da milioni e milioni di finestre la luce guizzante e azzurrina che esce dalla magica scatola. E davanti, miliardi di persone che, in paesi diversi e lontani, fanno tutti la stessa cosa: guardano.

Il piccolo schermo ha imposto dappertutto la sua legge del silenzio attento. Vorace e instancabile, succhia tutta l'attenzione possibile.

Di lì incominciarono gli inconvenienti.

La televisione, all'inizio, avrebbe dovuto essere un'invenzione al servizio dell'uomo. Come un apriscatole o un trapano, ed essere usata solo al momento voluto: quando si volevano sapere le ultime informazioni, quando il film proiettato nel cinema più vicino non piaceva, quando si voleva passare un'ora piacevole, quando pioveva a dirotto e non si poteva uscire di casa.

È andata diversamente. Il 90 per cento delle famiglie in America del Nord, Giappone, Europa occidentale ha comprato almeno un televisore. Così un oggetto «di servizio» è diventato una potente istituzione. Ha conferito ai suoi «padroni e manovratori» un potere che è difficile immaginare. (...)

È più che mai necessario allora «imparare a convivere con la Tv».

Bruno Ferrero in *I nostri figli e la televisione*, Elledici 1990, pp. 3-4

INFORMAZIONE

Fra gli adulti c'è spesso gente colta e preparata, quelli che scherzosamente chiamiamo «pozzi di scienza», che – nonostante ogni buona volontà – non riescono a farsi capire quando parlano.

Sono loro i primi a soffrire per la mancanza di quel dono naturale che consiste nell'avere facilità di parola, di esporre agli altri i problemi con chiarezza e semplicità. (...)

È troppo scomoda, la raccomandazione del Vangelo: «Quando parlate, il vostro linguaggio sia: sì-sì, no-no!». Ricordiamolo, neppure il Signore amava i fuochi di artificio della oratoria, o la falsità del parlare dei farisei!

Ancor oggi... una vasta opinione pubblica popolare ha la medesima aspirazione: la chiarezza. Essa ha necessità di informazione ed è spesso in difficoltà nel comprendere quanto avviene attorno. Infatti la gente, per il lavoro in cui è continuamente impegnata, per motivi economici, per le preoccupazioni e gli impegni familiari d'ogni genere, per aver interrotto troppo presto gli studi, trova difficoltà a capire gli avvenimenti. La gente sente di aver bisogno di tre informazioni essenziali: cosa accade intorno a lei, perché accade, chi lo fa accadere. Senza questi tre punti di riferimento si sente perduta, avverte che potrebbe essere strumentalizzata, diffida delle fonti di notizie, ma nello stesso tempo non riesce ad orientarsi e a capire.

In passato le notizie erano poche e riservate alla cosiddetta «gente istruita»; oggi sono tante, forse troppe, ma difficilmente sono messe a servizio dei cittadini più deboli. L'informazione è un potere, e questo potere quasi sempre distorce, falsifica, modifica la notizia per usarla in funzione dei suoi interessi. Qualcuno ha scritto che noi siamo «sotto un diluvio di informazioni, ma che il diluvio è voluto per stordire». L'opinione pubblica ha sete di verità, o almeno di una informazione che si sforzi di essere la più completa e oggettiva possibile. I «signori dell'informazione»: grandi giornali, reti televisive, compagnie di pubblicità, case cinematografiche, impresari discografici, ecc., spesso hanno obiettivi ben diversi.

LUCIANO TAVAZZA in *Due generazioni a confronto*, Elledici 1981, pp. 44-45

PUBBLICITÀ

Un altro aspetto dei mezzi delle comunicazioni sociali, e non degli ultimi, in cui la verità viene giocata per il classico piatto di lenticchie è quello della pubblicità.

Nessuno ci crede... ma tutti l'accettano e la bevono come acqua dissetante nel solstizio d'estate.

Vi è tutto un lavoro da compiere per educare il cristiano alla ricezione critica dei messaggi pubblicitari, perché avverta le insidie dei loro contenuti, si difenda dalla loro propaganda aggressiva, si immunizzi dalle suggestioni insinuanti che tendono a far passare come necessario ciò che è solo voluttuario, respinga vigorosamente e con ogni mezzo le suggestioni che vogliono soffocare ogni buon senso immedesimando successi e felicità nella vita ad illusorie promesse di giovinezza, di forza, di bellezza «garantite» da prodotti sempre più o meno inutili e tante volte dannosi.

Non c'è però di che stupirci, perché in fatto di verità certe réclame sono alla stessa altezza di molte interviste manipolate, di vari documentari girati *ad usum delphini*, di sceneggiati televisivi che non si scostano affatto, anzi, dai fantasiosi romanzi cosiddetti storici.

Oggi, chiedere di avere informazioni che siano insieme obiettive, imparziali, complete è un po' come chiedere la luna nel pozzo. Abbiamo pluralismo e voci diverse, abbiamo «zebrature», abbiamo immagini cangianti e variopinte che obbediscono ai gusti e alla voce del padrone o dei padroni, e solo particelle e fra loro slegate di verità.

FAUSTO VALLAINC in *Cristianesimo coerente*, Esperienze 1979, scheda 13, p. 11

Nella sicurezza dell'animo
sta riposta la vita tranquilla.
Cicerone

Mafia

Un recente rapporto dell'autorità giudiziaria riferisce che sono una cinquantina i capi-zona alle cui dipendenze vive uno stock di oltre 700 killer con un esercito di quasi 150.000 lavoratori che esercitano attività legate alla camorra, quali la prostituzione, il contrabbando, lo spaccio di droga, le estorsioni o il riciclaggio di denaro sporco mediante iniziative dalla facciata apparentemente legale, tipo una cooperativa o una piccola industria.

Si tratta di un mostro dai mille tentacoli, che fagocita e fa circolare miliardi su miliardi. È scomparso il mafioso umile, servizievole, rispettoso, galantuomo, povero, che non esibiva la sua conquistata potenza. Oggi il mafioso vive da miliardario in lussuose ville a tutti note, sfoggia macchine fuoriserie ed esibisce con tracotanza il suo potere.

È avvenuto così il cambiamento, parallelo a quello che ha condotto la società a passare dal mondo rurale a quello industriale. E avendo messo in piedi una potenza economica che conta sui miliardi, il mafioso e il camorrista sono costretti a seguire una strada a doppio binario: da una parte il bisogno di sentirsi potenti, più potenti del denaro, di aver peso cioè, di poter esprimere un'opinione, di essere obbediti da una massa enorme di gente: insomma il bisogno di sapere di contare qualcosa, e anche più di qualcosa (e a nessuno sfugge il parallelismo con la terza tentazione evangelica, quella del potere a tutti i costi, del prestigio incondizionato); dall'altra, costituendo una organizzazione al di fuori della società, essi fanno incetta di danaro attraverso un'attività illegale che assume volti diversi a seconda dei luoghi e dei tempi.

La storia infatti ci presenta variazioni di interventi: dal traffico di droga alle estorsioni, dai rapimenti alle tangenti, dagli appalti truccati al contrabbando. (...) È avvenuto un cambiamento, che ha seguito di pari passo il nascere delle nuove generazioni e che ha avuto un'altra conseguenza: quella di estendere a tutto il territorio nazionale il crimine e la prepotenza.

Antonio Riboldi in *25 anni tra mafia e camorra*, Elledici 1985, pp. 4-5

DROGA

A tutti è indubbiamente capitato – e forse più di una volta – di sentir parlare o di parlare noi stessi della droga.

È un fenomeno che ha assunto proporzioni troppo vaste perché se ne possa ignorare l'esistenza, e ormai, dal tavolo degli specialisti in convegni o dibattiti per pochi «addetti ai lavori», è arrivato sulle bocche di tutti, anche, come si suol dire, dell'«uomo della strada» preoccupato magari che il suo stesso figlio abbia vissuto o possa vivere l'esperienza della droga. Soprattutto è oggetto di discussione nelle famiglie e nella scuola, poiché non può non preoccupare quanti si interessano in modo specifico dell'educazione dei giovani. (...)

Paura, allarmismo eccessivo talvolta da parte degli adulti, curiosità morbosa e fascino del proibito, forse, da parte dei giovani, rendono spesso difficile affrontare il problema in modo serio e sereno, libero da pregiudizi: d'altronde i pur numerosi servizi che giornali, radio, televisione dedicano all'argomento non aiutano il più delle volte a collocare il problema della droga nella dimensione più vera, pronti come sono più a cogliere l'aspetto scandalistico e torbido della vicenda che «fa notizia», che a indagare la realtà spesso drammatica – di ordine familiare o sociale – che sta alle spalle di chi ricorre alla droga. (...)

È necessario sottolineare che è pericoloso incentrare tutta l'attenzione sul singolo problema, dimenticando – o volutamente ignorando – che esso altro non è che il sintomo di disagi ben più profondi derivanti spesso da errori educativi (anche inconsapevoli) e da situazioni ambientali negative. (...)

Non è facile determinare con precisione il campo delle sostanze che possono essere considerate «droga»: il termine si presta a varie interpretazioni, ma suscita comunemente l'idea di una «sostanza proibita» il cui uso è «illegale» e «nocivo» per l'individuo e per la società, in quanto tende a provocare nella persona che ne fa uso una «dipendenza», modificando le sensazioni, l'umore, il comportamento.

GRUPPO ABELE in *Prevenire la droga*, Elledici 1986, pp. 3-5

ISTITUZIONI

Comunemente per istituzione si intende una organizzazione sociale, con carattere per lo più giuridico, che svolge una funzione sociale destinata a durare indipendentemente dalla volontà dei suoi membri; una struttura associata, radicata su norme che trascendono la volontà dei partecipanti. Determinante nell'istituzione è il suo scopo, ritenuto socialmente necessario. L'istituzione può abbracciare un ente dalle vaste dimensioni, come la società delle nazioni, uno Stato, la Chiesa; può anche essere una corporazione all'interno di queste grandi istituzioni, come la famiglia, il sindacato, il partito, la gerarchia ecclesiastica, la parrocchia. (...)

Le istituzioni (familiari, scolastiche, sociali, politiche, ecclesiastiche) non sono racchiuse entro la ricerca del proprio potenziamento: esse sono in funzione della crescita dell'uomo. In pratica, svolgono questo compito attraverso due suoi influssi. Innanzitutto favoriscono regolari rapporti sociali, offrendo norme appropriate; li rendono precisi e stabilizzati, ingenerando corrispondenti costumi e consuetudini. In secondo luogo le istituzioni appagano quelle istanze psichiche e quelle ansie primarie, che servono a strutturare una personalità e il suo abituale comportamento sociale. (...)

Solo aderendo al contesto istituzionalizzato, la persona sa di essere socialmente accolta. In questo sforzo di aderire alle istituzioni, l'*io* matura la propria personalità sociale.

Questa approvazione-disapprovazione sociale non necessariamente si identifica con il giudizio etico dei valori umani. Quella è solamente la valutazione esistente nel contesto sociale, il modo di giudizio etico diffuso nella società, la maniera di comportamento richiesto dal lato sociale alle persone perbene.

(...) Le istituzioni non necessariamente mettono in contatto con i valori socioculturali veri ed attuali, ma con quanto è amato e stimato nella società. Esse si limitano ad offrire sicurezza e protezione da parte della stima pubblica; recano onorabilità nel consesso degli altri; esimono dal far ricercare quale condotta sia necessaria per essere stimato.

TULLO GOFFI in *Dizionario dei temi della fede*, SEI 1977, pp. 177-178

«MANI PULITE»

Ce le siamo guardate con un certo imbarazzo queste nostre mani, ... perché troppe volte assenti dal lavoro sociale, dall'impegno politico, dal servizio sindacale o amministrativo, della comunità. (...)

In questo periodo... tutti invocano la necessità di risolvere la «questione morale». L'urgenza cioè di affidarsi per il futuro ad una classe dirigente diversa, più competente, più onesta, più capace. Abbiamo così compreso con molto ritardo – lo ammettiamo – che la scelta fatta per il passato di occuparci solo del nostro orticello è perdente!

Considerare la politica demoniaca e il potere corrotto per definizione, è un atteggiamento rinunciatario. Nessuno – se munito di un minimo di intelligenza – può pensare di salvarsi costruendo una abitazione-modello in una palude, o cacciando l'acqua stagnante e le zanzare solo dal proprio campo, magari dalle camere di casa! O si lavora insieme a scavare canali di scolo, sistemare chiuse, dare pendenze ai terreni, a bonificarli, oppure la palude ingoierà di nuovo ogni iniziativa isolata.

Le mani, se si vogliono pulite per tagliare il pane e proteggere i figli, debbono impegnarsi prima a liberare il fango e a vincere l'acqua putrida.

Abbiamo vissuto una impresa perdente perché tutto il nostro mondo di uomini d'ordine, di cittadini benpensanti si era ridotto allo slogan «casa e lavoro»; il centro unico dei nostri interessi era diventato «il bene della famiglia». Abbiamo fatto le chiocciole, ma ora uno scarpone da montagna rischia di schiacciarci! L'insegnamento di questa avventura è tanto limpido quanto brutale, almeno a prima vista: occorre immergere le mani, usare l'intelligenza, impegnare cuore e volontà non solo nel nostro privato, ma nelle strutture pubbliche da cui dipende largamente il benessere, la pace, l'uguaglianza dei cittadini. Non bastano più l'esempio o le virtù domestiche, in casa propria. Anche le case degli altri, il loro avvenire è un problema nostro. Perché insieme ci salviamo, insieme ci perdiamo.

LUCIANO TAVAZZA in *Due generazioni a confronto*, Elledici 1981, pp. 40-41

PORNOGRAFIA

La pornografia è lo sfruttamento commerciale della genitalità per mezzo dello scritto, della fotografia e dei mezzi audiovisivi. Essa ti aggredisce attraverso le vie fragili della fantasia, imprimendo nelle profondità del tuo cuore i suoi messaggi ambigui e depravanti.

È peggiore della droga. Questa può uccidere il corpo: quella uccide progressivamente la vera capacità di amare, riducendo l'amore a un puro gioco di sensi e di piacere.

La pornografia cerca, infatti, di plasmarti, attraverso l'azione dell'immagine, ad una mentalità di approccio dell'atto sessuale come mezzo di piacere fine a se stesso, ottenuto attraverso una soffusa e morbosa violenza contro l'altro/a. (...)

Nella pornografia l'attore principale di questa violenza è l'uomo, che è posto al centro di tutta l'azione sessuale. La donna è ridotta al ruolo di semplice oggetto di piacere, su cui realizzare le proprie fantasie erotiche e sfogare la libidine scatenata, nei mille modi presentati da questa cultura del sesso. La pornografia sta traghettando anche la donna in questo morboso e violento stile di realizzare il sesso.

È da questo dinamismo di violenza che nasce e aumenta il piacere, vissuto fuori di ogni clima di comunione amorosa, e ricercato da entrambe le parti come fine a se stesso. (...)

La pornografia induce inoltre a vivere l'atto sessuale in un mondo di sogno, avulso dalla realtà concreta. Il suo contenuto s'innesta con abilità psicologica in quel filone di contenuti, familiari ai fotoromanzi per ragazzi, che hanno avuto sul mondo fantastico infantile un grande influsso. L'atto sessuale inserito in questo mondo fantastico trova un terreno favorevole per sviluppare i suoi messaggi depravanti ed esaltanti, concretizzati in gesti concreti, spogliati in ogni significato umano d'amore.

È la preparazione remota, che spesso si concretizza nell'omosessualità o bisessualità psicologica, aprendo le porte ad ogni avventura.

RAIMONDO BARDELLI in *La vita è amare*, Elledici 2003, pp. 95-97

Omicidio

La storia e la cronaca di tutti i tempi è piena zeppa di questo triste delitto, consumato in mille modi ma con un unico risultato: privare un fratello della vita fisica. (...)

Tutti i codici umani, religiosi o atei che siano, hanno ritenuto e riaffermato questa fondamentale proibizione: «*Non uccidere!*».

È il quinto comandamento, riconosciuto sotto ogni latitudine come cardine imprescindibile di ogni convivenza umana!

La morale cristiana ha precisato questo divieto indicandolo come uccisione diretta della vita innocente sempre e comunque.

I due aggettivi che entrano in questa definizione non sono superflui. Perché diciamo *diretta* innanzi tutto?

Perché come per il suicidio, si danno casi nella vita in cui posso essere causa dell'uccisione di altri in modo indiretto (es. in un incidente stradale, senza colpa alcuna, perché è avvenuto un guasto meccanico improvviso).

Perché diciamo *innocente*? Perché, dati i limiti umani, possono verificarsi delle situazioni di conflitto tra la vita personale e quella di un altro. È il caso in cui ci si può e spesso ci si deve difendere da un aggressore che attenta ingiustamente, alla propria incolumità. Se per poter salvare me stesso o la mia famiglia sono costretto, mio malgrado, a colpire la persona che mi sta assalendo e giungo, non potendo fare altrimenti, fino ad uccidere, questo omicidio non voluto né cercato non va addebitato a me, ma al suo comportamento aberrante.

S. Dho - C. Avagnina in *Cristianesimo coerente*, Esperienze 1978, scheda 7, p. 7

Dio solo può prendere la vita,
perché egli solo la dona.
Gandhi

SUICIDIO

Il togliersi la vita non è infrequente. (...) Al di là di ognuno di questi casi... che annualmente si verificano nel mondo, c'è una storia particolare, c'è una tragedia, con un intreccio di fattori e di elementi che rendono la valutazione del suicidio tremendamente complessa e pietosa, bisognosa più di comprensione che di condanne. Malattie psichiche e fisiche, difficoltà grosse nella vita, solitudine e individualismo generati dalla nostra società del benessere, emarginazione e abbandono soprattutto nella vecchiaia, dramma del nonsenso della vita che coglie spesso in condizioni psicologiche precarie, introversione e isolamento... tutto questo e altro ancora (che rimane chiuso nel mistero di ogni uomo) può sconvolgere e perturbare talmente la coscienza da condurre anche l'uomo normale al suicidio. Si può affermare che raramente si giunge in piena consapevolezza e lucidità a questo estremo passo.

Tuttavia pur rispettando il dramma segreto di tante vite umane che si sono autodistrutte, non possiamo esimerci dal valutare un tale atto così significativo perché, almeno oggettivamente, sintomo di una concezione pagana della vita stessa. (...)

La visione cristiana invece è nettamente contraria da sempre, senza eccezioni. La ragione è ovvia: l'uomo non gestisce la vita come sua proprietà illimitata, ma la riceve in dono da Dio. Egli rimane il Datore e il Padrone della vita. L'uomo è chiamato ad usarla, come dono, come bene prezioso per sé e per i fratelli. Ergersi a padrone indiscriminato della vita, sostituendosi a Dio, è atto di arbitrio gravissimo. (...)

Piuttosto è bene precisare quando è lecito, anzi meritorio e doveroso mettere in pericolo, rischiare, offrire la propria vita (il cosiddetto suicidio indiretto). La condizione base è che il porre a repentaglio la propria vita sia fatto in vista di uno scopo buono, specie se molto alto e nobile. (...)

I seri rischi a cui ci si espone in taluni sport (pugilato, alpinismo, automobilismo) non sono giustificati solo in base all'agonismo o successo: ci si trova all'interno di motivazioni insufficienti, (se non anche) deteriori.

S. DHO - C. AVAGNINA in *Cristianesimo coerente*, Esperienze 1978, scheda 7, p. 6

Sistema di mercato

La nostra società ha razionalizzato gli scambi attraverso la creazione del mercato. Al suo interno le relazioni commerciali sono basate sul rigido criterio di un'equivalenza monetaria che esclude ogni margine di incertezza e preservano i contraenti da eventuali arbitri. E questo è necessario al buon funzionamento del sistema economico che, in mancanza di regole univoche, sarebbe esposto a gravi disfunzioni e a palesi ingiustizie. La logica del *do ut des* – in base a cui quello che ci si può aspettare è solo l'equivalente di quanto a nostra volta diamo: «niente per niente» – non è necessariamente segno di insensibilità umana, anzi permette di sfuggire a quella del «patto leonino», secondo cui il più forte si accaparra tutti i vantaggi e fa ricadere sul più debole le perdite.

A questa esigenza di una ragionevole corrispondenza tra il prezzo pagato e i benefici ricevuti si ispira, del resto, anche al di fuori del mercato, la nostra esperienza comune. Il buon senso suggerisce di non affrontare sacrifici spropositati in vista di vantaggi minimi. Anche la tecnica è tutta volta a ottenere il massimo del benessere con il minimo dei costi. Ancora una volta, non si potrebbe vedere, in questo, nulla che sia sconveniente. Al contrario, investimenti sconsiderati produrrebbero degli sprechi nocivi al bene comune e decisamente riprovevoli. Un certo utilitarismo è funzionale all'ordine sia economico che sociale e non deve essere per principio demonizzato.

Eppure, vi è in questa prospettiva, basata sulla pura efficienza, qualcosa di unilaterale, che lascia insoddisfatte esigenze profondamente radicate dentro di noi. In realtà «il desiderio di dare è altrettanto importante per comprendere la specie umana quanto quello di ricevere. (...) La compassione e la generosità sono altrettanto essenziali quanto prendere, appropriarsi o conservare, quanto il desiderio e l'egoismo» (J.T. Godbout).

Giuseppe Savagnone in *La stella dei Magi*, Elledici 2002, pp. 95-96

PROGRESSO

Quando mia nonna andava a far visita a sua madre, aveva bisogno di tre giorni: un giorno per viaggiare sul calesse trainato dal cavallo; un giorno per raccontare e apprendere le ultime notizie, un po' in cucina e un po' in giardino; il terzo giorno per il viaggio di ritorno.

Quando mia madre andava a far visita a sua madre, aveva bisogno di due giorni. Viaggiava in treno e, se era fortunata con le coincidenze, si fermava la sera del primo giorno, raccontava le ultime novità e il giorno dopo ripartiva.

Quando io faccio visita a mia madre, impiego mezz'ora. Vado in auto e mi fermo giusto una decina di minuti perché i bambini si annoiano e sono sempre in ritardo con le spese al supermercato.

Se un giorno mia figlia mi verrà a far visita, di quanto tempo avrà bisogno?

Nel villaggio gli uomini e le donne si incontravano alla fontana e chiacchieravano, si scambiavano informazioni, si aiutavano mentre riempivano otri, secchi e anfore. Nel tragitto di ritorno, camminando lentamente sotto il peso dell'acqua, ciascuno aveva tempo e calma per pensare, e perfino per pregare.

Poi fu installata l'acqua potabile. Così ciascuno se ne sta a casa sua.

È tutto molto più comodo e si fa molto più in fretta. Ma non c'è nessuno con cui parlare e neanche il tempo per pensare.

BRUNO FERRERO in *Il segreto dei pesci rossi*, Elledici 2000, pp. 52-53

Noi siamo qui sulla terra
non per custodire un museo,
ma a coltivare un giardino fiorente di vita
e riservato ad un avvenire gioioso.
Beato Giovanni XXIII

SUCCESSO

«Mio padre è stato un uomo di successo, anzi è morto di successo!». Non vorremmo che questa frase pronunciata in futuro dai nostri figli, ricordasse loro le tensioni continue, le preoccupazioni, e infine l'ulcera allo stomaco che ha caratterizzato la nostra irresistibile ascesa di carriera ed anche l'abbreviata permanenza in terra! Non stiamo scherzando, ma raccontando – con parole semplici – la storia di molti di noi. Di troppi che hanno condizionato tutta la loro vita, lo stesso modo di giudicare gli uomini e le cose, alle domande interessate: «Può servirmi? Può essere utile ai miei fini? In questo caso allacciamo pure nuovi rapporti, siamo gentili, facciamo qualsiasi sacrificio, anche se si tratta di persone insopportabili. In caso contrario non perdiamo tempo, non intratteniamo amicizie al di fuori di quelle inevitabili, puramente formali, perché tutto ciò che è gratuito si butta!». Insomma, l'opera buona non rende! Questa visione utilitaria inquina molte... virtù!

Infatti da un esame un po' meno superficiale, affiora che molta nostra dedizione, il cosiddetto «attaccamento al lavoro» era sorretto da una ambizione fortissima, da un gusto del potere per il potere, dal piacere di emergere. A questo obiettivo è stato sacrificato talvolta anche qualche principio morale. Una «onestà» un po' egoistica, la nostra. Abbiamo continuato – anche da adulti – ad avere la mentalità bambina del primo della classe, dell'«io lo so professore!». Non abbiamo raccolto simpatie, neppure fra i nostri colleghi, né l'apprezzamento dei nostri figli, appena diventati capaci di un giudizio indipendente.

Sì, è vero, ora ce ne rendiamo conto: si può arrivare al pensionamento con un pugno di mosche in mano quanto a bilancio di vita, nonostante sia esteriormente positivo quello di carriera. È giusto aspirare a crescere anche in carriera, ma non occorre crearci per questo terra bruciata intorno. (...)

Che beffa sarebbe infatti aver cercato il successo e il denaro per una intera vita e trovarsi poi in pensione, con tante fatiche distrutte dall'inflazione e dalla emarginazione.

LUCIANO TAVAZZA in *Due generazioni a confronto*, Elledici, pp. 38-40

Tecnologia

Per anni ed anni abbiamo creduto che il «progresso» fosse portatore di una nuova felicità e di facili condizioni di vita per tutti.

Abbiamo invece chiesto alla tecnica quello che essa per sua natura non può dare: la capacità di usare correttamente – per il bene comune – le sue conquiste.

Sì, è vero, oggi possiamo permetterci imprese che apparivano incredibili fino a qualche anno fa. Tutto questo ha reso però più fraterno il nostro modo di vivere?

Sì, è vero, il nostro benessere è aumentato. Si sono moltiplicate le comodità, le ricchezze a nostra portata. Milioni di bambini sono però morti di denutrizione...! Che tipo di progresso è allora questo? Le nostre sonde spaziali sono arrivate, dopo anni di volo, a fotografare Saturno: ma quanto spendiamo per combattere la lebbra? La si potrebbe cancellare definitivamente rinunciando ad un solo lancio spaziale!

Conquistiamo il cosmo, ma intanto milioni di uomini – anche dei paesi più civili – non riescono a conquistare la libertà di pensiero, di parola e tanto meno di azione. Eppure eravamo stati invitati da Dio a dominare la terra, non a rimanere prigionieri delle nostre scoperte, invenzioni, conquiste!

Abbiamo commesso un giorno un errore. A questo idolo della tecnologia si sono sacrificati imponenti mezzi finanziari, facendo invece mancare aiuti ai paesi sottosviluppati, non appoggiando in modo prioritario la ricerca sul cancro, o l'alfabetizzazione di interi popoli. Ora l'idolo ha dimostrato di essere muto, incapace di scelte di salvezza, che non gli spettano! Di qui la necessità che l'uomo dia un senso all'impiego della tecnica, una direzione alle sue positive conquiste! Domani occorrerà sottrarre energia al sole per le nostre necessità di riscaldamento e industriali. Nulla di più giusto, ma sarà indispensabile decidere subito che questa nuova fonte di futura energia non sia impiegata – come è possibile – in vista di un'altra terribile arma di distruzione.

Luciano Tavazza in *Due generazioni a confronto*, Elledici 1981, pp. 13-14

ASSUNZIONE

La Pasqua dell'estate. È così che a volte si chiama la festa dell'*Assunzione*, non senza qualche abuso di linguaggio. Ma, in ogni ipotesi, sembra bello e salutare unire questa festa di Maria alla Pasqua di Cristo.

Il motivo è semplice. L'Assunzione è un frutto, il frutto più diretto e più immediato della Risurrezione. Gesù risorto attira nella sua scia l'umanità intera. È normale credere che la prima beneficiaria sia colei che ha «offerto» al Verbo di Dio la sua singolare umanità. Una volta di più Maria è situata in verità, non come la Donna o la Madre (con maiuscole), appellativi troppo generici, ma come colei che ha fatto nascere Gesù: la madre di Gesù e per questo la madre di tutto ciò che egli è, compresa la sua identità di Figlio di Dio.

Il 15 agosto è una specie di prima dimostrazione dei frutti della Risurrezione nel mondo degli esseri umani. Non c'è perciò bisogno di conferire a Maria titoli che rischiano di sfigurarla, credendo di onorarla. Per esempio, il titolo di mediatrice, che farebbe credere che Maria è divina, una dea incarnata. Soltanto Gesù è il Mediatore, perché solo lui è Dio e uomo.

Ma la luce che ci viene dall'Assunzione potrebbe essere descritta nel modo seguente. Noi non festeggiamo il trionfo della Vita sulla morte: è già avvenuto in Gesù, è il mistero di Pasqua. Noi festeggiamo la luce irradiata da questo mistero sull'umanità, sulla Chiesa, su quella Donna piena di sole che mette al mondo il Figlio minacciato dal Dragone.

Noi festeggiamo la cooperazione indispensabile e necessaria della creatura al dono radicale della grazia realizzata in Gesù. Maria non soppianta il Salvatore, non lo sostituisce. È il Salvatore che ci conduce a lei. Tutto viene da Dio, tutto si compie in Cristo, ma bisogna che questo dono sia accolto dall'uomo. Maria è qui il simbolo dell'umanità graziata, che collabora con l'Umanità gloriosa di Gesù.

HENRI DENIS in *100 parole per dire la fede*, Elledici 1997, pp. 132-133

SOCIETÀ

È chiaro che nessuno può vivere isolato e indipendente, come se fosse su un'isola deserta.

Ciascuno vive nella società di cui è padrone e schiavo, costruttore e costruito, e di cui gode i benefici e soffre le limitazioni e le storture.

Ma non è chiaro, o non è sempre accettato e voluto, il senso di responsabilità verso la società: ciascuno cerca troppo spesso soltanto di sfruttarla senza doverle niente, e si illude di essere furbo quanto più riesce a snobbare e ingannare il suo prossimo.

Vi sono molte spiegazioni a questo comportamento che sembra si stia generalizzando, a partire dalla delusione che spesso la stessa società genera nei singoli, dalla poca onestà di chi è più responsabile, per arrivare a episodi e a situazioni oggettivamente poco rispettose dei singoli: ma in ultima analisi, è sempre il non-amore, l'egoismo, che sta al fondo di un comportamento di chiusura e di indifferenza.

Chi ama, non può chiudere gli occhi su questa realtà presente, non può nascondersi nel suo piccolo guscio e farsi una nicchia in cui trovare un suo benessere.

Chi ama, sente perennemente la voce di tutto il male che lo circonda, di tutte le necessità che urgono nel mondo intero, a cominciare dalla sua città e dal suo paese: chi ama «non può restare insensibile al grido di dolore che si alza dal mondo».

Amare vuol dire, allora, darsi da fare: conoscere le situazioni, l'aprire gli occhi sulla realtà circostante, entrare nel vivo dei problemi facendosene carico.

Tutto quello che riguarda gli altri, riguarda ciascuno, direttamente, e lo coinvolge. Da questo primo passo ne vengono subito altri senza tregua, anche a costo di «mettersi nei pasticci», cioè a costo di pagare di persona.

Già alcune strutture esistono e permettono di partecipare alla vita comune: ma sempre è possibile inventare modi e mezzi per rispondere alle necessità che si incontrano senza avere protezioni e garanzie pubbliche.

GIORGIO BASADONNA in *Creati per amare*, Elledici 1989, pp. 26-27

STORIA

Storia può indicare la narrazione degli eventi del passato, mettendone in evidenza la concatenazione; può esprimere l'intrecciato insieme del vivere umano nel suo divenire dal passato al futuro; può tratteggiare la vita degli uomini nel suo susseguirsi di iniziative creative e di ricercata indipendenza. Questo tessuto di incessanti rapporti umani fa apparire il complesso fiorire di bene e di male fra gli uomini.

La storia non si esaurisce fra le realtà accadute e compiute. Essa descrive un'esistenza umana protesa verso il momento successivo; che guarda in avanti; che desidera qualcosa non ancora esistente; che è tuttora progetto per sé e per gli altri. L'uomo è un essere storico, in quanto ha consapevolezza di poter e dover elaborare il proprio futuro. Come sarà questo avvenire della storia umana? Può l'uomo assicurarne un esito felice? La sua configurazione futura è affidata unicamente all'uomo?

Di fronte all'incognita del futuro taluno parla di destino, qual forza sovrana tutta tenebrosa e piena di sorprese e di incognite. Altri ritengono che sia possibile pianificare il futuro mediante le forze degli uomini; altri parlano di fede nella provvidenza divina (cf Rm 8,28). Può darsi che queste soluzioni debbano comporsi ed integrarsi fra loro. La tecnica odierna della pianificazione si impegna ad organizzare il futuro, studiandolo nelle leggi che reggono il suo snodarsi, prevedendolo nelle sue situazioni scabrose, suggerendone gli opportuni rimedi preventivi. Ogni pianificazione, anche la più esatta e dettagliata, s'incontra sempre in una futurizione che sfugge a qualsiasi calcolo. Una preoccupazione, che la fede invita a tradurre in abbandono alla Provvidenza divina. La Provvidenza assicura la finale salvezza, ma non istruisce sul come si attuerà; essa non esonera gli uomini dalla responsabilità circa gli avvenimenti, che si verificheranno nella storia.

TULLO GOFFI in *Dizionario dei temi della fede*, SEI 1977, p. 454

Secolarizzazione

L'aggressione più radicale al fenomeno religioso è oggi operata da un vasto processo storico, che, con un termine forse troppo generico, viene denominato «secolarizzazione».

Prima ancora di essere una dottrina, la secolarizzazione è una condizione esistenziale, una realtà sociologica, uno stato psico-sociale largamente diffuso, un complesso di atteggiamenti che caratterizzano la fisionomia dell'uomo della nostra epoca. Si tratta, in altre parole, di una «mentalità», che trova la sua scaturigine nella cultura del nostro mondo contemporaneo, largamente influenzata dallo sviluppo tecnico-scientifico e su di esso modellata. (...)

Etimologicamente «secolarizzazione» deriva da secolare (o profano), che si oppone direttamente a sacro. Con il termine sacro si suole designare ciò che appartiene ad un ordine di cose separato, riservato, inviolabile, e che deve perciò essere oggetto di religioso rispetto da parte del credente. Inversamente, il termine secolare (o profano) indica ciò che è fuori dell'ordine del sacro, e pertanto non riveste titoli di speciale riservatezza, separazione, inviolabilità. L'estensione del «secolare» è inversamente proporzionale a quella del «sacro»: quanto più si dilata l'orizzonte del secolare tanto più si restringe quello del sacro, e viceversa. (...)

La secolarizzazione si definisce perciò, anzitutto, in opposizione alla sacralizzazione, che è l'azione mediante la quale agli atti umani e agli oggetti di questo mondo viene attribuito un valore speciale, in forza di una partecipazione ad una realtà che li trascende, la realtà sacrale. Possiamo dunque, in prima approssimazione e in termini positivi, definire la secolarizzazione come l'operazione per cui qualcosa che antecedentemente non apparteneva al *saeculum*, cioè al mondo, diviene, in seguito, parte dello stesso. E siccome ciò che non appartiene al mondo è il sacro, il soprannaturale, il divino, la secolarizzazione designa quel processo per cui ciò che apparteneva al divino, al sacro, al soprannaturale viene trasformato in qualcosa di mondano.

Giannino Piana in *Dizionario dei temi della fede*, SEI 1977, pp. 415-416

TRADIZIONE

Strettamente legato al concetto di memoria è quello di tradizione.

(...) L'ansia di autonomia da ogni influenza, portata alle estreme conseguenze, conduce al vuoto della morte, perché la vita degli esseri umani è costitutivamente legata a una serie indefinita di apporti, di legami, di condizionamenti, positivi e negativi, che contribuiscono a determinarne il corso e la ricchezza. Piuttosto che nell'eliminazione dei limiti, la libertà autentica consiste perciò nella capacità di accettarli e di assumerli creativamente come parte integrante della propria storia.

In ogni caso, rendersi conto di far parte di una tradizione significa semplicemente essere onesti di fronte alla realtà delle cose. Non si parte da zero, neanche se si pretende di farlo. C'è sempre qualcuno alle nostre spalle, da cui siamo generati non solo fisicamente, ma culturalmente e spiritualmente. Il mito dell'uomo che «si fa da sé» è frutto di un'illusione ottica non soltanto in riferimento al dono che dobbiamo aspettarci dal futuro, ma anche di quelli che ci vengono dal nostro passato.

Non si tratta solo delle vicende individuali. Non esiste mai la storia di un singolo che non sia al tempo stesso storia di una comunità a cui quel singolo appartiene: di un gruppo familiare, di un ambiente di studio o di lavoro, di una città, di una nazione. È qui che si inserisce il concetto di tradizione. Perché, come non c'è reale identità del singolo senza racconti che lo rendano capace di esprimere il senso della sua storia, così non c'è reale identità di un gruppo, di una comunità, di un popolo, anzi dell'umanità intera, se essa non affonda le sue radici nel patrimonio vivente dei racconti che costituiscono la sua memoria.

La tradizione è questa narrazione sempre in corso, continuamente arricchita dei nuovi contributi che, grazie ad essa, vengono via via elaborati e che confluiscono in essa, sottraendo all'azione inesorabile del tempo ciò che del passato è essenziale alla vita degli uomini che verranno.

GIUSEPPE SAVAGNONE in *La stella dei Magi*, Elledici 2002, pp. 48-50

Permissivismo

Il permissivismo è una mina vagante che sta portando alla rovina le società occidentali, in cui impera la falsa morale libertaria, cioè la morale che si fa un vanto di non imporre mai nulla a nessuno.

Permissivismo significa «assolutismo dell'arbitrio», cioè una società che non sa e che non vuole far valere le leggi che dovrebbero regolare il suo armonioso sviluppo.

Di conseguenza le parti prendono il sopravvento sull'insieme e chiunque si sente in diritto di scatenarsi come gli piace senza tener conto delle esigenze altrui. Una società che tutto permette finisce con il garantire niente a nessuno, e così sopprime la libertà.

Non a caso è anche la società dove prospera la delinquenza organizzata, dove si espande la piaga della droga e si scatenano gli istinti peggiori dell'uomo.

La strada del permissivismo ha forse futuro?

Nelle società permissive si scatenano tensioni con motivazioni diverse, che concordano nel rifiuto di una simile società che permette tutto, che è l'esaltazione del materialismo e l'esasperazione del consumismo. Il cosiddetto «sistema», camuffato sotto le apparenze di un generale lassismo, finisce per diventare la massima espressione della violenza anonima e generalizzata.

Angelo Viganò in *Uomo, progetto 2000*, Elledici 1983, pp. 15-16

Credo che la vita non sia un'avventura
da vivere secondo le mode correnti,
ma un impegno
a realizzare il progetto che Dio ha su di noi:
un progetto d'amore
che trasforma la nostra esistenza.
Thomas Merton

Tabù

I tabù... una forma di schiavitù dell'uomo. Che cosa sono? Dei divieti: questo non si può fare, quello non si può toccare, quell'altro è proibito. I tabù sono come dei tramezzi per strada; e non è agevole muoversi tra sensi vietati, stop e alt. E allora, quando si può, se ne fa a meno. La nostra epoca si caratterizza, tra l'altro, per avere fatto saltare tanti tabù. E ne va fiera. Salvo a crearsene altri e più schiavizzanti. Non è tabù essere sempre e comunque alla moda perché è la moda? (...)

Delle volte il tabù serve da *instrumentum regni*. Chi governa può imporre dei divieti per avere sotto controllo la gente, senza tenere conto che la legge, anche quella proibitiva, è per la promozione dell'uomo e non per la sua riduzione all'impotenza.

(...) L'uomo è schiavo nel suo cuore, quando a tiranneggiarlo sono i suoi stessi desideri. Lì, ogni legge deve condurre l'uomo per dargli una mano a liberarsi. Ed è ciò che fa la legge di Dio quando invita l'uomo a rispettare l'altro uomo nella sua vita, nel suo nome, nella sua donna, nelle sue cose (cf Es 20,13-17), a non sovrapporglisi con l'orgoglio e la violenza, ad aprirsi a lui con un amore pari all'amore che ha per se stesso (Lv 19,18). Tutte le altre leggi che impastoiano l'uomo irretendolo nell'accessorio, sono tabù e bisogna farne piazza pulita.

Anche tra i cristiani i tabù hanno preso piede in forme pesanti e ingombranti. Il tempo della liberazione dai tabù è sempre tempo evangelico. Ma attenzione! Non liberiamoci dai tabù all'insegna di altri tabù. Per esempio, facendo piazza pulita di tutto ciò che è passato solo perché è passato o tradizionale, e accettando il nuovo solo perché è nuovo.

Antonio Fanuli in *Tu conosci Gesù?*, Elledici 1990, pp. 14-16

Vivere soltanto per se stessi è la ruggine della personalità.
Victor Hugo

DISINTEGRAZIONE

Viviamo in una società complessa, frammentata, i cui orizzonti si sono indefinitamente ampliati, dove l'individuo viene continuamente sollecitato da una molteplicità di messaggi sempre più eterogenei ed è portato a vivere una varietà illimitata di esperienze diverse e spesso contraddittorie. Gli animali sono protetti di fronte a queste inondazioni di input, perché la loro struttura percettiva consente loro di selezionarli automaticamente. Essi reagiscono in modo immediato, automatico, alle provocazioni dell'ambiente, perché fin dall'inizio lo hanno inconsapevolmente ristretto alle loro dimensioni.

Per l'essere umano non è così. (...) Questa complessità è per la persona una ricchezza, ma anche una sfida. La costringe a una continua opera di rielaborazione dei dati, dei messaggi, delle suggestioni, che lo pressano da tutte le parti, allo scopo di farli rientrare in una visione complessiva e il più possibile unitaria del suo mondo.

Ma ciò è possibile finché la pressione dall'esterno si mantiene entro certi limiti. L'aumento esponenziale delle sollecitazioni, a cui la nostra società sottopone l'individuo, lo mette in condizione di soccombere. Alla fine egli rinunzia a discernere e selezionare i diversi stimoli, integrandoli in un quadro coerente. Si limita, allora, ad affastellare alla rinfusa esperienze, pensieri, stati d'animo, senza essere in grado di darne una valutazione critica e di farne una gerarchia. Piuttosto che raccoglierli dentro di sé, ordinandoli, è costretto ad abbandonarsi indiscriminatamente al loro flusso caotico. In questo modo, però, non soltanto la sua visione della realtà, ma anche la sua identità interiore si frantuma, ed egli diventa, pirandellianamente, «uno, nessuno, centomila».

GIUSEPPE SAVAGNONE in *La stella dei Magi*, Elledici 2002, pp. 22-23

LAVORO

Terra mare e cielo sono trasformati da un lavoro sempre più tecnologicamente raffinato, che li rende capaci di rispondere ai bisogni crescenti dell'umanità.

Quindi all'interrogativo «benedizione o maledizione?» la risposta appare ovvia: il lavoro è una benedizione del Signore, perché con esso noi continuiamo il suo progetto creatore.

Però c'è anche il rovescio della medaglia: quale prezzo – non solo economico ma anche umano – hanno richiesto le conquiste ottenute? Quanti sono ad accomodarsi alla mensa del progresso, e quanti gli esclusi?

La risposta è inquietante. Ai due terzi del genere umano, dal più al meno, arrivano solo le briciole delle risorse accumulate, mentre un terzo dispone della quasi totalità del potenziale energetico e dei manufatti. Squilibrio spaventoso, segno «demoniaco» di una società che divide e sperpera, e si rivela – nonostante i grandi progressi della tecnologia – incapace di colmare la profonda frattura Nord-Sud che divide i paesi del benessere da quelli del sottosviluppo.

Ma c'è di più. Se si guarda con attenzione al mondo degli uomini curvi sul banco del lavoro, viene da domandarsi quanti di essi, nonostante la buona volontà personale, non riescono a entrarvi. È il problema, sempre gravissimo, della disoccupazione.

E coloro che riescono a prendervi parte, in che situazione si trovano? Esiste una proporzione fra ciò che essi hanno e donano alla società e ciò che ricevono, non solo in termini di salario, ma anche in termini di gratificazione personale, di autorealizzazione? Molti sono indotti a rispondere di no.

Infatti il lavoro moderno, ridotto in briciole, in piccole operazioni sempre uguali, è sì diventato meno faticoso in senso fisico perché ormai le macchine e i robot elettronici si addossano il peso della fatica, ma risulta poco soddisfacente, e quindi più pesante, sotto il profilo psicologico. La grande impresa è diventata una macchina gerarchica dove il lavoratore è ridotto a una rotella.

GIUSEPPE MATTAI in *Il lavoro secondo Papa Wojtyla*, Elledici 1982, pp. 3-4

ETICA PROFESSIONALE

L'esercizio della professione ha conosciuto una propria continua evoluzione, dipendentemente dal mutare dei bisogni umani, delle civiltà o strutture culturali, delle tecniche attualizzate, delle spiritualità dominanti, delle esperienze nuove. Ogni epoca, in rapporto alla pratica delle professioni, fa un'esperienza positiva e, insieme, negativa: le riscontra persistentemente utili, ma anche bisognose di una nuova loro strutturazione; le percepisce lodevolmente in rinnovamento, anche se le riconosce prive di qualcosa che in passato in esse appariva affascinante.

L'ordinamento professionale, nei tempi passati, era assai semplificato. Costituito da un limitato gruppo di mestieri uniformi, che facevano uso di tecniche molto semplici, veniva regolato mediante norme etiche generali. Nel nostro mondo industrializzato, il lavoro si presenta minuziosamente suddiviso e fortemente organizzato; si esplicita attraverso l'uso di molteplici tecniche specializzate; implica corresponsabilità assai svariate. Sul lavoro si costituiscono numerosi gruppi sociali dai compiti, dalle competenze e dagli interessi diversi. In simile ambiente non è possibile formulare un'etica professionale generalizzata, valevole per tutti. La professione, nel proprio interno, deve favorire dibattiti, per rendere i membri coscienti sugli scopi e mansioni del mestiere, sulle modalità convenienti per il proprio lavoro. I professionisti, più che ricevere passivamente un codice professionale etico dall'esterno, essi stessi devono responsabilmente elaborarlo riuniti in gruppo. Riflettendo insieme sulla propria esperienza, sapranno tratteggiare un'etica professionale con precisione, con concrete applicazioni, con cosciente consapevolezza della sua bontà e normatività, e nel rispetto della propria autonomia professionale.

Il senso etico odierno riconosce che ogni professionista ha dovere di promuovere nel proprio lavoro la propria identità personale. Sotto questo aspetto ogni professione deve essere umanamente ricuperata.

TULLO GOFFI in *Dizionario dei temi della fede*, SEI 1977, pp. 351-352

Età della vita

La vita è sempre presente: all'inizio, alla fine e in ogni momento. Essa fonda ciascuna fase, fa sì che quest'ultima possa essere ciò che è. Inversamente, ogni fase esiste in funzione della totalità e di ciascun'altra fase; danneggiando una fase, si danneggia la totalità e ogni singola parte. Così, il giovane porta dentro di sé un'infanzia vissuta bene o male; l'adulto, lo slancio del giovane; l'uomo maturo, la ricchezza delle opere e dell'esperienza dell'uomo adulto; il vecchio, il patrimonio della vita intera. (...)

L'inizio e la fine sono dei misteri. La distinzione tra l'inizio della vita, la nascita e l'infanzia... non significa che la vita prende le mosse da un punto di partenza poi lasciato dietro di sé, ma che questo punto di partenza accompagna la vita nel suo svolgimento. La nascita e l'infanzia sono elementi vitali nell'uomo: per l'individuo esse sono l'analogo di quello che per la storia universale sono le origini e di ciò che si venera nei miti della fondazione e nella figura degli antenati. Questo elemento agisce per tutta la vita, sino al termine definitivo. Inversamente la fine agisce a ritroso sino al primo inizio. Del pari, l'attacco della melodia ne determina la forma in tutto il suo sviluppo successivo, così come anche la fine dà forma alla melodia percorrendone lo svolgimento a ritroso. La vita non è un affastellamento di parti, bensì una totalità che – con un'espressione un poco paradossale – è presente in ogni punto dello sviluppo. (...)

Qualsiasi tentativo di mettere in rilievo una determinata fase ha in sé qualcosa di arbitrario. Tuttavia, ci sono avvenimenti che incidono così in profondità da giustificare un risalto particolare. (...) Le forme di vita, inoltre, costituiscono figure di valore. (...) Nelle figure emergono determinati valori che, contrassegnati da precise note dominanti, costituiscono gruppi caratteristici. Esse segnano le possibilità e i compiti morali di una determinata fase della vita.

Romano Guardini in *Le età della vita*, Vita e Pensiero 1992, pp. 9-11

PENSIONAMENTO

La presenza degli anziani nella famiglia è un dono per tutta la società.

Chi è giunto a vivere il pensionamento... possiede valori meravigliosi, che sono in pericolo di estinzione. Essi sono certo da far «decantare», devono essere purificati dalle scorie, ma sarebbe terribile se non venissero trasmessi alle generazioni che vivranno nel terzo millennio dell'era cristiana.

Per questo è importante che gli adulti – soprattutto quelli che vivono nella «seconda» e «terza» età – siano di continuo impegnati in profonda e serena ricerca dei valori che possiedono e che devono saper trasmettere agli altri.

Abbiamo largamente parlato in altre pubblicazioni di questi valori: ci limitiamo qui ad accennare al tempo libero, al silenzio come riflessione, alla esperienza come capacità di soffrire e di riequilibrare i valori di persone e cose, e così via.

Com'è ovvio, per il fatto che gli anziani possiedono questi e altri valori, non è detto che ne siano adeguatamente coscienti e tanto meno che siano capaci di trasmetterli agli altri. Occorre dunque che gli anziani sappiano, con umiltà, con pazienza e anche con intelligenza «camminare insieme» alle nuove generazioni. (...)

È importante, infine, sottolineare l'esigenza per gli anziani di un serio autocontrollo, così da poter compiere rettamente la propria missione di presenza attiva ed efficace nella famiglia (e non soltanto nella propria famiglia!).

LINO BARACCO in *La famiglia e gli anziani*, Elledici 1987, pp. 18-19

Nella vita non ci sono soluzioni.
Ci sono delle forze in cammino:
bisogna credere in esse,
e le soluzioni seguiranno.
Antoine de Saint-Exupéry

VECCHIAIA

Anche la vecchiaia è vita. Essa non indica soltanto l'esaurirsi di una sorgente dalla quale non sgorga più nulla; né l'affievolirsi di una vitalità che in precedenza era forte e tesa; bensì essa stessa è vita con una propria configurazione e con un proprio valore. Certamente, la vecchiaia significa l'avvicinamento alla morte; ma anche la morte è pur sempre vita. La morte non è soltanto un terminare e uno scomparire, bensì porta in sé un senso. (...)

Pertanto, la morte non è un azzeramento della vita, bensì è il valore conclusivo della vita, qualcosa che la nostra epoca ha dimenticato. (...)

Prima condizione ne è... l'accettazione. Nella misura in cui essa si verifica, cambia il modo in cui viene vissuta questa fase della vita. Con questo certamente non si dimentica nulla dell'amarezza insita nell'accettazione; del crescente bisogno di aiuto per cui non si può fare a meno degli altri; dell'irriverenza, suscitata dalla sua debolezza. (...) Ma anche questo assume un carattere diverso se chi sta diventando vecchio è conscio di essere tutt'uno con la propria esistenza e si fa tutt'uno con essa accettando la vecchiaia, o se, invece, la pensa in fondo allo stesso modo di coloro che lo disprezzano, stando, purtroppo, dalla parte sbagliata.

Nella misura in cui si compie l'accettazione, anche il suo rapporto con i giovani muta. Perde l'astio nei riguardi della vita che gli scivola di mano e l'invidia per coloro che l'hanno ancora piena.

(...) I giovani avvertono ciò e, a loro volta, imparano ad accettare la vecchiaia in colui che è diventato vecchio. Essi notano che la vecchiaia è una forma di vita autentica, anche se non riescono a comprendere veramente questa forma. Essi acquistano fiducia e grazie a questa accolgono nella loro esistenza un aspetto che essi non sarebbero riusciti a cogliere da soli. Una grande cosa, la solidarietà delle diverse forme di vita nella volontà che la vita diventi completa e giusta!

ROMANO GUARDINI in *Le età della vita*, Vita e Pensiero 1992, pp. 100-101

SALUTE

Uno dei problemi che ha assunto importanza centrale, nel nostro tempo, è quello della salute. Rispetto ad epoche passate, esso ha avuto una dilatazione inusitata, che lo ha trasformato, da aspetto certamente significativo dell'esistenza umana (questo lo era sempre stato), in orizzonte onnicomprensivo, a cui riferire esigenze, preoccupazioni, speranze, che prima sembravano essergli estranee.

La svolta può essere individuata nella definizione data dall'OMS (Organizzazione Mondiale della Sanità), nel 1946: «La salute è uno stato di perfetto benessere fisico mentale e sociale, e non solo l'assenza di affezioni o malattie». Una definizione che, chiaramente, con la sua stessa amplissima estensione, cambia profondamente l'idea di persona «sana» e introduce prospettive e problemi nuovi. (...)

A fronte di una prassi medica che tradizionalmente poneva in primo piano la cura delle malattie e che, specialmente col progredire della specializzazione, talvolta finiva per dimenticarsi del malato, questa definizione mette al centro la cura della persona, con la sua aspirazione a vivere bene, e non solo a star bene. Ciò significa che non basta preoccuparsi dei suoi singoli disturbi, ma bisogna guardare alla sua realtà globale e, solo alla luce di questa visione d'insieme, badare ad affrontare le singole patologie. Troppe volte l'avere limitato l'attenzione a queste ultime ha finito per creare al paziente più problemi di quelli che venivano risolti. Senza dire che, in molti casi, quelle che per lui erano cause realissime di sofferenza, venivano liquidate dallo specialista come irrilevanti.

(...) A questa centralità della persona del malato come oggetto della cura, corrisponde una sua analoga valorizzazione come soggetto della stessa. Se la salute non si può più definire esclusivamente in termini di malanni rigorosamente diagnosticabili dal medico, quest'ultimo deve tenere assai più conto di prima degli stati soggettivi del paziente, dei suoi bisogni, delle sue aspettative.

GIUSEPPE SAVAGNONE in *La stella dei Magi*, Elledici 2002, pp. 112-113

MALATTIA

La malattia è un'esperienza con la quale tutti devono confrontarsi. E non è solo o soprattutto il dolore fisico che spesso comporta a renderla temibile.

Ogni infermità e malessere reca con sé anche una sofferenza morale. Percepirsi deboli, non autosufficienti, in qualche modo tagliati fuori dal mondo e dalle cose che contano, oggetto di indifferenza malcelata o di una pietà che umilia, non poter comprendere il perché della propria condizione e la natura stessa della propria condizione «sono tutti elementi di una grave e acuta pena dell'animo, che di solito si aggiunge ai mali del corpo» (G. Biffi).

È importante scoprire il senso che l'infermità può assumere alla luce del Vangelo e, prima ancora, imparare che essa fa parte di questa storia il cui regista è il Signore: la sua rivelazione d'amore è l'unica risposta esistenziale all'enigma dell'uomo che soffre.

Se la malattia rimanda alla condizione di peccato che segna la storia dell'umanità, essa non è però necessariamente castigo di peccati personali. Lottare contro la malattia è «cristiano» non meno che rassegnarsi nella fede alla sua ineluttabilità, testimoniando nella propria pazienza che ci sono beni essenziali e duraturi che non coincidono con il solo benessere fisico, e che nel mistero della morte e risurrezione del Signore questa vita mortale è definitivamente salvata.

Ma occorre rendere croce la situazione affliggente e talora disperante dell'infermità.

AIMONE GELARDI in *Pensieri feriali*, Messaggero 1998, pp. 78-79

Nella vita
perdere è più necessario che acquistare.
Il grano non germoglia se non muore.
Boris Pasternak

UNZIONE DEGLI INFERMI

Nel passato, spesso alcuni giorni di malattia grave bastavano per portare alla morte, e poiché l'unzione degli infermi era conferita soltanto in pericolo di morte, era diventata «ultima» (estrema) per forza di cose. Alcune spiegazioni teologiche sull'effetto del sacramento ne facevano quasi un complemento ultimo della confessione, una specie di sacramento di passaggio, preparatorio alla gloria. In realtà, l'effetto del sacramento non è direttamente di ordine penitenziale: riguarda i peccati e le loro conseguenze soltanto come effetto secondo. Direttamente e immediatamente è una grazia di stato per coloro che sono gravemente ammalati. Dal momento che la medicina non può evitare che la malattia si prolunghi e rimanga incerta, i cristiani hanno più che mai bisogno d'un sacramento che li aiuti a vivere la loro malattia, che sia un soccorso efficace, una grazia permanente di sollievo spirituale nella loro difficile situazione di sofferenza o di declino, anche se non si tratta ancora dell'ultima tappa. (...)

Ministro del sacramento è il sacerdote e lui solo; si serve dell'olio benedetto dal vescovo il Giovedì santo; in caso di necessità e per concessione speciale della Santa Sede, può benedirlo lui stesso.

Soggetto del sacramento è il cristiano battezzato in età di ragione, la cui vita sia in pericolo per malattia o vecchiaia; non è necessario che il pericolo sia imminente, come pure basta che la malattia sia ritenuta grave, rischiosa.

Il sacramento può essere ripetuto durante la stessa malattia se il pericolo aumenta; è pure raccomandato prima d'una seria operazione; per gli anziani non è necessaria una malattia: la vecchiaia è già di per sé sufficiente. L'effetto del sacramento è una grazia di sollievo, di ripresa, che interessa l'uomo intero; l'effetto più importante è spirituale, ma spesso vi è pure un effetto fisico, che può anche essere la stessa guarigione. In ogni caso, lo scopo primario e specifico a cui mira il sacramento è la salvezza dell'infermo, valorizzando la sua situazione di ammalato in vista della salvezza.

GUY-MARIE OURY in *Dizionario della fede cattolica*, Elledici 1994, pp. 211-212

Affanni

Vivere l'oggi e impegnarsi con serenità a portare il peso di ogni giorno, senza consentire ai ricordi del passato di distrarci in inutili nostalgie o schiacciarci con rimorsi fine a se stessi, e alle anticipazioni del domani di angosciarci prematuramente: filosofia spicciola e parola di Dio si incontrano nel suggerire sapienza di vita e igiene mentale.

Spesso stentiamo a credere alla possibilità di un oggi sereno e lo guastiamo interrogandoci sulle probabili afflizioni che un domani, immaginato buio, potrà recarci.

Non dobbiamo raccontare a noi stessi la favola di una vita senza croci. Dobbiamo consentire alla vita di darci via via il peso che ci tocca e quegli sprazzi di serenità che pure ci sono riservati.

Apatia, indifferenza, imperturbabilità sono mete presuntuose, difficili da raggiungere, forse da non ricercare, preferendo ad esse l'umile disponibilità a prendere un giorno la nostra croce per seguire il Signore.

Ma a nessuno viene chiesto di anticipare la propria crocifissione e di turbare la serenità di un giorno di luce, anticipando future tempeste.

La vita è come una bevanda da gustare a piccoli sorsi, disposti ad accogliere l'alternanza dolce-amara che la caratterizza. Ma è stolto nel momento in cui l'amaro è lontano volerne anticipare il sapore affliggente.

Ci è chiesto di vivere il presente entro un orizzonte finito e infinito, sapendo che quando il domani sarà un oggi, le sue gioie e le sue pene avranno comunque un sapore diverso da quello previsto e immaginato ieri.

Aimone Gelardi in *Pensieri feriali*, Messaggero 1998, pp. 32-33

SETTEMBRE

«Saggezza e ricchezza proteggono come l'ombra. Ma la sapienza... insegna a vivere» (Qo 7,12)

VALORI - AMICIZIA - RELIGIONE

MATURITÀ

Cerchiamo di identificare alcune caratteristiche proprie della personalità matura. (...)

1. Capacità di fronteggiare la realtà. L'io si è sviluppato in modo tale da essere disponibile a conoscere e ad accettare se stesso e gli altri. L'autoconfidenza, la sicurezza data dalla propria integrazione personale permette e favorisce tutto questo. L'individuo non ignora le questioni, non lascia cadere i problemi... non sfugge col buttarsi nell'attività, nella discussione, nel divertimento passivo, nel riposo; e neppure proietta le sue difficoltà e insicurezze psicologiche sugli altri, compagni o superiori o istituzioni.

2. Capacità di fedeltà e di perseveranza. La personalità matura è capace di usare tutte le proprie energie per raggiungere i valori scelti. Poiché non c'è la preoccupazione di difendere la propria immagine e di conservare se stessi, nella persona c'è una maggior quantità di forze. (...) Il servizio non diventa attivismo, la carità non si riduce a scontato e remoto presupposto, anzi è l'anima dell'agire.

3. Capacità di amore altruista e disinteressato. Questo amore va oltre la propria persona... Gli individui maturi non hanno bisogno degli altri per la propria sicurezza e gratificazione. Possono quindi amare gli altri per quello che sono e non per quello che essi offrono, e senza l'ansia di ricevere ma con l'amore creativo di dare. (...) Libera nel dare e nel ricevere, la persona matura non è centrata su se stessa ma è aperta all'amore.

4. Fondamentale fiducia verso gli altri. È la conseguenza della fiducia che le persone mature hanno in se stesse. (...) La dinamica è ben diversa da quella degli individui narcisisticamente competitivi. Le relazioni con i superiori, compagni, inferiori, a questo livello di consistenza sono caratterizzate non dalla dipendenza, né dall'indipendenza, ma da una flessibile autodeterminazione.

5. Capacità di internalizzare i valori... C'è internalizzazione quando un individuo accetta un'opinione perché è in linea con il suo fondamentale sistema di valori. In questo caso il contenuto stesso dell'opinione è la ricompensa, e gli incentivi esterni non sono importanti.

ANGELO BISSONI in *Con una guida lungo le vie dello spirito*, Elledici 1983, pp. 25-26

ORIENTAMENTO

Può essere utile fermarci per fare il punto sulla nostra situazione personale, per comprendere meglio verso dove stiamo andando. (...)

1. *Direzione egoistica.* L'io è il centro di interesse. La persona desidera che gli altri si accorgano di lei. Tende a prevalere il bisogno di essere amata, stimata, non ci si preoccupa degli altri. Dio è buono quando risponde alle proprie aspettative.

2. *Direzione sociale.* C'è la preoccupazione di essere utili agli altri; c'è bisogno di essere circondati da molte persone sulle quali esercitare un certo fascino e potere. Uno si sforza di essere un bravo leader per tenere alto il prestigio. Le motivazioni religiose sono superflue.

3. *Direzione professionale.* È tipica di chi dice: «Il lavoro per me è tutto; mi dà soddisfazione e lo faccio volentieri. Spendo in esso tutte le mie energie».

4. *Direzione razionale e/o estetica.* È propria di chi è impegnato nello studio, nella ricerca, nella cultura delle belle arti, perché lo realizzano. Conoscere, scoprire, creare è il fine; diventa lo scopo della vita.

5. *Direzione spirituale.* È la via percorsa da chi vive cercando Dio. Vivendo un'esistenza illuminata dalla fede, la persona si sforza di vivere continuamente con il senso della sua presenza. Nella fede, storia ed eventi umani acquistano significati in quanto confrontati con il progetto di Dio. Gesù Cristo è percepito come via, verità, vita.

Poniamo ora tre domande, per cercare di comprendere su quali direzioni tendano a muoversi le nostre scelte personali e/o di gruppo.

Domanda 1. Lungo quale direzione stai andando, prevalentemente?

Domanda 2. Conosci i motivi che ti spingono in quella direzione, cioè perché hai fatto quella scelta? Come valuti quei motivi?

Domanda 3. Sei abbastanza forte per vivere con coerenza gli ideali religiosi, e quali sono i punti deboli della tua vita spirituale?

ANGELO BISSONI in *Con una guida lungo le vie dello spirito,* Elledici 1983, pp. 21-22

Opzione fondamentale

Quante volte nella nostra vita ci siamo incontrati con qualche persona adulta, triste per non aver realizzato il suo ideale di vita? E se il nostro dialogo si è potuto portare a livelli di una certa intimità, abbiamo constatato che l'amarezza di questi adulti nasceva dal confronto di quello che essi sono adesso con quello che avrebbero voluto e potuto diventare.

Anche l'incontro con giovani sovente mette in luce simili tristezze: intravedere un ideale meraviglioso dinanzi a sé, e constatare che manca sempre qualcosa perché esso possa essere conquistato.

Se, per fortuna, abbiamo conosciuto personalità pienamente realizzate, felici di possedere e di progredire ogni giorno verso la pienezza del loro progetto di vita, non per questo possiamo affermare di aver compreso il cammino misterioso che conduce alla pienezza della personalità umana. Anzi sappiamo con certezza che esiste sempre uno scarto tra la gioia posseduta concretamente dall'uomo e la sicurezza assoluta, l'amore senza tramonto e la felicità totale che trascende ogni momento di vera felicità. (...)

L'opzione fondamentale la si può comprendere adeguatamente solo in un quadro di riflessione personalista. Infatti non si tratta di un meccanismo psicologico che occorre mettere in atto, né di un istinto che funziona automaticamente quando viene ridestato; essa, invece, si riferisce a tutta la persona considerata nel suo dinamismo fondamentale di crescita. L'opzione fondamentale, quindi, non è una scelta concreta e determinata, ma l'orientamento globale e il significato totale di tutta la personalità. In quanto totale e totalizzante, l'opzione fondamentale pone di fronte due assoluti: quello dell'io-persona e quello del Tu-totalmente-Altro. (...)

L'opzione fondamentale, evento totale e totalizzante nell'esistenza della persona, non è un momento qualsiasi dell'esistenza umana che prima o poi cade nell'oblio del passato, ma è la maniera totalmente nuova con cui l'uomo, ad un certo punto della maturazione della propria personalità, unifica tutto se stesso e tutte le sue scelte future, che riceveranno il significato ultimo e definitivo dall'orientamento della persona verso o contro l'Assoluto.

Raimondo Frattallone in *Dizionario dei temi della fede*, SEI 1977, pp. 275-276

VALORI-GUIDA

Esistono alcuni dati che indicano verso dove sembra dirigersi l'uomo del «duemila».

I giovani ci avvertono che i valori tradizionali trasmessi a noi dalla cultura contadina – quali la famiglia, la fede, la laboriosità – perdono consensi: lentamente nella popolazione complessiva, ma più velocemente tra i giovani.

I nuovi valori della partecipazione, che hanno conquistato consensi fino al 1975, ora si attestano sulle posizioni raggiunte o regrediscono.

I valori dell'emancipazione individuale, che sono venuti diffondendosi dopo il 1968 con una vera e propria esplosione di novità, sono ancora condivisi soltanto da una frazione minoritaria della popolazione generale, ma sono fatti propri da gran parte della gioventù.

In questa «emancipazione» si collocano l'ispirazione permissiva e libertaria di nuove forme del costume, l'emancipazione femminile, le spinte anarchiche, la liberazione dell'individuo dall'oppressione sociale, il significato che i giovani attribuiscono al lavoro, cui si chiede libertà espressiva, affrancamento da orari e da subordinazioni; inoltre la diffusa ostilità nei confronti dell'industria e della tecnologia, manifestata in occasione del dibattito sull'energia nucleare.

Anche i fenomeni definiti di «riflusso» rappresentano il riemergere di una costante evolutiva della società occidentale, che tende a riscoprire la dimensione personale dell'uomo.

Altri aspetti sono: il bisogno di cultura intesa come senso profondo dell'esistenza, il desiderio di contemplazione, l'esigenza di comunicare, un'esasperazione alla pace più acutamente avvertita che nel passato. Sono segni di un nuovo stile esistenziale, di un nuovo modo di essere.

ANGELO VIGANÒ in *Uomo, progetto 2000*, Elledici 1983, pp. 11-12

Gruppi

È un fenomeno assai vasto ai nostri giorni, il sorgere di gruppi in cui i più giovani, soprattutto, si ritrovano e si uniscono, trovando affinità e somiglianze.

Dalle «compagnie» che si formano e si disfano in breve tempo, ai gruppi anonimi di amici, a gruppi più qualificati su ideologie sociali e politiche, è un fiorire di iniziative e di ricerche per uscire dalla solitudine e per sentirsi appoggiati e cogliere una propria sicurezza.

Come sempre, però, il pericolo è l'egoismo, il cercare se stessi invece degli altri. (...)

Il pericolo è diventare «massa», tutti uguali, con il medesimo gergo, i medesimi gesti, i medesimi gusti, e le medesime scelte: criterio di scelta diventa soltanto il modo d'agire degli altri.

«Lo fanno anche gli altri» è quasi sempre l'unica giustificazione del proprio agire. Si diventa anonimi. E nell'anonimato si nasconde sempre l'egoismo, la pigrizia, il lasciar correre le cose nel loro verso.

Invece, è proprio il gruppo che può stimolare le singole persone, e aiutarle a crescere e a realizzare iniziative che da solo nessuno riuscirebbe a portare a termine. Il gruppo è precisamente il luogo che stimola ciascuno a essere quello che è, a capirsi nella propria profonda verità, a confrontarsi con gli altri, non per camuffarsi ma per giudicarsi e capire meglio i propri limiti e le proprie valenze. (...)

Così, il gruppo aiuta ad amare, a servire, a offrire se stessi per il bene di tutti. Sotto questo aspetto, è bene che il gruppo sia omogeneo, composto cioè di persone simili per ideali, per capacità, per gusti. (...) Ma il gruppo nasce e cresce soltanto se c'è una idealità che raduna, che coagula e rafforza: e tanto più grande e valido è l'ideale tanto più vivo e fecondo sarà il gruppo.

Troppe volte, invece, i gruppi nascono solo per «passare il tempo», per scacciare la noia, per «stare insieme»: questi non sono gli scopi ma i mezzi, e così simili gruppi sono destinati a morire presto o a generare sconforto e delusione.

Giorgio Basadonna in *Creati per amare*, Elledici 1989, pp. 24-26

Lenti a contatto

In una bella giornata d'estate un serpente incontrò nella foresta la sua vecchia amica moffetta. «Cosa fai di bello?», gli chiese la moffetta. «È tanto tempo che non ti vedo».

«Direi che me la passo bene», rispose il serpente, «solo che non ci vedo quasi più. Mi metterò le lenti a contatto».

Il serpente si procurò infatti quelle lenti e pochi giorni dopo incontrò di nuovo la moffetta.

«Adesso, non solo ci vedo alla perfezione», disse alla sua amica, «ma perfino la mia vita familiare è migliorata».

«Come possono le lenti a contatto migliorare la vita familiare?».

«Semplice», disse il serpente. «Ho scoperto che vivevo con una canna per innaffiare il giardino».

L'ultima scoperta in fatto di malattie si chiama «sindrome dell'uomo invisibile». Una persona ci è davanti tutti i giorni, a tavola, in salotto, a letto. Ne avvertiamo la presenza fisica, eppure non la vediamo. Ci rifiutiamo, si direbbe, di guardarla. Impariamo a ricorrere alle lenti, non per guardare, ma per saper «vedere»...

Bruno Ferrero in *40 Storie nel deserto*, Elledici 1989, p. 32

Vivere non è mangiare, bere e dormire;
vivere è amare, agire, irradiare.
Zenta Maurina Raudive

Occhi

I nostri occhi vedono e... si esprimono.

L'occhio, la vista, tra i cinque sensi è quello che funziona di più nelle due direzioni, entrata e uscita: prende informazioni e ne trasmette.

Le nostre orecchie percepiscono i suoni, ma non emettono nulla.

Il naso coglie gli odori, ma non trasmette nulla, a eccezione degli starnuti. Il gusto non esprime nulla agli altri.

I nostri occhi, invece, forniscono senza sosta informazioni al cervello e, in cambio, informano quelli che ci circondano; l'80% delle informazioni che ci giungono provengono dalla vista.

Siamo talmente abituati ai nostri occhi, fanno talmente parte di noi che raramente ci siamo fermati a pensare alle loro caratteristiche.

Finora, l'educazione e le abitudini culturali ci hanno indotti a fare un uso molto limitato dello sguardo. Proporre di analizzare il proprio sguardo o quello degli altri, di esercitarlo per incrementare la sua importanza, sostenere l'affermazione di sé, migliorare la propria capacità di comunicare con gli altri, suscita ancora stupore, scetticismo, un certo timore. Come se si trattasse di un ambito che non si deve toccare. (...)

Normalmente, gli occhi sono informatori mille volte più efficaci delle orecchie.

La sintesi di questi meccanismi complessi ci permette di essere in dialogo costante con il mondo.

Françoise Charbonneau in *I 60 anni: un rilancio, una scommessa*, Elledici 2005, pp. 53-54

È una legge della vita:
quando si chiude una porta davanti ai nostri occhi
se ne apre un'altra.
La tragedia, però,
è che si guarda sempre la porta chiusa ignorando quella aperta.
André Gide

SGUARDO

Sembra che lo sguardo di Napoleone avesse un potere tale che era difficile resistergli e, quando fissava uno dei suoi soldati, questi cominciava a tremare.

Con lo sguardo si può: trasmettere un messaggio, dimostrare attenzione, manifestare l'essenziale.

È possibile educare lo sguardo, per dosare l'energia che trasmette, in analogia con il controllo che si può esercitare sulle proprie parole e i propri gesti.

Per questo motivo i primi venti secondi di un incontro tra persone sono fondamentali. Il tempo di una foto, che s'imprime nella memoria dell'altro.

In qualche modo, è possibile scegliere il proprio sguardo e la propria espressione preparandosi per un incontro. Si può scegliere il tono adatto: m'impongo, sono disponibile, benevolo, determinato, ecc.

Lo sguardo rivolto verso il basso determina un ritardo nello stabilire una buona relazione. Con uno sguardo freddo, indifferente o ostile si può creare una distanza.

Non guardando una persona o guardandola con maggiore intensità, la si può indurre al silenzio.

Si può bloccare una persona con uno sguardo «che colpisce», o pieno di disprezzo.

Con uno sguardo intimidatorio, si può infondere maggior vigore a un ordine o ottenere un risultato.

Con uno sguardo, si può invitare, incitare qualcuno a prendere la parola. Servendosi dello sguardo, è possibile influenzare, far passare le proprie idee. Per dare peso a un'argomentazione, sostenere lo sguardo della persona che sta di fronte, captandolo, impedisce a quest'ultima di riflettere. Abbassare lo sguardo significherebbe lasciarla sfuggire. (...)

Il potere che noi abbiamo è quello di conoscere i nostri diversi sguardi e di servircene. Conoscendo così progressivamente l'effetto prodotto, siamo indotti a «scegliere» il nostro sguardo.

FRANÇOISE CHARBONNEAU in *I 60 anni: un rilancio, una scommessa,* Elledici 2005, pp. 63-64

AMICIZIA

Quest'amore non impegna il tuo cuore in un dono che tenda per sua natura alla fusione totale, anima e corpo, con l'amico o con l'amica, ma t'immette in un cammino d'amore in cui puoi arrivare ad amare l'amico o l'amica più di te stesso, ponendoti completamente in uno stato di dono-servizio, che si prefigge la crescita e la realizzazione dell'altro attraverso il tuo amore.

L'amicizia, infatti, è un incontrarsi di due cuori attratti da mutua simpatia, che si uniscono per camminare assieme per una crescita più armonica e completa. Essa è come due mani che si protendono verso l'amico, per aiutarlo ad essere pienamente se stesso e a raggiungere la sua piena realizzazione. Scopo e fine dell'amicizia è la gioia di colui che ami. «La sua gioia è la tua gioia». Vedere felice l'amico ti rende pieno di gioia, ed accresce in te la felicità di vivere e la capacità d'amare.

Questo rapporto d'amore ti arricchisce perché ti pone in comunione con un cuore che ti ricambia con lo stesso amore, effondendo in te la ricchezza della sua persona, che ti sollecita a crescere in una capacità di dono, che pone la sua ragione d'essere e di gioia nell'amore verso l'altro, senza nessun'esigenza di ricambio.

La gratuità del dono è la legge e l'imperativo profondo della vera amicizia. Quando la simpatia o attrazione verso l'altro ti spinge verso di lui per avere qualcosa, se questi è una persona dell'altro sesso, l'amicizia degrada o sfocia in un amore diverso, il cui dinamismo interno è quello di accertare una possibile fusione reciproca, qual è appunto l'amore di fidanzamento.

L'amore d'amicizia non implica l'attrazione fisica. Non ami l'amico o l'amica perché sono belli, ma per il loro carattere. A volte può succedere che all'origine della simpatia generante l'amicizia ci siano elementi di doti fisiche, quali l'ammirazione per capacità e doti sportive, ecc. Essa poggia, però, il suo essere profondo principalmente sulle doti interiori psicologiche e spirituali, che infondono fiducia reciproca ed aprono i cuori al dialogo arricchente, proprio degli amici veri.

RAIMONDO BARDELLI in *La vita è amare*, Elledici 2003, p. 41

DIALOGO

Prima di dire che cosa è il dialogo, è bene dire che cosa non è il dialogo. Ci limitiamo ad alcune affermazioni: il dialogo non è una successione di monologhi, una semplice conversazione, un insegnamento magisteriale, un dibattito ideologico, una discussione, un'informazione...

Alcuni intendono il dialogo come uno strumento di comunicazione: la comunicazione, a sua volta, può creare la comunione.

Noi... preferiamo definire il dialogo come un'autentica relazione interpersonale, per cui l'uno dona all'altro non solo quello che sa; non solo quello che ha; ma quello che è.

Questa autodonazione reciproca comporta l'attuazione di alcuni atteggiamenti, da vivere reciprocamente.

1. *La rivelazione di sé*: io rimuovo il velo che ricopre il mio mistero interiore, io dico me stesso, io mi esprimo.

2. *La donazione di sé*: io mi metto a disposizione dell'altro, della sua crescita, della sua maturazione, della sua realizzazione, fino all'oblio e al sacrificio di me.

3. *L'accoglimento dell'altro*: io accolgo l'altro con fiducia, perché l'altro è persona, membro di Cristo, figlio di Dio, e quindi merita di essere accolto. In questo accoglimento accetto anche i suoi limiti e i suoi difetti, facendoli diventare occasione di maturazione per me. Frutto di questi atteggiamenti è la comunione interpersonale.

Perché una persona diventi capace di dialogo occorre che si formi alle virtù psicologiche e morali del dialogo: la prudenza, la discrezione, la fiducia, la sincerità, l'apertura, la confidenza, il rispetto, l'amore oblativo, la dolcezza, l'affabilità, il bel tratto, la gioia, l'ascolto, la segretezza, la comprensione, la misericordia, l'accettazione dei difetti altrui, la gratuità, la fedeltà...

Scendendo dalla teoria alla pratica, si deve dire che il dialogo perfetto è una realtà mai raggiunta. Ogni stadio raggiunto non è, in realtà, che un punto di partenza per camminare verso orizzonti ulteriori.

NICOLA DE MARTINI in *Dialogare*, Elledici 1987, pp. 17-18

Confronto

«Soltanto sei mesi fa – mi diceva un vecchio amico – facevo con facilità delle buone camminate. Ora devo ridurre il percorso e servirmi di un bastone».

Questo confronto così frequente con «ciò che si faceva ieri» è inutile. L'adesione consiste nel fare il massimo «oggi», senza perdersi in paragoni. Si ritorna sempre al principio salvifico dello sfruttamento al massimo del presente, il solo tempo dell'efficacia, e quindi dell'adesione seria alla vita.

Altri confronti rendono più difficile questa adesione. Si esalta davanti a noi la straordinaria vitalità di X. E allora? Provare gelosia, sentirsi in confronto un po' più incapaci? È meglio dirsi: X è X, e io sono io. Io non devo vivere la vita di X, ma la mia, con i miei mezzi. Viceversa, talvolta ci si dice: «Non si lamenti, alla sua età molti sono assai più malridotti di lei». E con questo? Che vantaggio ne ricavo? Nessuno, anzi corro il rischio di lasciarmi andare, paragonandomi con il tale o il talaltro che declina più rapidamente di me.

Questi confronti non riguardano soltanto le persone anziane. Un bambino può essere demolito dai: «Guarda tuo fratello! Fa' come fa lui!». Conosco un disoccupato avvilito per il raffronto irritato di sua moglie: «X se la cava meglio di te». Essa l'avrebbe aiutato molto meglio esaminando affettuosamente con lui come «lui» potrebbe cavarsela meglio. I paragoni possono essere utili come esempi, ma in pratica sono difficili da usare, perché possono ferire, scoraggiare, e spesso sono ingiusti: «X è X, non sono io».

La vita da valorizzare è la nostra. Noi abbiamo le nostre carte, quelle che Dio ci ha donato per la vita, e si tratta di giocarle il meglio possibile. Fermarsi a paragonare le nostre carte con quelle degli altri può condurci a un sentimento molto vano: la gelosia. La gelosia è più diffusa di quanto si pensi, ed è una continua fonte di tristezza.

André Sève in *Ama la tua vita*, Elledici 1998, pp. 26-27

ETICHETTE

Un boscaiolo non trovava più la sua ascia preferita. Aveva girato tutta la casa, rovistato un po' dappertutto. Niente da fare. L'ascia era sparita. Cominciò a pensare che qualcuno gliel'avesse rubata. In preda a questo pensiero si affacciò alla finestra. Proprio in quel momento passava il figlio del suo vicino di casa.

«Ha proprio l'andatura di un ladro di asce!», pensò il boscaiolo. «E ha anche gli occhi da ladro di asce... E perfino i capelli da ladro di asce!».

Qualche giorno dopo, il boscaiolo ritrovò la sua ascia preferita sotto il divano, dove lui l'aveva buttata una sera tornando dal lavoro.

Felice per il ritrovamento, si affacciò alla finestra. Proprio in quel momento passava il figlio del suo vicino di casa.

«Non ha proprio l'andatura da ladro di asce!», pensò il boscaiolo. «Anzi, ha gli occhi da bravo ragazzo... e anche i capelli!».

Etichette di ogni tipo, viviamo di etichette. Attaccate sui pantaloni, sulle camicie, sulle scarpe e anche sulla fronte.

Affibbiamo etichette. Guardiamo il mondo come fosse un teatrino e a ciascuno diamo una parte da recitare...

Ha detto Gesù: «Non condannate e Dio non vi condannerà. Infatti Dio vi giudicherà con lo stesso criterio che usate voi per giudicare gli altri, vi misurerà con lo stesso metro che usate voi con loro. Perché stai a guardare la pagliuzza che è nell'occhio di tuo fratello, e non ti preoccupi della trave che è nel tuo occhio?» (Mt 7,13).

BRUNO FERRERO in *365 piccole storie per l'anima*, Elledici 2007, pp. 47-48

MASCHERE

Mistero gli uni per gli altri, ci illudiamo di conoscere gli altri, così come altri si illudono di conoscere noi.

Un sorriso o uno sguardo severo ci bastano per giudicare l'essere profondo di chi sta di fronte a noi, e catalogare gli altri senza pietà sulla base di facili deduzioni.

«Gli uomini che passano per essere duri sono di fatto molto più sensibili di quelli che vantano una sensibilità espansiva. Essi si fanno duri perché la loro sensibilità, essendo vera, li fa soffrire. Gli altri non hanno bisogno di farsi duri, perché quello che hanno di sensibilità è molto facile da sopportare» (B. Constant). È una considerazione su un luogo comune che meriterebbe di essere ripensata.

Accade di indurirsi dentro per non permettere che emerga quell'interiore fragilità che ci inquieta e fa trasalire ad ogni pericolo di violazione della nostra intimità; di farsi sfuggenti per non rivelare agli altri ferite prodotte dalla vita e da parole inattese, di non lasciar trasparire nulla di ciò che cresce o muore in profondità, provando pudore per la propria pena o per il bisogno di gesti e parole che giungano oltre le apparenze.

Mistero per gli altri, conosciuti e compresi tuttavia da Chi scruta nel profondo, facendosi più intimo a noi di noi stessi.

AIMONE GELARDI in *Pensieri feriali*, Messaggero 1998, pp. 66-67

Il segreto dell'esistenza:
vivere con semplicità
e pensare con grandezza.
William Wordsworth

AMICI

C'è sempre qualche persona che è più intima, più vicina, con la quale è più facile il rapporto, e dalla quale ci si sente più capiti. Il senso di amicizia è innato nell'uomo, anche se spesso si scontra con l'egoismo proprio e altrui, e rischia di venire sommerso.

Oggi, nonostante tanta liberalità di rapporti, si sente spesso denunciare l'impossibilità di una amicizia, e affiora e dilaga piuttosto un senso di incomunicabilità, si scavano abissi invalicabili che separano le persone. Si confonde l'amicizia con la semplice simpatia, e si pensa che debba essere qualcosa di spontaneo che da sola nasce e da sola si mantiene.

Vengono così a crearsi quei rapporti che, in un primo momento sembrano profondi ed essenziali, destinati a durare per sempre, e che poi al primo scossone, alla prima nube si dissolvono velocemente. Oppure si creano rapporti tra persone che hanno qualcosa di concreto da darsi, e, forse anche inconsciamente, durano fin che l'uno può sfruttare le qualità e le possibilità dell'altro.

Come sempre, il sentimento che genera questo rapporto diventa poi il veleno che lo uccide. (...) Sono amicizie che rendono uno dipendente dall'altro fino alle esagerazioni di uguaglianze che spersonalizzano: ed è evidente che prima o poi questo rapporto si logora o si rompe drasticamente.

Invece, l'amicizia, se ben intesa, è una scuola continua di apertura, di crescita umana, di superamento di sé: l'amicizia cerca sempre di allargarsi, di giungere a nuove persone, di capire e accettare la realtà altrui come nuovo punto di partenza. È vero che l'amicizia esige uno scambio, una risposta paritetica, ma è anche vero che la radice profonda di questo rapporto sta nell'animo di ciascuno che è disponibile, è aperto, è pronto al dialogo, alla offerta di sé, perché è certo che in ciascuno c'è sempre qualcosa di buono su cui costruire e da cui partire per migliorare.

Un vero spirito di amicizia cresce col crescere della persona, nonostante ostacoli, difficoltà, contraddizioni, ferite, e colpi violenti che si possono incontrare.

GIORGIO BASADONNA in *Creati per amare*, Elledici 1989, pp. 23-24

GUERRA GIUSTA

Nei primi secoli, i cristiani rifuggivano dalla guerra, vedendola come occasione di omicidio, oltreché spesso come occasione di culto pagano per propiziare la vittoria delle armi.

Poi, finito il tempo della presenza «eroica» in un mondo pagano e persecutore, si è inaugurata con Costantino una nuova era, in cui lo Stato si preoccupa dell'incremento della comunità cristiana e ne prende le difese, con un esercito esso stesso composto di cristiani.

Le guerre che difendono la religione cristiana o che salvaguardano uno Stato garante della vera religione risultano allora «giuste», anzi doverose. Così le Crociate saranno «giuste» per principio, proprio perché legate all'espansione e alla difesa della religione cristiana.

Il concetto di «guerra giusta» si allargherà poi fino ad abbracciare la difesa di qualunque «valore», ivi compreso l'onore dinastico (quando, ad esempio, un re dichiarava guerra a un altro re solo perché questi gli aveva rifiutato la mano della figlia!).

Quando si è capito che il concetto di «guerra giusta» era troppo elastico, lo si è ristretto alla «guerra di difesa», escludendo dunque ogni aggressione (sia pure per motivi nobili), e ponendo delle condizioni: un motivo serio, la legittima autorità che la gestisce, una certa «proporzione» tra i beni da difendere e i danni prodotti dalla guerra.

Anche questo concetto è oggi nuovamente in crisi, non fosse altro perché le guerre nucleari uccidono al primo colpo centinaia di milioni di persone e distruggono intere civiltà, mentre esigono, per una qualunque speranza di cosiddetta vittoria, che si spari per primi per annullare così la possibilità o il volume di attacco dell'avversario.

LUIGI BETTAZZI in *Il cristiano e la pace*, Elledici 1989, pp. 5-6

ARMI NUCLEARI

Gli scienziati, consapevoli delle terribili possibilità delle forze distruttive da essi scoperte, e forse particolarmente toccati dalla responsabilità morale che si accompagna alle responsabilità scientifiche che sono loro proprie, hanno ammonito ripetutamente l'umanità. Essi si appellano soprattutto ai governanti, illustrando in maniera particolareggiata non solo la gravità delle distruzioni che verrebbero provocate direttamente dagli ordigni nucleari attuali, ciascuno migliaia di volte più potente delle bombe sganciate su Hiroshima e Nagasaki al termine della seconda guerra mondiale, ma altresì delle conseguenze che per lungo tempo renderebbero impossibile qualunque forma di soccorso e di sussistenza. (...)

L'Europa in più aggiunge la considerazione che una guerra atomica anche parziale, una guerra di «teatro» come si dice in gergo, avrebbe appunto come teatro l'Europa e porterebbe alla distruzione pressoché istantanea di tutte le sue città e alla morte della maggioranza dei suoi abitanti. (...)

Eppure si continuano a costruire armi sempre più raffinate e distruttive, secondo l'antico detto romano: «Se vuoi la pace, prepara la guerra». (...)

Dobbiamo anche dirci chiaramente quanto le guerre fredde e le tensioni tra paesi possano venire influenzate dalle esigenze di mantenere i guadagni e i livelli di occupazione nelle fabbriche di armi, mentre non dobbiamo ignorare come tutto questo sia pagato col saccheggio di materie prime e di lavoro nei paesi dipendenti... (...)

Oggi... con l'equivalente di un solo carro armato si potrebbero costruire ottanta trattori agricoli..., con un incrociatore lanciamissili cinquemila posti letto in ospedale. (...) Si è fatto il calcolo che i cinquanta milioni di uomini... che muoiono ogni anno per la fame o per le sue conseguenze, potrebbero essere salvati con le cifre di un mese e mezzo di spese militari!

Possono sembrare cifre proposte a scopi... emotivi; esse peraltro ci aiutano a prendere coscienza delle responsabilità che hanno soprattutto i paesi più industrializzati e più potenti.

LUIGI BETTAZZI in Il cristiano e la pace, Elledici 1989, pp. 4-5

VIOLENZA

Giuseppe ha appena tredici anni. Non è né bello né brutto, ma un paio di occhi neri ce li ha, eccome. Sbarrati, stamani. Immobili. Ieri sera si è attorcigliato un filo di ferro al collo e, dopo aver attaccato l'altra estremità a un albero, si è lasciato cadere giù. Non c'è stata follia; c'è stato solo il coraggio disperato di farla finita, da parte di un ragazzetto che ha conosciuto soltanto privazioni, minacce, fatica. E sì che il suo desiderio era un altro: tanto affetto, tanta protezione. (...)

E così per Tonino, Michele e Anna a cui non è andato giù quel brutto voto a francese e hanno deciso... di dare una lezione all'insegnante e al papà troppo brontolone, annusando gas.

Giuseppe, Tonino, Michele, Anna non erano dei «nati male». È che a un certo punto si sono affacciati a un ponte, a una finestra aperta sul mondo, sulla società, e si sono sentiti investiti da quell'ondata di violenza che il mondo e la società sprigionano. Mondo e società violenti non solo in senso criminoso, ma con una forza e con un modo prepotente di presentarsi e imporsi piuttosto che di proporsi. (...) Giuseppe, Tonino, Michele, Anna si sono lasciati prendere dalla fretta di avere subito tutto ciò che si vuole. Del resto era lì a portata di mano: quelle luci gialle, rosse, di quell'azzurro violento che faceva sbarrare gli occhi e li accecava e che non permetteva alla pupilla di ripararsi dietro la palpebra, rimasta come incantata; quei comandi quasi mai velati... ricevuti tra le quattro pareti di casa, quasi mai accompagnati dalla stima di quanto si ha, come il bene, l'affetto, la salute, lo stare insieme.

Nell'orizzonte barocco-funebre della cronaca nera, gli episodi sempre più numerosi di violenza sull'infanzia sono soltanto gli spezzoni emergenti di una realtà sotterranea, ben più drammatica e diffusa, che si nasconde perfino all'interno delle mura domestiche e delle istituzioni, o che si traveste, fra costrizione e menzogna, delle più svariate forme di educazione autoritaria. Senza considerare, magari, anche quella certa forma di iperprotezione che può andare benissimo a braccetto con i maltrattamenti, l'incuria e l'abbandono.

JOLANDA LUCARINI in *I ragazzi nella città violenta*, Elledici 1984, pp. 3-4

NON-VIOLENZA

La guerra è violenza, è rinunciare a utilizzare la ragione e il confronto per affidare alla forza la soluzione dei problemi: non indica dunque chi ha più ragione, ma chi ha più forza. Anche quando ci si difende da una violenza subita, in fondo si vince una violenza con un'altra violenza. Non sempre la storia, almeno a breve scadenza, dimostra che chi ha ragione vince.

Se poi entriamo nell'ottica evangelica, che elimina la stessa categoria di «nemico» e che impone di non resistere alla violenza contrapponendole mezzi non violenti, dobbiamo concludere che la norma del cristiano dovrebbe essere sempre la non violenza. E questa sempre più appare come l'unico ideale valido per ogni uomo, in un tempo in cui la violenza sempre più sfrenata rende intollerabile la vita interna delle nazioni, e a livello planetario fa balenare l'eventualità della distruzione dell'intera umanità. (...)

Occorre dunque rivendicare il primato assoluto della non violenza. Non violenza non indica solo astensione dall'uso attivo della violenza (soprattutto della violenza fisica inferta ad altri, con impedimento forzato dei movimenti, con percosse, torture, ferite, tanto più con l'uccisione): indica anche rifiuto della violenza altrui, della stessa violenza che leggi o comportamenti ingiusti impongono al popolo.

Questa reazione viene fatta con mezzi non violenti (come dichiarazioni, dimostrazioni pubbliche, marce, boicottaggi economici e commerciali ecc.); ma non sarebbe autentica non violenza se non comportasse un impegno attivo per denunciare e contrastare le violenze in atto.

LUIGI BETTAZZI in *Il cristiano e la pace*, Elledici 1989, pp. 25-26

PENA DI MORTE

Tutti sanno che per secoli non si è dubitato della liceità di questa suprema punizione.

Anzi molti oggi vorrebbero ripristinarla là dove è stata abolita (in Italia, di recente, è riemersa da più parti una tale proposta come antidoto al dilagare della delinquenza più crudele). Per la verità sono reazioni alquanto emotive.

In realtà se si esaminano con attenzione le ragioni che tradizionalmente si portano a sostegno della pena di morte ci si accorge che sono molto discutibili.

Né il bene comune da difendere, né tanto meno l'effetto deterrente (negli stati dove è in vigore, l'indice di criminalità è superiore a quello degli altri che sono privi di questa pena estrema), né la giustizia da compiersi (a ben guardare ha più il sapore della vendetta che non della giustizia!) sembrano esigere l'esecuzione capitale anche dei criminali più feroci.

Se aggiungiamo il rischio (sempre possibile) degli errori giudiziari, e soprattutto l'impossibilità di sondare la reale responsabilità dell'uomo, la totale incapacità di effetti correttivi, possiamo concludere affermando che attualmente la pena di morte è ingiustificabile dal punto di vista morale cristiano.

S. DHO - C. AVAGNINA in *Cristianesimo coerente*, Esperienze 1978, scheda 7, p. 8

Per l'uomo ci sono solo tre avvenimenti:
nascere, vivere, morire.
Non si accorge di nascere,
soffre a morire
e si dimentica di vivere.
Jean de La Bruyère

Abbraccio

Due fratelli possedevano un mulino nei pressi del fiume. Vi lavoravano tutto il giorno. La gente del paese portava lì il grano per la macina e, per ricompensa, lasciava un po' di farina.

Al termine della giornata lavorativa la quantità ricevuta dai due fratelli veniva equamente divisa e collocata in due depositi distinti, ciascuno appartenente a uno dei fratelli. Poi i due lasciavano il mulino e tornavano a casa. Vivevano in zone opposte del paese.

Uno era sposato e aveva nove figli, l'altro era scapolo e viveva da solo.

Quest'ultimo pensava, e giustamente, che non fosse logico dividere la farina in parti uguali, giacché era solo, mentre suo fratello aveva nove bocche da sfamare.

Così, di notte, tornava al mulino, riempiva un sacco di farina e, di nascosto, lo trasportava nel deposito del fratello; quindi tornava a dormire felice.

L'altro fratello, dal canto suo, faceva un ragionamento opposto. Pensava che mentre lui, durante la vecchiaia, avrebbe potuto contare su nove figli e non avrebbe avuto problemi di sostentamento giacché i figli sono la più grande fra le ricchezze, suo fratello, invece, essendo solo, avrebbe dovuto pensare per tempo a mettere qualcosa da parte.

Per questo, di nascosto, anch'egli si recava di notte al mulino, riempiva un sacco di farina e lo trasportava nel deposito del fratello.

Una notte i due si incontrarono per caso al centro del paese, ognuno col sacco di farina sulle spalle. Si guardarono, si abbracciarono, e lì, proprio in quel luogo, venne costruita una chiesetta.

Che bello! La Chiesa che nasce da un abbraccio.

Tonino Bello in *365 finestre aperte sull'eterno*, Elledici 2009, pp. 142-143

EUTANASIA

Dire sì alla fine della nostra vita può essere la grande prova del valore delle altre nostre adesioni. Una vita vissuta interamente nel coraggio e nella fede dovrebbe finire con una morte dolce, una fine «biblica»: ci ricongiungiamo ai nostri cari, nasciamo alla vita eterna e andiamo verso Colui che assillava i nostri pensieri: «È tempo di vederci», diceva santa Teresa d'Avila morente. Voglia il Signore concederci una morte così dolce.

Ma la morte dolce sta prendendo un altro volto: l'eutanasia. È il suicidio metodicamente organizzato, non un suicidio per disperazione, ma per finire la vita «nel modo più dignitoso e il meno doloroso possibile». Esiste addirittura un'associazione per il diritto di morire con dignità che vuole abituarci a questo suicidio come ultimo ricorso a un buon accostamento alla morte: nessun accanimento terapeutico, miglioramento nel trattamento medico del dolore nella fase terminale, e finalmente, con una dolce musica, la pozione liberatrice: «Salve, mio ultimo mattino!».

L'eutanasia è stata suggerita dallo spettacolo della lenta degradazione fisica e psichica di una persona molto vecchia o di un malato condannato. È proprio necessario subire tutto ciò? chiedono coloro che muoiono al rallentatore e i loro parenti. Il ricorso all'eutanasia cesserà quando non ci saranno più esiti finali atroci.

In attesa, si instaura una perversione: il coraggio di morire diventa il coraggio di uccidersi, perché si rifiutano l'umiliazione e la sofferenza.

Ma le situazioni cambiano molto in fretta, e accade di scoprire sorprendenti termini della vita tra i malati di aids: conversioni alla fede e all'amore, la constatazione che «un'esistenza devastata può essere gloriosa» (cito un testimone, non avrei osato dirlo io stesso).

La vera lotta consiste nell'interessare tutto il personale sanitario ai trattamenti antalgici e nel preparare accompagnatori psicologicamente dotati e capaci di vera compassione. (...)

Si tratta di una nuova nascita. La fine della vita è la nascita alla vita eterna.

ANDRÉ SÈVE in *Ama la tua vita*, Elledici 1998, pp. 66-67

Ragione

Ogni intervento, esterno o interno, che miri a forzare le inclinazioni immediate dell'individuo in nome di motivi astratti e universali, viene sentito come una repressione. Ed essere dei «repressi» è considerato, oggi, il male peggiore che possa capitare. Da qui, soprattutto tra i giovani, un diffuso spontaneismo. Da qui tutta una serie di conflitti con le regole di una società fin troppo «razionale» e la tendenza di molti a cercare un'evasione nella droga o in comportamenti devianti, che spesso hanno come esito finale la distruzione della vita propria o altrui.

Bisogna dunque uccidere i propri sentimenti e sottrarsi al flusso della vita? (...) Per essere autentici e felici dobbiamo rinunziare alla ragione, col rischio, però, di finire nella follia e nella morte? (...)

Forse la ragione è chiamata a ripensare se stessa e a scoprire – o riscoprire – quegli aspetti della sua natura, che sono stati perduti di vista nell'età dello sviluppo della scienza e della tecnica moderne. Reciprocamente, nel sentimento, nel gusto della bellezza, nello stesso istinto, devono essere rivalutate le componenti di razionalità implicita, «mascherata», che pure ci sono. È indispensabile una «nuova alleanza» tra la sfera razionale e quella vitale, tra calcolo che quantifica e percezione della qualità. In mancanza di questa sintesi, l'essere umano rischia di essere condannato a oscillare tra il modello dell'intelligenza artificiale e quello di una evanescente emotività o di una pura istintualità. (...)

Neppure nella nostra esistenza personale mancano i segnali da cui trapela la necessità di superare il dualismo tra ragione e vita. Avvertiamo, più o meno consapevolmente, che l'abbandono ai meri stati d'animo ci mette in balìa di meccanismi di persuasione occulta che limitano o annullano la nostra libertà. Certo, le nostre concezioni di fondo sulla realtà e sulla vita non possono essere soltanto il risultato di freddi ragionamenti di tipo scientifico. Ma neppure del puro sentimento o, peggio, delle pulsioni dell'istinto. Nella loro forma migliore, esse scaturiscono, piuttosto, da una circolarità che coinvolge ad un tempo la nostra ragione, la nostra sensibilità e la sfera istintiva.

Giuseppe Savagnone in *La stella dei Magi*, Elledici 2002, pp. 40-41

CULTURA

«Con il termine generico di "cultura" si vogliono indicare tutti quei mezzi con i quali l'uomo affina ed esplica le molteplici sue doti di anima e di corpo; procura di ridurre in suo potere il cosmo stesso con la conoscenza e il lavoro; rende più umana la vita sociale sia nella famiglia che in tutta la società civile, mediante il progresso del costume e delle istituzioni; infine, con l'andar del tempo, esprime, comunica e conserva nelle sue opere le grandi esperienze e aspirazioni spirituali, affinché possano servire al progresso di molti, anzi di tutto il genere umano» (GS 53).

L'uomo è dunque insieme oggetto e artefice della cultura. Si impone dunque una riflessione sull'uomo, sui suoi veri valori e sui modi più opportuni per promuoverli. In sintesi possiamo proporre i seguenti scopi per una formazione culturale.

L'uomo deve anzitutto prender coscienza di se stesso e delle proprie qualità, del mondo in cui vive e dei valori culturali del suo popolo (informazione, assimilazione). Deve inoltre aprirsi e mettersi in contatto con gli altri uomini, che lo arricchiscono e lo aiutano a prendere coscienza di se stesso (comunicazione). Deve poi diventare capace di un suo giudizio personale sulle cose e sugli avvenimenti, e anche di prendere decisioni libere e autonome, basate su una gerarchia di valori di cui sia consapevole (formazione).

Ma un uomo non è veramente tale finché non diventa a sua volta artefice e promotore di cultura, ossia creatore di forme nuove, artistiche e culturali, e anche promotore di un mondo migliore, in cui vengano rispettati e promossi i valori di verità, giustizia e libertà; deve cioè sentirsi responsabile della formazione degli altri uomini. L'uomo è tanto più uomo quanto più esce da sé per donarsi agli altri.

Infine l'uomo non è pienamente formato se non si eleva fino alla contemplazione di Dio, che trascende ogni realtà umana e che dona il significato ultimo alla sua vita.

EUGENIO COSTA in *Dizionario dei temi della fede*, SEI 1977, pp. 89-90

SPORT

Lo sport è gioia di vivere, gioco, festa, e come tale va valorizzato e forse riscattato, oggi, dagli eccessi del tecnicismo e del professionismo mediante il ricupero della sua gratuità, della sua capacità di stringere vincoli di amicizia, di favorire il dialogo e l'apertura degli uni verso gli altri come espressione della ricchezza dell'essere, ben più valida di quella dell'avere, e quindi ben al di sopra delle dure leggi della produzione e del consumo, e di ogni altra considerazione puramente utilitaristica ed edonistica della vita.

San Paolo non ha esitato a includere lo sport fra i valori umani, ha riconosciuto la fondamentale validità dello sport, considerato non soltanto come termine di paragone per illustrare un superiore ideale etico e ascetico, ma anche nella sua intrinseca realtà di coefficiente per la formazione dell'uomo e di componente della sua cultura e della sua civiltà.

Impegnatevi perché lo sport contribuisca a far penetrare nella società l'amore reciproco, la fraternità sincera e l'autentica solidarietà. Lo sport infatti può recare un valido e fecondo apporto alla pacifica coesistenza di tutti i popoli, al di là e al di sopra di ogni discriminazione di razza, di lingua e di nazioni...

Lo sport è confronto leale e generoso, luogo di incontro, vincolo di solidarietà e di amicizia...

Lo sport può essere autentica cultura quando l'ambiente in cui si pratica e l'esperienza che si compie sono aperti e sensibili ai valori umani e universali per lo sviluppo dell'uomo in tutte le sue dimensioni.

GIOVANNI PAOLO II in *Giovani, non siate i grandi essenti,*
Elledici 1987, pp. 17-18

Vivi ogni giorno
come se avessi vissuto tutta vita
proprio in vista di quel giorno.
Vasilij Vasil'evic Rozanov

RELIGIONE

La parola religione richiama alla memoria un insieme di cose vicine e lontane: luoghi e edifici di culto che sono legati ai ricordi della nostra infanzia e adolescenza; persone e istituzioni che ci hanno parlato di Dio in modo simpatico o purtroppo meschino; parole come papa, chiesa, morale e peccato che ci sono familiari o che invece ci lasciano nella più completa indifferenza. Per tutti, comunque, la religione fa parte della nostra esperienza individuale, sociale o culturale. Se consultiamo qualche dizionario o una enciclopedia, constatiamo che questa nostra esperienza, un po' confusa, di religione è comune anche agli studiosi. Soltanto di definizioni ne sono state date circa 150, segno che non è poi così facile dire cos'è la religione.

La definizione più comune è quella riportata nell'*Enciclopedia Garzanti di filosofia*: «Il complesso di credenze e atti di culto che esprime il rapporto dell'uomo con il sacro e la divinità».

Circa l'origine del termine *religio* nel cristianesimo antico c'erano due opinioni: chi la riconduceva al verbo *relegere*, nel senso di «considerare diligentemente le cose che concernono il culto degli dèi» (Cicerone); e chi la faceva derivare da *religare*, per designare «il vincolo di pietà che ci unisce a Dio» (Lattanzio). Quest'ultimo aspetto, che mette in risalto il rapporto personale tra l'uomo e Dio e gli obblighi che ne derivano, fu preferito in Occidente.

Ma lasciando da parte le definizioni da manuale. (...) Da sempre l'uomo si domanda «perché?», sente il bisogno di interpretare il mistero del cosmo, di dare un significato alla propria esistenza. «Chi e perché mi ha messo al mondo?», fa gridare Fabrizio De André al giovane del *Cantico dei drogati*. Il pianto di chi è «vuoto nell'anima e nel cuore» ci dà la dimensione di quanto sia vitale questa domanda di senso, testimoniata da tutta la storia del pensiero umano.

Ma ricercare il significato della vita e dell'esistenza non è ancora religione. La religione non si pone solo delle domande, dà delle risposte. Soprattutto mette l'uomo in contatto con il principio stesso del cosmo e della vita.

SERGIO BOCCHINI in *Processo alla religione*, Elledici 1987, pp. 4-5

ISLAMISMO

«Islam» è una parola araba che indica «sottomissione» o «resa» alla volontà di Dio. «Musulmano», deriva dalla stessa radice e significa «colui che si è arreso», e che perciò si impegna a vivere secondo la volontà di Dio. Spesso si parla anche di «maomettani», ma non è esatto, perché Maometto (il «Lodato»), nato alla Mecca nel 570 d.C., è soltanto il Profeta di Allah (Dio), e i musulmani adorano Dio, non Maometto.

Fonte principale per la conoscenza di questa grande religione universale è il Corano («recitazione»), che contiene quanto Maometto ha appreso da Dio per rivelazione.

La forza originaria – e tuttora attuale – dell'Islam sta nel considerarsi come il prolungamento della rivelazione di Dio nella storia. Secondo la dottrina coranica, Dio ha parlato ai vari popoli testimoniando la sua unicità e ricordando il giudizio finale attraverso vari profeti, tra i quali Mosè a cui affidò la Legge (Torah), e Gesù a cui affidò l'Evangelo; ma la pienezza della rivelazione si ha con Maometto, l'ultimo dei grandi profeti.

L'islam si presenta così come la pienezza della rivelazione, l'espressione più alta della sovranità dell'unico Dio, il «Signore dei mondi», a cui tutti gli uomini devono obbedienza.

Il primo pilastro della fede islamica è la professione di fede: «Non c'è Dio se non Dio, e Maometto è il messaggero di Dio», a cui seguono gli altri quattro: la preghiera, fatta cinque volte al giorno; l'elemosina, che in realtà è una sorta di decima, di tributo obbligatorio; il digiuno nel mese di Ramadan; il pellegrinaggio alla Mecca, da compiersi almeno una volta nella vita. Un ulteriore impegno, non tanto per il credente quanto per la comunità musulmana, è la Guerra santa (Gihad), contro i nemici di Dio, cioè i pagani che rifiutano la conversione e quelli che attaccano l'islam. Oggi si tende verso una interpretazione più spirituale di questa forma di «violenza sacra» già presente in Maometto.

È importante sottolineare il profondo rispetto per la potenza assoluta di Dio che l'islam testimonia, come anche il posto dato alla preghiera.

SERGIO BOCCHINI in *Una religione vale l'altra?*, Elledici 1989, pp. 7-8

Buddhismo

In polemica con il brahmanesimo, di cui rifiuta il formalismo e il ritualismo, Siddharta Gautama, detto il Buddha (l'«Illuminato»), nato in India nel VI sec. a.C., pone al centro della sua riforma il tema della liberazione dal dolore, attraverso la rinuncia al mondo e la pratica ascetica.

Dopo aver tentato varie strade, anche quella del più completo ascetismo e del rifiuto totale della vita, Buddha proclama la «via di mezzo»: l'atteggiamento esistenziale che rifiuta i piaceri e il godimento, ma anche l'eccessiva penitenza e le forme di autopunizione. La salvezza finale (Nirvana) si raggiunge attraverso la soppressione del desiderio (causa di ogni male), seguendo il cammino indicato dal Buddha.

L'Illuminato, che si è sempre proclamato «uno che indica la via» e mai un dio, ha riassunto la sua dottrina nelle «quattro nobili verità»: 1) tutto è dolore; 2) il dolore ha una causa; 3) il dolore ha un termine: il Nirvana; 4) vi è un cammino che conduce al Nirvana. Esso si articola in otto gradi (l'ottuplice sentiero): retta comprensione (della dottrina), retto pensare (e decidere), retto parlare, retto agire, retto modo di sostenersi, retto sforzo, retta concentrazione, retta meditazione.

Chi segue questa via proclamata dal Buddha si libera dalla causa stessa del dolore, cioè dal desiderio o «sete» che produce attaccamento all'esistenza e quindi causa di nuove rinascite, della vecchiaia e della morte. Ma questo cerchio di dolore può essere vinto, raggiungendo il Nirvana, meta suprema del cammino buddhista, stato indefinibile in cui si è per sempre liberi dai limiti dell'esistenza.

La dottrina del Buddha si è diffusa attraverso due scuole principali: quella Mahayana (del Grande Veicolo), presente soprattutto nel Tibet, nella Cina, nella Corea e nel Giappone, che ha reinterpretato più ampiamente il pensiero del fondatore; e quella Hihayana (del Piccolo Veicolo), la forma più antica e classica del Buddhismo, che conquistò il Sud-Est asiatico.

Sergio Bocchini in *Una religione vale l'altra?*, Elledici 1989, pp. 5-6

INDUISMO

Con questo termine indichiamo la religione dell'India, culla di grandi espressioni religiose, comprendente tre fasi successive che coprono un arco di tempo di circa 3500 anni: il vedismo, il brahmanesimo e l'induismo vero e proprio. Ciò che colpisce subito negli indù è che essi adorano e invocano molti dèi e li raffigurano con innumerevoli immagini. Tuttavia si tratta solo di modi diversi di rappresentare e invocare un'unica forza, origine e causa dell'esistenza stessa: il *Brahman.*

Questo modo di concepire l'Assoluto come un brillante unico che si presenta con tante sfaccettature diverse, è alla base della proverbiale tolleranza indiana sulle religioni: «Una sola ed identica luna si specchia in tutte le acque. Tutte le lune nell'acqua sono una sola nell'unica luna».

La concezione del Brahman come realtà unica a cui tutto deve tendere, compreso l'*atman* (l'io profondo dell'uomo), è il punto centrale dell'induismo. Compito dell'uomo è quello di percorrere la strada che porta alla salvezza, cioè la definitiva liberazione dal ciclo delle rinascite e l'identificazione con il tutto (il Brahman). Per questo egli deve passare, in genere, attraverso varie vite, perché solo quando riesce a liberarsi definitivamente dalla realtà giunge alla salvezza.

Diverse sono le vie indicate per raggiungere la salvezza: la via della conoscenza (dell'istruzione e della scienza sacra); la via delle opere o karma (dell'agire bene e senza attaccarsi ai risultati ottenuti); la via dei severi esercizi e della disciplina, cioè dello yoga. Etimologicamente, la parola «yoga» è simile alla nostra parola «giogo», e significa appunto il soggiogamento o controllo del corpo. E infine la via della devozione o bakti, l'amore e la devozione a Dio, spiegata nel libro più popolare dell'induismo, la *Bhagavad-Gita.*

SERGIO BOCCHINI in *Una religione vale l'altra?*, Elledici 1989, pp. 4-5

Sette

La questione delle sette è secondo me molto più vasta. L'interesse verso le sette non è perché esse presentano il problema dell'aldilà; le sette presentano prima di tutto il problema dell'aldiqua. Molte volte sono aggregazioni che prendono specialmente gli sbandati... almeno alcune, no?... gli immigrati senza difesa..., e li aiutano, e in qualche modo li condizionano.

Credo che il problema delle sette sia il problema di una religiosità più vivace, più autentica, più immediata. Questo pone un problema anche al cattolicesimo; ma non credo che il problema sia direttamente l'aldilà. È un fenomeno delle epoche, come dire, di incertezza, di confusione. È capitato fin dal tempo dei Romani. Ci si rivolgeva ai culti misterici. In genere queste proposte venivano dall'Oriente.

Io sento una grandissima compassione verso chi cede a queste seduzioni, nel senso che, avendo a disposizione la verità saziante, si vada a finire in questi rivoli: come se una persona affamata a cui si presenti un bel piatto di minestrone, vada a cercarsi lo zucchero filato.

GIACOMO BIFFI in *L'Aldilà*, Elledici 2001, pp. 21-22

Tenete ben presente, o fratelli,
che non soltanto della vostra vita,
ma di quella del mondo intero
dovrete, un giorno, rendere conto.
Giovanni Crisostomo

TESTIMONI DI GEOVA

È indubbio che i Testimoni di Geova stanno facendo in Italia, con i massicci interventi della centrale di Brooklyn, un poderoso sforzo di proselitismo. (...)

Non serve dire che i risultati di questa colossale operazione di propaganda a tappeto, di casa in casa, sono ben modesti e del tutto sproporzionati... (...)

Bisogna invece pensare che le loro visite, i loro discorsi che non ammettono dialogo, la loro corrosiva critica a tutte le religioni, in particolare alla Chiesa cattolica, i libri e le riviste che lasciano, sono causa di scetticismo, disaffezione, dubbi e in ultima analisi di ateismo.

Non serve dire che la loro dottrina è così puerile, la manipolazione della Bibbia così evidente, le «profezie» sulla fine del mondo così sballate, i loro impegni di riunioni e di propaganda così asfissianti che anche quelli che hanno aderito finiranno per ricredersi, e che i segni di queste defezioni già ci sono. (...)

Il geovismo dunque pone un grave problema per la fede cristiana e, in particolare, costituisce una grave minaccia per le persone semplici e indifese, alle quali di preferenza si rivolgono i «proclamatori». Ogni cristiano quindi è tenuto a premunirsi e ad informare i suoi fratelli, perché non cadano nel tranello.

E poiché l'azione di questa setta è basata più su un metodo di proselitismo che su una dottrina, su tecniche di propaganda più che sulle idee (sulle quali del resto l'esperienza dice che è inutile discutere perché essi le sostengono con fanatismo esasperante anche contro ogni più logico ragionamento), sarà utile imparare un metodo di difesa e di risposta.

GIANNI SANGALLI in *Di fronte ai Testimoni di Geova*, Elledici 1989, pp. 3-4

Il segreto della vita umana non sta soltanto nel vivere
ma anche nel sapere per che cosa si vive.
Fëdor Michajlovič Dostoevskij

Ateismo

In greco *atheós* è colui che non crede agli dèi, che nega la loro esistenza. Sotto questa accusa, Socrate poté essere condannato come «ateo» e anche i primi cristiani furono spesso accusati di ateismo, come viene ricordato negli *Atti dei martiri.* Al di fuori del contesto del politeismo greco-romano, la parola ha assunto un altro significato: ateo è colui che non ammette l'esistenza di Dio.

L'ateismo contemporaneo si è sviluppato in seno a una società che era stata evangelizzata e cristianizzata, per cui assume anche un aspetto di apostasia: l'a privativo indica appunto un'opposizione, un anti-; l'ateismo moderno si presenta come un rifiuto attivo e spesso militante, come il rigetto del Dio della rivelazione cristiana e del suo messaggio d'amore; è quindi diverso da un ateismo nato in un altro contesto.

L'ateismo si propone di liberare l'uomo da ogni dipendenza, di emanciparlo, di sottrarlo a ogni alienazione, rifiutando ogni forma di trascendenza. Ma eliminando i valori trascendenti cadono anche i valori immanenti (verità, giustizia, distinzione tra bene e male), che perdono ogni significato in quanto privati del loro fondamento; l'uomo si chiude nel contingente e abdica davanti al movimento della storia che appare onnipotente, mentre di per se stesso è cieco. In realtà, raramente l'ateismo è del tutto logico e coerente con se stesso; esistono pseudo-atei che ammettono dei valori trascendenti e si limitano a negare l'idea falsa che hanno di Dio.

I sistemi filosofici atei spesso sostituiscono Dio con un altro principio primo indimostrabile, nel tentativo di ricostruire ciò che credono di aver distrutto radicalmente.

Guy-Marie Oury in *Dizionario della fede cattolica*, Elledici 1994, pp. 22-23

La vita di ogni uomo comprende la vita di tutti gli uomini,
ogni racconto è solo un frammento di una storia,
la storia dell'umanità.
Stephan Wyszynski

Ottobre

«Tutto è come un soffio di vento...
Non c'è niente di nuovo sotto il sole...» (cf Qo 1,9)

Terza età - Sensi - Persona

SAGGEZZA

C'era una volta un re che a sessant'anni, si rese conto che non aveva imparato molto sul senso dell'esistenza. Convocò tutti i suoi ministri e consiglieri e ordinò: «Prendete il denaro dei miei forzieri e andate alla ricerca dei libri di sapienza; vorrei finalmente conoscere la vera saggezza della vita».

I consiglieri sciamarono verso tutte le direzioni della terra. Tornarono dopo sette anni spingendo quaranta cammelli carichi di una montagna di libri rari. Vedendoli, il re esclamò: «Ho sessantasette anni, non avrò mai il tempo di leggerli tutti. Fatemi un riassunto!».

Dopo sette anni i più abili letterati dei mondo consegnarono un riassunto di quel tesoro di sapienza. Ma il riassunto equivaleva al carico di sette cammelli. Disse il re: «Ho già settantaquattro anni. Non ho il tempo di leggere tutto. Riassumete ancora». Si fece il riassunto del riassunto. Dopo sette anni il carico era di un solo cammello.

«Ho passato gli ottant'anni» disse il re. «Non riuscirei mai a leggere questi libri. Riassumete ancora!». I saggi si rimisero al lavoro e dopo sette anni il risultato fu un solo libro. In quel momento, un valletto si precipitò dai saggi: «Presto, portate il libro al re. Sta morendo». Il re, in un debole soffio mormorò all'orecchio del più dotto dei saggi: «Per favore, riassumi in una sola frase tutto il sapere, tutta la saggezza del mondo...». «Eccola, sire: Vivi il momento presente».

La maggior parte di noi non diventerà milionario, non sarà eletto presidente, né vincerà il Nobel. Ma possiamo goderci i piccoli piaceri della vita... Goditi le piccole delizie della vita. Ce ne sono in abbondanza per ognuno di noi.

BRUNO FERRERO in *365 piccole storie per l'anima*, Elledici 2007, pp. 8-9

ANGELI

Come la rivelazione del potere del diavolo mette a nudo la densità sovrumana del male operante nella storia, obbligando l'uomo a rendersi conto della impossibilità di accogliere il Regno di Dio senza un costoso combattimento condotto nella fede, così la manifestazione della partecipazione degli angeli all'opera della salvezza illumina la profondità del rapporto di Dio con gli uomini, la posizione incomparabile di Gesù nella creazione, e soprattutto il paradosso della piccolezza-grandezza dell'uomo. (...)

Riflettendo sui compiti che le Scritture assegnano agli angeli, si comprende meglio il realismo dell'impegno di Dio nei nostri confronti. La credenza negli angeli avvicina Dio.

Contribuisce efficacemente, cioè, a familiarizzare con ciò che supera i gretti confini dell'immediatamente constatabile, ad andare oltre la disastrosa miopia del materialismo che valuta solo quanto cade sotto i sensi, e a mettere al primo posto i valori spirituali. (...)

L'attenzione alla presenza amorosa degli angeli, inoltre, fa capire meglio l'ampiezza del disegno divino di mettere l'intera creazione in rapporto di dipendenza per la vita o la morte con Gesù. (...)

La dottrina degli angeli, infine, aiuta potentemente ad intendere meglio l'identità dell'uomo e la fisionomia dei compiti che caratterizzano la sua esistenza. Per prima cosa, essa ricorda all'uomo che egli non è fatto per bastare a se stesso, ma che la sua verità richiede che egli si stabilizzi in una logica di comunione e di incontro con quanto lo circonda. (...) Lo si comprende pensando che angeli e uomini con la loro compresenza si relativizzano a vicenda, diventando gli uni per gli altri una ragione di vera umiltà. (...)

Nell'assetto della creazione voluta di fatto da Dio, accanto alle coscienze e libertà umane esistono quelle coscienze e libertà superiori che chiamiamo angeli. Chi si apre, con l'ascolto della Parola di Dio e la preghiera, alla loro presenza, impara ad essere sempre «in relazione» con Dio, con i propri fratelli e con il mondo; ad essere, cioè, sempre più «persona».

GIORGIO GOZZELINO in *Inchiesta sugli angeli*, Elledici 1987, pp. 27-29

RISORSE

Noi abbiamo molte risorse, elementi positivi su cui possiamo contare per accordarci fiducia e vivere meglio. Queste risorse ci permettono di evolvere. Sono forze che mettiamo in azione al momento giusto, che adattiamo ai contesti e alle nuove situazioni per riuscire.

Utilizzarle significa attingere energia da una sorta di serbatoio e prendere nuovo slancio.

L'inconscio, secondo Milton Erickson, è intelligente, ci aiuta a compiere le scelte migliori, gli adattamenti migliori, è parte fondamentale del nostro equilibrio. Ha accumulato, registrato competenze, capacità, e anche errori. E un serbatoio di intelligenza, di saggezza.

E possibile scoprire le proprie potenzialità e sevirsene meglio a partire da: ciò che abbiamo appreso; ciò che siamo riusciti a compiere; tutti i punti di forza del quotidiano, della nostra arte di vivere. (...)

Quali sono le nostre risorse?

È la saggezza, il miglior compendio delle esperienze di tutta una vita? È quella conoscenza che non si impara da nessun libro? Il distillato delle prove, dei problemi superati, degli insuccessi sgradevoli e istruttivi?

Le risorse sono qualcosa di diverso dalla ricchezza dell'esperienza, dalla saggezza in divenire.

Se sono nascoste, sarebbero piuttosto una metodologia diventata praticamente inconscia, che valuta i gesti, il loro adattamento alle circostanze e la maggior parte delle reazioni dettate dall'abitudine.

Questi automatismi riguardano anche le abitudini di pensiero. C'è un ragionamento che sorge spontaneo nell'elaborare il rapporto cause-conseguenze, la cronologia, classificazioni, associazioni che manovrano le idee.

Ripensando a posteriori al modo in cui siamo riusciti a realizzare qualcosa, sembra che vi siano stati, in più, ostinazione, pazienza, perfezionismo, sensibilità. E anche creatività: idee originali, che derivano da associazioni nuove a partire da idee antiche.

FRANÇOISE CHARBONNEAU in *I 60 anni: un rilancio, una scommessa*, Elledici 2005, pp. 42-43

Nonni

I nonni sono certamente i primi «estranei» che il bambino scopre dopo la mamma, il papà e gli eventuali fratellini: i primi da cui si sente amato e i primi che ama a sua volta.

Tra le due generazioni si viene creando, specialmente quando il bimbo appartiene all'età che stiamo considerando, una soavissima intesa. «Tu sai tutto, vero? – dice Monica al nonno –. Più del babbo di sicuro, perché tu sei nato prima». È la consapevolezza di una sapienza antica che dà sicurezza.

E Gigino (tre anni) trotterella volentieri nell'orto con il nonno e passa delle ore con lui a chiedere, a scoprire e a fare un'infinità di cose interessanti. E il nonno gli risponde, gli spiega, lo lascia tentare: il fatto è che ha più tempo del babbo e della mamma del piccolo, perciò ha anche più calma e più pazienza per guidarlo in certi piccoli lavori e per far credito alla sua capacità ragionativa, i cui processi sono ancora lenti. (...)

Certo, molto dipende dal tempo che i nonni trascorrono con i nipotini. Ci sono i nonni solo «nonni», che godono del bimbo quando i genitori glielo portano o quando loro stessi lo vanno a trovare, per lo più la domenica e le feste comandate. In questi casi si stabilisce un rapporto un pochino superficiale, ma anche più facile: si diffonde una gioia comune, i nonni apprendono tutte le novità e i progressi della settimana, i genitori tendono a tacere i capricci e le malefatte, i bimbi se la godono, avvolti in una ricca trama di affetti.

Ma c'è anche il caso di nonni «domenicali» che in poche ore riescono a concedere tutto, a intervenire a sproposito quando i genitori rimproverano, o a rimproverare quando i genitori lasciano correre. (...)

Ma oggi diventano sempre più numerosi i nonni che sostituiscono per alcune – o parecchie – ore al giorno i genitori del bambino. In questi casi si stabiliscono rapporti più profondi ma anche più delicati.

R. Tosco - M. Macinio in *Noi e il nostro bambino*, Elledici 1986, pp. 11-13

ANZIANI

Le cause sociali responsabili dell'isolamento dei vecchi sono le medesime che hanno dato origine alla crisi della famiglia: industrializzazione, urbanesimo, mobilità geografica e sociale, residenze per anziani costruite fuori del contesto abitativo. La civiltà innaturale e inquinata ha rotto l'unità familiare e ha anche distrutto la famiglia, riducendola un povero nucleo chiuso.

La presenza degli anziani nel mondo della propria famiglia – a parte evidentemente la materiale convivenza nella stessa abitazione –, risulta anche oggi di fondamentale importanza per rendere viva ed efficace quella piccola essenziale comunità: perché non si atrofizzi, e perché ogni persona nella famiglia possa crescere e svilupparsi in modo equilibrato. Ogni fase della vita, dall'infanzia all'ultima vecchiaia, è indispensabile.

Oggi non è più gradita l'immagine del vecchio – in certi villaggi chiamato «zio-consiglio» – che sa tutto e non ha mai dubbi o problemi.

Nella comunità familiare ci si aiuta a vicenda, gli anziani aiutano i giovani, i piccoli possono sostenere i grandi, i nipotini hanno pure qualcosa da insegnare ai nonni. Il principio vitale moderno di «famiglia-gruppo» è appunto di intercomunicazione e interscambio, in quanto tutti hanno un ruolo significativo in quel modello di società.

Forse, non è possibile e nemmeno necessario che gli anziani abitino insieme ai figli sposati; possono essere anche ospitati in casa di riposo. L'essenziale è che si sentano sempre parte viva della propria famiglia, e che davvero lo siano.

LINO BARACCO in *La famiglia e gli anziani*, Elledici 1987, pp. 10-11

La vita è una battaglia
che si rinnova malgrado le età e le vicende.
Però ad ogni uomo non è chiesto di vincere,
ma solo di combattere.
Nino Salvaneschi

Messaggio evangelico

È ancora possibile – in un mondo occidentale che vede prepotentemente riaffiorare l'esigenza del sacro, ma che avverte il cristianesimo come una esperienza ormai consumata nel passato – recuperare il senso originario del messaggio evangelico? (...)

In un momento storico in cui qualcuno parla di uno «scontro di civiltà», e ne vede l'essenza in un conflitto fra diverse tradizioni religiose, è lecito il dubbio che le attuali difficoltà dell'Occidente nel confronto con le altre culture, e in particolare col mondo musulmano, abbiano la loro origine in una crisi d'identità spirituale, resa ancora più evidente dall'adesione compatta e convinta dei seguaci di Mohamed alla loro fede.

Non è un caso che proprio dall'Occidente parta la deriva di una omologazione che rischia di sommergere, all'insegna del consumismo più sfrenato, tutte le diversità. Forse proprio da qui nascono oggi certe forme di fondamentalismo che, non dimentichiamolo, non allignano solo tra i seguaci dell'Islam, ma anche nel mondo cristiano, e che sembrano costituire, con il loro disperato atteggiamento difensivo, una reazione sbagliata a un rischio reale.

La domanda iniziale allora può essere riformulata così: è ancora possibile per la nostra società ritrovare nel cristianesimo un punto di riferimento umanamente significativo – e non in senso puramente moralistico –, al di là della duplice deriva della secolarizzazione da una parte, del fondamentalismo dall'altra?

Probabilmente la sola via percorribile, per trovare risposta a questo interrogativo, è di rileggere il vangelo con occhi «diversi», liberandolo dalla pesante armatura delle formule tradizionali e prendendo sul serio la sua originaria pretesa di costituire una «buona notizia» (questo in greco significa «vangelo») per ogni uomo e ogni donna, a prescindere dalla sua appartenenza ad una Chiesa.

Giuseppe Savagnone in *La stella dei Magi*, Elledici 2002, pp. 5-6

Persona

Gli idealisti confondono la persona con la coscienza, cioè, con la consapevolezza del proprio io. Eppure l'embrione o il bambino di un anno o l'handicappato psichico sono persone, anche se manca loro la consapevolezza attuale del proprio io.

Gli individualisti confondono persona con individuo. Quella pianta e quell'animale sono degli individui, perché portano avanti un'esistenza a se stante, ma non sono delle persone.

Altri ancora confondono la persona con la natura: «L'uomo è un pezzo di natura». Ora la natura umana è piuttosto il territorio su cui regna la persona, e di cui si serve la persona per agire.

Alcuni settori della filosofia moderna confondono la persona con l'essere pensati, voluti, accolti oppure no... dagli altri: «Io sono ciò che gli altri mi pensano». In questo caso, si confonde l'essere con «l'essere riconosciuti», l'essere persona con «l'essere accolti come persona».

La persona è lo «spirito incarnato» dell'uomo, colto là dove esso può conoscersi, distinguersi da tutto ciò che è «altro», possedersi, decidersi, relazionarsi, donarsi...

La persona non consiste negli atti che essa compie (pensare, scegliere, amare...), ma nella realtà che sta dietro a questi atti.

Compiendo questi atti (che le sono propri), la persona foggia, plasma, modifica la natura. La persona è quindi il possessore della propria natura: attraverso la propria natura la persona pensa, sceglie, agisce, si rivela, si comunica... Ed è il possessore della natura che la circonda: natura che può usare, modificare, migliorare, depauperare...

La persona è dunque un essere costituzionalmente fatto per uscire fuori di sé e per dialogare con le cose, con le persone, con Dio.

Della persona si può dare una definizione semplicissima: «La persona è un individuo spirituale che può dire io».

Nicola De Martini in *Maturare perché. E come*, Elledici 1995, pp. 14-15

LINGUAGGIO

L'uomo è stato definito l'animale parlante. I rapporti umani si appoggiano sul linguaggio, e la parola è un elemento fondamentale del comunicare umano.

Il linguaggio segna il punto d'incontro tra me e l'altro. La parola è il punto di congiungimento. Se voglio essere capito dagli altri devo adottare il linguaggio degli altri.

Il linguaggio non appartiene al singolo, ma a molti, è tra l'uomo e gli altri. Segna il punto d'incontro tra l'io e gli altri.

Voglio essere riconosciuto per quello che sono. Se parlo è perché ho qualcosa da dire: ci vuole un io soggetto della frase.

Tocca a ciascuno assumere per conto proprio il linguaggio per la ricerca della parola adatta.

Se io parlo è per rivolgermi all'altro, per farmi capire. Bisogna che il mio linguaggio sia il suo. Gli altri mi hanno insegnato a parlare. Se voglio essere capito da tutti, devo adottare il linguaggio di tutti e dunque rinunciare a ciò che, dentro di me, mi rende diverso da tutti.

La più ampia libertà comincia dalla comunità, non libertà che separa, ma libertà che unisce. Ogni incontro ci scompiglia e ci ricompone.

La comunicazione ha dunque una virtù creatrice, essa dà a ciascuno di noi la rivelazione di sé nel rapporto reciproco con l'altro.

Per comunicare con l'uomo anche Dio ha parlato con il linguaggio umano accettando di «impoverirsi», adattarsi al modo di capire e di comunicare dell'uomo. E ha trovato tutti i modi per comunicare al massimo: con la parola, il silenzio, le persone, le situazioni, gli eventi, la quotidianità.

Da tutti gli elementi che costituiscono la vita dell'uomo Dio ha fatto fiorire la sua parola. Perché l'uomo trovi un orientamento, un senso alla vita. Perché la vita sia bella e ricca.

GUIDO NOVELLA in *Il tempo dell'uomo nel presente di Dio*,
Elledici 2000, pp. 38-39

Voci

Il cuore ha delle ragioni che la mente stenta a comprendere. Rischiano così di divenire improvvisamente vuote le parole di chi non parla con tutto il suo essere e, soprattutto, non riesce a dire nulla al cuore.

Perché vacillano certezze sino a ieri indubitabili, quando a sostegno di tesi contrarie si pongono voci che riescono a parlare al cuore più che alla mente?

È il peso delle cose che si dicono o la voce a parlare agli altri così da indurli a crederci quando tentiamo di guidarli su sentieri di vita? È la voce di chi parla sollecitando in direzioni diverse da quelle proposte da noi o il valore delle cose dette a farli tornare indietro e inseguire sogni dai quali si desteranno delusi?

Duro contrasto tra voci e ragioni, penosa sensazione di impotenza, quando, cessate le parole, ci si accorge che qualcuno ha più ascolto, perché la sua voce rende desiderabili cose che le nostre ragioni non sanno contestare. E chiniamo il capo nel silenzio, stanchi per avere parlato inutilmente, e riprendendo il cammino in compagnia di una verità che non siamo riusciti a rendere desiderabile.

Ma la voce delle cose e della verità prevarrà quando riemergeranno ricordi fatti di cose e di verità, e sarà più agevole distinguere il fascino di una voce e il sapore della verità.

AIMONE GELARDI in *Pensieri feriali*, Messaggero 1998, pp. 46-47

Dobbiamo a ogni costo
fare qualcosa della nostra vita:
riuscire a imprimervi l'infinito.
Emmanuel Mounier

Ascolto

Voglio ricevere quello che Dio cerca di dirmi o di farmi vivere attraverso colui che mi parla in questo momento.

Mi stanca, non la finisce più? Bisogna lottare contro la tentazione di interromperlo, di pensare al posto suo, lasciarlo andare avanti fino al fondo delle sue idee. I chiacchieroni, che hanno la parola facile, non sono quelli che danno i contributi migliori: l'ho verificato spesso nelle mie interviste. La parola ricca e profonda nasce e si esprime lentamente. Chi è troppo frettoloso rischia di perdere il meglio di ciò che gli vuole confidare qualcuno che non ha ancora chiarito i suoi pensieri, ma conta su questo dialogo per progredire.

Essere pazienti con le sue domande, non sconvolgerlo subito con le nostre. Siamo lì per ricevere, sì o no? I miei interventi troppo frettolosi potrebbero essere la morte dei suoi interrogativi.

La pazienza più difficile è con il signor «Iosotutto». Ha proprio tante cose da dirmi! Ma mi stanca, mi irrita con la sua sicurezza. Attenzione, io potrei essere geloso, umiliato per la mia ignoranza. Mi devo afferrare più che mai al mio: «Voglio ricevere!». Sono lì per questo, e quell'abbondanza, quella superiorità dell'altro è la mia occasione presente. Perché privarmene per vanità ferita?

Talvolta conoscerò la gioia di entrare nel mondo interiore dell'altro, accogliere la sua esperienza spirituale. Ma quanto è delicato! Esporre Dio e l'azione di Dio è cosa rara, perché è molto difficile. Bisogna accettare anche che l'altro pasticci o taccia per pudore. Tutto dipenderà dalla mia delicatezza di ascolto. (...)

Noi riceveremo parole nuove, forse anche dure, che feconderanno la nostra fede, «se sapremo riconoscere l'altro come un partner, e non soltanto come un terreno da evangelizzare».

Riceveremo bene anche le parole più sconcertanti solo se ci saremo impegnati fermamente a non aver paura del pensiero altrui. A condizione che non siamo troppo influenzabili, altrimenti diventeremo una banderuola. (...)

L'incontro con una personalità molto diversa da me, ricevuta nella saldezza del mio ascolto, mi rende più divino, a immagine di Dio, infinita comunione nella diversità infinita.

André Sève in *Ama la tua vita*, Elledici 1998, pp. 48-50

Orecchio

È evidente che ogni «orecchio» è unico. Ha la sua specifica facoltà di ascoltare e intendere.

Sono una persona soprattutto uditiva?

Quale posto occupa l'orecchio nella gamma delle mie percezioni? Mi sono preoccupato di sapere se sono una persona soprattutto «uditiva»? Una persona che percepisce la realtà tramite l'udito in misura maggiore rispetto a quanto accada con la vista o con il tatto può rendersi conto in parte di questa sua caratteristica prestando attenzione alle parole che uso: «ascoltami», o «intendo», o ancora «questo risuona in me».

Percepisco il «Canto del mondo», quello degli uccelli, dello stormire delle foglie o del vento, del mare o ancora dei pianti, delle risate, degli stati d'animo? Il mondo dei bambini, della poesia, della fantasia, risuonano in me come melodie? Letteralmente, la vita canta in me?

Ma sono significative a questo proposito anche espressioni come: prestare orecchio, mormorare, suonare falso o vero, intendere chiaramente. Parole come voce, armonia, vibrazioni, timbro, ritmo, tempi, note, sfumature, temi, rumori, urla, silenzi, ecc.

Mediante la frequenza di queste espressioni prendo coscienza del funzionamento del mio spirito e della ricchezza del mio vocabolario uditivo, se sono una persona «uditiva». (...)

La persona «uditiva» è sensibile alle voci. Sa più di altri che una voce sgradevole, aggressiva, imperiosa ha un impatto negativo. E quanto una voce calda, piena di vita, pacata, infonde energia in varie forme: ondate di gioia, vitalità, sicurezza, calma.

«Attraverso lo scambio di voci passa qualcosa di incomprensibile: io sono amato, compreso, accettato. E immagino per un momento che cosa sarebbe la vita se io fossi sordo, se vedessi tante bocche che articolano parole senza comprendere nulla; le persone sarebbero muri senza possibilità di comunicazione» (Dumortier).

FRANÇOISE CHARBONNEAU in *I 60 anni: un rilancio, una scommessa*, Elledici 2005, pp. 68-69

Suono

L'energia che riceve l'orecchio richiama l'esperienza del suono, che ha il potere di disporre in motivi geometrici la sabbia disposta su una superficie piana.

La potenza del suono è decuplicata dalla sua organizzazione in melodie, ritmi, armonia nella musica. Quest'ultima determina molti effetti sul nostro orecchio: se è animata e vivace, coinvolgente, può spazzare via l'amarezza, lo scoraggiamento, la stanchezza.

Riscalda il cuore, ristabilisce l'armonia, il contatto con gli altri, con la natura, con Dio... Agisce sull'inconscio, lo stimola.

Con le loro armonie e disarmonie, le frequenze vibratorie determinano un'influenza importante sul nostro sistema nervoso, sul suo equilibrio o squilibrio. (...)

Certe musiche, però, possono avere effetti nocivi.

Altre giungono a scatenare passioni, pulsioni erotiche. La nostra società è brutale e materialista; lo è anche la sua musica onnipresente. Una buona parte di essa è volgare, aspra e banale e ci assale nostro malgrado.

Questa percezione uditiva affinata ha effetti ben noti fin dall'antichità: nelle civiltà del passato, si era in grado di guarire grazie alla musica; oggi vi si riesce con la musicologia. (...)

Affinare le abitudini del mio orecchio, ritrovare freschezza di percezione mi porta a domandarmi qual è la musica che mi guarisce, quella che mi dà riposo, quella che mi fa procedere, quella che mi dà l'impressione di perdere la mia individualità per confondermi tra la folla. (...)

L'energia portata in questo modo, grazie all'orecchio, è fine, sottile. Può essere di coraggio, di calma, come di pace, facendo seguire l'adattamento della risposta musicale alle necessità del momento.

Il nostro ambito di conoscenza ne rimane ampliato. Si sono infatti aperte porte sul nostro essere interiore. A poco a poco, abbiamo compiuto passi avanti nella scoperta delle vibrazioni sonore alle quali siamo sensibili. Abbiamo colto al volo l'energia psichica che potevano apportarci.

Abbiamo gustato momenti di gioia che lasciano il cuore allargato.

Françoise Charbonneau in *I 60 anni: un rilancio, una scommessa*, Elledici 2005, pp. 69-71

Parola

La vita dell'uomo è, fondamentalmente, una biografia della parola. La parola è il ponte che consente la reciprocità della relazione e fa dell'uomo un essere «personale». Mediante la parola l'uomo penetra il senso delle cose e le umanizza. Nella biografia della parola entrano il parlare e l'ascoltare. La parola invoca l'ascolto. Chi sa custodire parole autentiche diventa dimora, anzi icona per le cose, gli eventi, le persone che lo visitano, rendendosi così capace di ospitare la Parola per eccellenza. (...)

L'uomo viene dunque definito dal suo essere soggetto parlante.

Parlando, l'uomo si espone come soggetto e, contemporaneamente, pone il «tu» a cui parla come soggetto. La parola è la rivelazione di una relazione tra due soggetti. Essa, però, consente anche la distinzione tra i soggetti nell'unità della relazione.

Nel mondo biblico viene affermata una antropologia della relazione, dove l'uomo è tale nella misura in cui entra in comunicazione/comunione con un altro soggetto. Ora, la Bibbia ci presenta la storia del «Dio parlante». Il Mistero indicibile, Colui che i cieli dei cieli non possono contenere, entra in relazione e in comunione con l'uomo attraverso la parola. (...)

Il silenzio è la qualità della parola. La parola, prima che formulazione sonora, è pensiero: deve essere sospesa nel silenzio, deve nascere dal cuore del silenzio. «Parlare significativamente può soltanto colui che sa anche tacere, altrimenti sono chiacchiere; tacere significativamente può soltanto colui che può anche parlare, altrimenti è un muto» (R. Guardini).

MARIO RUSSOTTO in *La brezza di Dio*, Elledici 1998, pp. 5.6.8.9

È un vero peccato
che impariamo le lezioni della vita
solo quando non ci servono più.
Oscar Wilde

LINGUA

Una donna si presentò da un esperto e gli chiese: «Mi può aiutare perché ho un grosso problema. Ho difficoltà con mio marito. Tutte le sere, quando lui torna a casa scoppiano litigi furibondi».

L'uomo rispose: «È facile».

«Bene. Allora, che cosa devo fare?».

«Ogni sera, quando sente che suo marito sta arrivando, si metta in bocca queste quattro pillole rosa, una dopo l'altra, non tutte insieme, e poi si ricordi di succhiarle lentamente. Molto, molto lentamente».

Una settimana dopo, la donna tornò dall'esperto, sorridente e distesa. «Quelle pillole sono miracolose! Ne vorrei un'altra scatola. Da quando le prendo non ho più avuto una discussione, all'arrivo di mio marito, la sera!».

Il ministro degli Esteri francese, Robert Schuman, raccontò un giorno perché non si era mai sposato. «Molto tempo fa, mentre viaggiavo in metropolitana, pestai accidentalmente un piede a una signora. Prima che potessi scusarmi, quella mi investì gridando: "Sei il solito stupido imbecille! Guarda dove metti i piedi!". Poi alzò gli occhi e arrossendo esclamò: "Oh, mi scusi tanto, signore! Credevo fosse mio marito..."».

«La lingua è una piccola parte del nostro corpo, ma può vantarsi di grosse imprese. Un focherello può incendiare tutta una grande foresta. L'uomo è capace di domare gli animali di ogni specie. La lingua, invece, nessuno è capace di domarla» (Gc 3,6-8).

BRUNO FERRERO in *365 piccole storie per l'anima*, Elledici 2007, pp. 337-338

Sensi

I nostri sensi, il gusto, il tatto, la vista, l'udito, ci offrono gratuitamente e in ogni momento la possibilità di stare più a nostro agio con noi stessi, di comprenderci meglio, di scoprire risorse nascoste per vivere meglio gli anni della nostra maturità.

I sensi, queste porte della percezione, sono punti di passaggio obbligati tra il nostro mondo interno e la realtà esterna. I nostri cinque sensi sono vere guide per la vita, forse perché spesso vi è accordo tra le soddisfazioni che vengono procurate e i bisogni reali dell'organismo.

Aprire di più le porte della percezione, sviluppare i nostri interessi sensoriali fa entrare in noi un'impressione di vita, di comunicazione. Tramite l'ampliamento delle nostre capacità sensoriali e il loro affinamento, sono alimentate e rinvigorite l'intelligenza, la memoria, la capacità di giudizio, la gioia di vivere e la scoperta degli altri, e noi siamo rivitalizzati.

Ecco dunque una nuova sfida: il progetto di percepire meglio, di percepire di più, di sviluppare la nostra capacità di percepire per attrezzarci contro la tristezza, l'intorpidimento della gioia di vivere e per realizzare sogni di dinamismo e di energia rinnovata.

Possiamo provare a raggiungere questo risultato cercando innanzitutto di conoscerci di più, di comprendere meglio alcune nostre reazioni e difficoltà. Qual è il senso più sviluppato in noi? Qual è il nostro senso pilota? E quello che sembra addormentato? Che cosa determinano in particolare nella vita quotidiana con la loro presenza o la loro assenza? (...)

Con gli anni della maturità, sorge una sorta di distacco rispetto all'avidità iniziale che galvanizzava i sensi. Si verifica anche un certo declino delle forze che spingevano all'azione, e può accadere che l'interesse intellettuale diventi predominante, con il desiderio di sapere, di comprendere, che prevale su quello di rallegrarsi e percepire.

FRANÇOISE CHARBONNEAU in *I 60 anni: un rilancio, una scommessa*, Elledici 2005, pp. 51-52

TATTO

La persona in cui il senso del tatto è vivo e spiccato è sensibile alle forme, alla consistenza, ai rilievi del contesto in cui si trova.

Meglio, ama sfiorare, accarezzare, lisciare, palpare, scavare, impastare, levigare.

D'altra parte, sono le mani a compiere queste azioni, quasi senza che l'individuo ci pensi.

Si direbbe che le mani colgano esse stesse piccoli piaceri, come le mani dei bambini.

Più intense sono le percezioni di ciò che preme o spinge: modellare, impastare, pizzicare, massaggiare, frizionare, strofinare, raschiare, raspare, sbucciare. Lavoro di mani forti, muscolose, e di dita agili che amano i gesti precisi.

Ancora più attive sono le percezioni come afferrare, stringere, agguantare, avvolgere.

Le mani sono anche sensibili alla gamma di resistenze degli oggetti toccati: ciò che è molle o morbido, flessibile o elastico, friabile o consistente, rigido o duro... Sono sensibili anche alle caratteristiche delle superfici; a ciò che è ruvido, irsuto, rugoso o appiccicoso, grasso, vischioso...

Il «tatto» richiama immediatamente le mani, e le nostre mani, nel corso di decenni, hanno sperimentato molte attività: in casa, hanno piantato chiodi, avvitato, spazzato, incerato e strofinato; nel giardino, hanno piantato, strappato, tagliato, potato; hanno lavato, vestito, accarezzato i bambini. Hanno guidato automobili e utilizzato macchine di ogni sorta.

Hanno anche stretto tante altre mani, alcune flessibili, altre secche, flaccide, appiccicaticce, mani energiche e dure, vive e calde, o altre, simili a un pesce morto nella vostra mano... (...)

Il tatto è insieme un giudizio sottile e sicuro di abilità in termini di gusto, convenienza, capacità relazionali, ma anche la capacità di rendere sensibili, di commuovere, di incitare altre persone.

Il tatto infatti è l'arte di toccare gli altri, di toccarli con arte.

FRANÇOISE CHARBONNEAU in *I 60 anni: un rilancio, una scommessa*,
Elledici 2005, pp. 80-81.86

Io

Il bambino interpellato circa una realtà implicante una sua eventuale responsabilità risponde immediatamente: «Sono stato io!» o «Non sono stato io!». Così l'uomo adulto.

Questo comportamento denuncia la presenza in ogni essere umano di una realtà profonda che costituisce il nucleo fondamentale dell'essere e dell'agire. Essa è la radice dell'esistere: responsabile dell'agire e fonte dell'individualizzazione. È denominata «io!». Si tratta dell'io personale fonte e sorgente della tua individualizzazione, di cui ogni momento sperimenti la vitale e fondamentale presenza.

Unita ad esso percepisci un'altra componente spirituale, cioè immateriale, che chiami anima o cuore. Essa racchiude in sé l'intelligenza, la volontà, il ragionamento e tutte le altre doti spirituali e psicologiche. Inoltre percepisci, vedi e tocchi, come parte del tuo io personale, il corpo. Esso incarna in sé le due suddette realtà, divenendone il mezzo espressivo, arricchendole, attraverso i sensi, della conoscenza del mondo esterno e mettendole in comunione con esso.

Questa triplice realtà, costitutiva del tuo essere, suscita un problema: per il tuo io personale o persona è più importante l'anima od il corpo?

Il pensiero umano, durante i secoli, ha incentrato la sua preferenza sull'anima o sul corpo. L'anima, infatti, è stata sovente esaltata come valore supremo della persona umana ed il corpo come suo carcere.

La cultura attuale tende a valorizzare maggiormente il corpo a scapito dello spirito. Anzi il corpo è sovente ritenuto il valore supremo dell'individuo.

RAIMONDO BARDELLI in *La vita è amare*, Elledici 2003, p. 22

INDIVIDUALISMO

Se c'è un fenomeno che oggi appare evidente e che spaventa uomini e donne del nostro tempo, è l'omologazione che, a livello dei singoli come a quello delle culture, minaccia di travolgere le identità e di annegarle in un magma indifferenziato, regolato soltanto dalle logiche del consumismo e delle mode.

Si parla tanto dell'individualismo come di un atteggiamento tipico della nostra società. E, in effetti, l'emergere degli individui, con la loro tendenza ad affermarsi sfrenatamente, con la loro aggressività, che li porta a competere e a cercare di sopraffarsi a vicenda, sta sotto i nostri occhi. Ma ciò non implica affatto una valorizzazione delle persone. C'è una grande differenza tra individuo e persona. Sono individui anche i moscerini che compongono lo sciame, i lupi del branco, gli sterpi della boscaglia. Ma non sono persone, né si può loro attribuire una vera e propria singolarità, nel senso in cui questo temine significa «originalità», «irripetibilità».

La stessa selvaggia concorrenza che uomini e donne si fanno, nella nostra società, conferma questa diagnosi. In natura tutti gli individui del regno vegetale e di quello animale lottano per lo spazio vitale e la sopravvivenza, ma ciò non è indizio della loro libertà, bensì della potenza dei meccanismi inesorabili che li dominano e li spingono a cercare l'auto-conservazione.

L'individualismo che domina la mentalità e la prassi contemporanee appartiene a questo tipo. Non è un caso che esso si coniughi perfettamente con la più soffocante massificazione. Nel disperato tentativo di emergere, ci si adatta integralmente alle regole e ai costumi vigenti. La cosa che fa più paura è essere «diversi». Perché il «diverso» viene emarginato e lasciato solo. Si ha successo, paradossalmente, adeguandosi, diventando invisibili.

GIUSEPPE SAVAGNONE in *La stella dei Magi*, Elledici 2002, pp. 86-87

Conoscenza di sé

Conoscersi è condizione per diventare liberi. Solo chi è libero è capace di disporre della propria vita, e di metterla a servizio non solo di ciò che è bene, ma per realizzare ciò che è meglio.

I dati di fatto ci fanno vedere come solo una minoranza di persone imbocca questa terza via.

Tra permissivismo e autoritarismo solo una persona interiormente libera può scegliere in base a ciò che è meglio, per sé e per gli altri, e per Dio.

Quello della persona è un mondo assai complesso. Non solo uno non conosce se stesso in modo definitivo, ma anzi la maggior parte di sé, a detta di molti autori, ordinariamente non è conosciuta. (...)

Per semplificare molto, diciamo che l'«io», centro cosciente capace di sentire, capire, valutare, scegliere, agire, è parte di tutto un mondo composto da diverse dimensioni. Per concretizzare questo concetto, pensiamo a un fiore. Petali, corolla, gambo, radici ne sono parti. Da sola nessuna parte può chiamarsi fiore. Se poi avesse una coscienza, il fiore potrebbe dire: «Io sono composto di molte parti e sono ancora diverso da come voi mi conoscete».

Ritornando alla persona, diciamo che l'io comprende una dimensione che ospita degli ideali e un'altra che comprende la propria realtà attuale, cioè quello che uno è in questo preciso momento.

Tale dimensione attuale comprende sia quella conoscenza che la persona ha del proprio comportamento presente, sia il mondo sconosciuto del subconscio, sia l'io sociale, cioè l'io considerato nella sua relazione con l'ambiente sociale e con la cultura in genere.

In questo quadro, i valori, gli atteggiamenti e i bisogni costituiscono il «materiale» a disposizione della persona. L'«io» può utilizzare i propri talenti, il proprio materiale in molti modi diversi. Uno può sempre chiedersi: «Io verso quali ideali sto orientando la mia vita? come voglio investire i miei talenti, le mie forze reali? perché mi sento disturbato da conflitti, da complessi...?», ecc.

Angelo Bissoni in *Con una guida lungo le vie dello spirito*, Elledici 1983, pp. 12-13

VERITÀ

Il nostro impegno ad essere sinceri e leali è soprattutto motivato dall'amore per Dio e per il prossimo. Questo duplice amore ispira sia il nostro parlare che il nostro tacere: quando parliamo dobbiamo dire il vero; però non possiamo dire tutto quel che è vero o che riteniamo sinceramente come tale; esistono cose che conosciamo e che portiamo nel cuore ma che non possiamo lecitamente manifestare al di fuori.

La comunità umana esige il rispetto della sfera intima dei singoli (ogni personalità matura ha i suoi segreti) e anche che i singoli abbiano la possibilità di manifestare i propri segreti a qualcuno, senza temere che vengano resi di pubblico dominio. D'altra parte il bene comune può anche esigere che si facciano conoscere determinati segreti. (...)

Anzitutto è necessario conservare i propri segreti personali. La dignità di ciascuno e sovente anche il rispetto verso gli altri impongono di non far conoscere in pubblico i segreti riguardanti la propria persona. In secondo luogo occorre rispettare i segreti degli altri e conservarli, a meno che un motivo importante ne renda lecita o doverosa la rivelazione. (...)

Altre volte, invece, proprio per dovere di giustizia e di carità, occorre parlare e rivelare anche i segreti: per esempio, quando si tratta di salvaguardare il bene comune oppure di testimoniare in tribunale. Naturalmente in ogni caso il segreto va rivelato solo alle persone competenti e solo nella misura necessaria.

Il mentire, invece, non è mai carità, perché va sempre contro la legge di Dio e in un modo o nell'altro danneggia il prossimo. La menzogna o bugia è una manifestazione simulata del proprio intimo, la quale in realtà contraddice al sentimento e alla convinzione interiore. La si può esprimere con parole oppure con altri segni esteriori.

FAUSTO VALLAINC in *Cristianesimo coerente*, Esperienze 1979, scheda 13, pp. 3-5

Bugie

Chi non ha mai detto, presenti i figli: «Va' tu al telefono: se è il Tale, non ci sono». «Telefona in ufficio e di' che ho la febbre...».

Se non siamo sinceri noi per primi, sia nel comportamento sia nelle risposte che diamo ai nostri bambini, non possiamo poi pretendere da loro un'assoluta sincerità. Anche qui non vale la regola che noi siamo «grandi»: i nostri rapporti con il prossimo devono essere ispirati il più possibile a lealtà e chiarezza. (...)

Ma ci sono anche delle bugie che i grandi a volte non possono fare a meno di dire. Allora si cercherà di spiegare al bambino: «Non potevo dire alla zia che aveva una brutta cera: si sarebbe spaventata». «Papà oggi ha avuto una brutta giornata: glielo diremo domani che il vigile mi ha dato la multa». Così il piccolo imparerà che non è conveniente dire alla vicina di casa: «Come sei brutta!» perché non è una cosa che le faccia piacere. E se la nonna manda un pullover a lui di colore non gradito, si dirà al bimbo: «Quanto ha lavorato la nonna per te! Ti comprerò un paio di pantaloni di un colore che ci stia bene insieme».

Ma può darsi che, nonostante la nostra sincerità, il bambino dica sistematicamente delle bugie. Allora bisogna ricercarne il motivo: si sente inferiore, e con la bugia cerca un compenso ai suoi limiti reali, o vissuti come se lo fossero. Ci sono poi le bugie per strappare le «coccole». E infine ci sono le bugie nate dalla paura. Queste sono quasi sempre causate da un nostro comportamento errato: ricorriamo forse troppo sovente al ceffone o alla sculacciata o anche solo al rimprovero incontrollato. Così il bambino ha paura delle nostre reazioni, se ci dice la verità.

È buona norma non fare domande, se si sa già che la risposta sarà una bugia. Meglio dire: «Ho visto che hai strappato la maglietta nuova» (Luigino l'aveva nascosta), piuttosto che: «Dov'è andata a finire la tua maglietta nuova?» con quello che ne seguirebbe. (...)

Dobbiamo essere disposti ad accettare le verità piacevoli e quelle spiacevoli dai nostri figli.

Solo così essi impareranno che a noi si può sempre dire la verità.

R. Tosco - M. Macinio in *Noi e il nostro bambino*, Elledici 1986, pp. 24-25

Autostima

L'autostima di un bambino deriva dall'approvazione di persone significative per lui, che lo aiutano a sentirsi degno di amore e importante. Talvolta si fa confusione tra approvazione e amore. I bambini, e a volte i loro genitori, coltivano l'idea sbagliata secondo cui chi non riceve approvazione non è amato. Da bambini, ricevevamo approvazione quando facevamo qualcosa che era «giusto», come dire per favore e grazie, stare composti a tavola e zitti quando gli adulti parlavano. Abbiamo ricevuto approvazione quando abbiamo imparato a parlare presto, se a scuola ci siamo comportati bene e abbiamo ottenuto buoni risultati. Se non ci siamo comportati secondo i valori dei nostri genitori e di altri adulti importanti, abbiamo incontrato la disapprovazione sotto forma di segni quali atteggiamenti di silenziosa riprovazione, rimproveri, occhiatacce, minacce o punizioni corporali.

I dubbi su noi stessi cominciano a sorgere molto presto, se i nostri sentimenti hanno incontrato la disapprovazione. Se non siamo stati approvati per noi stessi o per i nostri sentimenti, abbiamo cominciato a mettere in dubbio la correttezza dei sentimenti stessi. Abbiamo cominciato a guardare al di fuori di noi per cercare il modo giusto di essere o di provare sentimenti, sperando di evitare il rifiuto. Più abbiamo rinunciato ad avere fiducia nella nostra esperienza interiore, più siamo diventati vulnerabili a un eventuale controllo altrui.

Quando sentiamo di essere disapprovati, spesso manifestiamo tristezza o piangiamo. Se i genitori non hanno un buon rapporto con i propri sentimenti, hanno difficoltà a riconoscere il dolore dei loro figli o la possibilità di aver ferito i sentimenti di questi ultimi. Cercano di fermare la manifestazione del dolore con espressioni di questo tipo: «I ragazzi grandi non piangono», «Su, non fare il bambino, adesso», «Non essere così sensibile», «Non è il caso di farne una tragedia», «Smettila di piangere, o ti darò qualche motivo vero per farlo». Infine, i bambini imparano a smettere di piangere, per non essere considerati indegni d'amore. Crescendo, considerano le difficoltà che incontrano nella vita come ulteriori prove del fatto che hanno qualcosa di sbagliato o sono inadeguati.

Gerald Foley in *Il coraggio di amare*, Elledici 2002, pp. 41-42

Limiti

Grande parte delle nostre tensioni e difficoltà di relazione nasce dall'insana pretesa di essere gli unici depositari della Verità, o di piccole verità che riteniamo preferibili a quelle dei nostri interlocutori.

Il limite che ci segna e caratterizza in quanto creature, invece di indurci ad atteggiamenti modesti e renderci disponibili ad accogliere le parti di verità che gli altri possiedono, ci porta a ridurre presuntuosamente la Verità alle nostre conclusioni e al frutto delle nostre piccole ricerche.

La nostra ragione ci appare così indiscutibile da impedirci di essere sfiorati dal dubbio che possa esserci anche solo un aspetto della realtà sfuggito alle nostre indagini, o la possibilità che un passaggio dei nostri teoremi sia inesatto o soltanto incompleto.

«Verità limitata» dovremmo dirci, quando, certi delle nostre intuizioni e deduzioni, stentiamo o rifiutiamo di riconoscere l'esistenza possibile o reale della verità o ragione altrui.

È inquietante che chi riconosce di essere limitato possa presumere tranquillamente di avere sempre ragione.

AIMONE GELARDI in *Pensieri feriali*, Messaggero 1998, pp. 36-37

La vita dell'uomo
si trova sotto la minaccia
della possibilità reale
di un fallimento eterno,
per il fatto che l'uomo
può disporre liberamente di se stesso,
e quindi rifiutarsi a Dio.
Karl Rahner

Atteggiamenti

I comportamenti e gli atteggiamenti delle famiglie si trasmettono di generazione in generazione. Vediamo noi stessi attraverso gli occhi dei nostri genitori, mutuiamo la nostra visione di noi stessi dai nostri genitori, e tendiamo così a ripetere la storia della nostra famiglia. Se la vita della nostra famiglia è stata disturbata, abbiamo appreso dai nostri genitori un comportamento distruttivo che trasmetteremo ai nostri figli, se non interrompiamo il ciclo con un cambiamento. Cominciamo presto a imparare come ottenere ciò che vogliamo e come nasconderci dagli altri. La nostra famiglia di origine è una scuola di vita. Che le nostre famiglie vivano in modo sano o disturbato, che siano severe o indulgenti, che abbiano molti segreti o siano aperte, che siano costituite da persone molto dipendenti le une dalle altre o indipendenti, in qualche modo influenzano il nostro comportamento. Altre esperienze, quali il fatto di provenire da una famiglia numerosa, di essere cresciuti con un solo genitore o avere avuto difficoltà a scuola o negli sport, possono determinare la necessità di ricevere attenzione in altri modi. (...)

Molti nostri comportamenti e problemi che viviamo ora, e che sembra siano provocati da circostanze legate al presente, in realtà traggono linfa dalla nostra infanzia. Le nostre risposte e i sentimenti che proviamo riflettono l'insicurezza e la sensibilità del passato. (...)

I comportamenti appresi durante l'infanzia vengono spesso ripetuti perché funzionano, proteggendoci dai timori che ci perseguitano fin da quando eravamo bambini. (...) Quando ci rendiamo conto del collegamento che esiste tra il nostro comportamento attuale e le esperienze che abbiamo vissuto in passato, possiamo cominciare a superare un comportamento che era adatto e necessario durante l'infanzia, ma potrebbe non servire più.

Possiamo cominciare a modificare il nostro comportamento per renderlo più adatto alla nostra situazione attuale. Imparare a riconoscere e infine modificare un comportamento di difesa che ci rende critici, chiusi o propensi a manovrare gli altri è una chiave per vivere rapporti interpersonali migliori.

Gerald Foley in *Il coraggio di amare*, Elledici 2002, pp. 39-40.41

Emozioni

Spesso non si dà importanza a un fatto psicologico gravissimo: la superficialità del nostro comportamento verso le nostre emozioni.

Con tutta naturalezza noi reprimiamo le emozioni che ci disturbano di più, ma l'emozione repressa non muore affatto in noi. Anche se noi preferiamo non pensarci, un'emozione repressa non si estingue affatto, ma comincia a influenzare in modo negativo la nostra personalità e la nostra condotta.

Per esempio: una stizza, un'invidia, un malanimo represso, lasciano dentro di noi una scoria di malessere che ci influenza nei pensieri, nelle parole, nelle azioni. Quando ci accorgiamo che con una certa persona noi non siamo più come prima, in realtà che cosa è successo? Probabilmente quella persona ci ha urtati: noi abbiamo fatto finta di niente, come se nulla fosse accaduto, ma in realtà qualcosa dentro di noi è rimasto, e tenta di venire a galla ogni volta che pensiamo a quella persona, o la incontriamo, o ci parlano di lei. L'emozione repressa fa scattare i nostri giudizi, le nostre parole, prima che ce ne accorgiamo.

Sarebbe molto più semplice scaricare l'emozione. Cioè guardarla in faccia, soppesarla davanti alla nostra riflessione, o meglio ancora davanti a Dio nella preghiera, o trovare una persona adatta a cui comunicare l'emozione. Un'emozione comunicata è sempre ben orientata, e qualche volta diventa un'emozione guarita.

Ogni volta che dormiamo di fronte a un'emozione, o giochiamo a mosca cieca cercando di ignorarla, perdiamo sempre più il contatto con noi stessi, e indossiamo una maschera che di solito ci è molto nociva. Il peggio è che spesso, senza nemmeno accorgerci, noi proiettiamo le nostre emozioni negative sugli altri. (...)

La nostra vera responsabilità morale non sta nel provare certe emozioni, ma piuttosto nell'essere tenaci a reprimerle, ignorarle o proiettarle sul prossimo. Le emozioni, in sé, non hanno responsabilità morale: sono indici morali, ma non hanno colpevolezza morale.

Andrea Gasparino in *Una spiritualità per il dialogo*, Elledici 2002, pp. 17-18

Crisi

La vita è una successione di crisi e di interrogativi. In genere, la donna ne parla più facilmente. L'uomo, chiuso nella propria virilità, afferma: «Va tutto bene». In realtà, però, emergono alcuni particolari di segno contrario.

«Che cosa si può fare per chi sembra così in crisi? Innanzitutto, è necessario lasciare la persona tranquilla e non porle domande. Giunge però il momento in cui occorre localizzare il conflitto con maggior precisione, discernere la causa della depressione. I conflitti non localizzati, non comunicabili, assumono infatti proporzioni enormi, e le depressioni che non si riesce a manifestare diventano insopportabili» (Lettera del Cardinale Danneels, Natale 1988).

È innanzitutto opportuno riconoscere in sé o nell'altro la presenza di uno stato di sofferenza, accompagnato da un'incapacità di formularlo e di condividerlo, uno stato in cui la persona si sente inferiore, povera e lacerata. A un certo punto, tuttavia, è necessario esprimere tutto ciò a parole: la formulazione stessa è una liberazione. Spesso chi vive queste situazioni non ha il coraggio di parlare di ciò che sta vivendo, perché pensa che nessuno possa comprendere il suo malessere. Si sente colpevole, come se non si avesse il diritto di parlare delle proprie ferite! Si pensa che, probabilmente, nessuno sarà in grado di capire e neppure di ascoltare. (...) Molti fattori fanno sì che la persona, invece di aprirsi e di condividere le proprie sofferenze interiori, si chiuda in se stessa, sulle sue tristezze e le sue ferite. Ci si chiude in una sorta di prigione.

La prima cosa da fare è parlare a qualcuno che possa comprenderci. La parola è comunicazione e comunione. Implica che si abbia fiducia in un altro essere, o almeno che questa fiducia stia per sorgere.

Jean Vanier in *La depressione*, Elledici 2009, pp. 12-13

Rischio

C'è... un'insicurezza di fondo di ogni persona, che è frutto di una cosciente e consapevole accettazione dei limiti invalicabili insiti nella natura umana. Ma questa insicurezza, che segna e condiziona il destino dell'uomo dalla nascita alla morte, può essere origine della sua grandezza se lo rende conscio del suo limite e se lascia in lui la volontà di uscirne.

Trovare le vie di uscita dall'insicurezza, è guardare al futuro.

Bisogna trasformare l'insicurezza di oggi in vigilanza operosa, e riconoscere esplicitamente i rischi che ogni situazione comporta, non per evitarli ma per fronteggiarli.

Invece si nota (ed è un altro segno di decadenza del nostro tempo), che la responsabilità nel fronteggiare l'insicurezza va cedendo, e la paura di rischiare sta prevalendo nella nostra società. La via del rischio è lunga e difficile in ogni campo, e la vittoria non potrà mai essere totale e definitiva: c'è sempre l'imprevedibile, si aprono nuovi sviluppi, ci sono dei cambiamenti inattesi.

Ma se viene meno la volontà e il coraggio di affrontarli, se questa coscienza del rischio si affievolisce, allora è il declino. (...)

Le scelte dell'uomo andranno controllate e non lasciate all'arbitrio, al caos, all'egoismo; non basteranno le buone intenzioni e neppure la buona volontà privata; occorrono organizzazioni salde, sorrette dal consenso generale, al di sopra delle tensioni ideologiche, e sorrette da spirito di concordia. Ma non si posso affrontare problemi così enormi senza correre rischi.

Disinteresse e paura del rischio sono espressioni di inerzia, e incidono sulla programmazione del futuro.

Angelo Viganò in *Uomo, progetto 2000*, Elledici 1983, pp. 10-11

La vita dell'uomo
deve essere un'ininterrotta marcia verso la santità.
Giovanni Paolo II

Approvazione

Non è sufficiente la nostra buona volontà per coltivare l'accettazione e la stima di noi stessi.

Dov'è che noi cogliamo la stima di noi stessi? Il bambino la coglie negli occhi di sua madre, lo scolaro la coglie nell'approvazione del suo maestro, il giovane la coglie nell'accettazione dei suoi coetanei. Sono gli altri che ci fan crescere nella stima di noi stessi.

Abbiamo estremo bisogno di approvazione. Abbiamo estremo bisogno di far contenti, di rispondere alle aspettative degli altri, di vedere che siamo utili, che gli altri sono contenti di noi. Ne ha bisogno il bambino, ne ha bisogno l'adulto, ne hanno bisogno tutti. (...) Dice Victor Frankl: «La stima di noi stessi è sempre riflessa nella stima delle persone che ci amano e che noi amiamo. Perciò una delle leggi più importanti della vita con gli altri è questa: esprimere in modo schietto la propria stima a ogni fratello e a ogni sorella».

Non dobbiamo essere trascurati in questo dovere: ogni occasione che la vita ci porge per esprimere la nostra stima va sfruttata per il bene dei fratelli, del nostro gruppo.

Perché non sottolineare con schiettezza e gratitudine un lavoro ben eseguito, un servizio avuto, una delicatezza di carità che si è vista, un sacrificio notato, una gioia ricevuta, una testimonianza che ci ha colpito?

Sono queste le soddisfazioni uniche che spesso abbiamo: vedere gli altri contenti. Non priviamo nessuno di questa gioia legittima, così importante per lo sviluppo della personalità.

Andrea Gasparino in *Una spiritualità per il dialogo*, Elledici 2002, p. 9

Tutta la nostra vita si svolge
tra ciò che vogliamo
e ciò che dobbiamo fare.
Josef Capek

Emotività

«È colpa mia – mi chiede Luisa – se sono emotiva?».

«No, ma è colpa tua se non cerchi di dominare la tua emotività».

«È possibile?».

«Certo. Ed è molto importante, per aderire meglio a tutto».

L'emotività falsa spesso la nostra relazione con la realtà. Eravamo in un felice periodo di adesione alla vita, ed ecco che un incidente ci sconvolge al punto che non pensiamo più che a quello, drammatizzandolo, deformandolo. Di colpo, perdiamo la nostra pace e la nostra forza di adesione.

Cerchiamo anzitutto di farci un'idea allettante della resistenza agli urti psicologici. Si tratta di conservare più facilmente il controllo di se stessi, non lasciarci sballottare dalla violenza delle nostre reazioni istintive. E soprattutto controllare l'alleanza pericolosa tra la difficoltà che spunta e la nostra emotività.

I frutti della nostra lotta per la serenità sono sorprendenti. Diventiamo molto più simpatici per la nostra uguaglianza di umore. Alla gente non piace aver a che fare con quelli che si irritano per un niente, che passano dalla gioia alla tristezza senza che nemmeno se ne sappia il perché. Noi dobbiamo conquistare poco per volta il grande pregio di essere quasi sempre benevoli, sorridenti e diffondere attorno a noi la pace e il buon umore. Se siamo un istrice, dobbiamo diventare un sole.

L'elenco degli urti che ci turbano è abbastanza umiliante. Perdiamo la padronanza di noi stessi per sciocchezze!

Ebbene: guardare in faccia le cause delle nostre reazioni emotive sarà già un buon passo verso un maggior dominio di sé.

Una contrarietà. Un oggetto rotto, guastato. Si può farne una malattia o riderci sopra.

André Sève in *Ama la tua vita*, Elledici 1998, pp. 28-29

La vita è un dono di Dio, ma una vita felice è frutto di saggezza.
Proverbio Greco

FIDUCIA

Per dare fiducia bisogna esservi costretti? Bisogna essere alle corde, non aver più nulla da perdere, si tratti del medico, dell'avvocato, dell'esperto, del destino, di Dio? «Dottore, non so più a chi rivolgermi...».

La fiducia sarebbe l'ultimo ricorso dei vinti, la boa di salvataggio nelle situazioni disperate. Ma quando tutto va bene, tutto «gira» per coloro che vivono senza problemi, che «sono nella mischia», l'unica fiducia che valga è la fiducia in se stessi, l'affermazione di sé. Ma attenzione: è possibile capire che la fiducia nell'altro è la manifestazione più alta dell'affermazione di sé? (...)

La fiducia è l'affermazione più alta di sé perché è la più rischiosa e la più gratuita. La più rischiosa: quando mi affido a un altro, infatti, io rinuncio a dirigere la mia vita. Mi prendo il rischio di perderla. Abbandonarsi risolutamente a un altro, a «corpo perduto», suppone che si «dica sì» al rischio di perdersi. La fiducia è anche l'affermazione di sé più gratuita, perché è un «sì» senza rete di sicurezza, senza garanzia di reciprocità, un «sì» tale che l'affermazione di sé è realmente e paradossalmente una consegna di se stessi, gratuità perfetta: affidandomi con fiducia, mi affermo come dono di me stesso. (...)

Quando accordo fiducia... io mi presento come dono di me stesso, gratuità. (...) L'interesse per la fede in Dio non è messo alla prova unicamente dal compito esigente che ci è affidato, diventare uomini, ma anche dall'atteggiamento di abbandono di sé, cioè dalla fiducia.

La fiducia si gioca sul filo dei nostri limiti: il mio corpo, le difficoltà del mio agire me lo ricordano. Sono limitato, la morte è il limite definitivo. Che ne faccio di questi limiti? L'uomo e la donna che hanno fiducia in Dio non li rifiutano. Al contrario, è accettando questi limiti che si gioca e si vince la partita della vita. Gli uomini e le donne di fiducia sono i vincitori della prova, perché accettano liberamente di perdere se stessi. Provare Dio è accettare il rischio di perdersi. La fiducia si gioca appunto «sui» limiti, accettandoli.

ANDRÉ LALIER in *Dio è interessante*, Elledici 1999, pp. 61.70

Lamentele

Si sa che lamentarsi non serve a niente, anzi, irrita, eppure ci si lamenta perché «fa bene».

Fa bene? A chi? Certamente non alle persone con le quali viviamo. Irritate, impietosite, in ogni caso perturbate. Bene a noi? Lì per lì, forse. Ma intanto indeboliamo la nostra forza interiore.

Mariele ha visto la paralisi bloccare poco per volta le sue mani, le braccia, le gambe. Per impedire che si disperasse, una zia le regalò una specie di talismano. Un cartoncino sul quale aveva scritto con eleganza due sole lettere: NL: Non Lamentarsi. Guardandolo, Mariele diceva a se stessa:

«Più ti lamenti e più perdi coraggio. E ne avrai tanto bisogno!».

Ho conosciuto Mariele negli ultimi anni della sua vita paralizzata. Resta per me il modello di accettazione di un'esistenza sempre più difficile e dipendente.

«Il NL di mia zia mi ha molto aiutata. Mi teneva su, irrobustiva la volontà. Le lamentele la indeboliscono. Si era molto interessata della spiritualità dell'adesione alla vita».

«La praticavo già – mi diceva – prima che me ne parlassi. Ma non era abbastanza chiara nel mio spirito». Ora capisco bene che non si deve dire a Dio nello stesso tempo sì e no. Lamentarsi, vuol dire no. Non lamentarsi significa aderire. (...)

«Parlami ancora di questo NL».

«Quando sento gente che si lamenta sempre, a lungo, sono convinta che se si evitasse il più possibile di lamentarsi, si guadagnerebbe molto tempo per conversazioni intelligenti. Coloro che vengono a trovarmi sanno che con me possono parlare d'altro, non della malattia. È un bene per loro ed è un bene per me».

André Sève in *Ama la tua vita*, Elledici 1998, pp. 33-34

Non resistere a Dio;
questo, credo, dovrebbe essere il senso della vita.
Paul Ernst

Novembre

«C'è un tempo per nascere
e un tempo per morire» (cf Qo 3,2)

Morte - Stati d'animo - Escatologia

SANTITÀ

Santità, è una parola affascinante e disarmante insieme. Non è forse la parola più stimolante della fede cristiana? «C'è solo una tristezza», fa dire Léon Bloy (scrittore francese, † 1917) a Veronica, «quella di non essere santi». Perché questa aspirazione a diventare quello che non si è? Quello che mai saremo in modo perfetto? La intravedo attraverso un formidabile paradosso, che si avrebbe torto a voler ridurre.

Il primo termine del paradosso: Dio solo è santo (in ebraico: *kados*). «Tu solo sei santo, Signore». Sapete che cosa significa? Lo si può esprimere così: dire «Dio è santo» e dire «Dio è Dio» è la stessa cosa. Non una superumanità, non una supervirtù, non un Dio riflesso o proiezione dei nostri desideri. No! Ma un Dio *tutto altro*, completamente separato da noi, inaccessibile, affascinante come il sole. Attenti però! Se ci avviciniamo si rischia di bruciarsi le ali...

Tutto ciò è vero, ma non totalmente.

Ed ecco il secondo termine del paradosso: questo Dio, unico in santità, senza nulla perdere della sua trascendenza e della sua unicità, *vuole trasmettere* lo splendore di ciò che è, come il sole che brilla oltre il suo nucleo centrale. La santità di Dio vuole comunicarsi. Essa lo fa innanzitutto in Gesù Cristo, mediante l'umanità di Gesù, che conosce così la trasfigurazione. Ma quest'umanità di Gesù non è isolata, come una santità da vedersi da lontano. In lui diventiamo santi, come ha osato dire san Paolo ai suoi battezzati di Corinto, che non erano certamente dei chierichetti.

Ecco il paradosso che bisogna vivere. Dico: vivere, perché non basta ammirare, adorare, ringraziare Dio di ciò che fa di noi. Bisogna anche realizzare la nostra santità. Sapete come? Rileggete il Vangelo della festa di Tutti i Santi: sarete santi vivendo il Vangelo delle Beatitudini di Gesù. Allora il Regno dei cieli è per voi.

HENRI DENIS in *100 parole per dire la fede*, Elledici 1997, pp. 23-24

MORTE

Parliamone, parliamo della morte, una parola impossibile da eliminare dal vocabolario umano e cristiano.

La morte non è forse interdetta da molti anni? Probabilmente non del tutto. Rimane il fatto che abbiamo paura di dare la notizia a un vicino: il tale è morto. Diciamo piuttosto: è deceduto.

La parola fa paura, perché la morte è insieme quello che c'è di più *naturale* (in un'umanità segnata dal tempo, dalla crescita e dalla degenerazione) e ciò che c'è di più *scandaloso*. Ci si ribella di fronte a questa rottura, al trapasso... soprattutto se si tratta di morte violenta o prematura: la morte di un bambino, la morte in guerra, per fame o per incidente.

Non risolveremo mai questo enigma. Diciamo soltanto che la fede cristiana la prende di petto. «A noi due», diceva Bernanos sul suo letto di morte. Infatti, io credo proprio che il cristianesimo sia la sola religione, fondata non soltanto sulla nascita o sul messaggio del suo fondatore, ma anche sulla sua morte. Non inganniamoci: la Risurrezione non cancella la morte, non l'annulla: ne svela l'aspetto luminoso. La morte di Cristo è fonte imperitura di vita.

Allora osiamo dire: la morte non ha l'ultima parola. Certamente, nessuno è ritornato dalla morte. Ma Colui che l'ha assunta e attraversata vittoriosamente non muore più. Gesù vive non al di qua della morte, non dopo la morte, ma *nella* e *attraverso* la sua morte.

Ecco il messaggio più importante, la speranza più forte che dobbiamo conservare con «i nostri morti», come siamo soliti dire. Con essi, vi prego, siamo discreti. Sono lontani da noi, rispettiamo la loro distanza. (...) Rimane un solo posto, uno solo, dove noi abbiamo la certezza (della fede) di «ritrovarli»: *nel Cristo*, e in modo particolare nella sua Eucaristia.

HENRI DENIS in *100 parole per dire la fede*, Elledici 1997, pp. 22-23

BEATITUDINE

I saggi di ogni tempo ricordano che tutti gli uomini vogliono essere felici e spiegano nelle loro opere che cosa sia la felicità della vita, proponendo accurate distinzioni e teorie complicate.

La gente comune, che il più delle volte ignora le dotte teorie dei saggi, ha una sua filosofia spicciola che però rischia di ridurre la felicità a benessere o a quell'«emporio per una piccola felicità» che è l'edonismo.

Benessere, felicità, gioia, beatitudine: sinonimi o realtà tra loro diverse?

Non è un caso che nel Nuovo Testamento si preferisca parlare di «beatitudine» e che «beati» siano detti proprio quelli che non potrebbero rientrare facilmente nelle categorie filosofiche della felicità.

La ricerca della felicità e del benessere è un punto da cui tuttavia partire verso la gioia e la beatitudine, riconoscendo – nel bisogno di identità, realizzazione e benessere che avvertiamo in noi – l'esigenza di quel di più che il discorso evangelico lascia intravedere nel contrasto tra lo stato promesso e un oggi in cui la beatitudine è legata a una condizione che nega benessere e felicità umanamente intesi, ma non la gioia.

Ed è incombenza quotidiana la ricerca della felicità così intesa, impegno a dare risposte più vere al proprio bisogno di realizzazione, ora inteso come configurazione al modello della beatitudine evangelica.

AIMONE GELARDI in *Pensieri feriali*, Messaggero 1998, pp. 34-35

Tutti coloro che non sperano in un'altra vita,
son morti anche già in questa.
Lorenzo de' Medici

Comunione dei santi

Nel nostro «Credo» o Simbolo apostolico, la professione di fede nella «comunione dei santi» viene dopo quella nella «santa Chiesa cattolica»: le due espressioni infatti sono sinonime: «Dopo aver confessato la beata Trinità – scrive verso il 400 Niceta di Remesiana – tu confessi di credere la santa Chiesa cattolica. La Chiesa è forse cosa diversa dall'assemblea di tutti i santi?... Tutti i giusti che furono, sono o saranno, formano una sola Chiesa, perché, santificati dalla stessa fede e dalla stessa vita, segnati dallo stesso Spirito, diventano un solo Corpo» (*Spiegazione del Simbolo*, n. 10).

«Comunione dei santi» è quindi una delle realtà della Chiesa: è la Chiesa considerata dal punto di vista della carità, che è il suo vincolo, e rende i membri reciprocamente dipendenti. Insomma, la Chiesa, unita dalla carità in essa diffusa dallo Spirito Santo, forma una grande famiglia spirituale, nella quale i beni sono comuni e misteriosamente trasmissibili da un membro all'altro.

In forza del vincolo della carità, i cristiani uniti a Cristo sono fra loro interdipendenti e la comunicazione si stabilisce anche a distanza. Un cristiano non è mai un isolato, e anche i peccatori ne traggono beneficio: «Per il fatto che sono ancora nella Chiesa, essi vengono aiutati dai buoni a ricuperare la grazia e la vita che hanno perduta – leggiamo nel Catechismo Romano – e partecipano a quei benefici, di cui invece sono privi coloro che sono del tutto separati dalla Chiesa» (Parte I, cap. 10, n. 26). Questa comunicazione è indipendente dalle condizioni temporali.

Guy-Marie Oury in *Dizionario della fede cattolica*, Elledici 1994, p. 45

La vita ci è data per cercare Dio,
la morte per trovarlo,
l'eternità per possederlo.
Jacques Nouet

Finitezza

Un eccesso di oggetti da consumare, di messaggi, di esperienze, produce una dispersione e una stanchezza di cui abbiamo l'esempio, ancora una volta, nel caso dei bambini, quando ricevono troppi regali: alla fine, si divertono di meno che se avessero due o tre giocattoli a cui affezionarsi veramente. Così accade anche agli adulti, nella società opulenta. Quando si hanno troppe cose, non si riesce più a gustarle. Non ci si tiene. ...L'*usa e getta* indica uno stile che è al tempo stesso di spreco e di intima estraneità agli oggetti di cui ci si serve.

Lo stesso vale per la comunicazione. Possiamo focalizzare la nostra attenzione su un numero limitato di dati. Quando le informazioni diventano troppe per essere effettivamente recepite, il risultato è identico alla mancanza d'informazione. Sappiamo troppe cose, alla fine, per poterle utilizzare. (...)

Analogamente, il moltiplicarsi indiscriminato delle esperienze le rende insignificanti. Per colui che vuole farle tutte, senza distinzione, esse alla fine si equivalgono. E quella che sembrava una pienezza si rivela, improvvisamente, un immenso vuoto.

Il problema, allora, non è di aggiungere qualcosa alla vita, ma di saper togliere quello che, ingombrandola, la paralizza. L'immagine che è stata usata da qualcuno è quella della statua di marmo, che si viene delineando solo via via che lo scultore fa emergere dalla grezza materia alcune forme definite, eliminando con lo scalpello il di più che le avvolgeva e le nascondeva. (...)

In questo senso la povertà si rivela, nella cultura contemporanea, esperienza supremamente umana della propria finitezza. Prenderne coscienza è un atto di onestà radicale nei confronti della nostra verità di uomini; il riconoscimento di una dimensione esistenziale caratterizzata dalla debolezza e dalla precarietà, a cui solo al prezzo di una più grave povertà – quella della illusione e dell'intorpidimento – si può sfuggire. Perché è grazie a questo riconoscimento che noi possiamo veramente comunicare con gli altri e con la realtà.

Giuseppe Savagnone in *La stella dei Magi*, Elledici 2002, pp. 63-64

STRUMENTO

Ad una vendita all'asta, il banditore sollevò un violino. Era graffiato e scheggiato. Le corde pendevano allentate e il banditore pensava non valesse la pena perdere tanto tempo con il vecchio violino, ma lo sollevò con un sorriso. «Che offerta mi fate, signori?» gridò. «Partiamo da ...100 mila lire!».

«Centocinque!» disse una voce. Poi centodieci. «Centoquindici!» disse un altro. Poi centoventi. «Centoventi mila lire, uno; centoventi mila lire, due; centoventi mila...».

Dal fondo della stanza un uomo dai capelli grigi avanzò e prese l'archetto.

Con il fazzoletto spolverò il vecchio violino, tese le corde allentate, lo impugnò con energia e suonò una melodia pura e dolce come il canto degli angeli.

Quando la musica cessò, il banditore, con una voce calma e bassa, disse: «Quanto mi offrite per il vecchio violino?». E lo sollevò insieme con l'archetto.

«Un milione, e chi dice due milioni? Due milioni! E chi dice tre milioni? Tre milioni, uno; tre milioni, due; tre milioni e tre, aggiudicato» disse il banditore.

La gente applaudì, ma alcuni chiesero: «Che cosa ha cambiato il valore del violino?». Pronta giunse la risposta: «Il tocco del Maestro».

Siamo vecchi strumenti impolverati e sfregiati. Ma siamo in grado di suonare sublimi armonie. Basta il tocco del Maestro.

BRUNO FERRERO in *365 piccole storie per l'anima*, Elledici 2007, pp. 291-292

Vivere è la cosa più rara al mondo.
La maggior parte della gente esiste,
e nulla più.
Oscar Wilde

Vita prolungata

Favorire il prolungamento della vita richiede l'acquisizione di una nuova pazienza e l'utilizzazione accorta degli intervalli... La nuova pazienza è quella che accetta l'incertezza. Il termine della vita è il momento più incerto: non si sa quando sarà necessario chiamare il soccorso d'urgenza. E anche nel corso dei giorni, se tutto va bene il lunedì, tutto può andar male il martedì.

Inoltre occorre talvolta affrontare una situazione molto difficile: l'incertezza davanti alla prospettiva di una operazione. Operare o no? Sarà la guarigione o soltanto un palliativo? (...)

Questo tempo di incertezza comporta tuttavia la più amara certezza: ormai non si può che peggiorare fisicamente, poco o tanto si dovrà sempre soffrire. Piccole cose, ma deprimenti: febbriciattole, gambe sempre più deboli, sordità crescente, digestioni difficili, non si sta mai veramente bene. Si finisce di irritare tutti con malanni tanto reali quanto inspiegabili che suscitano incredulità, soprattutto nei casi di depressione. È veramente necessaria una rinnovata pazienza per abituarsi a viverci dentro. Non parlarne troppo, continuare a fare ancora tutto il possibile, con lo slogan salvatore: «È difficile, ma è possibile».

C'è un altro imprevisto del termine della vita che si rischia di non sfruttare abbastanza: i momenti in cui si sta bene, gli intervalli di una vita pienamente attiva. Si è talmente impressionati dalle piccole indisposizioni o dalla mancanza totale di salute che non si colgono più a piene mani quei momenti in cui all'improvviso si sta benissimo, si può lavorare e ridere. È troppo bello per essere vero, eppure è vero: in qualunque vita sofferente e in declino ci sono intervalli da gustare. Sarebbe stolto sciupare queste ore felici della vita che si prolunga.

André Sève in *Ama la tua vita*, Elledici 1998, pp. 67-68

Cure palliative

Con i progressi della medicina e il conseguente allungamento della vita, sono comparse nuove categorie di persone anziane: quelle che sono entrate in una «lunga malattia» che nessun trattamento può guarire.

Di qui la domanda: «Quando non c'è più niente da fare, che cosa bisogna fare?».

Risposta: le cure palliative.

Non si pensa più a guarire, ma di alleviare, preservare la qualità della vita fino alla fine.

Un'amica mi diceva: «Che fortuna avanzare così verso la morte, sapendo che si sarà aiutati fino alla fine e che si soffrirà il meno possibile».

Si è creato un vocabolario: i malati in fase terminale, l'accompagnamento dei malati in fin di vita.

Si tratta di persone colpite da un cancro o dall'aids, e altre colpite da malattie neurologiche degenerative.

Le cure palliative cercano di alleviare i dolori fisici, perché il malato ritrovi la voglia di combattere fino alla fine e prepararsi serenamente alla morte.

André Sève in *Ama la tua vita*, Elledici 1998, p. 65

Non è coraggio
decidersi ad accettare la morte,
così come non lo è
decidersi ad accettare la vita.
È coraggio decidersi a sapere perché si accettano.
I. Bergamin

Solitudine

Uno dei problemi oggi più dibattuti sul piano dell'impegno sociale ed ecclesiale è appunto quello della solitudine, il male oscuro che intacca la nostra speranza. Quella sensazione di essere sospesi nel vuoto, immersi nell'angoscia. Quella sensazione di essere inghiottiti nel vortice del nulla, di non essere aspettati, di non essere accettati, di non essere adottati. La solitudine è stata da sempre la forma tossica più fatale per la gioia dell'uomo, per la sua pace. In non pochi è stata fatale per la stessa vita.

L'uomo, soggetto a un ventaglio ampio di malattie dello spirito, ha sentito che il centro di questa sindrome è la solitudine, l'incomunicabilità. Tutto il problema della vita, ha scritto Cesare Pavese, è questo: «Come rompere la propria solitudine, come comunicare con gli altri. Così sì spiega la persistenza dei matrimoni, della paternità, delle amicizie...». (...)

La sensazione di solitudine s'intreccia con quella della propria inutilità. Scriveva Franz Kafka (il più tormentato dei pensatori contemporanei della solitudine, il più assetato di comunione, il più deluso per l'incapacità di comunione): «Non ho mai niente da comunicare a nessuno. La mia è un'evoluzione tutt'al più, simile a quella di un dente cariato, che si vuota e va in rovina».

Ecco il punto infettivo del problema: l'incomunicabilità. Nietzsche diceva: «L'incomunicabilità è la più terribile delle solitudini». Essa caratterizza la solitudine dell'uomo del ventesimo secolo, e costituisce nelle previsioni la più triste eredità che il nostro secolo sta consegnando al terzo millennio.

La solitudine di ieri, l'uomo la sperimentava prevalentemente davanti alle minacce della natura. Oggi invece la sperimenta in mezzo alla folla anonima, nell'incapacità di ascoltare, di rispondere. Ecco il paradosso: l'epoca del boom degli strumenti della comunicazione sociale, coincide con il boom dell'esperienza di solitudine.

Sabino Palumbieri in *Ma liberaci dalla solitudine*, Elledici 1983, pp. 3-4

Tristezza

Ci sono due tipi di tristezza. C'è l'afflizione secondo Dio, e l'afflizione secondo il mondo. (...)

Che cosa distingue queste due specie di tristezza? È l'amore per il Signore. Questo amore che riempie il cuore del peccatore pentito, e col quale Dio lo invita a rinunciare al suo tradimento per ritrovare la gioia. Questo amore che anima Pietro e la Maddalena il mattino di Pasqua. Giuda invece piange di disperazione: lui dubita dell'amore di Dio.

C'è un'ultima forma di tristezza: quella che scaturisce dall'assenza del Signore. Anche se il Signore li aveva prevenuti, i suoi discepoli provano allora quanto sia vera la parola di Gesù: «Verranno i giorni quando lo sposo sarà loro tolto, e allora... saranno in lutto» (Mt 9,15). È questa la loro ultima tristezza: il Signore scompare dalla loro vista! Ma questa sofferenza è portatrice di vita: sono i dolori del parto, che durano poco tempo e schiudono la porta a una vita nuova. È il dolore del Sabato Santo. Quest'afflizione non dura che tre giorni. Passato questo termine, gli «alleluia» possono esplodere.

È un po' così anche la nostra afflizione, di noi che viviamo nell'attesa del suo grande ritorno. Gesù è scomparso ai nostri sguardi, e noi tutti speriamo di rivederlo faccia a faccia. Questa tristezza non è come le altre, perché è sostenuta da una ferma speranza. Ed è anche accompagnata dalla gioia. Per questo noi possiamo parlare nello stesso tempo della dolce tristezza dell'assenza di Cristo, e della gioia – ancora velata – della sua presenza mediante lo Spirito Santo che inabita nei nostri cuori.

È anche la tristezza di vedere che apparentemente così poca gente condivide con noi questa gioia della fede in Gesù e il suo amore. «Amor non amatur», diceva san Francesco piangendo: «L'amore non è amato».

Godfried Danneels in *Le beatitudini del cristiano*, Elledici 1995, pp. 13-14

Depressione

Vi è... una tristezza più profonda, che spesso sopraggiunge in occasione di una frustrazione, di una delusione affettiva, di un insuccesso, di tensioni, di conflitti più o meno sopportabili. Ci si sente allora invadere da una tristezza e da un senso di morte che sorgono dal profondo del proprio essere. La vita, la forza vitale, non circola più. Tutte le energie sono annientate, non si prova più gusto per nulla! Non si tratta di una ferita passeggera che è possibile superare lasciando trascorrere un po' di tempo, ma di un malessere più profondo. È una nuova forma di sofferenza che invade tutto. È come se la persona fosse imprigionata in un mondo di tenebre. Si tratta di una malattia vera e propria. Non è possibile curarsi da soli; si è come isolati dietro un muro che ci separa dagli altri. Occorre lasciarsi aiutare per uscirne.

La depressione, questa forza dolorosa e tenebrosa che invade le profondità del nostro essere e sembra diffondersi in tutto il nostro corpo, affonda le sue radici nelle ferite della nostra prima infanzia. Si tratta di sofferenze molto antiche, che abbiamo spinto in zone nascoste del nostro essere e che in un dato momento si ripresentano alla coscienza. Siamo allora invasi e paralizzati da tristezza e sensi di colpa; abbiamo l'impressione di essere incapaci di compiere qualcosa di valido. Le nostre energie e il nostro gusto di vivere svaniscono, lasciando un profondo disinteresse per ogni cosa o anche il desiderio di scomparire, di morire.

Jean Vanier in *La depressione,* Elledici 2009, pp. 5.6

La vita è come uno specchio:
sorridile, ed è incantevole;
guardala con cipiglio e paura,
e diventa malvagia e spaventosa.
E. Feullière

Disperazione

Kierkegaard... ha dedicato una grande attenzione all'esperienza della disperazione, da lui definita come la «malattia mortale» tipica dell'essere umano. Tutte le altre, fisiche o spirituali, infatti, non conducono alla morte. Ma questa sì. La disperazione non consiste in uno stato d'animo passeggero. Essa è un atteggiamento profondamente radicato nell'anima di un individuo e consiste, in ultima istanza, nel «voler disperatamente sbarazzarsi di se stesso».

Questa disperata volontà si può manifestare in due modi solo apparentemente opposti: il non voler essere se stessi e il voler essere a tutti i costi se stessi in modo sbagliato. (...)

Non sempre, nota Kierkegaard, la disperazione è consapevole. (...) Certo, ci sono le sconfitte, che rivelano l'inconsistenza di ciò a cui si cercava di aggrapparsi; ma è facile, allora, attribuire la propria infelicità al fatto di non aver raggiunto i propri obiettivi, piuttosto che alla loro intrinseca incapacità di soddisfare le nostre attese. Perciò, nota Kierkegaard, «di solito lo stato del disperato è una specie di penombra. (...) Fino a un certo punto egli sa bene, davanti a se stesso, di essere disperato; se ne accorge in se stesso, come ci si accorge di star covando una malattia; ma non vuole proprio ammettere qual è la malattia. In un momento gli è diventato quasi chiaro di essere disperato, ma poi, in un altro momento, gli sembra che il suo malessere abbia un'altra causa, che derivi da qualcosa di esteriore, da qualcosa fuori di lui; e se questo cambiasse, egli non sarebbe disperato. Oppure egli, forse con distrazioni o in altri modi: per esempio lavorando e affaccendandosi a scopo di distrazione, cerca di mantener davanti a se stesso una certa oscurità intorno al suo proprio stato, però in modo che non si rende perfettamente conto di farlo con l'intenzione precisa di farlo apposta per creare confusione» (S. Kierkegaard).

Giuseppe Savagnone in *La stella dei Magi*, Elledici 2002, pp. 82-83

Angoscia

Fra le novelle di Cechov ce n'è una intitolata «Angoscia». Il vecchio vetturino Jona Potapov è vedovo, e da poco ha perso anche l'unico figlio. È seduto a cassetta, incurante della neve che cade a larghe falde. Ha il cuore colmo di angoscia, se gli scoppiasse in petto inonderebbe il mondo. A un tratto Jona dice: «Ci sarà pure, tra migliaia di persone, una che mi ascolti».

Si avvicina un militare, vuole essere trasportato subito a un posto della città. Jona comincia: «Sa, a me in questa settimana è morto mio figlio...». L'altro non gli dà retta; appena giunto alla meta, paga e se ne va senza dire una parola.

Poi tre giovani si fanno portare dal vetturino. «Sapete – comincia Jona –, a me in questa settimana è morto mio figlio». «Tutti moriremo, pazienza!», sentenziano i tre giovani. Il rivolo di angoscia in Jona si gonfia, diventa torrente.

Si appressa a un altro vetturino e gli dice: «Sai, questa settimana ho perduto l'unico figlio». Il collega risponde con un «Ah, sì!» annoiato e distratto, poi si stiracchia e piomba nel sonno. E il torrente d'angoscia in Jona sta diventando fiume.

Tornato a casa, non può dormire. La pena che ha dentro è tanta. Si alza, scende nella stalla, si avvicina al cavallo, e pian piano lo abbraccia. Piange, e comincia a raccontargli ogni cosa: «Era bello, era buono, forte, paziente... E d'improvviso me l'hanno portato via, ora non lo vedrò più...».

E il cavallo ascolta paziente il lungo soliloquio del suo padrone.

Sabino Palumbieri in *Ma liberaci dalla solitudine*, Elledici 1983, pp. 25-26

Come sarebbe grigio il filo della nostra vita
se non fosse intrecciato
con l'amicizia e l'amore.
Tommaso Moro

Polvere

Tutti vanno verso la medesima dimora e forse davvero non è importante come un uomo muore, ma come ha vissuto. Perché non tutto ritorna nella polvere.

Ci sarà pace un giorno anche per quelli il cui pianto non diventa mai lacrima benefica, ma si ferma a gonfiare un cuore che diventa così solo più stanco e più grande.

Non tutto ritorna nella polvere: ci sarà luce un giorno anche per quelli i cui occhi, vinti, hanno smesso di sorridere per riempirsi di nebbia, che consente solo il fluttuare di ricordi ormai troppo lontani nel tempo, perché si dia l'illusione di poterli anche solo sfiorare.

Non tutto ritorna nella polvere: ci sarà gioia un giorno anche per quelli che devono farsi in disparte quando la gioia donata rende ormai inutile la loro presenza.

Non tutto ritorna nella polvere: ci sarà vita un giorno anche per quelli che accettano di morire, perché fiorisca la vita, e tenerezza per chi ha evitato di sfiorare i petali delle rose.

Non tutto ritorna nella polvere: ci sarà un giorno nel quale sui rami potati spunteranno foglie novelle e sui prati altra volta inariditi dal sole nasceranno fiori come a maggio.

La nebbia sarà allora luminosa come in certe giornate di luglio in riviera, e la pioggia bagnerà volti ridenti, e la notte sarà luminosa come il giorno, e l'autunno mostrerà tutti i suoi colori caldi, e il pianto dei giusti avrà il profumo delle rose, e i cristalli non si appanneranno né appassiranno i petali delle rose, e il silenzio sarà pieno di voci, e i ricordi vicini...

Quel *giorno* il Signore asciugherà ogni lacrima.

Aimone Gelardi in *Pensieri feriali*, Messaggero 1998, pp. 86-87

Per render spirituale la vostra vita
rendete spirituali i vostri desideri.
Thomas Merton

Rimpianti

Una delle più belle poesie d'amore degli ultimi tempi è stata scritta da una ragazza americana. È intitolata «Le cose che non hai fatto». Eccola:

Ricordi il giorno che presi a prestito la tua macchina nuova e l'ammaccai?

Credevo che mi avresti uccisa, ma tu non l'hai fatto.

E ricordi quella volta che ti trascinai alla spiaggia, e tu dicevi che sarebbe piovuto, e piovve? Credevo che avresti esclamato: «Te l'avevo detto!». Ma tu non l'hai fatto.

Ricordi quella volta che civettavo con tutti per farti ingelosire, e ti eri ingelosito?

Credevo che mi avresti lasciata, ma tu non l'hai fatto.

Ricordi quella volta che rovesciai la torta di fragole sul tappetino della tua macchina?

Credevo che mi avresti picchiata, ma tu non l'hai fatto.

E ricordi quella volta che dimenticai di dirti che la festa era in abito da sera e ti presentasti in jeans? Credevo che mi avresti mollata, ma tu non l'hai fatto.

Sì, ci sono tante cose che non hai fatto.

Ma avevi pazienza con me, e mi amavi, e mi proteggevi.

C'erano tante cose che volevo farmi perdonare quando tu saresti tornato dal Vietnam. Ma tu non sei tornato.

Una regola d'oro. Passeremo nel mondo una sola volta.

Tutto il bene, dunque, che possiamo fare o la gentilezza che possiamo manifestare a qualunque essere umano, facciamoli subito. Non rimandiamolo a più tardi, né trascuriamolo, poiché non passeremo nel mondo due volte.

Bruno Ferrero in *40 Storie nel deserto*, Elledici 1989, pp. 66-67

PREOCCUPAZIONE

Non l'occupazione, ma la preoccupazione logora i nostri nervi e popola il pianeta di isterici e di neuropatici.

Gesù quando ha detto: «A ciascun giorno il suo affanno» non ha dettato soltanto una norma ascetica, ma ci ha prescritto una cura contro il logorio della vita, che per ogni generazione è sempre moderna.

La nostra struttura psichica a stento tollera il peso del presente e perciò non sopporta il peso del futuro. Fosse almeno una sola l'ipotesi disastrosa su cui far convergere i mezzi di difesa, invece le prospettive di guai imminenti sono pressoché infinite e per giunta trovano loro alleate la fantasia e l'intelligenza. Per fasciarci la testa tutte le volte che l'immaginiamo rotta, una farmacia sola non basta. Che mi potrà accadere oggi in macchina? Nell'ufficio mi andrà tutto bene? E il cibo è veramente sano? Che cos'è questo dolore al fianco? Perché i bambini oggi fanno ritardo?

La preoccupazione è la più responsabile nell'esaurimento nervoso. Certo, nessun galletto si è mai esaurito a furia di intonare il suo canto all'aurora nascente, né un cavallo da corsa, per quanto esercizio abbia fatto, si è ammalato di esaurimento nervoso. Questa malattia è tipico privilegio dell'uomo, appunto perché l'uomo sopporta il peso del futuro. (...)

La nostra vita terrena è un camminare senza sosta sotto sassi penduli, e l'intelligenza che se ne rende conto, non fa un buon servizio. Ed allora sarebbe meglio non avere l'intelligenza? Nessun uomo deve invidiare il bruto, ma chi vuole salvarsi dall'angoscia, deve bilanciare l'energia, a volte disgregatrice, dell'intelligenza con le risorse della fede; non basta sapere che si cammina sotto sassi penduli, si deve credere che vi è una Provvidenza amorosa, la quale regola la caduta dei massi e guida il nostro cammino.

ADOLFO L'ARCO in *Invito alla preghiera*, Elledici 1961, pp. 5-6

DUBBIO

Il Nuovo Testamento è intransigente sui principi essenziali della nostra fede. Il Cristianesimo poggia su fatti solidi come rocce. La maggior parte di questi fatti riguarda Gesù, la sua morte e risurrezione e il posto centrale che Dio gli ha dato. Altrettanto sicuro è l'amore incondizionato di Dio per noi, nonché la sua santità e giustizia. I cristiani di ogni tradizione sono unanimi nell'affermare questi principi fondamentali della nostra fede.

Ci sono però altri settori in cui dobbiamo contentarci di avere una mentalità aperta e di ammettere, con umiltà ma con fiducia in Dio, la nostra ignoranza. Anche se recitiamo la professione di fede cristiana, non sempre siamo in grado di comprenderne il vero significato. Non ci è possibile spiegare a noi stessi o ad altri, in maniera soddisfacente, Dio e il suo modo di essere e di agire. La sola cosa che possiamo fare è ammettere che Dio è troppo grande e non riusciamo a comprenderlo. Se riuscissimo a comprenderlo e a spiegarlo completamente, la nostra mente umana sarebbe grande come Dio.

Non sempre i dubbi sono unicamente intellettuali. Ci sono dei momenti in cui s'infrangono sentimenti e speranze. Dio sembra quanto mai lontano, e sembra che la nostra vita non abbia più senso a motivo di ciò che capita a noi o ad altri nel nostro mondo. Di fronte alle ingiustizie e sofferenze che vediamo o che proviamo noi stessi, come si fa ad ammettere che esiste un Dio che ci ama? Sono momenti in cui non possiamo che aggrapparci alle cose certe, aspettando che si diradi la nebbia e si riesca a vedere un po' meglio la strada da percorrere. In ogni caso, sappiamo che Dio ci ama davvero e che domina ogni cosa. Anche quando la nebbia non scompare, possiamo continuare ad aver fiducia e a camminare guidati dalla fede, non dalla visione, nella certezza che Dio, grazie alla nostra relazione di amore con lui, continua ad amarci e che, qualunque cosa accada, Dio è sempre con noi.

MARY BATCHELOR in *Viaggio dello Spirito*, Elledici 1999, pp. 38-39

PROPOSITI

Una donna, che non aveva grandi risorse economiche, trovò un uovo. Tutta felice, chiamò il marito e i figli e disse: «Tutte le nostre preoccupazioni sono finite. Guardate un po': ho trovato un uovo! Noi non lo mangeremo, ma lo porteremo al nostro vicino perché lo faccia covare dalla sua chioccia. Così presto avremo un pulcino, che diventerà una gallina.

Noi naturalmente non mangeremo la gallina, ma le faremo deporre molte uova, e dalle uova avremo molte altre galline, che faranno altre uova. Così avremo tante galline e tante uova.

Noi non mangeremo né galline né uova, ma le venderemo e ci compreremo una vitellina. Alleveremo la vitellina e la faremo diventare una mucca. La mucca ci darà altri vitelli, finché avremo una bella mandria. Venderemo la mandria e ci compreremo un campo, poi venderemo e compreremo, compreremo e venderemo...».

Mentre parlava, la donna gesticolava. L'uovo le scivolò di mano e si spiaccicò per terra.

I nostri propositi assomigliano spesso alle chiacchiere di questa donna. «Farò... Dirò... Rimedierò...». Passano i giorni e gli anni, e non facciamo niente.

BRUNO FERRERO in *365 piccole storie dell'anima*, Elledici 2007, p. 12

Quale uomo non vive in questo mondo
per il proprio bene?
Ma solo chi vive per il bene altrui,
vive veramente.
Proverbio indiano

Giudizio

Tra l'evento-morte e l'evento-eternità, si parla di giudizio. (...)

Non è facile, però, comprendere esattamente ciò che in termini cristiano-cattolici s'intende quando si parla di giudizio, anche perché si corre il rischio di materializzare in modi e forme umane l'idea del Giudice divino. Il fatto poi di prevedere due giudizi, l'uno particolare a conclusione d'ogni singola esistenza, l'altro universale a conclusione della storia e del mondo, non facilita la comprensione del giudizio stesso.

D'altra parte, non si tratta tanto di comprendere la divina Rivelazione, specie in ciò che tocca il mistero, quanto d'accettarla come Parola di Dio e quindi come verità superiore a ogni sospetto.

Nel giudizio, peraltro, si può scorgere la compresenza mirabile della giustizia e della misericordia, come attributi indivisibili ma anche reciprocamente riducibili di Dio.

Quella medesima misericordia, che è la ricchezza infinita e inesauribile di Dio, e da Lui profusa a piene mani nel tempo della prova, si fa esigenza di giustizia nell'istante supremo della morte. Quella medesima giustizia, che ora si esprime con una sentenza di condanna o di salvezza eterna, aveva prima misericordiosamente determinato tutte le condizioni necessarie alla salvezza.

Parlare dunque di giudizio è come parlare del momento in cui, senza possibilità di appello, si decide l'eternità in/con Dio in alternativa all'eternità senza/contro Dio.

La Rivelazione, purtroppo, non svela come il giudizio avverrà, lascia solo capire che ci sarà. Il come consisterà forse in un confronto drammatico e istantaneo tra la luce e le tenebre, tra la verità e la falsità, tra l'amore e l'odio, tra la grazia e il peccato. E quindi tra la vita e la morte.

Se dal confronto non usciremo in passivo, la felicità dell'essere in/con Dio sarà assicurata per sempre. Altrimenti, sarà tutto il contrario.

Brunero Gherardini in *Che cosa c'è dietro l'angolo?*, Elledici 1982, pp. 21-22

PARADISO

L'espressione non è di origine cristiana. Il Cristianesimo l'ha presa dalla cultura del tempo, per tentare di raffigurare in qualche modo il regno o il mondo di Dio. Ha parlato perciò del «regno dei cieli» (Mt 3,2) ed ha singolarmente insistito sul concetto di cielo per significare l'abitazione dell'Altissimo. (...)

Eppure non ha mai cosificato il cielo, né l'idea di Paradiso che ne discende; ha parlato di luogo con la terminologia del tempo, senza farne un luogo nel senso comune della parola. (...)

In questa luce, in questo cielo, in questo Paradiso dov'è Dio e che è Dio, saranno anche i redenti, i quali diventeranno perciò i cittadini del regno dei cieli (Fil 3,20). (...). L'essere nei cieli sarà il loro godimento e il loro premio: una specie d'assorbimento in Dio senza nulla perdere della propria individuale e personale identità, una relazione intensa e profondissima del singolo a Dio, una gioia senza uguali e senza limiti proveniente da questa medesima relazione. E quindi un nuovo modo di conoscere Dio, una sua contemplazione senza fine. (...) Tutto questo è il Paradiso. Tutto questo, in effetti, intendeva il Nuovo Testamento, e intende la Fede, nel localizzare Dio e le anime dei giusti nel regno dei cieli. (...)

Così stando le cose, a nulla valgono le troppo facili obiezioni via via ricorrenti contro il Paradiso, come se si trattasse d'una materializzazione della divina promessa e della speranza cristiana. Sono obiezioni che partono da un'insufficiente o addirittura erronea interpretazione biblica. Il Paradiso che la Fede ci prospetta è soprattutto uno stato, una condizione esistenziale, conseguente all'incontro ultimo e definitivo con Dio, e consistente nella visione beatificante di lui. (...) Dio, dunque, essendo luce, accenderà in noi stessi i riverberi del suo splendore infinito. Essendo vita, arricchirà il nostro al-di-là della vita ch'è sua e che, anche in noi, ignorerà il passaggio dal meno al più e viceversa, perfezionando nel possesso di Dio tutta la capacità d'essere di cui l'uomo è da Dio stesso dotato. Essendo Amore, ...fisserà anche noi nell'abisso di quest'Amore, in una così profonda e inesprimibile unione, da risultare, proprio lui, «tutto in tutti» (1 Cor 15,28).

BRUNERO GHERARDINI in *Che cosa c'è dietro l'angolo?*, Elledici 1982, pp. 26-29

Purgatorio

C'è una dottrina cristiana che parla di purificazione nell'oltretomba, e che in quanto tale è tutt'altro che trascurabile.

È infatti dottrina sostenuta dal Magistero Ecclesiastico, da innumerevoli Padri della Chiesa e dai massimi teologi; essa ha per oggetto il cosiddetto Purgatorio, vale a dire una condizione, precisata con linguaggio umano anche come stato e luogo, di purificazione.

Riguarda le anime dei giusti morti con peccati veniali, o con debito di pena temporale per i peccati gravi rimessi, e prevede per esse una congrua purificazione prima del loro accesso finale al Paradiso.

Ecco... ciò che la Parola di Dio ha, più o meno esplicitamente, rivelato in tal senso, e in particolare i testi comunemente addotti a dimostrazione del Purgatorio: «[Giuda] fece offrire il sacrificio espiatorio per i morti, perché fossero assolti dal peccato» (2 Mac 12,46) e: «L'opera di ciascuno sarà ben visibile: la farà conoscere quel giorno che si manifesterà col fuoco, e il fuoco proverà la qualità dell'opera di ciascuno. Se l'opera che uno costruì sul fondamento resisterà, costui ne riceverà una ricompensa; ma se l'opera finirà bruciata, sarà punito: tuttavia egli si salverà, però come attraverso il fuoco» (1 Cor 3,12-15). (...)

Comunque si vogliano interpretare i testi addotti a riprova del Purgatorio, un dato è certo... che cioè anche il Purgatorio rientra nel «tempo» della grazia: non in quello ovviamente che precede la morte, ed è il tempo insieme della prova e del merito, ma in quello che la segue, nel quale il merito non è più possibile, perché c'è soltanto la misericordia infinita di Dio.

Quest'ultimo pensiero porta una nota di serenità anche là dove, soprattutto con la privazione temporanea di Dio, la Fede parla di pena all'interno d'una condizione di sofferenza purificatrice: una sofferenza sottoposta alla vittoria finale di Cristo, perché anche le anime purganti sono destinate alla visione e al possesso beatifico di Dio.

Brunero Gherardini in *Che cosa c'è dietro l'angolo?*, Elledici 1982, pp. 30-32

Inferno

Parola strana e strano il suo destino. L'uomo contemporaneo la conosce bene, o non meno del cristiano primitivo né di quello medievale. Con questa differenza, però, che l'uomo contemporaneo ha sposato l'Inferno all'attuale situazione storica, depennandolo dal vocabolario della Fede. Tutti oggi sono soliti dire: è un Inferno, e quanto più la situazione è grave, tanto più l'espressione sembra adeguata. Inferno è l'esasperazione della lotta politica, il terrorismo omicida, l'inflazione che indebolisce il potere d'acquisto dei salari, i gulag e i ghetti nei quali si fa strame della dignità e libertà della persona umana. Inferno sono alcune situazioni di povertà estrema, di matrimoni falliti, di malattie incurabili. Ma di quell'Inferno, che la parola di Dio ha individuato in «un supplizio eterno» (Mt 25,46), chiamandolo «la geenna del fuoco inestinguibile» (Mt 9,43-48), si ha oggi o un'orgogliosa noncuranza, o uno schizzinoso rifiuto, quasi uno scandalo, come se una tortura eterna ripugnasse alla fede in un Dio tutt'amore e misericordia, e perfino al peccato che, essendo un atto finito, parrebbe non punibile con una pena infinita. (...)

Il coraggio della Fede restituisce la certezza della Verità rivelata. Allora anche l'applicazione della parola Inferno alle condizioni più disperate riceve significato da quello che le dà la Fede; il di-qua può essere Inferno, solo se si sa cos'è l'Inferno nell'al-di-là: fissazione eterna del peccatore nello stato di peccato, e quindi allontanamento da Dio e privazione di lui, tanto più cocente in quanto derivante dalla frustrazione del naturale desiderio di Dio.

Sarà forse questa cocente frustrazione il «fuoco inestinguibile» di cui parla la Fede? Nessuno può dire al riguardo una parola definitiva. (...) A ogni buon conto, questo essa ci dice: che quella del fuoco è una pena fisica in aggiunta alla pena spirituale della privazione di Dio. Negare dunque il fuoco dell'Inferno sarebbe come negare la divina rivelazione.

Brunero Gherardini in *Che cosa c'è dietro l'angolo?*, Elledici 1982, pp. 24-25

Miraggio

Un uomo si era perso nel deserto. Esaurita la scorta di viveri e di acqua, si trascinava penosamente sulle ghiaie roventi. Improvvisamente vide davanti a sé delle palme e udì un gorgoglio d'acqua.

Ancora più sconfortato pensò: «Questo è un miraggio. La mia fantasia mi proietta davanti i desideri profondi del mio subconscio. Nella realtà non c'è assolutamente niente».

Senza più speranza, vaneggiando, si abbandonò esanime al suolo. Poco tempo dopo, lo trovarono due beduini. Il poveretto era ormai morto.

«Ci capisci qualcosa?», disse il primo. «Così vicino all'oasi, con l'acqua a due passi e i datteri che quasi gli cadevano in bocca! Com'è possibile?».

Scuotendo il capo, l'altro disse: «Era un uomo moderno».

Ahimè, il mondo è pieno di luci potenti e misteri e l'uomo li nasconde con la sua piccola mano (Baal Schem).

Gli adoratori di quest'era tecnologica sono disposti a considerare reale solo quanto si presta a una classificazione razionale. Si adagiano volentieri nell'idea che con il loro pensiero scientifico si trovano su un terreno solido, mentre contemporaneamente sprofondano nel vuoto attraverso gli abissi della disperazione, dell'angoscia.

Non si comprendono i segreti di Dio. Si adorano.

Bruno Ferrero in *365 piccole storie per l'anima*, Elledici 2007, p. 78

Riposo

Quando si avverte il senso di tristezza e di vuoto interiore si corre il rischio di buttarsi in un'attività febbrile e in progetti di ogni genere, di accogliere indiscriminatamente qualunque distrazione. (...) Nel momento in cui ci si ferma, infatti, l'inquietudine, l'angoscia e il senso di colpa riemergono alla superficie della coscienza. (...)

Ma a un certo punto occorre avere il coraggio di sospendere l'attività febbrile o la ricerca di distrazioni superficiali per riposarsi un po'. I sentimenti tenebrosi allora riemergono, si manifesta il vuoto interiore, ma si cerca di trovare la calma in un modo nuovo. Si escogitano così piccoli interessi che infondono tranquillità: cucinare, passeggiare, ascoltare una musica dolce, entrare in una chiesa, dedicarsi a un'attività che dia un po' di gioia, parlare con un amico, giocare con un bambino; piccole cose che danno un po' di pace e di tranquillità interiore. Le proprie fragilità sono note, ma si scopre che esistono anche spazi di pace. Occorre saper gustare questi momenti di pace: respirare tranquillamente, lasciar scendere nel cuore stille di gioia, lasciar entrare nel corpo il calore del sole, vivere momenti di benessere. (...)

Scoprirai allora a poco a poco quali sono le vie della pace e della luce e quali sono le vie della morte. Se vuoi vivere nella luce e nella pace, devi evitare alcune cose e alcune persone, forse amici e vicini che, con le loro paure, le loro difficoltà, la loro angoscia e i loro pregiudizi portano agitazione; può risultare opportuno evitare anche alcune trasmissioni televisive e certe riviste. Scoprirai che la tua psiche, come il tuo corpo, ha bisogno di un certo nutrimento, e che alcuni alimenti sono come veleni: danneggiano. Occorre agire come le persone consapevoli del fatto che se mangiano troppo cioccolato avranno problemi di fegato. Scopri allora che la tua vita, il tuo corpo e la tua psiche costituiscono una realtà fragile e delicata. Non si può fare ciò che si vuole. Bisogna avere cura di sé, badare alla distensione, agli incontri, ai momenti di pace e di preghiera che aiutano a rimanere nella luce.

Jean Vanier in *La depressione*, Elledici 2009, pp. 23-24

VITA ETERNA

Qualunque sia la nostra paura naturale, umana, siamo fermamente convinti che Gesù ha vinto la morte, per se stesso e per tutti i suoi seguaci. (...)

In passato, si cercava di fare una «buona morte». Si voleva essere ben preparati a incontrare il proprio Creatore, a dare un solenne addio agli amici e alla famiglia e a dire qualche ultima parola a chi stava intorno al letto di morte.

Oggi la situazione è radicalmente diversa. Non solo la maggior parte della gente ha un altro atteggiamento verso la morte, ma sono sempre di meno quelli che ne hanno piena coscienza o che muoiono nel loro letto. Di solito si muore all'ospedale, forse in un reparto di cura intensiva, fra strumenti e macchine moderne e connessi con tubi grandi e piccoli, senza sapere che si stanno vivendo gli ultimi istanti. C'è sempre meno gente che vuol prepararsi alla morte, o al successivo incontro con Dio.

Di qualunque genere siano i sentimenti che proviamo di fronte alla dolorosa certezza di dover morire, possiamo guardare con coraggio quello che ci attende dopo la morte. Noi cristiani non crediamo nella reincarnazione. Dio ha creato ciascuno di noi come persona unica nel suo genere, con una sola vita che termina con una sola morte. Dopo la morte, Dio ci prepara qualcosa che sarà indicibilmente migliore di ciò che abbiamo avuto qui in terra. Il corpo che avremo per sempre dopo la risurrezione sarà assai migliore del nostro corpo limitato, terreno, così come un palazzo è assai migliore di una misera tenda. Sarà una vita immensamente più bella, più ricca di godimenti e soddisfazioni che non la vita di quaggiù. Sarà la vita dei figli di Dio, senza dolore, peccato, sofferenza e tristezza. È difficile immaginare che il cielo sia migliore e più piacevole delle cose migliori di questa terra. Eppure godremo infinitamente di più. (...)

Anche la nostra tristezza quando muoiono persone care è confortata dalla certezza che sono ormai alla presenza di Dio, libere dai condizionamenti di questa vita.

MARY BATCHELOR in *Viaggio dello Spirito*, Elledici 1999, pp. 145-148

Tramonto

Tanto tempo fa, un missionario attraversava le Montagne Rocciose con un giovane indiano che gli faceva da guida.

Tutte le sere, ad un preciso momento del tramonto, il giovane indiano si appartava, si voltava verso il sole e cominciava a muovere ritmicamente i piedi e a cantare sottovoce una canzone dolcissima, soffusa di nostalgia.

Quel giovane che danzava e cantava rivolto al sole morente era uno spettacolo che riempiva di ammirata curiosità il missionario. Così, un giorno, chiese alla sua guida: «Qual è il significato di quella strana cerimonia che fai tutte le sere?».

«Oh, è una cosa semplice» rispose il giovane. «Io e mia moglie abbiamo composto insieme questa canzone. Quando siamo separati, ciascuno di noi, dovunque si trovi, si volta verso il sole un attimo prima che tramonti, e comincia a danzare e cantare. Così, ogni sera, anche se siamo lontani, cantiamo e balliamo insieme».

Quando il sole tramonta, tu con chi balli?
Una mistica del IX secolo ha lasciato questa preghiera:
«Mio Signore!
Brillano le stelle,
si chiudono gli occhi degli amanti.
Ogni amante è sola col suo amato,
e io sono sola qui con te!».

Bruno Ferrero in *365 piccole storie per l'anima*, Elledici 2007, p. 298

VERIFICHE

Quando giunge il momento della resa dei conti e si tirano le somme e si processa il proprio passato, sentendo che non è più tempo di ricorsi, si avverte di non potere più vivere alla giornata e il peso di giorni sciupati diventa insopportabile.

Avresti voluto raccogliere i frutti di un cammino su sentieri di luce e ritrovi un'immagine di te che ha sapore di ieri. Hai pensato che fossero a portata di mano ideali suggestivi per i quali ti eri detto disposto ad andare controcorrente.

Ti eri fatto un'idea troppo grande di te; oggi scopri un minuscolo «io» che si inquieta per bilanci che sono lontani da quanto avevi sperato.

Sei tentato di disprezzare questa piccola cosa che sei, mentre devi riprenderti in mano e portarti più oltre, senza abbandonarti alla tristezza, né consentire che i tuoi pensieri ti tormentino inutilmente.

Sterile e impietoso è analizzarsi, dimentichi di una misericordia che occorre in primo luogo esercitare con se stessi, riconoscendo che c'è differenza tra la sera stanca di chi ha almeno tentato di camminare sulle Sue vie e la stanchezza dei giorni di chi ha scelto un cammino senza luce.

AIMONE GELARDI in *Pensieri feriali*, Messaggero 1998, pp. 8-9

Ricordati:
quando tu nascesti
tutti erano contenti e tu piangevi.
Vivi in modo che,
quando morirai,
tutti piangano e tu sia felice.
Proverbio arabo

Escatologia

L'escatologia è quella parte della teologia che tratta delle «ultime cose», degli eventi che chiuderanno la vita dei singoli e la storia del mondo per immetterle nell'eternità. (...)

Mentre sempre più peritoso si è fatto in questi ultimi tempi il discorso sui *novissimi* (e giustamente: speculazione e curiosità devono rispettare meglio che in passato il riserbo della Rivelazione a questo proposito), l'escatologia ha per altro verso catalizzato nuovi interessi, presentandosi come «teologia della speranza» e inglobando nel suo oggetto anche le cose penultime, cioè il futuro intrastorico e il suo significato per l'esperienza di fede. (...)

Da quando con l'Illuminismo, ma più ancora col marxismo si è cominciato a sperimentare il mondo come storia, aperta a un futuro diverso, atteso come definitivo superamento dell'alienazione e della disumanizzazione del presente, da attingersi con la prassi storica rivoluzionaria, compito e responsabilità fondamentale dell'uomo, una nuova marea di speranze ha sollevato il mondo. Si tratta di speranze intramondane, di messianismi terreni, chiusi nell'ambito della terra e della storia dell'uomo, in posizione di rifiuto, o almeno di agnosticismo, nei confronti di ogni escatologia dell'aldilà, di ogni ipotesi di futuro trascendente la storia. (...)

Storia ed escatologia risultavano concorrenziali e difficili da conciliare; pareva impossibile alla coscienza credente metterle simultaneamente a fuoco. Se, fedeli all'escatologia speravano davvero il cielo, riusciva loro difficile identificarsi davvero con le preoccupazioni per la terra, ma la piena lealtà alla città terrena pareva inevitabilmente togliere interesse al cielo. La coscienza credente restava così dolorosamente divisa e come paralizzata nel suo slancio, incapace di una dedizione totale al mondo o di una totale fedeltà al cielo. La composizione di questa frattura, attraverso una ridefinizione del rapporto tra escatologia e storia, è compito della teologia oggi.

Guido Gatti in *Dizionario dei temi della fede*, SEI 1977, pp. 106-107

Trattino

L'incisore di lapidi funerarie alzò lo scalpello e disse: «Ho finito».

L'uomo esaminò la pietra: la foto del padre, le due date 1916 e 2000 separate da un trattino di un paio di centimetri. Poi scosse la testa e disse: «Non so come spiegarmi, ma mi sembra così poco. Vede, mio padre ha avuto una vita piena, lunga, avventurosa. Vorrei si intuisse in qualche modo la sua infanzia in una grande famiglia, la campagna ricca di verde e di animali, i lavori pesanti, la soddisfazione di un buon raccolto, le preoccupazioni per i temporali estivi, la siccità...

Poi la guerra, le divise, le tradotte, la ferita, la fuga da un campo di prigionia, l'incontro con mia madre... I figli che nascono, crescono, si sposano, i nipotini che arrivano uno dopo l'altro... Poi la vecchiaia serena, la malattia, certo, ma anche l'affetto, l'amore, l'entusiasmo, la passione, le lunghe giornate di lavoro, le ansie, le preoccupazioni, le gioie...».

L'incisore ascoltava con attenzione, poi impugnò lo scalpello e il martello e con quattro rapidi colpi allungò il trattino tra la data di nascita e quella di morte di quasi mezzo centimetro.

Si voltò verso l'uomo e fece: «Va meglio così?».

La vita non può essere un trattino tra due date. Abbraccia ogni istante della tua vita. Adesso. La vita è tutto quello che hai.

Bruno Ferrero in *365 piccole storie per l'anima*, Elledici 2007, pp. 351-352

La vita deve essere vissuta
e bisogna essere sempre curiosi.
Non bisogna mai, per nessuna ragione,
voltare le spalle alla vita.
Eleanor Roosevelt

Fine del mondo

L'anno liturgico finisce come incomincia, con l'attenzione rivolta alla *fine del mondo*.

Iniziare dalla fine, ecco una prospettiva per nulla banale. È da una parte il modo di fare di Dio, affinché sia ben chiaro che il nostro mondo trova il suo compimento in un intervento divino che dovrà superare tutte le nostre speranze e andare oltre tutte le nostre disperazioni.

Si potrebbe dire che la rivelazione di Cristo ha cambiato il senso della Storia. Infatti, quando noi diciamo di qualcuno o di un gruppo: «Bisogna bene che egli metta fine!» diamo alla parola «fine» un senso assai evidente e povero insieme: Bisogna che ciò finisca. D'altra parte, in questo mondo ogni fiore finisce per appassire, e ogni corpo per deperire. La fine sarebbe dunque il segno della degradazione dell'energia, una specie di ritorno al nulla.

Nella rivelazione giudeo-cristiana è interessante il fatto che la fine è, al contrario, come il motore della Storia, come se l'esistenza del mondo e dell'umanità fosse, in tutta libertà, portata avanti da questo compimento misterioso.

Gesù, noi lo crediamo, è allo stesso tempo il nostro compagno di strada, sempre accanto a noi, e Colui che è al termine, il capo della cordata, avendo già raggiunto la cima. Allora, il cristiano è colui che crede, malgrado i tanti fallimenti delle nostre esistenze e dei nostri sistemi economici, che il mondo va verso Cristo, compimento della nostra fede.

Bisognerebbe cessare di dire o di cantare che il Cristo ritorna, come se dovesse ricominciare la sua Incarnazione. No! Il Cristo *viene*. Sarebbe più esatto dire: siamo noi che andiamo verso di Lui, mentre tutta la creazione geme nei dolori del parto (vedi Rm 8).

La fine del mondo che cos'è allora se non il parto del Mondo Nuovo? Accompagnati da gemiti ineffabili, noi entriamo con la Creazione nella libertà definitiva dei figli di Dio.

HENRI DENIS in *100 parole per dire la fede*, Elledici 1997, p. 32

CECITÀ

Un'antica fiaba persiana racconta di un uomo che aveva un unico pensiero: possedere oro, tutto l'oro possibile.

Era un pensiero vorace che gli divorava il cervello e il cuore. Non riusciva così ad avere nessun altro pensiero, nessun altro desiderio per altre cose che non fossero oro.

Quando passava davanti alle vetrine della sua città, vedeva solo quelle degli orefici. Non si accorgeva di tante altre cose meravigliose. Non si accorgeva delle persone, non badava al cielo azzurro o al profumo dei fiori.

Un giorno non seppe resistere: entrò di corsa in una gioielleria e cominciò a riempirsi le tasche di bracciali d'oro, anelli o spille. Naturalmente, mentre usciva dal negozio, fu arrestato. I gendarmi gli dissero: «Ma come potevi credere di farla franca? Il negozio era pieno di gente».

«Davvero?», fece l'uomo stupito. «Non me ne sono accorto. *Io vedevo solo l'oro*».

«Hanno gli occhi e non vedono», dice la Bibbia degli idoli falsi. Si può dire di tante persone, oggi. Sono abbagliati dal luccichio delle cose che brillano di più, quelle che la pubblicità quotidiana ci fa scorrere sotto gli occhi, come fossero il pendolino di un ipnotizzatore.

La vita è una serie di momenti: il vero successo sta nel viverli tutti. Non rischiare di perdere il grande foglio bianco, per inseguire una macchiolina nera.

BRUNO FERRERO in *40 storie nel deserto*, Elledici 1989, pp. 34-35

La vita è come il pane:
con il trascorrere dei tempo diventa più dura,
ma quanto meno ne resta, tanto più la si apprezza.
Indro Montanelli

Dicembre

«La via degli onesti è come la luce dell'alba,
che aumenta di splendore fino a mezzogiorno» (Prv 4,18)

Avvento - Impegno - Natale

Anno liturgico

Per il cristiano il tempo è la categoria entro cui si attua la salvezza. Ecco il motivo per cui «nel corso dell'anno (la Chiesa) distribuisce tutto il mistero di Cristo, dall'Incarnazione... all'attesa della beata speranza del ritorno del Signore. Celebrando così i misteri della Redenzione, essa apre ai fedeli le ricchezze delle azioni salvifiche e dei meriti del suo Signore, così che siano resi in qualche modo continuamente presenti e i fedeli possano entrare in contatto con essi ed essere ripieni della grazia della salvezza» (SC 102). (...)

Ciò che dà significato alla dimensione tempo non è tanto l'alternarsi dei giorni e delle stagioni, quanto la certezza di vivere l'opera della salvezza all'interno di tale ciclo naturale, dove gli elementi sole e luce sono assunti come segni di Cristo, «sole di giustizia» e «luce che non conosce tramonto».

È all'interno di questo dinamismo che si sviluppa l'itinerario di crescita del cristiano: un itinerario caratterizzato da tappe (i sacramenti) e da ritmi (l'Anno Liturgico). (...)

Dio ha progettato di salvare l'uomo facendosi Uomo, calandosi nella sua storia. (...) La liturgia vista come la continuazione dell'intervento di Dio che salva attraverso segni rituali, prolunga e attua nel tempo, mediante la celebrazione, le ricchezze salvifiche del Signore. Per questo l'Anno Liturgico non è una serie di idee o una successione «illogica» di feste più o meno grandi, ma è una Persona, Gesù Cristo. La salvezza da lui realizzata..., viene offerta e comunicata nelle diverse azioni sacramentali che caratterizzano il dinamismo del calendario cristiano. La storia di salvezza che continua nell'oggi della Chiesa costituisce dunque l'elemento portante dell'Anno Liturgico, e lo rende assolutamente non concorrenziale con altri anni, come quello scolastico, sociale, solare, sportivo, ecc.

Manlio Sodi in *Dizionario di Catechetica*, Elledici 1987, pp. 34-35

Avvento

Parlare di *Avvento* significa parlare di *venuta*, di qualcosa che sta per venire, che sta per *ad-venire*, cioè venire verso di noi, perché ci riguarda.

Mi piacerebbe, in queste poche righe, accontentarmi di rimanere con voi nel cuore della parola: venuta.

Già lo sentite, non è una parola uguale a «evento». L'evento può essere eccitante, importante. Emmanuel Mounier (filosofo francese, † 1950) stesso ha spiegato un giorno che l'evento doveva essere il suo «padrone interiore». Affermazione del tutto rispettabile. Ma l'evento – ed è in questo senso che spesso viene inteso – può essere sorprendente. Lo si mette nella prima pagina dei giornali con gli inediti, gli scoop...

La venuta invece è una realtà attesa, che ancora non si conosce, se ne ha solo il presentimento o una conoscenza vaga. Ma è qualcosa che si porta dentro. Chiedete a una donna incinta se è in attesa, come si dice, di «un lieto evento». Sì, certamente, ma è molto di più di questo. È la venuta del figlio quanto mai reale, e tuttavia ancora invisibile. Tutte le ecografie non impediranno questa misteriosa oscurità. La sua nascita, la sua venuta, cambierà tutto.

Ditemi, non è forse qualcosa di simile il tempo di Avvento, queste settimane in cui fermentano in noi i tempi della nascita? Se sapessimo portare il Cristo come la donna porta il bambino che sta per nascere, se fossimo capaci di vivere la nostra attesa come quella di un vero parto! Non pensate che il nostro Avvento cambierebbe e che la Novità del Natale si sprigionerebbe come un sole, dopo l'aurora?

Dio viene: nella nostra esistenza quotidiana si inserisce un avvenimento sconvolgente, che mette in discussione le nostre sicurezze, i nostri progetti. All'improvviso egli cammina accanto a noi e fa parte della nostra storia: lo riconosce chi tiene gli occhi aperti, chi aspetta e prepara un mondo nuovo.

Henri Denis in *100 parole per dire la fede*, Elledici 1997, p. 35

SEGNALE

Un povero naufrago arrivò sulla spiaggia di un'isoletta deserta aggrappato ad un piccolo relitto della barca su cui stava viaggiando, dopo una terribile tempesta. L'isola era poco più di uno scoglio, aspra e inospitale.

Il pover'uomo cominciò a pregare. Chiese a Dio, con tutte le sue forze, di salvarlo e ogni giorno scrutava l'orizzonte in attesa di veder sopraggiungere un aiuto, ma non arrivava nessuno.

Dopo qualche giorno si organizzò. Sgobbando e tribolando fabbricò qualche strumento per cacciare e coltivare, sudando sangue riuscì ad accendere il fuoco, si costruì una capanna e un riparo contro le violente bufere.

Passò qualche mese. Il pover'uomo continuava la sua preghiera, ma nessuna nave appariva all'orizzonte.

Un giorno, un colpo di brezza sul fuoco spinse le fiamme a lambire la stuoia del naufrago. In un attimo tutto s'incendiò. Dense volute di fumo si alzarono verso il cielo. Gli sforzi di mesi, in pochi istanti, si ridussero a un mucchietto di cenere.

Il naufrago, che invano aveva tentato di salvare qualcosa, si buttò piangendo nella sabbia. «Perché, Signore? Perché anche questo?».

Qualche ora dopo, un grossa nave attraccò vicino all'isola. Vennero a prenderlo con una scialuppa.

«Ma come avete fatto a sapere che ero qui?» chiese il naufrago, quasi incredulo. «Abbiamo visto i segnali di fumo» gli risposero.

Le tue difficoltà di oggi sono segnali di fumo per la grazia futura. Dio verrà a salvarti.

BRUNO FERRERO in *365 piccole storie per l'anima*, Elledici 2007, pp. 310

La vita vissuta in funzione di domani,
sarà sempre realizzata con un giorno di ritardo.
Leo Buscaglia

Scelta

Parlare delle direzioni da prendere nella vita non è cosa né scontata né semplice (almeno per la persona interessata). In pratica entrano in gioco le caratteristiche delle varie mentalità: ognuna di esse tende a vedere le cose da un punto di vista particolare, e a far interpretare gli avvenimenti della vita con sfumature particolari.

Un ragazzo – Carlo per esempio – può scegliere di frequentare il corso di ragioneria per vari motivi: uno, perché lo fa anche un suo amico; due, perché gli piace la matematica; tre, perché desidera ottenere poi un buon posto di lavoro; quattro, per essere utile in terra di missione dove spera di andare come volontario...

Alla radice della scelta ci possono dunque essere tanti motivi, più o meno chiari. Vediamone alcuni...

a) Scegliere per far piacere all'altro. Avviene spesso che una persona scelga perché viene influenzata dall'ambiente, o da una persona cara. (...) La scelta è solo apparentemente fatta in proprio, in realtà chi sceglie sono gli altri. In superficie c'è disponibilità, alla radice c'è avvilimento, scontentezza, resistenza.

b) Scegliere per conseguire un vantaggio. Ritornando all'esempio di Carlo, diciamo che... gli interessa fare quella scelta, perché gli torna vantaggiosa. (...) L'amore interessato, non è più amore ma è commercio. A questo livello utilitaristico, la professione, lo studio, il servizio verso gli altri, il ragionamento morale, continuano a muoversi sostanzialmente lungo una direzione egoistica. Il pericolo concreto è che la persona, indipendentemente dall'età, resti priva di un modello credibile e fedele ai principi. Allora è grande la tentazione di scendere a compromesso con i beni di consumo, con le cose che danno soddisfazione immediata. Prendere la direzione dell'opportunismo, del possedere un bene immediato per sé, diventa facile.

c) Scegliere perché piace fare sempre nuove scoperte. (...)

Chi sceglie e agisce spinto dalle tre motivazioni precedenti, non esce da un mondo che ha l'«io» al centro.

Angelo Bissoni in *Con una guida lungo le vie dello spirito*,
Elledici 1983, pp. 6-9

RESPONSABILITÀ

Ogni giorno incontriamo tante persone: amici, papà, mamma, fratelli, sorelle, parenti, nonni, insegnanti, passanti, gente che prende l'autobus assieme a noi...

Persone conosciute e sconosciute, significative e anonime. Gente a cui siamo legati da particolare affetto, riconoscenza, o individui antipatici, che ci hanno fatto dei torti, ci hanno offeso.

Ordinariamente viviamo l'incontro con superficialità, dando per scontato che alcune persone siano significative (abbiano un significato) per noi e altre non significhino proprio nulla per la nostra vita.

Come mi può interessare il volto di uno sconosciuto?

Eppure, a pensarci bene, quando un volto mi guarda esso mi riguarda. Non posso rimanere estraneo a tale volto, poiché esso si presenta davanti a me come un altro. È una persona, sia pure sconosciuta, un mio simile che mi incontra. Questo fatto è ricco di tanti stimoli.

Dal momento in cui mi si presenta davanti io non posso più ignorarlo. Diventa per me domanda: mi accogli o mi rifiuti? Che cosa significo per te? Ecco sono qui!

Io divengo immediatamente responsabile, sono chiamato a «rispondere a». E questo per ogni persona che incontro, tanto più se questa persona è da me conosciuta.

Tale responsabilità presenta alcuni tratti.

La singolarità. Io sono chiamato a rispondere a questo tu. Non sono chiamato a rispondere a tutte le domande del mondo. Sarebbe impossibile e vano desiderio, perché posso occuparmi solo di pochi.

Indeclinabilità. Cioè non posso declinare la responsabilità su altri, come si declina un incarico. Non posso rifiutarla, scaricarla su altre persone o sulla natura. E neppure su Dio o sul demonio. (...) Delle colpe e degli errori dobbiamo rispondere in proprio.

La responsabilità che ci lega ai nostri simili mi impegna.

GUIDO NOVELLA in *Il tempo dell'uomo nel presente di Dio*,
Elledici 2000, pp. 57.58-59

Conseguenze

Passeggiando per la campagna, un uomo scorse un tale che stava armeggiando con una corda accanto ad un albero. Si era legato un capo della corda ai fianchi, con un nodo scorsoio, e stava tentando di far passare l'altro capo sopra un grosso ramo.

«Che cosa fa?», gli chiese incuriosito.

«Mi sto impiccando», rispose l'altro.

«In questo caso», suggerì il passante, «il nodo deve farselo passare intorno al collo».

«Ci ho già provato», esclamò l'altro. «Ma in quel modo soffoco».

Molti vorrebbero fare grandi cose, serie, importanti, decisive. Ma non hanno nessuna intenzione di sopportarne anche le conseguenze.

Ogni decisione, soprattutto se grande, importante e risolutiva, ha delle conseguenze. La saggezza della vita consiste proprio nel valutare le conseguenze delle azioni che decidiamo di compiere.

Bruno Ferrero in *Solo il vento lo sa*, Elledici 1995, p. 11

Bisogna comprendere
che la vita non è un dono gratuito della natura,
che è invece e soprattutto
un compito da soddisfare, una missione da compiere
e che, se conferisce dei diritti,
impone anche dei doveri.
E. D. Feuchtersleben

DESIDERIO

Ogni persona ha il desiderio profondo che la propria vita riesca, che dia soddisfazione. (...) Diciamo che tutti hanno questo desiderio molto positivo.

Unita poi al desiderio di realizzarsi c'è tutta una costellazione di ideali, di sentimenti, di esperienze che danno gioia. L'uomo comune dice: «Desidero essere felice; desidero avere una buona cultura per conoscere di più; desidero un lavoro che renda...; desidero essere circondato da tanto amore, da una famiglia serena...». Riuscire nella vita significa, in questi casi, veder realizzati i propri desideri, i propri progetti. (...)

C'è il pericolo di spendere molte energie della propria vita senza raggiungere mai la cosa desiderata, oppure, una volta raggiunta, accorgersi che non basta.

Età, professione, situazione esterna, mentalità, concorrono per far nascere un certo desiderio e per maturare determinati ideali. Avviene generalmente che, con il passare degli anni, una persona moltiplica le esperienze di vita. Diciamo che entra di più nella vita stessa, diventa più capace di ragionare, di sentire, di agire. Sa valutare meglio le cose, sa decidere in modo più autonomo e convinto. (...) Chi desidera essere medico, avendone la capacità e la possibilità può diventarlo. Chi vuole raggiungere il diploma di ragioneria, si trova di fronte a un traguardo più vicino ancora. (...) Una persona può sentirsi utile esercitando una professione a favore degli altri. Energie, intelligenza vengono così concentrate per raggiungere obiettivi a servizio degli altri. Ma non basta. Dire che lo scopo della vita è quello di essere utile agli altri, è insufficiente. (...)

La direzione di molti desideri, potremmo concludere, è quella di puntare a soddisfare delle aspirazioni personali. Tale direzione è naturale e funziona bene per chi vuole raggiungere scopi personali o sociali. Ma siamo già di fronte a un orizzonte chiuso: la vita non può essere ridotta entro queste dimensioni umane.

ANGELO BISSONI in *Con una guida lungo le vie dello spirito*, Elledici 1983, pp. 4-6

Maria

«L'angelo Gabriele fu mandato da Dio in una città della Galilea, chiamata Nazaret, a una vergine... La vergine si chiamava Maria» (Lc 1,26-27).

Tutte le volte che sentiamo leggere quell'incantevole pagina del Vangelo che così inizia, noi avvertiamo distintamente che, con l'annuncio di quel nome, è incominciata la nuova storia dell'umanità.

Qual è il significato del nome Myriam, o Mariám come scrive Luca? Per gli antichi – più che per noi oggi – la scelta del nome aveva un significato di presagio, di augurio: voleva esprimere il destino di colui o colei che lo portava, la sua missione.

Maria, Myriam in aramaico (la lingua parlata da Gesù), significa «grande signora», «principessa». Ma è più probabile che il nome Maria sia derivato dalla lingua egiziana. Difatti la prima volta che il nome Maria appare nella Bibbia, è per indicare la sorella di Mosè e di Aronne, nata come loro durante la schiavitù di Egitto. Mosè ed Aronne sono due nomi egiziani: è logico pensare che anche la sorella Maria abbia avuto un nome egiziano.

Myriam, in egiziano, ha il significato di: «Amata da Dio».

In tal caso, la fanciulla ebrea che Dio aveva scelto per essere la madre del Messia, avrebbe avuto segnato, anche nel nome, il suo meraviglioso destino, la sua missione, la sua grandezza: Maria, amata da Dio.

Impariamo a pronunciare sempre con amore questo nome benedetto che racchiude in sé il mistero di colei che ha dato la carne e il sangue al Figlio di Dio, ma che è pure nostra madre! (...)

Sempre Maria è stata invocata con i titoli più belli che l'amore dei devoti ha saputo suggerire, ma nessun titolo eguaglierà mai quello che le ha dato l'angelo dell'Annunciazione: piena di grazia.

È Dio che l'ha chiamata così.

Gianni Sangalli in *Capire l'Ave Maria*, Elledici 2004, pp. 4-5

VIRGOLE...

C'era una volta una virgola seccata dalla poca considerazione in cui tutti la tenevano. Perfino i bambini delle elementari si facevano beffe di lei. Che cos'è una virgola, dopo tutto? Nei giornali nessuno la usa più. La buttano, a casaccio. Un giorno la virgola si ribellò.

Il Presidente scrisse un breve appunto dopo il lungo colloquio con il Presidente avversario: «Pace, impossibile lanciare i missili» e lo passò frettolosamente al Generale.

In quel momento la piccola, trascurata virgola mise in atto il suo piano e si spostò. Si spostò solo di una parola, appena un saltino. Quello che lesse il Generale fu: «Pace impossibile, lanciare i missili».

E scoppiò la Guerra Mondiale.

In una foresta del Colorado i turisti ammirano i resti di un albero colossale. Aveva quasi cinquecento anni. Quando Cristoforo Colombo era sbarcato sul continente americano era già una tenera pianticella. Aveva sopportato bufere e terremoti, era sopravvissuto a migliaia di fulmini e slavine di neve. Ci volevano venti uomini per circondare il suo tronco a braccia aperte.

Un giorno, un insetto quasi invisibile depose un po' di uova microscopiche in un angolino della sua corteccia. Ne nacquero minuscole larve da niente, dal robusto appetito. In pochi mesi, il gigante della foresta, che aveva vinto secoli e tempeste, fu distrutto.

Fai attenzione alle piccole cose. Sono il seme di quelle grandi.

BRUNO FERRERO in *365 piccole storie per l'anima*, Elledici 2007, pp. 301-302

LIBERTÀ

Siamo gelosi del nostro modo di pensare, agire, scegliere.

Non desideriamo che altri intervengano sui nostri gusti e sulle piccole scelte che vogliamo fare quotidianamente.

Soffriamo la mancanza di libertà.

E non solo noi. Leggendo i giornali, ascoltando le notizie del telegiornale, sovente ci vengono riportate situazioni di oppressione, di schiavitù, di diritti negati, di violenze perpetrate da chi è più forte. Nella nostra epoca coloro che detengono il potere economico, politico, ideologico sono ormai poche persone. E tutti gli altri devono sottostare al volere di questi pochi.

Ci accorgiamo che anche le scelte, che riteniamo frutto della nostra volontà, sono sovente orientate dalla pubblicità, dalla pressione sociale, da altri che hanno influenza su di noi e, poco o tanto, ci plagiano.

E allora esiste la libertà? È possibile la libertà? (...)

Il limite è sempre presente nella vita. Per acquistare la libertà è necessario accettare di avere dei limiti, consapevoli di essere noi stessi un po' padroni della vita degli altri. Il pretendere che le mie idee, i miei modi di fare, il mio giudizio siano insindacabili, ci rende oppressori.

È importante giocare la nostra libertà, anche convivendo con il limite, se proprio è impossibile correggerci.

Dio ci ha fatti per la libertà. (...) È la verità che ci dona la vera libertà. Libertà è accoglierci reciprocamente e con semplicità, come siamo.

GUIDO NOVELLA in *Il tempo dell'uomo nel presente di Dio*, Elledici 2000, pp. 72-73

Sii contento della vita,
perché ti dà la possibilità di amare,
di lavorare e di guardare le stelle.
Henry Van Dyke

Coraggio

Un uomo si sentiva perennemente oppresso dalle difficoltà della vita e se ne lamentò con un famoso maestro di spirito.

«Non ce la faccio più! Questa vita mi è insopportabile».

Il maestro prese una manciata di cenere e la lasciò cadere in un bicchiere pieno di limpida acqua da bere che aveva sul tavolo, dicendo: «Queste sono le tue sofferenze». Tutta l'acqua del bicchiere s'intorbidì e s'insudiciò.

Il maestro la buttò via.

Il maestro prese un'altra manciata di cenere, identica alla precedente, la fece vedere all'uomo, poi si affacciò alla finestra e la buttò nel mare. La cenere si disperse in un attimo e il mare rimase esattamente com'era prima.

«Vedi?» spiegò il maestro. «Ogni giorno devi decidere se essere un bicchiere d'acqua o il mare».

Troppi cuori piccoli, troppi animi esitanti, troppe menti ristrette e braccia rattrappite. Una delle mancanze più serie del nostro tempo è il coraggio. Non la stupida spavalderia, la temerarietà incosciente, ma il vero coraggio che di fronte ad ogni problema fa dire tranquillamente: «Da qualche parte certamente c'è una soluzione ed io la troverò».

Bruno Ferrero in *365 piccole storie per l'anima*, Elledici 2007, pp. 295-296

Vivere pienamente significa:
saper rinunciare, semplificare,
liberarsi della zavorra
per poter salire più in alto.
Jack Thommen

Impegno

Ai giorni nostri, «impegno» non è una parola alla moda. Sembra più prudente non far promesse che poi non potremo o non vorremo mantenere. Sarebbe un costo troppo alto: potrebbe soffrirne la nostra indipendenza e libertà. Quando ci impegniamo per una persona anziché per una causa, c'è il timore dei rischi che possiamo correre. Molti han fatto l'esperienza dolorosa di matrimoni falliti. Ci sembra quindi più sicuro evitare relazioni impegnative, in modo da non rischiare delusioni e dolori.

E invece, impegnandoci a seguire Gesù, stringiamo una relazione con uno che è assolutamente affidabile e sicuro e che non verrà mai meno alle sue promesse o ai suoi impegni per noi.

Ma ciò che più importa è che quando la strada sembra troppo difficile e ci vien voglia di rinunciare a tutto, Gesù non si contenta di guardare. Ci sta vicino ed è pronto a rassicurarci e a darci l'aiuto necessario. (...)

Gesù non ha mai ingannato nessuno dicendo che era facile impegnarsi per lui. Ha detto chiaro a quelli che volevano essere suoi seguaci che, per restargli fedeli, avrebbero dovuto pagare un prezzo altissimo di sofferenza e forse di morte. Eppure, in tutti i secoli e in ogni paese del mondo, ci sono sempre stati uomini e donne che hanno scelto questo impegno e hanno scoperto una vita nuova e una vera gioia nel darsi totalmente a Dio. Dare per amore di Cristo vuol dire ricevere sempre, e la perdita diventa grande guadagno.

Alcuni esitano a seguire Gesù, non per timore che lui possa abbandonarli, ma perché essi potrebbero abbandonare lui. Hanno paura di non riuscire a mantenere la parola data. Costoro però dimenticano che la vita cristiana non la viviamo solo con i nostri sforzi. Nessuno ci obbliga a contare esclusivamente su di noi, con noi c'è lo Spirito Santo – il Consolatore promesso da Gesù – per aiutarci a mantenere le nostre promesse e a fare ciò che Dio vuole da noi.

Mary Batchelor in *Viaggio dello Spirito*, Elledici 1999, pp. 28-30

BELLEZZA

«Il sole non è che l'ombra di Dio». Questa affermazione di Platone appagava la sete estetica di Michelangelo che la faceva sua.

Tutti abbiamo ammirato commossi le orme lasciate sulla luna dalle scarpe degli astronauti; esse ci sono apparse come la firma della scienza e del progresso. Il Creatore invece firma con la bellezza che è appunto il suo autografo. Con Hegel dobbiamo affermare che il bello è essenzialmente lo spirituale che si manifesta materialmente; e dobbiamo riconoscere l'esattezza di questo giudizio di Carlyle: «Ogni oggetto possiede una bellezza divina; ogni oggetto è veramente una finestra attraverso la quale noi stessi possiamo immergerci nell'infinito».

È lo stesso concetto che san Tommaso d'Aquino esprimeva in questi termini lucidi: «La bellezza di una creatura non è altro che una somiglianza della Bellezza divina, partecipata alle cose».

Shakespeare ha detto che una cosa bella persuade da sé; e che dire dell'universo intero che rifulge di bellezza? Malebranche può asserire: «Il mondo presente è tale che soltanto una Sapienza infinita è capace di comprenderne tutta la bellezza». Paul Claudel, poeta francese dei nostri tempi, può esclamare rapito: «Ovunque tendo le braccia, nuoto nello splendore di Dio».

L'uomo ha bisogno della bellezza come ha bisogno dell'acqua. Colui il quale ha atrofizzato il senso religioso è uno che cammina con l'impermeabile sotto la pioggia di bellezze cosmiche.

Una bambina vede per la prima volta l'arcobaleno e chiede meravigliata: «Papà, che razza di réclame è?». Le luci al neon ci impediscono di ammirare le stelle!

Dio, per far risplendere la bellezza delle mammole e dei fiocchi di neve, doveva eclissare la bellezza sua. Chi mai, rapito dal fulgore del Creatore, degnerebbe sia pure di un semplice sguardo il cielo stellato? La Bellezza divina è velata dalla bontà divina.

ADOLFO L'ARCO in *Ma c'è poi questo Dio?*, Elledici 1989, pp. 14-15

Bambù

In un magnifico giardino cresceva un bambù dal nobile aspetto. Il Signore del giardino lo amava più di tutti gli altri alberi. Un giorno, il Signore si avvicinò al suo amato albero e gli disse: «Caro bambù, ho bisogno di te». Il magnifico albero sentì che era venuto il momento per cui era stato creato e disse, con grande gioia: «Signore, sono pronto. Fa' di me l'uso che vuoi». La voce del Signore era grave: «Per usarti devo abbatterti!».

Il bambù si spaventò: «Abbattermi, Signore? Io, il più bello degli alberi del tuo giardino? No, per favore, no! Usami per la tua gioia, Signore, ma per favore, non abbattermi».

«Mio caro, bambù», continuò il Signore, «se non posso abbatterti, non posso usarti».

«Signore, se non puoi usarmi senza abbattermi, abbattimi».

«Mio caro bambù, devo farti ancora di più. Devo spaccarti in due e strapparti il cuore. Se non posso fare questo, non posso usarti».

Il bambù si chinò fino a terra e mormorò: «Signore, spacca e strappa».

Così il Signore del giardino abbatté il bambù, tagliò i rami e le foglie, lo spaccò in due e gli estirpò il cuore. Poi lo portò dove sgorgava una fonte di acqua fresca, vicino ai suoi campi che soffrivano per la siccità. Delicatamente collegò alla sorgente una estremità dell'amato bambù e diresse l'altra verso i campi inariditi.

La chiara, fresca, dolce acqua prese a scorrere nel corpo del bambù e raggiunse i campi. Fu piantato il riso e il raccolto fu ottimo.

Così il bambù divenne una grande benedizione, anche se era stato abbattuto e distrutto. Quando era un albero stupendo, viveva solo per se stesso e si specchiava nella propria bellezza. Stroncato, ferito e sfigurato era diventato un canale, che il Signore usava per rendere fecondo il suo regno.

Bruno Ferrero in *Solo il vento lo sa*, Elledici 1995, pp. 54-55

Luce

Atto I del «Fidelio» di Beethoven. Nelle segrete di una squallida e buia prigione giacciono le innocenti vittime di un regime di terrore e di sangue. Per alcuni istanti essi possono uscire dalle tenebre sopra la terra. E allora si alza un coro unisono, possente e toccante, un canto di ringraziamento, un inno alla luce. Lo splendore del sole dapprima li abbaglia, poi li riempie di gioia e di speranza.

Vivevano sepolti in celle umide e fredde, e finalmente escono per un attimo da quel mondo senza sole. Escono dalle tenebre, compagne del male. Emergono da abissi mortali e la luce del sole li illumina e li riscalda, mentre da lontano giunge l'eco di squilli di tromba, che preannunciano la venuta di un principe liberatore. (...)

Fin dall'inizio del mondo «Dio vide che la luce era bella e separò la luce dalle tenebre... e fu sera e fu mattino» (Gn 1,4). In pieno giorno, nella luce paradisiaca, Dio creò l'uomo e la donna, facendoli signori del giorno. Sopravvenne colui che vive nel buio e ha il «potere delle tenebre»; l'uomo e la donna cedettero alla tentazione di diventare come Dio, il creatore della luce; e si trovarono nelle tenebre del peccato e della morte. Rimase loro una speranza: rivedere la luce e vincere la morte.

La Bibbia ci narra tutto il cammino percorso per arrivare alla luce. È un lungo seguito di notti e di giorni, di tenebre e di luci, di peccato e di santità, di morte e di vita. (...)

Lungo tutta la storia Dio non cessa di dare all'uomo l'aspirazione alla «luce dall'alto». Lungo la notte, nei cammini bui e tortuosi della vita, l'uomo avanza verso la luce; scruta, come i magi, le stelle e, come i pastori, vigila attento.

Con l'incarnazione ormai «la luce splende nelle tenebre» (Gv 1,5) e si va verso il compimento finale, verso la Gerusalemme celeste.

Mentre procede verso questo traguardo la Chiesa prega perché tutti gli uomini giungano alla luce.

Gianfranco Venturi in *Avvento e Natale*, Elledici 1993, pp. 115-116.117

Ricerca

La ricerca suppone un'assenza e un desiderio. Si racconta che il filosofo Diogene, nel IV secolo a.C., vagasse in pieno giorno con una lanterna accesa per le vie della sua città ripetendo, tra lo stupore generale: «Cerco l'uomo!». Con il suo gesto strano, egli intendeva far riflettere, invitava a cercare l'autentico volto dell'uomo, celato dietro la maschera dell'abitudine e dell'ipocrisia.

Letteratura e cinematografia hanno celebrato in narrazioni epiche la «febbre dell'oro» dei leggendari cercatori della California, divorati dal miraggio della ricchezza a poco prezzo.

In ogni caso si può dire che l'uomo è un essere che cerca. La sua grandezza o miseria è commisurata all'oggetto dei suoi desideri: ricchezza, progresso, sapienza, libertà... Ma alla radice di tutto sta l'ansia di raggiungere il senso ultimo dell'esistenza. Per i credenti, essa ha un solo nome: Dio.

Israele ha intuito progressivamente che il cercare dell'uomo è un riflesso di Dio che per primo cerca l'uomo: «Adamo, dove sei?» (Gn 3,8). La storia della salvezza è segnata da questa sollecitudine divina. Anche quando Israele si sottrae per insipienza o ingratitudine, Dio si mette sulle sue tracce per ricondurlo a casa (cf Ez 34). Gesù diventa l'incarnazione visibile della premura del Padre, presentandosi come il pastore buono che va alla ricerca delle pecore sbandate e smarrite (Mt 18,12-14) per riportarle all'ovile. (...)

In un mondo di indifferenza e di incredulità, di immediata soddisfazione di ogni desiderio, la ricerca di Dio diventa problematica anche per molti cristiani. Cercare è un atto di fiducia e di coraggio. Il nascondimento di Dio e il suo silenzio possono essere provocati dalla nostra distanza o durezza di cuore.

GIANFRANCO VENTURI in *Avvento e Natale*, Elledici 1993, pp. 28-29

CREDERE

Preferisco questo verbo attivo alla parola fede, senz'altro inevitabile e molto utile. Ma *credere* è un atto, mentre la fede potrebbe in fretta diventare una cosa che si ha, che si trasmette o si perde...

Preferisco il termine credere, a condizione di intenderlo bene. Infatti è diventato molto elastico nella conversazione quotidiana. Per esempio: «Pensate che il tale debba venire questa sera?». Risposta: «Credo di sì», cioè sono più o meno sicuro, con qualche dubbio.

Prendiamo dunque questa parola nel suo senso forte, in relazione a Dio stesso, senza però rifiutare altre accezioni. Prendiamola nel senso del Credo, «io credo».

C'è una distinzione classica, che può chiarire quello che si intende per credere, tre significati distinti e coordinati.

Primo significato: A chi credi? Risposta: credo a Dio. È il motivo della fede. Tu credi a causa di chi? In fondo, e non si tratta di un circolo vizioso, io credo a Dio a causa di Dio. Nessuno può sostituirlo, né padre, né madre, né amico, né prete, né papa.

Secondo significato: Che cosa credi? Risposta: credo Dio creatore, manifestato in Cristo Gesù, Figlio unico del Padre, ecc. Questo è il contenuto della fede. Impossibile credere cristianamente senza enunciare un Credo, gli articoli della fede. La fede non è un grido vuoto.

Terzo significato (il più importante): In chi credi? Risposta: credo in Dio. Questo, come si vede, è il movimento, il dinamismo della fede. Io sono in qualche modo trasportato da Colui in cui credo. Egli mi attira, mi fa discepolo.

Soltanto Dio, Padre, Figlio e Spirito, merita questo «Io credo in Dio». Non lo si potrà dire della Chiesa, perché la Chiesa non è Dio. Noi crediamo la Chiesa, che ci è data per credere in Dio.

Credere! Che affascinante dinamismo, profondamente umano e ragionevole, anche se va oltre il razionale. Non è un movimento cieco, ma piuttosto una ricerca continua fino alla luce totale. Con san Paolo, ogni credente deve poter dire: So in chi ho creduto, so in chi credo (2 Tm 1,12).

HENRI DENIS in *100 parole per dire la fede*, Elledici 1997, pp. 17-18

Orme

Perché il male e la sofferenza in un mondo creato da un Dio giusto e onnipotente? Perché la sofferenza degli innocenti? Perché questi sentimenti d'abbandono, perché questi deserti interiori, perché queste notti livide in cui muore la speranza? Poi ho fatto un sogno.

Camminavo sulla spiaggia a fianco del Signore. I nostri passi si imprimevano nella sabbia, lasciando una doppia serie di impronte: le mie e quelle del Signore.

Mi venne l'idea – era un sogno – che ciascuno di quei passi rappresentasse un giorno della mia vita. Allora mi fermai e mi voltai per guardare tutte quelle tracce che si perdevano lontano. E notai che a tratti, invece delle due serie di impronte, ce n'era soltanto più una.

Rividi così tutto il cammino della mia vita. Ma, sorpresa!, i passaggi con una sola serie di impronte corrispondevano ai giorni più tristi della mia esistenza. Giorni di angoscia e di impazienza, giorni di egoismo e di cattivo umore, giorni di prove e di dubbi, giorni incomprensibili, giorni di sofferenza.

Allora mi rivolsi al Signore con tono di rimprovero:

«Tu ci hai promesso di restare con noi tutti i giorni. Perché non hai mantenuto la tua promessa? Perché mi hai lasciato solo nei momenti peggiori della mia vita, nei giorni in cui avevo più bisogno della tua presenza?».

Il Signore sorrise: «Figlio mio, piccolo mio, non ho cessato di amarti un solo momento. Le sole orme che vedi nei giorni più duri della tua vita sono le mie... In quei giorni ti portavo in braccio».

Bruno Ferrero in *Cerchi nell'acqua*, Elledici 1994, pp. 38-39

ATTESA

L'attesa, se non vuole essere insensata, esige qualcuno atteso, qualcuno che finalmente viene, si fa incontrare... In questo senso l'attesa si trasforma in un andare incontro, in un tenersi pronti, vigilanti, desti... L'attesa viene vissuta come un movimento, un dinamismo, un'ansia gioiosa. (...)

I ritmi della vita attuale sempre più convulsi, gli ingranaggi di un sistema che mira a pianificare sempre più il margine dell'imprevisto: tutto deve essere «computerizzato», classificato, neutralizzato, assicurato... Allora che cosa e chi aspettare?

Attendere può apparire un'esperienza banale, fonte di noia, quando non di frustrazione: attendere l'autobus, il treno, una persona che ti fa perdere tempo; in fila in un ufficio; attendere il giorno dello stipendio, della magra pensione; attendere l'esito d'un esame clinico foriero di brutte notizie; attendere un miglioramento che non viene...

E, puntuali, paiono arrivare solo cose, fatti, incontri rattristanti, notizie non buone, aumenti di prezzi, inconvenienti d'ogni sorta...

(...) Se l'esistenza è tutta e solo così, perché non riusciamo a farci l'abitudine? Come ci viene in mente di essere così esigenti da valutare «meschine», «squallide» certe attese e certe risposte alle attese? Non ci sono proprio mai momenti nei quali ad un'attesa tien dietro un incontro, una scoperta, un venire incontro, un lasciarsi scoprire, degni d'essere vissuti?

Certo, non possiamo negarlo, queste esperienze le facciamo e sono fonte di autentica gioia: un antico sapore ritrovato, un luogo, un volto; un rapporto d'amicizia e d'amore ricercato, sofferto, cementato; un servizio, una dedizione scelta come radice di senso per la vita... Tutto questo val la pena d'attenderlo, di cercarlo, d'andargli incontro, di tendervi con la mente e il cuore.

GIANFRANCO VENTURI in *Avvento e Natale*, Elledici 1993, pp. 138-139

MERAVIGLIA

«Ah, luce!» (= guarda la luce), diceva il piccolo Lorenzo quella sera, vigilia di Natale, con il naso appiccicato al finestrino della macchina e indicando con il ditino le varie luci, quella dei pochi lampioni del paese, quella multicolore degli alberi di Natale posti sui poggioli delle case o nei giardini, quella delle varie finestre...

«Ah, luce!», ripeteva, quasi come una litania, davanti ad ogni luce, piccola o grande, compresa la luce del cruscotto. Cercava ogni luce, godeva nel vederla, la indicava con un senso di estasi, la nominava felice: era il tempo in cui cominciava a dare un nome a tutte le cose. (...)

La meraviglia è un sentimento vivo e improvviso di ammirazione che si prova nel vedere, nell'udire, nel conoscere qualcosa o qualcuno che sia o appaia nuovo, straordinario, comunque inaspettato.

È un sentimento lieto, piacevole, gradito, bello. Chi è capace di meravigliarsi rende bella la sua vita, ne scopre i lati più felici. Un'esistenza senza meraviglia è come un corpo senza bellezza, un giorno senza sole, un fiore senza profumo, un cielo senza stelle, un cervello privo di fantasia. (...)

La meraviglia sorge da ciò che è sorprendente: un panorama, un'opera d'arte, una persona, un modo di agire, un fatto. Sembra che anche Dio sappia meravigliarsi di fronte all'opera delle sue mani (cf Gn 1,21). (...)

La meraviglia è figlia della sorpresa.

GIANFRANCO VENTURI in *Avvento e Natale*, Elledici 1993, pp. 128-129

La poesia della vita
è come una di quelle sorgenti occulte e profonde
che a farle scaturire dalla terra
ci vuole molto studio e fatica,
ma che poi scaturite, più non si perdono.
Arturo Graf

Regno di Dio

Se c'è una parola tipica della fede, una parola della Bibbia, più precisamente una parola del Vangelo, è proprio la parola *Regno*. La troviamo nel Padre Nostro: Venga il tuo Regno! Ma non si tratta di uno Stato, di qualcosa di statico. Il Regno è un atto, qualcosa di dinamico, qualcosa che capita. (...)

Gesù è venuto a inaugurare il Regno (di suo Padre, dei cieli), ed è per questo che c'è una Chiesa. Insomma, la Chiesa c'è per annunciare e anticipare il Regno che viene in Gesù Cristo.

Quale Regno? Evidentemente non un Regno di questo mondo, Gesù l'ha detto davanti a Pilato; ma un Regno straordinario dove regna l'Utopia della fraternità, dell'amore, della povertà, del perdono, della giustizia, della tenerezza... Volete sapere di che cosa sarà fatto questo Regno che la Chiesa è chiamata a testimoniare? Rileggete le Beatitudini: Beati i poveri, il Regno dei cieli è per loro...

Incredibile paradosso, che prende in contropiede tutte le ambizioni umane. Ho detto: «Utopia», e voi capite in che senso. Sì, Utopia impossibile da realizzare perfettamente in questo mondo, ma Utopia necessaria, tanto necessaria quanto l'ossigeno alla respirazione o il sale al sapore degli alimenti.

Un mondo in cui il Regno non è più annunciato, non è più desiderato, è come un mondo disperato. Ecco il compito della Chiesa: desiderare il Regno, annunciarlo, farlo presentire mediante il modo di vivere dei cristiani. A volte, siamo ben lontani da questo obiettivo.

Ma allora, mi direte, che ne è del rapporto tra questo Regno e Gesù? Gesù sarebbe solo un messaggero, un altoparlante che annuncia un Regno che gli rimane esterno? No! L'esperienza degli Apostoli che scoprono la Vita del Risorto sta proprio qui: il Regno è Lui, è Gesù. La Povertà, è Lui; la Tenerezza e la Giustizia, è Lui; la Consolazione, è Lui; la Misericordia e la Pace, è Lui. È in Lui che si realizza l'impossibile. È con Lui che verrà il Regno di Dio. Chi ci separerà dall'amore di Cristo?

Henri Denis in *100 parole per dire la fede*, Elledici 1997, pp. 15-16

BENE

Se io desidero per me salute, successo, possesso, amore, felicità, so che ad altrettanto aspira ogni creatura umana. Delle cose che mi compiaccio di avere personalmente, trovo naturale compiacermi che le posseggano i miei simili e mi duole se c'è chi ne soffre la mancanza. Mi sento quindi portato a recare agli altri quei beni di cui posso disporre. Trovo discutibile il proverbio «mal comune mezzo gaudio». Migliore il concetto: bene comune doppio gaudio. (...)

«Nulla è più adatto alla natura umana – diceva il filosofo Cicerone – che il fare del bene agli altri». In altro passo aveva scritto: «Non siamo nati per noi soli. Siamo stati generati a bene degli altri uomini, affinché gli uni possano recare giovamento agli altri. Perciò dobbiamo in questo seguire la natura, nostra maestra e guida, e mettere a disposizione degli altri i nostri utili».

Pio XII chiedeva un giorno a un suo fidato interlocutore: «Credi veramente che ci possa essere qualcuno solo cattivo? Ne hai mai incontrati nella tua vita?». L'interrogato rispose francamente: «Sì, Santo Padre, esistono sulla terra esseri che non sanno che cosa sia il bene». Il papa lo fissò con aria seria e rattristata, e gli disse: «Non è vero, figlio mio, non è vero. Anche nel peggiore delinquente, se scavi in fondo al suo animo, trovi la scintilla del bene». (...)

Nessuno ci vuole tanto bene quanto ognuno lo vuole a sé. I pensieri, i sentimenti, i desideri, i propositi, le aspirazioni di ognuno tendono a questo, in qualche modo, necessariamente e incessantemente.

Se qualcuno dimostra di volere effettivamente a noi quello stesso bene che desideriamo e cerchiamo, ci sentiamo compiaciuti e attratti verso di lui. La persona che mi ama, unendosi in tal modo a quello stesso amore che io ho per me, mi avvince, diventa un po' il mio stesso io e mi porta a volere a lei stessa il bene che voglio a me.

Un senso di gioia e di soddisfazione pervade l'animo quando ci sentiamo benvoluti, quando persone buone si occupano del nostro bene.

GIUSEPPE PASQUALI in *Credere alla bontà*, Elledici 1981, pp. 6-8

ACCOGLIENZA

Nel passato il galateo indicava come comportarsi per ricevere l'ospite. Oggi si trovano gli specialisti che insegnano le leggi e i modi dell'accoglienza. Esistono anche dei rituali per l'accoglienza: per un capo di Stato, per un generale, per un visitatore illustre. I capi del protocollo presiedono all'accoglienza.

Si ricerca l'ordine, l'impeccabilità. La novità è inammissibile, la ripetitività è d'obbligo, lo sbaglio indisponente. Sono aborriti gli imprevisti e le improvvisazioni. Ci si tiene molto alla figura, alla reputazione.

Ma in tutto questo c'è spesso più freddezza che calore, più bellezza di tratto che simpatia, piacere estetico più che godimento unitivo.

La tecnica dell'accoglienza finisce per non accogliere e lasciare nella solitudine. (...)

L'accoglienza sincera nasce dal desiderio. Un desiderio che sorge dentro, è accarezzato e fa gioire nell'attesa della realizzazione.

GIANFRANCO VENTURI in *Avvento e Natale*, Elledici 1993, pp. 84-85

Ogni giornata è una piccola vita,
ogni risveglio una piccola nascita;
ogni nuova mattina è una piccola giovinezza;
ogni addormentarsi è una piccola morte.
Arthur Schopenhauer

GESÙ

Non ti dirò tutto quello che so di Gesù... Ma ti dirò quello che più mi ha colpito di Gesù. Ti parlerò di un Gesù che non può essere che il «mio» Gesù. Ti sembra strano? Non sai che fartene di un Gesù «mio»? A te interessa Gesù e basta? Un Gesù senza riferimenti, senza possessivi, senza aggettivi: un Gesù... Gesù?

Ti auguro di trovarlo. Ma te lo dico senza mezzi termini: non lo troverai mai. Non esiste un Gesù a sé, un Gesù comune. Esiste solo il Gesù che io, tu, un gruppo di persone ha sperimentato nella propria esistenza di fede. Esiste il Gesù mediato. Un Gesù, cioè, che ci arriva attraverso la testimonianza di altri e che ognuno di noi vive in modo assolutamente personale.

Mi potresti obiettare: Ma non esiste il Gesù dei Vangeli? Certo. E che cosa è il Gesù dei Vangeli se non il Gesù come è stato sentito e vissuto dai primi cristiani? (...) Ma allora è proprio impossibile arrivare a un Gesù che non sia di nessuno, a quello che gli studiosi chiamano il Gesù «storico», quel Gesù che visse e operò in Palestina in un determinato momento della storia umana?

Se lo chiedi agli studiosi ti potranno dire molte cose sul Gesù «storico». Dirti per esempio quali parole esatte usò in una circostanza o l'altra, come si comportò precisamente in questa o quell'occasione. Ma poi si fermano e sanno di non avere esaurito l'argomento Gesù. Gesù è una figura talmente complessa e misteriosa che non la si può inquadrare in una cornice storica ben definita al punto da poter dire: ecco, Gesù è tutto qui. (...)

Perché Gesù è vivo. Vivo perché è risuscitato. Con la risurrezione egli sfugge alla nostra storia, nel senso che non fa più parte della nostra dimensione temporale e terrena e quindi sfugge alla nostra sfera di azione e di conoscenza.

Fortunatamente noi abbiamo un'altra dimensione con la quale entrare in contatto col «mistero» Gesù e capirlo più in profondità. È la dimensione della fede. Con la fede, che è adesione a Gesù come Signore, io conosco di più, sperimento di più, amo di più, vivo di più tutto ciò che riguarda Gesù. E cioè la sua vita, la sua persona, la sua opera nel mondo.

ANTONIO FANULI in *Conosci Gesù*, Elledici 1987, pp. 3-4

NATALE

Natale! Gesù è nato, è sicuro. Ma è nato proprio il 25 dicembre? Niente di meno sicuro. I liturgisti lo sanno bene: si è iniziato col festeggiare l'Epifania. Natale è venuto più tardi in Occidente, attorno al III-IV secolo. E si è scelta per questa festa una coincidenza geniale. Infatti, mentre il solstizio d'estate (21-24 giugno) annuncia il declino (Giovanni Battista: «È necessario che lui cresca e che io diminuisca»), il solstizio d'inverno annuncia la rimonta dell'astro solare: il Sole invitto! Una festa pagana che si volle cristianizzare, conservando così tradizioni multisecolari. (...)

Oramai, almeno nel calendario, il sole pagano è soppiantato dal sole cristiano, il Cristo. Magnifico simbolo per indicare Gesù, sole dell'umanità. Il mondo si addormenta in Lui per risuscitare nello splendore della Vita e della Luce di Dio.

Da allora comincerà a svilupparsi una liturgia complementare e più sentimentale, attorno alla mangiatoia, con l'asino e il bue, suggeriti da un passo di Isaia (1,3). Poco importa se non è vero, purché si conservi l'essenziale.

E l'essenziale non è il sentimento di povertà e di umiltà, l'essenziale non è il freddo, il ghiaccio, la neve...

No, l'essenziale è la venuta del Figlio di Dio nel mondo per salvare l'umanità. «Riconosci, o cristiano, la tua dignità», dirà san Leone in uno dei suoi sermoni a Roma.

Questa è la nostra fede: l'umanità deve aver un valore agli occhi di Dio, perché egli pianti la sua tenda tra di noi. Noi abbiamo l'audacia di credere che l'umanità non morirà.

Perché gli uomini, tutti gli uomini, sono chiamati da questo Bambino a diventare figli di Dio. E noi lo siamo!

HENRI DENIS in *100 parole per dire la fede*, Elledici 1997, pp. 42-43

Gesù vive e agisce in noi; sta a noi vivere con Lui, in Lui, per Lui.
Dom Chautard

Rivelazione

«Dio nessuno l'ha mai visto: proprio il Figlio unigenito, che è nel seno del Padre, lui lo ha rivelato» (Gv 1,18): così Giovanni conclude il suo Prologo: la Rivelazione è il velo sollevato dal Figlio di Dio incarnato sul mistero di Dio. La Rivelazione iniziata nell'Antico Testamento viene portata a perfezione da Cristo.

Rivelare un mistero divino significa quindi sollevare un angolo del velo che nasconde la realtà divina, inconoscibile con i soli lumi della ragione. In senso attivo, la Rivelazione è l'atto col quale Dio manifesta qualcosa di se stesso, parlandoci per mezzo di suo Figlio e rendendoci capaci di cogliere tale luce mediante la fede. In senso passivo, è lo stesso mistero di Dio, comunicatoci dalla sua Parola.

«Con la Rivelazione divina – leggiamo nella Costituzione *Dei Verbum* del Concilio Vaticano II – Dio volle manifestare se stesso e comunicare i decreti eterni della sua volontà riguardo alla salvezza degli uomini, per renderli partecipi di quei beni divini che trascendono la comprensione della mente umana» (n. 6).

Poi, riprendendo gli insegnamenti del Concilio Vaticano I, ribadisce che «Dio, principio e fine di tutte le cose, può essere conosciuto con certezza dalle cose create mediante il lume naturale della ragione umana; (tuttavia) va attribuito alla Rivelazione divina il fatto che tutto ciò che nelle cose divine non è di per sé inaccessibile alla ragione umana, possa, anche nello stato presente del genere umano, essere conosciuto facilmente da tutti, con ferma certezza e senza mescolanza di errore» (*ivi*).

Guy-Marie Oury in *Dizionario della fede cattolica*, Elledici 1994, p. 180

Quando in fondo a noi stessi raggiungiamo il centro
dove la nostra vita è radicata in Dio,
la sua presenza ci guarisce dal narcisismo della nostra,
e ci fa nascere alla vera libertà.
Maurice Zundel

ITINERANZA

Dopo aver fatto il pieno di luce davanti al Signore, e dopo esservi arricchiti di coraggio nel reciproco confronto di gruppo, vi affascini sempre di più il compito della testimonianza, e vi seduca sempre di meno la tentazione di starvene tra le pareti rassicuranti della sacrestia.

Ricordatevi che l'assiduità liturgica nel tempio non vi riscatterà dalla latitanza missionaria sulla strada.

Vivete nell'attesa del Signore, che realizza il suo avvento tutti i giorni dell'anno e bussa alla vostra porta con le mani dei poveri.

Mettete il Vangelo al centro della vostra casa. Decidetevi per una vita di trasparenza. E buttate a mare ogni paura che Gesù Cristo si sia dimenticato di voi.

Tenete desta la fiamma della devozione mariana con tutte le implicanze rivoluzionarie di cui trabocca il canto del *Magnificat.*

TONINO BELLO in *365 finestre aperte sull'eterno*, Elledici 2009, p. 427

Tenerezza

L'uomo moderno è ormai adulto, razionale, calcolatore; sa usare i computer e sta studiando per produrre tutto con processi di automazione e di computerizzazione. Ciò che non è programmato non può essere preso in considerazione.

In questo mondo e in questa mentalità si fa fatica a comprendere la tenerezza; la si giudica un residuo di un'altra civiltà, un infantilismo, un'espressione femminile, una tecnica di adescamento e di piacere. (...)

Che cos'è la tenerezza? Difficile dirlo, più facile descriverla, magari confrontandola con la misericordia, con la quale spesso si confonde.

La misericordia nasce e si sviluppa in presenza di una differenza tra chi ha e chi non possiede, tra chi è buono e chi buono non è.

Nella tenerezza non esistono disuguaglianze; se ve ne sono, non appaiono o si cancellano. La tenerezza non è causata dall'esterno, ma dall'intimo, indipendentemente da qualsiasi rapporto o ragione; si esprime in gesti e movenze che esprimono felicità per la presenza dell'altro, attenzione, cura, gratitudine, delicatezza, dolcezza.

Ne abbiamo un'immagine nella tenerezza che la madre riversa sul figlio, sia esso sano o bisognoso di cure, buono o cattivo. La sua tenerezza verso di lui esiste ancora prima che nasca, senza conoscerlo.

GIANFRANCO VENTURI in *Avvento e Natale*, Elledici 1993, pp. 94-95

L'arte del vivere
non è quella del fabbro,
del cesellatore o dell'orafo.
È piuttosto quella del tessitore al piccolo punto,
che potrà gioire della sua opera
solo se avrà seguito il disegno dell'ordito
con gesti in apparenza sempre uguali.
Piero Gribaudi

BENEDIZIONE

Nella comunità dell'Arca dove aveva deciso di vivere, dopo una vita passata nel mondo universitario, un giorno il celebre padre Henri Nouwen fu avvicinato da una handicappata della comunità che gli disse: «Henri, mi puoi benedire?». Padre Nouwen rispose alla richiesta in maniera automatica, tracciando con il pollice il segno della croce sulla fronte della ragazza.

Invece di essere grata, lei protestò con veemenza: «No, questa non funziona. Voglio una vera benedizione!».

Padre Nouwen si accorse di aver risposto in modo abitudinario e formalistico e disse: «Oh, scusami... ti darò una vera benedizione quando saremo tutti insieme per la funzione».

Dopo la funzione... la ragazza si alzò e andò verso il sacerdote. Spontaneamente Janet lo abbracciò e pose la testa contro il suo petto... Mentre si tenevano l'un l'altra padre Nouwen disse: «Janet, voglio che tu sappia che sei l'Amata Figlia di Dio. Sei preziosa agli occhi di Dio. Il tuo bel sorriso, la tua gentilezza verso gli altri della comunità e tutte le cose buone che fai, ci mostrano che bella creatura tu sei. So che in questi giorni ti senti un po' giù e che c'è della tristezza nel tuo cuore, ma voglio ricordarti chi sei: sei una persona speciale, sei profondamente amata da Dio e da tutte le persone che sono qui con te».

Janet alzò la testa e lo guardò; il suo largo sorriso dimostrò che aveva veramente sentito e ricevuto la benedizione.

La sensazione di essere maledetti spesso colpisce più facilmente che la sensazione di essere benedetti. Dobbiamo riscoprire il senso e la bellezza della benedizione.

E quando le cose sono difficili e la vita è pesante ricordati chi sei: sei una persona speciale, sei profondamente amato da Dio e da tutte le persone che sono con te.

BRUNO FERRERO in *365 piccole storie per l'anima*, Elledici 2007, pp. 257

VOTI

«I miei migliori voti», o «auguri». Una parola di cui nei giorni di Natale facciamo uso e abuso, per seguire un'abitudine che sostituisce l'usuale «buongiorno».

Ma perché parlare di *voti* a proposito di parole della Fede? È vero, la parola ha in primo luogo un senso umano, che ha la sua importanza, anche se è piuttosto ambigua. Infatti, fare un voto è come prendersi un serio impegno, che si promette di attuare: «Ho fatto voto di andare a Lourdes». «Sta per fare i suoi voti religiosi...».

D'altronde, anche il primo giorno dell'anno si fanno gli auguri, per lo più del tutto generici. I voti o auguri diventano semplici auspici, piuttosto abitudinari o utopici. Ogni anno bisogna pur rigenerare il tempo, ridonare un po' di energia a un motore ingolfato. Allora, buona salute! E sì, soprattutto buona salute, è proprio l'essenziale, da cui dipende tutto il resto.

Non si tratta di trascurare questi significati che hanno il loro valore, ma cerchiamo di procedere oltre.

Che cosa significano i voti nel senso cristiano del termine? Nella liturgia, i voti significano preghiere. Non vi pare che siano molto vicini alle nostre preghiere universali? I voti sono auguri, certo; e sono anche impegni, perché no? Ma è soprattutto un mettersi nelle mani di Dio. I voti sono un modo di consacrare l'altro, gli altri, il mondo e noi stessi a Colui che è l'unica e assoluta nostra beatitudine.

Un test: avete avuto l'occasione, un giorno, di augurare il buon anno a una persona colpita recentemente da un lutto o a qualcuno che aspetta lucidamente la morte? Le parole vi rimangono in gola...

Impossibile in questo caso parlare di voti, di auguri. Rimangono solo quei voti, quelle preghiere votive, quel rimettere tutto l'essere nella tenera pietà di Dio.

HENRI DENIS in *100 parole per dire la fede*, Elledici 1997, pp. 45-46

RINGRAZIAMENTO

Gratitudine e rendimento di grazie per l'esperienza della prossimità di Dio nella realtà di un giorno segnato dal dolore o, altrimenti, reso più sereno da qualcosa che non attendevi ed è sopraggiunto a dare nuovo entusiasmo al tuo cammino.

Gratitudine e rendimento di grazie per le risposte che non manca di dare ai tuoi perché, se soltanto sai farti attento alla voce del silenzio; per l'esistenza che ti fa creatura tra le creature, artefice di storia e capace di comprendere il creato; per la salvezza e la vita divina che ti pongono al di sopra delle cose e ti introducono nel mistero stesso della sua vita; per le tante piccole cose che rendono «grazia» la tua vita e alle quali ti abitui facilmente, non provando più stupore riconoscente.

Le sue mani ti sfiorano di continuo e ti conducono su sentieri di pace anche quando hai l'impressione di camminare nel buio e nella solitudine, quando avverti la pienezza del senso di vivere e quando il nonsenso sembra segnare i tuoi giorni sempre uguali e tuttavia donati.

AIMONE GELARDI in *Pensieri feriali*, Messaggero 1998, pp. 104-105

Dio mio,
che abisso misterioso
questa vita e questa morte,
che ognuno di noi deve affrontare.
Dacci di vivere nell'amore
per poter morire nell'amore.
Chiara Lubich

Indice analitico

Indice

Gennaio

«Felice chi è fedele al Signore
e vive secondo la sua volontà» (Sal 128,1)

Pace - Fede - Liturgia

Febbraio

«C'è un tempo per piantare...
e un tempo per raccogliere» (cf Qo 3,2)

Cosmo - Creazione - Quaresima

Marzo

«Sarà benedetto chi è fedele al Signore» (Sal 128,4)

Conversione - Riconciliazione - Preghiera

APRILE

«Se un uomo desidera gustare la vita...
fugga dal male e pratichi il bene» (Sal 34,13.15)

CROCE - RISURREZIONE - CHIESA

Maggio

«Una cosa sola è importante:
credi in Dio e osserva i suoi comandamenti» (Qo 12,13)

Maria - Virtù - Spirito Santo

Giugno

«Ricorda che tutto viene da Dio...» (Qo 7,14)

Dio - Storia - Società

Luglio

«C'è un tempo per abbracciare...
e un tempo per amare» (cf Qo 3,5.8)

Matrimonio - Famiglia - Educazione

Agosto

«Per ogni cosa c'è il suo momento,
per tutto c'è un'occasione opportuna» (Qo 3,1)

Mezzi di comunicazione - Società - Età della vita

Settembre

«Saggezza e ricchezza proteggono come l'ombra.
Ma la sapienza... insegna a vivere» (Qo 7,12)

Valori - Amicizia - Religione

Ottobre

«Tutto è come un soffio di vento...
Non c'è niente di nuovo sotto il sole...» (cf Qo 1,9)

Terza età - Sensi - Persona

Novembre

«C'è un tempo per nascere
e un tempo per morire» (cf Qo 3,2)

Morte - Stati d'animo - Escatologia

Dicembre

«La via degli onesti è come la luce dell'alba,
che aumenta di splendore fino a mezzogiorno» (Prv 4,18)

Avvento - Impegno - Natale

Stampa: Tipografia Santhiatese - Santhià VC